中央高校基本科研业务费专项资金资助（Supported by the Fundamental Research Funds for the Central Universities）

北京外国语大学资助学术著作出版

凝望文学的深渊

文学的

深渊

的

Maurice Blanchot

论布朗肖

邓冰艳 著

中国社会科学出版社

图书在版编目(CIP)数据

凝望文学的深渊:论布朗肖/邓冰艳著. —北京:中国社会科学
出版社,2022.6

ISBN 978-7-5227-0198-1

Ⅰ.①凝… Ⅱ.①邓… Ⅲ.①布朗肖—文学思想—研究
Ⅳ.①I565.072

中国版本图书馆 CIP 数据核字(2022)第 084519 号

出 版 人　赵剑英
责任编辑　史慕鸿　王小溪
责任校对　朱妍洁
责任印制　戴　宽

出　　版　中国社会科学出版社
社　　址　北京鼓楼西大街甲 158 号
邮　　编　100720
网　　址　http://www.csspw.cn
发 行 部　010-84083685
门 市 部　010-84029450
经　　销　新华书店及其他书店

印刷装订　北京君升印刷有限公司
版　　次　2022 年 6 月第 1 版
印　　次　2022 年 6 月第 1 次印刷

开　　本　710×1000　1/16
印　　张　22.75
插　　页　2
字　　数　331 千字
定　　价　99.00 元

序

汪民安

　　思想产生影响通常有两种方式：一种是公开的显赫的方式，一种是地下的隐秘的方式。很长时间以来，萨特和布朗肖就是作为这两种方式的代表在法国知识界产生作用的。萨特犹如思想界的太阳在照耀，而布朗肖则像是黑夜中的月亮在隐约地发光。萨特一直处在最耀眼的中心地带，而布朗肖就像他喜欢的意象黑夜一样，将自己变成一个隐形人，一个含糊不清的低语者，一个边缘但又奇异的思想发动机。作为地下思想家的布朗肖和萨特的主体哲学保持着潜在但尖锐的张力。他和他的好友巴塔耶及列维纳斯一道，开辟了法国哲学的另一条道路。如果说，萨特继承了从笛卡尔到胡塞尔的主体哲学并且将这种主体推到了至高无上的地位的话，那么，布朗肖恰好是对这条道路的偏离，或者说，他在他的路上阻止了任何的主体中心主义幻觉。

　　我们今天可以将布朗肖和巴塔耶开启的这条哲学道路称为反人文主义的道路。这条路是从尼采和海德格尔开始的。但是，布朗肖和巴塔耶让它变得法国化了。他们让这条路产生了一种特殊的法国风格。如果说，巴塔耶更接近尼采，他迷恋古旧的狄奥尼索斯精神，试图用欲望来驱逐理性，用混沌和矛盾来驱逐逻辑，用力和力的对峙来驱逐绝对而稳定的起源的话，那么，布朗肖则更多受惠于海德格尔。他用沉默来抵制表达，用死亡来抵制存在，用黑夜来抵制澄明。他和巴塔耶在福柯和德里达之前就宣布了"人之死"。对于巴塔耶来说，死去的是一个理性和道德的人，只有亵渎和邪恶才是神圣的；对于布朗肖来说，死去的是一个表达和在场的人，只有沉默和虚空才是真实的。我们看到，布朗肖的沉默在福柯的疯癫史中贯穿始终；而他的虚空毫无疑问构成了德里达解构主义的一个重要来源。

这条法国的反人文主义道路，它的另一个风格在于，它和文学有一种紧密的结合。反人文主义在文学经验中可以得到合适的表达。巴塔耶和布朗肖都在文学和哲学之间出没，他们同时是作家和哲学家。他们用文学（写作）来表达哲学，用哲学来阐释文学（写作）。对巴塔耶来说，文学应该唤醒邪恶；对布朗肖而言，文学应该逼近虚空。在布朗肖这里，存在着一个理想的文学空间，但这个空间不是被实体和意义所填充，而是被无尽的深渊所掏空。写作不是在生产意义，而是在抹去意义，写作不是对作者的自我肯定，而是对作者的自我否定。写作不是在体验白昼的疯狂，而是在体验黑夜的死亡。如果说，巴塔耶的文学是用尼采来嫁接萨德，那么，布朗肖的文学则是用马拉美去激活海德格尔。

布朗肖的这些虚空，这些黑夜，这些死亡，这些文学的沉默，或者说，这些不可描述的中性，这个深渊般的文学空间，到底如何来描述和阐明呢？在某种意义上，布朗肖的咕哝低语就是为了抵制任何的阐明。他的"外界"就是无边的逃逸，就是对任何中心性聚焦的抵制，就是对统辖一切的主体决定论的躲避——布朗肖似乎有意要消除作者和作者的意图。在这个意义上，我们很难清晰画出布朗肖的思想肖像。也正是这样，我们看到福柯和德里达对布朗肖的评论采取的也是神秘主义的方式——这些评论布朗肖的文本同布朗肖本人的文本一样神秘：它们包含着同样的虚空，同样的深渊，它们同样是含混的低语。这是他们和布朗肖的黑夜般的神秘对话。不过，布朗肖更多是以未署名的方式隐秘地出现在他们的著作中。如果说，福柯和德里达在 20 世纪 60 年代曾经有过短暂的思想上的接近的话，这种接近就是由布朗肖带来的。

但是，对布朗肖的阐释是不可能的吗？或许，邓冰艳这部著作最有意义的一点就是清晰地解释了布朗肖。邓冰艳是个耐心的倾听者，她在布朗肖书写的沉默中努力地辨析出各种声音。她不仅仅是解释何谓布朗肖的深渊，何谓死亡，何谓沉默，何谓中性，何谓黑夜，更重要的是，她还要解释为什么布朗肖要谈论这些深渊、死亡、沉默、中性和黑夜；这些深渊、死亡、沉默、中性和黑夜到底有何关系；它们如何构成一种特殊的文学和写作经验。而这些文学和写作经验在20世纪的思想史和观念史中占据一个什么样的位置？也就是说，它们是以怎样的机缘出现的？我会说这部著作非同凡响，就是因为它逐层提出和回答了这些问题。邓冰艳对布朗肖的每一个重要概念都进行了细致的解释，对每一个关键问题都给出了答案。但是，在解释这些概念和回答这些问题的时候，她不断地将这些问题追溯至更深的问题之中，也不断地将这些问题追溯到更大的背景框架之中。也只有在更深和更复杂的问题框架中，这些最初的最基本的问题和概念才能更好地得到理解。反过来，那些更复杂的框架也只有落实到这些具体问题的时候，才不会显得空洞和浮泛。邓冰艳的这本书完美地将具体的概念和问题同一个大的思想史框架结合起来。我们在此既能看到理论的细节，也能看到这个细节孕育出来的历史地理。这是一本关于布朗肖的书，也是一本关于20世纪的一个重要文学（哲学）观念的书。

相比其他的文学观念而言，布朗肖这样一种文学（哲学）观念实际上并不为人所熟知。事实上，从表意的写实文学到抒情的浪漫主义文学，一直到罗兰·巴特式的既不表意也不抒情的现代文学，这样一个文学叙事的历程我们并不陌生。但是，布朗肖似乎不再在我们所熟知的这个文学思想的链条中——通常，在文学批评史和哲学史中很少看到布朗肖的名字。这也更明确地证明了布朗肖的黑夜地位。但是，布朗肖这种中性的深渊版的文学空间，或者说，这种通向虚空的文学空间，对我们来说到底意味着什么？邓冰艳给出了自己的理解：这个文学空间正是因为它对意义和在场的逃逸，它的逃逸所显现的黑夜，它的绝对空无，它的绝对外界，才可能让光照进来。文学的黑夜空间从根本上是对光的召唤，是等待一簇光。或许对一个在场世界的逃避，恰好是为了让自己无限地期待正在到来的光。黑夜必然会迎接光。文学就是试图在死亡中,在各种各样的死亡经验中,既在作者的死亡中,也在书中人物的死亡中来获得永生。正如光从黑夜中浮现一样,真理从虚空中升腾而起。布朗肖寻求真理,正如他寻求虚空。

对于在中国理论界沉睡了很久的布朗肖而言,这本书也是一道光。很多年来,布朗肖对中国人而言只是一个名字,一个深渊般的名字。只有对 20 世纪的法国思想和德国思想同时了解的人,才可能接近和唤醒布朗肖。邓冰艳完全是独自摸索着来到这个地带(她毕业于中国的大学的法语系,她和她周围的人对中国和法国的理论世界并不了解,也几乎没有什么接触),就像布朗肖强调文学的绝对孤独一样,邓冰艳也是独自和布朗肖对话,独自和一个思想氛围对话。这本书是一个人孤独思考的结晶。它可以证明,一个人在陌生地带独自思考同样可以进入思想的最深邃之处。这本书就像布朗肖的文学通道一样,也是邓冰艳从黑暗到光亮的一个思考通道。更令人惊讶的是,邓冰艳主要是在一个法语语境中和布朗肖对话,但是,她不可思议地用优美的中文写出了这样一部清晰的理论著作。这本书让我们意识到,思想可以由讲究韵律和节奏的语言来表达。这也是包括布朗肖在内的法国人的经验。现在,我们在这本书中也看到了这一点:美妙的中文写作同样可以表达复杂的思想。或许,这也是在中文语境中最恰当的解释布朗肖的方式。我们看到许多的评论著作不仅没有揭示原作的精华,而且还对原作进行了令人难以忍受的贬损。但是,这本书,这本评论布朗肖的中文书,就任何方面而言——无论是思想,还是表达——都无损于布朗肖的光辉。

缩写说明

本书引用频率较高的布朗肖著作一律采用以下缩略形式：

FP：*Faux pas*，Paris：Gallimard，1943.

LPDF：*La Part du Feu*，Paris：Gallimard，1949.

TLO：*Thomas L'Obscur*，Paris：Gallimard，1950.

LEL：*L'Espace littéraire*，Paris：Gallimard，1955.

LLAV：*Le Livre à venir*，Paris：Gallimard，1959.

LALO：*L'Attente L'Oubli*，Paris：Gallimard，1962.

LEI：*L'Entretien infini*，Paris：Gallimard，1969.

LA：*L'Amitié*，Paris：Gallimard，1971.

LEDD：*L'Écriture du Désastre*，Paris：Gallimard，1980.

DKAK：*De Kafka à Kafka*，Paris：Gallimard，1981.

LCI：*La Communauté inavouable*，Paris：Minuit，1983.

AC：*Après coup*，*précédé par* Le Ressassement éternel，Paris：Minuit，1983.

LIDMM：*L'Instant de ma mort*，Paris：Gallimard，2002.

注：本书引用的所有布朗肖作品均为作者本人翻译。

目　　录

绪　　论

莫里斯·布朗肖（Maurice Blanchot，1907—2003）是法国 20 世纪不容忽视，却最容易被人遗忘的小说家、评论家、哲学家。他用这样一句简短的话语描绘自己的一生："莫里斯·布朗肖，小说家与评论家，他将自己的一生献给了文学和文学特有的沉默。"（TLO：5）他始终思考着这样两个问题："文学是什么？""是什么使文学成为可能？"正是在对文学进行思考的过程中，诞生了他对"死亡""中性""沉默"等的独到见解。他那"言说即是沉默"的理论不仅贯穿其作品始终，也贯穿他的一生：他极少出现在公共场合，也拒绝接受媒体采访，外界对他了解甚少。就这样，他用自己的写作行动和实际行动，将自己消解在他的字里行间，最后给世人留下了一个极其神秘的形象。然而，正是这份神秘让布朗肖充满吸引力，吸引着越来越多的人将目光投向这位法国 20 世纪著名的"隐匿者"。

（一）

1984 年，在《新观察家》（*Le Nouvel Observateur*）报刊成立 20 周年之际，布朗肖应邀发表了一篇名为《相遇》（«Rencontres»）① 的文章。

---

① *Le Nouvel Observateur*，n°1045，novembre 1984，p. 84. Le texte de Blanchot paraît dans un dossier intitulé «1964—1984 / les grands tournants»，Cité dans éric Hoppenot，Tabate Dominique［Dirigé］，*Maurice Blanchot*，Paris：éditions de L'Herne，2014，p. 14. 中译文详见附录二。

文章篇幅极小，寥寥几字，布朗肖借报刊周年之际追忆自己的一生。在77 岁之际，当他回想起过往，他唯一愿意提笔写下的只有以下几次相遇：1925 年与列维纳斯（Emmanuel Levinas）在斯特拉斯堡的相遇，以及那个时期对胡塞尔（Edmund Husserl）、海德格尔（Martin Heidegger）的阅读；1940 年与乔治·巴塔耶（Georges Bataille）和勒内·夏尔（René Char）的相遇；1947—1957 年长达十年的孤独写作以及最后 1958 年与罗伯特·昂戴尔姆（Robert Antelme）及其朋友的相遇。似乎正是这几次相遇点亮了他的人生，为他的思想标明了航线。其中，对布朗肖思想形成起关键性作用的，当数布朗肖与列维纳斯的相遇，以及他们对海德格尔的共同阅读。

* * *

1925 年，布朗肖与列维纳斯相遇在斯特拉斯堡大学，他们因极其相似的思想及完美契合的心灵迅速成为挚友，并将这份友谊维持了一生。列维纳斯是布朗肖"唯一用'你'称呼的密友"，在布朗肖心中，此次"喜悦的相遇点亮了他那本黯淡无光的生命"①。早在德国现象学被引介到法国之前，他们便一同接触到了胡塞尔的现象学以及海德格尔的《存在与时间》（L'être et le Temps），并不时进行讨论。布朗肖曾在写给友人的一封信中说道："要是没有列维纳斯，我将无法读到《存在与时间》。对这本书的阅读在我心中激起了真正的思想震撼，一个伟大的事件就此诞生。时至今日，此次事件所产生的震撼依旧无法在我的记忆中平息。"② 可以说，如果海德格尔是照亮布朗肖思想的灯塔，那么列维纳斯

---

① Lettre de Maurice Blanchot à Catherine David，«Penser L'apocalypse»，10 novembre 1987，publiée in *Le Nouvel Observateur*，22 janvier 1988，p. 79. Cité dans Christophe Bident，*Maurice Blanchot*，*Partenaire invisible*，Champ Vallon，1998，p. 44.

② Lettre de Maurice Blanchot à Catherine David，«Penser L'apocalypse»，10 novembre 1987，publiée in *Le Nouvel Observateur*，22 janvier 1988，p. 79. Cité dans Christophe Bident，*Maurice Blanchot*，*Partenaire invisible*，Champ Vallon，1998，p. 44.

就是将这束光带到他生命中的人。此后，列维纳斯与布朗肖各自用不同的方式在海德格尔思想的基础上进一步思考：列维纳斯更多是从犹太思想（judaïsme）出发，通过对海德格尔存在思想的反思，提出建立在"我"与"他人"之间无限关系基础上的伦理学；布朗肖则更多从文学出发，通过对与文学相关的写作经验和死亡经验进行考察，在超越海德格尔存在思想的基础上继续思考。

布朗肖的文学思想与海德格尔的文学艺术思想①有诸多相似之处。海德格尔在思考艺术作品的本质时，其实是在思考"存在"被"敞明"的真理；同样地，布朗肖在追问文学的本质时，其实是在思考人在追寻文学过程中所陷入的某种特殊模式。海德格尔同时探讨着作品的"作品存在"及作品的"对象存在"；同样地，布朗肖也同时探讨着作品两个层面的"存在"：作品与书籍。海德格尔在探讨艺术作品的同时，也在探讨世界的敞开；同样地，布朗肖在讨论写作行动时，亦讨论着让写作成为可能的空间与不同维度世界之间的关系。总之，人们越是深入考察布朗肖的文学思想，就越会发现这一思想与海德格尔文学艺术思想之间的内在关联。

不过，两者文学艺术思想的出发点不尽相同。在海德格尔那里，对文学艺术的思考始终以其存在思想为前提，文学艺术被构思为让"存在"向自身"敞明"的场所与条件。在布朗肖的思想体系中，"存在"一词则被弱化甚至不再被提及，对文学的探讨不再被某个存在思想所统摄，而是其自身将占据绝对核心的位置。于是，正是在以文学为中心的一系列本质追问中，布朗肖得以实现从思考"存在"到思考"存在物"（ce qui est）或者列维纳斯所说的"存有物"（il y a）的过渡，并得以揭示先于任何对"存在"之命名的"中性"（neutre）。

最后，出发点的不同将导致海德格尔与布朗肖的文学艺术思想产生

---

①　此处主要参考海德格尔所著的《艺术作品的本源》及其从德国诗人荷尔德林出发进行的诸多思考。

本质的差异。具体而言，有关二者文学艺术思想的区别，列维纳斯在《论布朗肖》（*Sur Maurice Blanchot*）一书中做出了很好的总结：

> ……海德格尔与布朗肖都对传统艺术观进行了颠覆，都不再认为艺术追求的是现实世界背后的理想世界，而是认为艺术就是光亮。但在海德格尔那里，艺术是来自天上的光亮，正是这个光亮构成了世界；而在布朗肖那里，这个光亮却来自地底，是黑暗的光亮，会让世界消解，将世界带回到其源头，回到"窃窃私语"，回到一个总是还不够从前的深刻从前。①

从上文可以看出，艺术在海德格尔那里是"来自天上的光亮"，在布朗肖那里却是"来自地底的光亮"；在海德格尔那里会让世界得以形成，在布朗肖那里却会让世界消解。一个来自天上，一个来自地底；一个意味着构成，一个意味着摧毁。事实上，这两个看似矛盾的方面，并不是非此即彼的竞争关系，而是艺术本身的一体两面。当海德格尔从其存在思想出发并将该思想投射到艺术上时，他看到的更多是艺术的发光与构成性本质，从而让艺术与"存在"的自我"敞明"产生呼应。由此形成的依旧是以"存在"为中心的闭合循环（先预设"存在"，再对"存在"进行论证），并未逃离德里达所指出的西方传统哲学中的逻辑中心主义。相反，当布朗肖不再从任何存在思想出发对文学进行映射，而是让思想以文学本身为中心时，文学或艺术将得以摆脱存在的纠缠与统摄，逃离那个以"存在"为中心的循环，并将自身的另一面，即"黑暗""摧毁性"的一面释放出来。正是在这个意义上，可以说，通过对文学的不断思考，布朗肖得以在超越海德格尔存在思想的基础上继续思考，并由此为思想领域带去不一样的力量。

---

① Levinas Emmanuel, *Sur Maurice Blanchot*, Montpellier: Fata Morgana, 1975, pp. 23 - 24.

　　总之，通过对海德格尔的共同阅读，布朗肖与列维纳斯从不同方面做出了超越海德格尔"存在"思想的共同努力。在这条道路上，两位好友之间亦产生了复杂的相互影响。列维纳斯后期许多文学思想深受布朗肖的影响，与此同时，列维纳斯亦可算作布朗肖哲学方面的"老师"，在他们不断交流与讨论的过程中，布朗肖不可避免地受到了列维纳斯犹太文化的影响。在布朗肖对文学的论述中，就时常出现"流浪"（errance）、"无限"（infini）、"荒漠"（désert）等在犹太文化中经常出现的主题。尽管布朗肖并未立即进入列维纳斯的伦理学语境，但他却与列维纳斯一样，认为应该从西方传统形而上学框架及本体论框架中出走，并在此基础上继续思考。最终，可以说，正是布朗肖与列维纳斯的相遇让他们得以一起靠近海德格尔，并以各自不同的方式将海德格尔的思想带到法国，从而大大影响了法国知识分子对海德格尔思想的接受。这就是为何，德里达曾在献给列维纳斯的专著《永别》（*Adieu*）一书中写道："莫里斯·布朗肖与列维纳斯之间的友谊是一份恩赐，是我们时代的福祉。"[①] 2015年，简尼科·多米尼克（Janicaud Dominique）在《海德格尔在法国》（*Heidegger in France*）一书中指出，"在过去的五十年内，海德格尔俨然已成为所有法国哲学家的老师"[②]，而且"法国人似乎比德国人更能理解德国的哲学家，比如尼采和海德格尔，从而创造出了专属于法国的尼采思想和海德格尔思想"[③]。对于这个"专属于法国的海德格尔思想"而言，布朗肖无疑起到了源头式的作用，他与列维纳斯一道为法国思想家带夫了别样的海德格尔思想的力量。如果说海德格尔的思想是光亮的源头，那么布朗肖就是放在这束光下的滤镜，从而使这束光以独特的方式照耀在法国思想界的上空，在那里呈现出不同的色彩。

---

　　① Jacques Derrida，*Adieu，à Emmanuel Levinas*，Paris：Galilée，1997，p. 20.
　　② Janicaud Dominique，Pettigrew David，*Heidegger in France*，New York：Indiana University Press，2015，p. 3.
　　③ Janicaud Dominique，Pettigrew David，*Heidegger in France*，New York：Indiana University Press，2015，p. 3.

＊＊＊

布朗肖对海德格尔思想的传承决定了其思想在哲学领域的出发点。与海德格尔一样，布朗肖也认为应该超越西方形而上学传统的界限，摆脱该传统对形而上存在（être）的预设。不过，哲学应该从对"存在"的讨论过渡到对"生存"（existence）以及"此在"（Dasein）的讨论，从而转向某个存在主义（existentialisme）——正如海德格尔所做的那样，萨特就是海德格尔这一思想倾向在法国的弟子，还是应该更新对"存在"的预设，从而从"统一性"（unité）或"总体性"（totalité）转向他异性（altérité）或差异（différence），由此提出另一种形而上学——正如列维纳斯所做的样。对于这个问题，布朗肖的态度是暧昧不明的。布朗肖既未转向某个存在主义，也未真正转向另一种形而上学，而是游离于二者之间，不再提及相关概念或者只是以次要的方式提及。布朗肖的思想之所以表现出以上特征，那是因为，位于其思想核心的不再是任何有关"存在"的预设，而是"文学"本身。其中，布朗肖以文学为核心的思想涉及其思想源头的另一条主线：马拉美（Stéphane Mallarmé）。可以说，对马拉美文学思想的重要参考决定了布朗肖文学思想的基本走向。

首先，在对文学或者诗歌本质的认识方面，布朗肖深受马拉美的影响。在这个方面，马拉美和布朗肖都拥有某个浪漫主义的源头。在诗歌的创作过程中，马拉美体验到了诗歌的某种独特"存在"，并始终思考着如何通过写作抵达这个"存在"，以完成他所谓的"完美之书"（Livre）。布朗肖亦被马拉美在写作经验中所体验到的这个独特的"存在"（文学或诗歌）所吸引，并不断思考着文学之所是。只不过，一方面，如果说马拉美更多关注的是诗歌，想要通过对某种"纯诗"的创作来思考诗歌之所是的话，那么布朗肖更多关注的则是小说或叙事，想要通过对某种"纯叙事"（récit pur）的创作，来思考叙事以及文学之所是；另一方面，在布朗肖那里，对早期浪漫主义者们所说的"大写作品"（Œuvre）或者马拉美所说的"完美之书"（Livre）的渴求已经不复存在，布朗肖更多地将目光投向了马拉美、卡夫卡（Franz Kafka）等追寻文学或诗歌本质的小说家或诗人的写作经验本身，通过对这些写作者追寻"大写作品"之经验的考察，去思考"何为文学"以及"文学如何成为可能"的问题。最终，正是在这一点上，布朗肖对文学的思考——不直接思考文学的本质，而是思考"让文学成为可能"的写作经验——既有别于欧洲浪漫主义传统（对"文学绝对"的追寻与对"大写作品"的渴求，马拉美身上依旧保留着这样的印记），也有别于海德格尔存在哲学框架下的文学思想（文学被构思为让"存在"向自我"敞明"的光亮）。从此，对布朗肖而言，"文学"既不再被预设为早期浪漫主义者们所说的不断返回自身的某个"绝对"，也不再被预设为海德格尔所说的独特"光亮"，而是将变成某个与以文学为追寻对象的写作经验息息相关的存在。最终，正是通过对这个写作经验进行某种类似现象学的考察，布朗肖得以发现文学的"消失"本质，并在"文学"消失处，发现了隐藏在作品深处的"文学空间"以及位于"存在"思想深处的"空无深渊"，由此敞开了德里达所说的"哲学始终无法直接进入的领域"①。

其次，在对文学语言的思考方面，马拉美亦对布朗肖产生了深远的影响。诚然，在马拉美的思想中，依旧保留着写就"完美之书"这个富有浪漫主义色彩的希望，不过，马拉美早已意识到，与"完美之书"相关的并不是简单的词或诗句本身，而是隐藏在词或诗句中，也就是隐藏在语言中的"空无"（vide）与"沉默"（silence）。文学或诗歌在本质上与语言的沉默相关，可以说，马拉美的这一观点深刻地影响了布朗肖，并构成了布朗肖文学思想的　大重要支柱。只不过，如果说马拉美始终思考着如何"挖掘诗歌"（creuser les vers），让诗歌抵达其绝对的"沉默"，从而迎接"完美之书"的到来，那么布朗肖则在对马拉美等人写作经验的类似现象学考察中，发现了语言所蕴藏的这个"沉默"的"不可

---

① Jacques Derrida，in《Sur les traces de Maurice Blanchot》，émission radio-phonique citée. Cité dans Christophe Bident，*Maurice Blanchot*，*Partenaire invisible*，Paris：Champ Vallon，1998，p. 37.

能"本质：在布朗肖看来，语言的"沉默"并非意味着某个独特的语言形式（前期的马拉美始终追寻着这样一种形式），而是对任何语言形式的删除。在布朗肖那里，与这个"沉默"相关的是某个以"沉默"为本质的中性"声音"（voix），以及在这个"声音"的牵引下所产生的写作进程。该进程蕴藏于诗歌或小说作品中，作为绝对不可视的部分，构成文学语言的"沉默"。

因此，从"文学的绝对"到"让文学成为可能"的写作进程，从语言的"沉默"到让语言产生"沉默"的生成进程，显然，在马拉美文学思想基础之上，布朗肖的文学思想发生了细微而又重大的偏移。最终，正是这样的思想偏移让布朗肖得以将文学从自身相对封闭的场域中解放出来（自早期浪漫主义以来，人们始终在通过写作追寻文学的绝对，但始终无法真正抵达文学的困境中苦苦挣扎），让其向着哲学敞开（是向着哲学的敞开，而不是浪漫主义者们所声称的对哲学的统摄），并使其变成一种绝无仅有的哲学行动。

＊　＊　＊

毫无疑问，海德格尔与马拉美构成了布朗肖思想的两大思想源头。对这两大思想源头的追溯不仅使本书得以将布朗肖同时置于西方哲学传统以及欧洲浪漫主义文学传统中进行考察，而且还使本书得以从这两大源头的交汇处出发，去探查布朗肖文学思想的独特性。一方面，布朗肖的文学思想以比海德格尔更为激进的方式逃离了西方哲学传统，因为它不再是在传统哲学思想框架内对某一个哲学思想的超越，而是对思想的传统哲学范式的总体逃离，从而尝试提出一个思想的"文学"范式（或者也可用其他名称进行命名）。另一方面，思想的"文学"范式并不等同于早期浪漫主义对某个"文学绝对"的追寻，并不意味着用一个"文学真理"来代替以往的"存在真理"，而是将文学从这样的预设中解放出来，将其变成一个在且仅在以文学为追寻对象的写作进程中才能显现的对象。于是，思想的"文学"范式最终落脚于写作进程：文学是该进程的追寻目标，但同时也是该进程的动力。因为正是在文学意象的吸引下，写作者才会不断写作，让写作进程得以持续，由此形成的是一个以文学为中心的闭合循环。不过，与海德格尔所揭示的西方形而上哲学以"存在"为中心的闭合循环不同（先预设"存在"，再对"存在"进行论证的闭合循环），如果说形而上学传统更多是通过辩证、理性、逻辑等方式论证"存在之在"的话，那么布朗肖的写作进程则需要通过实际的写作行动，在某种极限的写作经验中，让文学"自我呈现"（se présenter）。因此，当思想的中心从"存在"变成"文学"，重要的并不是某个名称的简单变换，而是以该名称为中心进行思考之方式的转变：写作（écrire）正是布朗肖相较传统哲学思考方式所提出的一个全新的思想范式。

值得注意的是，在布朗肖不断追问文学、提出作为全新思想范式的写作的同时，还有另外一个重要的思想源头为他的思想提供不竭动力，这个源头就是：布朗肖有关死亡的思考。可以说，"死亡"是除了"文学"，始终充斥在布朗肖思想中的另一个重要主题。

布朗肖对"死亡"的特别关注并非源自某个哲学传统，而是来自他自身的独特经验。年少时，由于医院误诊，布朗肖患上了败血症，在随后的生命里，他深受疾病的折磨。或许这就是为何，在《至高者》（Le Très-Haut）、《死亡判决》（L'Arrêt de Mort）等叙事作品中，出现了诸多以医院为背景的场景。在这些叙事中，始终充斥着布朗肖对死亡与生命、疾病与健康之间关系的探讨。此外，报社同事的突然离世以及后来他自己在法国南部乡下差点被俄罗斯士兵枪决的死亡经验，都使得思考死亡的迫切需求在布朗肖那里变得越来越强烈。无论如何，布朗肖对死亡的思考首先是经验性的：在某些极限的情况下，布朗肖体验到了死亡的不可能性，感受到了某个无限的濒死（mourant）状态。这样的极限经验超越了可被思考的范围，没有具体的形象，亦无法被言说，仿佛一层薄雾始终笼罩在布朗肖的生命中，并逐渐构成布朗肖思想的底色与深度。

可以说，正是这些独特的死亡经验让布朗肖真切感受到了现有哲学思想范式的界限。此后，他似乎用一生思索着超出这个范式继续思考的可能性，并以此构建一个以"死亡"为中心的思想。最终，正是在对文学及与文学相关的写作进程的考察中，布朗肖找到了答案：同其他辩证思想不同，在以文学为追寻对象的写作进程中，与思想相关的不再是任何形式的"存在"，甚至也不是海德格尔意义上的"向死而生"的"存在"，而是当人身上所有对"存在"的预设被清除后留下的"剩余"（réserve），即布朗肖所说的"中性"（neutre）。然而，当"中性"意味着对所有"存在"的清空、意味着某种"空无"时，它就是一种绝对的死亡。正是在这个意义上，布朗肖指出，在写作进程中，是"死亡"在言说。这里的"死亡"指的并非人们通常所理解的自然死亡，也并非哲学传统中与永恒或生命概念相对立的死亡概念，而是始终伴随着生命本身的某种绝对的"否定性"（négativité）或绝对的"不在场"（absence），是人类思想中"没有基底的基底"（le fond sans fond）。对布朗肖而言，以文学为对象的写作经验与他所体验的极限死亡经验拥有相同的本质，在这些经验中，都是"死亡"在"言说"。正因如此，作为本质哲学行动的写作在逃离了西方哲学传统的"存在"范式后，可被视作一种死亡思想。

事实上，对写作经验与死亡经验的共同考察构成了布朗肖思想最核心、最深邃的部分。如果说对写作经验的考察依旧更多围绕文学这一中心的话，那么对死亡经验的考察则将使布朗肖得以与西方哲学传统产生持久的对话。其中，布朗肖最重要的对话对象正是黑格尔。在不断的对话中，布朗肖不仅将揭示出黑格尔建立在死亡之"绝对可能性"基础之上的、充满光亮的理念世界的界限，而且还将在这个光亮世界之外敞开一个建立在死亡之"绝对不可能性"基础之上的、让所有光亮都熄灭的独特空间。因此，诚然，布朗肖与海德格尔一样，都以黑格尔为超越对象。然而，如果说海德格尔更加注重对西方形而上学界限的揭示，从而在此基础上构建自己的存在哲学，那么布朗肖则并没有构建另一个体系的野心，而是在超越黑格尔界限后继续思考。从某种角度出发，如果说黑格尔是对人类"精神现象学"进行考察，那么布朗肖则是通过对黑格尔思想的不断逃离，揭示出黑格尔囿于形而上框架及主体中心论所忽视的人类精神领域。该领域既逃离了以主体为中心的来自理性或自然的光亮，也尚且还不是海德格尔所说的来自天上的光亮，而是"黑夜"（nu-it）。可以说，"黑夜"正是布朗肖所敞开的此前始终被忽略的人类精神领域。这是思想的"不可能"领域，从某种角度出发，布朗肖所考察的写作经验和死亡经验都与这个思想领域相关。

总之，布朗肖的文学思想拥有以下三个重要的思想源头：海德格尔哲学思想的启蒙、马拉美文学思想的启发以及自身独特死亡经验的滋养。这三股思想源头汇聚在一起，形成了布朗肖复杂而又深邃的思想。这个思想无法被简单地归类为某个文学思想或者某个哲学思想，而应该被视作以文学为方式的思想，将不仅为文学领域带来独特的声音，而且也会为哲学领域开启不同的方向。最终，从其所敞开的那个独特精神领域出发，布朗肖将让所有那些被他思考的对象都获得全新的命运。

＊ ＊ ＊

从以上源头出发，布朗肖的思想主要沿着以下两个路径展开：一个是通过对诸多不同时代思考着文学之本质的小说家或诗人进行考察，从而去思考以文学为追寻对象的写作经验之所是以及这个写作经验与死亡经验之间的关系；另一个则是在思考文学与写作经验的同时，去考察法国 20 世纪思想领域所关注的诸多其他主题，从而在为这些主题带来全新力量的同时，与同时代的其他思想家产生对话。

在对文学与写作经验的考察方面，布朗肖作为文学批评家，在各大报刊发表了数量众多的评论文章，评论对象涉及面极其宽广，主要涉及欧洲 19—20 世纪诸多小说家或诗人。用德语书写的小说家或诗人尤其包括卡夫卡、荷尔德林（Friedrich Hölderlin）、托马斯·曼（Thomas Mann）、赫尔曼·黑塞（Hermann Hesse）等，其中，卡夫卡是布朗肖写作经验研究的重要参考对象，相关文章被集结成册，以《从卡夫卡到卡夫卡》（*De Kafka à Kafka*）为名发表；用法语书写的小说家或诗人尤其包括马拉美、兰波（Arthur Rimbaud）、波德莱尔（Charles Baudelaire）、瓦雷里（Paul Valery）、阿尔托（Antonin Artaud）、纪德（André Gide）、普鲁斯特（Marcel Proust）、让·保兰（Jean Paulhan）、勒内·夏尔（René

Char)等。当然,其中亦不乏对英国文学中的佼佼者伍尔夫(Virginia Woolf)、乔伊斯(James Joyce)等的关注。不过,需要注意的是,布朗肖对这些作家的评论并不处在任何西方文学批评传统中(19 世纪与 20 世纪正是西方文学批评理论蓬勃发展的两个世纪),而是另辟蹊径,始终关注这些小说家或诗人的文学创作中与写作经验相关的部分,并最终分别以《火的部分》(*La Part du Feu*)和《未来之书》(*Le Livre à Venir*)为名将这些文章结集出版。由这两部作品的名称便能看出,在那些评论文章中,布朗肖关注的并非作品创作与写作者生平之间或清晰或隐晦的关联,也不是某部作品中某个或某几个具体主题的对比,而是所有这些看似毫无关联的创作经验共同呈现出来的作品的"火的部分"。如果说在赫拉克利特(Héraclite)的哲学中,"火"(feu)指的是统治宇宙运作与变化之物,意味着宇宙整体之真理的话,那么布朗肖所说的作品的"火的部分"指的亦是始终统治着作品的部分,意味着作品真理的显现,对应着浪漫主义者所说的"大写作品"或马拉美所说的"完美书籍"。诚然,作为"真理"的作品永远无法被写就,但它却可以宣称自己的到来,作为"真理之火"或者"未来之书"显现。此外,在关注与考察这些小说家或诗人写作经验的同时,布朗肖还逐渐形成了自己独特的文学思想,并在名为《文学空间》(*L'Espace littéraire*)的重要著述中对该思想进行了全方位的阐释。这部作品也将成为本书的重要参考书目。

在与同时代思想家的对话方面,事实上,与同时代人一样,布朗肖也处在法国 20 世纪大的思想背景之下,同样讨论着那个时代人们普遍关注的主题:现象学、精神分析学、语言学等。不过,布朗肖思想的出发点及其独特的思考方式会将这些主题引向某个全新的方向。

首先,文学是布朗肖思想的绝对核心,但这个文学与某个以文学为追寻对象的写作进程相关,而这个写作进程离不开写作者的具体承载。因此,在探讨写作进程的同时,布朗肖不可避免地需要思考写作者在追寻文学进程时的主体状态。这样的考察将让他得以同时与在那个时代正流行的现象学和精神分析学产生对话。一方面,在考察作为一种想象活动的写作经验时，布朗肖亦沿用了现象学的方法论，将写作进程视为写作者"转向"（tourner vers）文学的某种"知觉"行动。不过，他所关注的这个"现象"即文学却属于绝对不可视的范畴。于是，这样的考察让布朗肖得以指出胡塞尔现象学的可视性界限及其对光亮（无论是自然光亮，还是精神光亮）的预设，并进一步将思想带入了绝对不可视的深处。另一方面，当写作者以这样一个绝对不可视的对象为追寻对象时，他将在追寻过程中失去主体性，陷入某种绝对的"被动性状态"（passivité），写作主体所陷入的这个特殊状态亦让布朗肖得以与弗洛伊德（Sigmund Freud）以来的精神分析学产生对话。事实上，布朗肖亦很早就关注到了弗洛伊德的无意识理论，也曾熟读拉康精神分析学的相关论述[1]，而且还对洛特雷阿蒙（Lautréamont）及萨德（Sade）等经常出现在精神分析研究中的作家有过特别的关注。不过，他关注的更多是弗洛伊德所说的"无意识"状态下的"冲动"与写作经验中某种对超验之"欲望"（désir）的关系，以及拉康精神分析中提到的"在主体的精神分析实践中那空无的话语"[2]，由此开辟了一种在精神分析学范畴以外思考人的这一特殊状态的可能性。

其次，布朗肖所关注的以文学为追寻对象的写作进程同样离不开语言的承载，因此，对文学语言的思考亦是布朗肖思想的重要内容。从某种角度出发，语言可算作 20 世纪思想界始终无法绕过的主题，法国的思想家们更是将对语言结构的分析运用到了各个领域，并经历了从结构主义到解构主义的整体转向。不过，与同时代其他思想家不同的是，布朗肖从一开始就对从语言结构出发的各类分析持怀疑态度。布朗肖曾指出："对语言的各类研究总是充满迷惑性，由此研究的语言总是相较真正的语

---

① 相关观点，可参见 André Lacaux，«Blanchot et Lacan»，*Essaim* 2005/1（n°14），pp. 41 - 68。在文中，作者通过对布朗肖不同时期作品的细致解读，来分析拉康与布朗肖思想之间的隐秘关联，以及这一关联的变化过程。

② 参见 André Lacaux，«Blanchot et Lacan»，*Essaim* 2005/1（n°14），pp. 41 - 68。

言过多或过少。语言首先应该是'写作',然后在永远无法到来的'将到'中,变成'没有语言的写作'。"① 事实上,布朗肖对语言的结构分析始终持拒斥态度,他更加关注的是与写作进程相关的、隐藏在语言中的绝对"沉默"。正因如此,当从索绪尔的《普通语言学教程》(*Cours de linguistique générale*)出发,诸多法国思想家在各个领域发起如火如荼的结构主义运动时,布朗肖并未立刻参与其中,而是始终与同时代思想家保持一定的距离。事实上,在布朗肖的年代,大部分人被语言结构所吸引,并在各个领域发起所谓的结构主义运动的同时,还有另外一部分包括布朗肖在内的思想家始终只关注隐藏在语言结构背后的部分。尽管直到德里达 1966 年发表他那篇著名的文章《人类科学话语中的结构、符号与游戏》时,语言的这个深层结构才受到更多人的关注,并产生了所谓的从结构到解构或后结构的思想转向,但事实上,布朗肖对语言沉默的持久关注早已使他跨越结构主义,提前为法国思想领域带去解构的摧毁性力量。

　　总之,可以说,布朗肖所考察的以文学为追寻对象的写作进程不仅意味着对主体思想的不断逃离,而且意味着对语言结构的不断超越,由此导致布朗肖思想与同时代思想之间总是存在某个间隔。正是从这个间隔出发,布朗肖不断牵引着思想走向那个曾经被思想领域忽视的独特空间。这个独特的思想空间正是布朗肖文学思想最终的落脚点。在此基础之上,以该独特思想空间为隐秘中心,从《无尽的谈话》(*L'Entretien infini*)和《灾异的书写》(*L'écriture du Désastre*)开始,布朗肖将目光从文学上转移开,并尝试构建他独特的哲学思想。到了后期,通过对列维纳斯的绝对他者理论以及巴塔耶的内在经验进行借鉴,尤其通过对罗伯特·昂戴尔姆对集中营极限经验的考察,布朗肖开始深刻思考涉及人与人之间基本关系的伦理问题,并尤其关注"共同体"(communauté)、"孤独"

――――――――――

① 参见 André Lacaux, «Blanchot et Lacan», *Essaim* 2005/1 (n°14), pp. 41 - 68。

(solitude)、"友谊"(amitié)等主题。正是在对这些主题的思考中，布朗肖尝试在其文学思想的基础上进一步思考。

（二）

布朗肖思想的深度与独特性使其作品以晦涩难懂著称，他本人也被视作"法国 20 世纪最难懂的作家"[①]。当人们论及布朗肖时，总不免将之与"黑暗""沉默""不可视"等字眼联系在一起：克里斯托夫·毕当（Christophe Bident）称之为"不可视的合作者"，凯文·哈特（Kevin Hart）将之形容为"黑暗的凝视"，法国《文学杂志》（*Le Magazine littéraire*）称之为"神秘的布朗肖"。所有这些词汇都或多或少反映出了布朗肖所选择之道路的艰难，同时也指示出了布朗肖思想的不易亲近性。正因如此，无论是在法国、英美国家，还是在中国国内，对布朗肖思想的接受都经历了漫长的过程。

在法国，布朗肖始终与他所处的那个时代保持着距离。他生于 20 世纪的法国，却仿佛并不属于那个年代：他因小说风格的独特性被同时代人萨特（Jean-Paul Sartre）评价为"夏尔·莫拉（Charles Maurras）的徒弟"[②]，他与巴特（Roland Barthes）进行的是一场"古老的对话"[③]。在喧嚣热闹的法国 20 世纪思想热潮中，他似乎也没让自己留下太多的痕迹。据凯文·哈特和杰弗里·哈特曼（Geoffrey H. Hartman）在《争论的力量：论布朗肖》（*The Power of Contestation-Perspectives on Maurice Blanchot*）中所说，1966 年在美国约翰斯霍普金斯大学召开的著名的结构主义研讨会上，也就是德里达发表他那篇著名的文章《人类科学话语

① Geoffrey H. Hartman，《Maurice Blanchot：philosopher-novelist》，*Chicago Review*，Vol. 15，No. 2（Autumn，1961），p. 1.

② 参见 Michael Holland，《The Time of his Life》，*Blanchot's epoch*，Edinburgh：Edinburgh University Press，2007，p. 47. 夏尔·莫拉（1868—1952），法国 19 世纪记者、文论家、政治家、诗人，法兰西学院教授，以写作论战性强而闻名。

③ Éric Marty，《Maurice Blanchot，Roland Barthes，une "ancienne conversation"》，*Les Temps Modernes*，2009/3（n°654），p. 74.

中的结构、符号与游戏》时，布朗肖依旧鲜被提及。①

如果说萨特因其对存在主义哲学的发展而被视作照耀在法国 20 世纪思想领域上空的太阳，那么布朗肖则因其对死亡的独特思考而被视作在黑夜中发光的月亮。布朗肖总是谈论着孤独、死亡与沉默，即便他偶尔也会谈及友谊、交流和共同体，但这些看似熟悉的字眼在他那里却完全改变了模样，立即变得陌生起来。他似乎并不是在我们中间言说，他的声音仿佛来自地底深处。

正因如此，布朗肖为 20 世纪法国思想界带去的是一股黑色的力量，或者如列维纳斯所说，一股来自地底深处的力量。这个力量没有耀眼的光芒，也没有可视的形象，从地底而来，复又消失在地面，仿佛什么都没发生，却在其所到之处慢慢浸润着人们的内心。对于这股力量，当人们想要用理性之光将它抓住时，黑暗将会被立即驱散。这就是为何，在列维纳斯看来，布朗肖的思想位于哲学思想之外，在一定程度上宣告了现有哲学的失效。②

然而，正是这股黑色的力量对大批同时代法国思想家产生了重要的影响，从而悄然改变着法国 20 世纪下半叶思想的走向。正如克里斯托夫·毕当所说，布朗肖就像是"隐秘的发动机"，不断为法国 20 世纪思想家输送着养料。乔治·巴塔耶称这位挚友为"20 世纪最具原创性的思想家"，指出"他为我们带来了最新奇的视角，揭示出了人类存在视野中最出乎意料的东西"③。列维纳斯在《论布朗肖》一书中说道："布朗肖对

---

① Kevin Hart, Geoffrey H. Hartman, *The Power of Contestation-Perspectives on Maurice Blanchot*, Baltimore and London: The Johns Hopkins University Press, 2004, p. 13.

② 相关观点，可参见 Emmanuel Levinas, *Sur Maurice Blanchot*, Montpellier: Fata Morgana, 1975, p. 9. 原句是："布朗肖没有在哲学中看到最后的可能性，也没能在'我能'中看到人类最后的可能性。"

③ Georges Bataille, "Maurice Blanchot", *Une liberté souveraine*, textes and interviews collected and introduced by Michel Surya, (Vendôme: Farrago, 2000), p. 67. Cité dans Kevin Hart, Geoffrey H. Hartman, *The Power of Contestation-Perspectives on Maurice Blanchot*, Baltimore and London: The Johns Hopkins University Press, 2004, p. 1.

艺术和文学的思考有着最崇高的野心，他的作品位于所有评论与阐释之上。……他思考的不是哲学，不是说低于哲学，而是因为他在哲学中没能看到'最后的可能性'，同时在'我能'的可能性本身中也没能看到人的界限。"[①] 米歇尔·福柯（Michel Foucault）年轻时就梦想成为像布朗肖一样写作的人；始终思考着如何走出主体哲学的福柯没能在萨特那里找到共鸣，在梅勒-庞蒂的语言现象学那里也没能找到足够的慰藉，直到最后被布朗肖对"疯癫"的阐释，以及他那"无法言说'我'的状态"所深深吸引。在福柯看来，"通过将文学视作一种经验，布朗肖将我们带离了那个从笛卡尔一直延伸至胡塞尔的主体哲学"[②]。德里达（Jacques Derrida）也从不吝惜他对布朗肖的赞美之辞，他曾回忆称，布朗肖是"让他思考最多且最经常启发他思考的作家之一"[③]。至于布朗肖对法国20世纪思想领域的影响，哈特与哈特曼在《争论的力量：论布朗肖》中做出了很好的总结："一方面，布朗肖激励着那些认为有必要超越现象学进行思考的年轻哲学家，比如拉库-拉巴特（Philippe Lacoue-Labarthe）和南希（Jean-Luc Nancy）；另一方面，那些抛弃现象学，尝试摆脱所有超验思想进行思考的哲学家也对他青睐有加，比如德勒兹（Gilles Deleuze）和福柯；最后，他还深刻改变了包括杜拉斯（Marguerite Duras）、路易-勒内·德·弗雷（Louis-René des Forêts）、罗热·拉波尔特（Roger Laporte）等在内的作家，还有包括勒内·夏尔、米歇尔·德吉（Michel Deguy）以及埃

①　Emmanuel Levinas, *Sur Maurice Blanchot*, Montpellier: Fata Morgana, 1975, p. 9.

②　参见 Michel Foucault, *The Order of Things: An Archeology of the Humain Sciences*, London: Tavistock Publications, 1970, pp. 383 - 384; Cité dans Kevin Hart, Geoffrey H. Hartman, *The Power of Contestation-Perspectives on Maurice Blanchot*, Baltimore and London: The Johns Hopkins University Press, 2004, p. 7。作者指出：德勒兹已经在他的《哲学与权力的谈判》（*Negotiations*）一书中勾勒出了布朗肖对福柯思想的影响。

③　Jacques Derrida, "Pas", *Gramma*, pp. 3 - 4. "Lire Blanchot I", 1976. Cité dans Kevin Hart, Geoffrey H. Hartman, *The Power of Contestation-Perspectives on Maurice Blanchot*, Baltimore and London: The Johns Hopkins University Press, 2004, p. 7.

德蒙·雅贝斯（Edmond Jabès）等在内的诗人的写作活动。"①

可以说，在 20 世纪的法国，尤其是在那些杰出的知识分子中间，布朗肖从来都不是一个可有可无的人物。1976 年，德里达在美国《语法》（Gramma）杂志上发表了一篇关于布朗肖的文章《步伐》(«Pas»)。他在文章中说道："布朗肖已经走在我们的前面，在前方等待我们的到来，等待着被我们阅读与重新阅读。"② 时隔近 40 年，埃里克·何博诺（éric Hoppenot）在 2014 年为艾尔纳出版社（Herne）编写的《莫里斯·布朗肖》(Maurice Blanchot) 手册中也提出："通过多年的研究阅读，现在已经是时候将布朗肖视作 20 世纪伟大的思想家进行'严肃'讨论了。"③

不过，尽管布朗肖对法国 20 世纪的思想家产生了重要的影响，但这一影响是隐秘的。总体上，在学术研究与影响力方面，法国学界对布朗肖的研究相对滞后，一直到美国学界在 20 世纪 90 年代踊跃研究布朗肖后，法国国内对他的研究才开始变得活跃起来。

在英美国家，对布朗肖的接受也经历了漫长的过程。首先是 20 世纪 40—80 年代，布朗肖逐渐以小说家、小说家—哲学家的身份被介绍到美国。乔治·普莱（Georges Poulet）应该算是最早将布朗肖介绍到美国的学者之一，他为布朗肖撰写的文章《作为小说家的莫里斯·布朗肖》(«Maurice Blanchot as Novelist») 1951 年发表在《耶鲁法国研究》(Yale French Studies) 期刊上。在文中，布朗肖是作为评论家和小说家被评述的。当时，普莱刚发布其重要理论著作《论人类时间》(études sur le temps humain）不久。即便这篇文章篇幅较小，但普莱却很好地指出了

---

① Kevin Hart, Geoffrey H. Hartman, *The Power of Contestation-Perspectives on Maurice Blanchot*, Baltimore and London: The Johns Hopkins University Press, 2004, p. 11.

② Jacques Derrida, "Pas", *Gramma*, pp. 3 - 4. "Lire Blanchot I", 1976. Cité dans Kevin Hart, Geoffrey H. Hartman, *The Power of Contestation-Perspectives on Maurice Blanchot*, Baltimore and London: The Johns Hopkins University Press, 2004, p. 7.

③ Éric Hoppenot, Dominique Tabate [dirigé], *Maurice Blanchot*, Paris: éditions de L'Herne, 2014, p. 11.

布朗肖小说的独特性："布朗肖的小说是对所有生命的持续摧毁"①，"死亡不是布朗肖小说的终结，而是'最初的灾难'"②，"没有任何小说家不比布朗肖更具现实主义"③，等等，从而将布朗肖与那个时代所有其他文学流派区分开来。考虑到在当时，人们正绞尽脑汁用时下的文学流派对布朗肖的小说进行归类，萨特甚至认为"人们缺乏的只是对布朗肖文体的发现"④，普莱对布朗肖小说的评介可算是别树一帜，最大程度地将布朗肖小说的核心特征凸显了出来。杰弗里·哈特曼（Geoffrey H. Hartman）也很早就将目光投向了布朗肖，不过这次是作为哲学家—小说家的布朗肖。1961 年，哈特曼撰写的《莫里斯·布朗肖：哲学家—小说家》（«Maurice Blanchot：philosopher-novelist»）一文发表在《芝加哥评论》（*Chicago Review*）期刊上。在文中，除了对作为小说家的布朗肖进行评述，哈特曼还尤其探讨了布朗肖作品中的遗忘主题与海德格尔遗忘概念之间的关系，以及布朗肖与黑格尔艺术观的不同。最后，哈特曼指出："布朗肖的独特力量在于，他的叙事不是哲学的，也不是严格意义上的虚构的，而是介于二者之间的一个模糊状态……它指示出了某种介于哲学与艺术之间存在的可能性。"⑤ 哈特曼模糊地预感到了布朗肖作为哲学家的另一面，为研究布朗肖指出了不同的路径。

　　不过，在那期间，英美国家对布朗肖的接受依旧非常有限。直到

---

① Georges Poulet，«Maurice Blanchot as Novelist»，*Yale French Studies*，No. 8，What's Novel in The Novel（1951），p. 78.

② Georges Poulet，«Maurice Blanchot as Novelist»，*Yale French Studies*，No. 8，What's Novel in The Novel（1951），p. 78.

③ Georges Poulet，«Maurice Blanchot as Novelist»，*Yale French Studies*，No. 8，What's Novel in The Novel（1951），p. 79.

④ Georges Poulet，«Maurice Blanchot as Novelist»，*Yale French Studies*，No. 8，What's Novel in The Novel（1951），p. 81.

⑤ Kevin Hart，Geoffrey H. Hartman，*The Power of Contestation-Perspectives on Maurice Blanchot*，Baltimore and London：The Johns Hopkins University Press，2004，p. 14.

1973 年，布朗肖的代表作《黑暗托马》（*Thomas L'Obscur*）英译本才由一个小出版社出版，反响平平。长久以来，布朗肖虽然被零星地讨论着，却始终没有走进学院范畴。据哈特曼说，这是因为，"在布朗肖的作品中，人们并没有找到某种有待发掘的理论或方法，以供学院研究使用"①。一直到 20 世纪 90 年代中期，布朗肖的重要作品才开始被斯坦福大学出版社、明尼苏达大学出版社等学院出版社出版。在所谓的"后结构主义"在美国兴起 20 年之后，布朗肖终于以锐不可当之势席卷校园。紧接着，有各种布朗肖读本相继问世，还有各种研究布朗肖的专著被出版，这股风潮同时也刮回到了法国境内。在整个过程中，德里达起到了功不可没的作用。这位被视作开启了后结构主义或解构主义思潮的元老级人物，嘴边却时常挂着对读者而言如此陌生的名字，以至于这些追随者再也无法忽视布朗肖的存在。

不过，迄今为止，在所有研究布朗肖思想的著作中，最常被提及的两本书依旧出自法语地区，一本是比利时哲学家弗朗索瓦茨·科林（Françoise Colin）在 1971 年出版的《布朗肖与书写问题》（*Maurice Blanchot et la question de L'écriture*），另一本是玛尔莱纳·扎拉德尔（Marlène Zarader）在 2001 年出版的《存在与中性》（*L'être et le neutre*）。这两本专著为其他诸多有关布朗肖的研究奠定了基础。

1971 年，《布朗肖与书写问题》一书问世，引起了很大的反响。在书中，科林从布朗肖思想的核心——文学出发，分别从"何为文学"以及"文学如何成为可能"两方面对布朗肖的思想进行论述，其中涉及对"写作经验"、"等待"（attente）、"意象"（image）、"中性"（neutre）、"他者"（Autre）等布朗肖作品中至关重要的术语的讨论，最后还在这些讨论的基础上，将布朗肖的思想与其他哲学家的思想进行了对比。列维

---

① Kevin Hart, Geoffrey H. Hartman, *The Power of Contestation-Perspectives on Maurice Blanchot*, Baltimore and London: The Johns Hopkins University Press, 2004, p. 14.

纳斯认为科林的成功在于，她做到了"在让布朗肖作品进入哲学语境的过程中，同时纳入了针对这些作品能讲的话和不能讲的话"①。可以说，科林用极其谨慎的哲学话语，在言说能够言说之物的同时，让那些无法被哲学话语谈及的东西作为沉默保留，从而尽可能忠实地体现出了布朗肖思想的核心，既未用哲学话语将布朗肖的思想吞噬，又让言说布朗肖的思想成为了可能。在整个过程中，她虽无法用哲学话语言明何为布朗肖的思想，却可以向读者展示布朗肖的思想如何得以超出哲学的限度。科林用哲学话语对布朗肖进行的阐释可算是布朗肖研究的一个重要转折点，因为在此之前，布朗肖作品总是呈现出难懂甚至不可读的形象，而科林则为人们开辟了一条接近布朗肖思想的路径。

　　时隔 30 年，玛莱纳·扎拉德尔的《存在与中性》一书于 2001 年问世，作者在书中首次提出了布朗肖的"中性思想"概念，并对布朗肖的这一思想进行了深入的分析。在书中，扎拉德尔是在现象学的范畴下接近布朗肖的思想的，她将布朗肖的思想视作一种"极限现象"进行讨论。沿着这一途径，通过对比布朗肖与黑格尔、海德格尔等思想家的思想，她成功找到了布朗肖与另外两位思想家分道扬镳的起点——对黑夜（nuit）的思考：黑格尔将黑夜视作让行动成为可能的否定性，海德格尔将之视作存在通过焦虑自我征服的可能性，而布朗肖则将它视作思想得以产生的地方本身。在此基础上，作者还进一步思考，在这样一个新的起点上思考，即他所谓的"中性思想"如何成为可能。在后面这个部分，她参考了布朗肖对文学的论述，但她似乎并没有完全转到文学，而是继续留在现象学的思考领域。无论如何，扎拉德尔成功指出了布朗肖思想得以产生的特殊领域：黑夜，以及在黑夜中继续思考的可能性，这对后来学者研究布朗肖的思想意义重大。

　　国内对布朗肖的研究开始较晚，这当然在很大程度上是因为布朗肖

---

① 　Emmanuel Levinas, *Sur Maurice Blanchot*，Montpellier：Fata Morgana，1975，p. 46.

的相关作品译入国内较晚：直到 2003 年，其主要文学理论著作《文学空间》（*L'Espace littéraire*）才在国内翻译出版，其叙事作品及其他理论作品直到 2015 年前后才相继问世。此外，国内翻译出版的有关布朗肖的研究专著也寥寥无几，其中仅包括由乌尔里希·哈泽（Ullrich Haase）和威廉·拉奇（William Large）合著的《导读布朗肖》①（*Maurice Blanchot*）（2014）以及福柯有关布朗肖思想的评论文集《福柯/布朗肖》（2014）②。最后，布朗肖作品本身的不易亲近性也是重要原因。不过，布朗肖在国内也并不是一个完全陌生的人物，他就像是个影子，时而隐藏在列维纳斯、巴塔耶、福柯和德里达的身后，在他们的思想中留下痕迹，但永远不让人抓住；时而又隐藏在罗兰·巴特的身后，他们对文学的思考并不相同，却都从"中性"一词中汲取养分。一方面激起人们的好奇心，另一方面却不让人轻易接近：这就是为何布朗肖在我们中间总是呈现出神秘的形象。近几年，随着布朗肖作品的译介与推广，国内涌现出较多布朗肖作品的翻译者与研究者。总体说来，国内对布朗肖的研究还只是刚刚起步，国内读者对布朗肖作品的接受也还尚需时日，这需要越来越多的学者投入对布朗肖作品的研究中。

（三）

布朗肖一生著述颇丰，不仅写作了《文学空间》、《未来之书》、《火的部分》、《无尽的谈话》、《灾异的书写》、《失足》（*Faux pas*）、《来自别处的声音》（*La Voix venue d'ailleurs*）等偏理论性的书籍，还创作了《黑暗托马》、《亚米纳达》（*Aminadab*）、《死亡判决》、《最后之人》（*Le Dernier homme*）、《至高者》、《等待遗忘》（*L'Attente L'oubli*）、《一步（不）之外》（*Le Pas au-delà*）、《没有陪伴我的那一个》（*Celui qui ne*

---

① ［英］乌尔里希·哈泽、威廉·拉奇：《导读布朗肖》，潘梦阳译，重庆大学出版社 2014 年版。

② ［法］米歇尔·福柯：《福柯/布朗肖》，肖莎等译，河南大学出版社 2014 年版。

m'accompagne pas)、《我的死亡时刻》(*L'Instant de ma mort*) 等可被视作小说或叙事的作品。他的作品以艰涩难懂著称，令人难以接近，从整体上体现出了分散性的特质。一方面，他的许多著作，如《未来之书》《无尽的谈话》《火的部分》等，都是由相互独立的文章集结而成，这些文章一开始发表在不同的刊物上，并不存在任何预先的体系将它们统一起来。另一方面，布朗肖的其他作品，如《灾异的书写》《等待遗忘》等，都是由一些相对独立的段落组成，没有标题，也不分章节，仅由纸张上的空白间隔开来，属于片段式的写作，因此自然体现出分散性的特征。

　　布朗肖作品的分散性特征不仅体现在形式方面，还体现在其思想本质方面。布朗肖与海德格尔一样，都认为提问是思考的开始，而且布朗肖也区分出了两种不同的提问方式。布朗肖曾在《无尽的谈话》中的《最深刻的问题》(«La question la Plus Profonde»)(*LEI*：12) 一文中指出，所有提问分为两种不同的提问方式：一种是"总体提问"，假设有一个总体的真理在前方等待我们，进行提问是为了抵达那个总体；另一种则是"深度提问"，是与"总体提问"相对应的，不以总体为目标，而是不断逃离、不断深化问题的提问方式。布朗肖在他的思考中进行的就是"深度提问"。这样一种提问方式决定了布朗肖的写作风格：不是通常的提出问题—分析问题—解决问题式的论述型文章，而是在提出问题后，不断围绕这个问题提问、思考，不断深化这个问题本身。如果说"总体提问"总是将我们引向某个结论，那么"深度提问"就是让我们逃离任何固定的结论。这样一来，想要用哲学话语从整体上把握布朗肖的思想将变得不再可能。比利时哲学家弗朗索瓦茨·科林就在《布朗肖与书写问题》的"前言"中直言不讳地说道："这世间存在着一些危险无比的事情，想要从哲学角度阐释布朗肖作品的意图应该就算一种……想要抓住布朗肖作品重点的做法，其实就是任由其重点流失。"①

---

　　① Françoise Collin，*Maurice Blanchot et la question de L'écriture*，Paris：Gallimard，1971，p. 11.

事实上，正是布朗肖作品所体现出的分散性特征使得对其思想的研究变得困难重重。然而，当我们透过这个分散性表象进一步考察时，我们会发现，布朗肖的思想并不是没有任何中心。正如布朗肖在《文学空间》开篇处所说："任何书籍，哪怕是碎片化的书籍，都有一个中心。……这个中心在保持不变的同时又不断移动，越来越清晰，又越来越隐秘，越来越不确定，又越来越迫切。"（*LEL*，5）通过从布朗肖整体著作出发进行分析，我们会看到，布朗肖的所有作品，无论是理论性著作，还是评论性或叙事性著作，不同文体间的界限已经非常模糊，让人捉摸不定。但是，无论哪种类型的作品，只要布朗肖开始言说，我们总能感受到他在朝着某个我们看不见的方向靠拢。那个方向就像是夜空中的北斗星，总是指引着布朗肖的思想前进。通过阅读布朗肖的作品，我们几乎可以肯定，文学就是那个始终指引着他的思想前进的中心。只不过布朗肖对文学进行的是"深度提问"，因此自始至终未给出"何为文学"的答案，而是围绕这个问题，通过考察写作者的写作经验，来不断追问文学之所是以及文学如何成为可能的问题。这样的追问方式极具摧毁力，在追问过程中，所有现存的确切文学理论都将失去其赖以存在的根基，所有人们通常对文学持有的观念，以及所有有关文学、写作、写作者、读者的理念都将遭到彻底的颠覆。最终，正是通过对文学颠覆式的追问以及对写作经验的考察，布朗肖得以为我们呈现出一个完全不同于现实世界的思想空间。在这个空间中有行动的主体（写作者），有指导行动的思想（写作），还有行动的目标（文学），但是所有这些主体、思想与目标似乎都在现实世界的基础上发生了彻底的翻转：行动主体恰恰将失去主体性；思想恰恰超出了任何现有的哲学思想界限；目标永远无法抵达；就连作为意义载体的语言在那里也已经失效，变成意象被搁置起来。布朗肖称这个空间为"文学空间"（L'espace littéraire）。

在布朗肖的思想中，"文学空间"指的是写作者在对文学的无限追寻过程中、在文学消失处所敞开的特殊空间。这个空间并不是具有任何现实性的实存，只能在写作进程中被敞开。写作进程在敞开"文学空间"

的同时，还意味着在写作者主体性之外敞开一个"外在"空间（de-hors），在语言的能指—所指结构之外敞开一个"沉默"的语言空间，在作品中敞开一个让任何作品不再可能的"无作"的空间，等等。尽管在不同语境下，布朗肖用不同术语对该空间进行了命名，不过，所有这些空间都共同指向某个"空无"（vide）或绝对的"不在场"（absence）——要么是文学的不在场，要么是主体的不在场，要么是作品本身的不在场等——因而都与某个作为绝对"否定性"的死亡相关。可以说，正是这样一些空间构成了布朗肖文学哲思的所有出发点与最终归宿。它们蕴藏于布朗肖的所有作品中，尽管不可视且不可言说，却会作为某个"空无的中心"或"不是中心的中心"，以倾斜的方式吸引着布朗肖的所有话语。这样的"中心"不仅不会促使布朗肖的思想形成任何体系，而且还将导致布朗肖视域下的任何固定体系或理论消解。最终，可以说，这个思想"中心"就是布朗肖黑暗力量的源泉，是德里达所说的布朗肖思想所开启的特殊领域。

在确定了布朗肖思想的"中心"以及基本特点之后，我们会发现，正如科林所说，对这样一个分散而又晦涩的思想进行研究将是极其困难与危险的事情：一方面，布朗肖思想的"中心"逃离了建立在可能性基础之上的整个哲学话语体系，因而无法被言说，更无法被论证；另一方面，要想研究布朗肖的深邃思想，必定离不开对这样一个"中心"的观照。那么，在研究中，要如何尽可能地靠近布朗肖思想中所蕴藏的那个独特空间，从而最大程度接近布朗肖文学思想的核心；要如何在保留布朗肖思想的独特性与深刻性的同时，保持论证的清晰性？所有这些问题都将成为摆在每一个布朗肖研究者面前的难题。

可以肯定的是，我们既不能从总体出发，通过层层递进的分析，尝试在结论处抓住布朗肖思想的核心，也不能在不考虑布朗肖核心思想的前提下，满足于对他的局部思想进行描绘。这两种研究路径都只能以这样或那样的方式让布朗肖深邃思想的"中心"或独特性流失。与以上两个路径不同，本书将以布朗肖思想所揭示的那个独特空间为隐秘中心，以布朗肖对文学各元素的思考为基本线索，尝试论证布朗肖如何得以在他对文学各元素的思考中敞开我们前面所说的那些空间。这就是说，同布朗肖的论证方法类似，本书遵循的也不再是提出问题—分析问题—解决问题的线性路径，而是以那个空间为隐秘中心，既以该中心为研究的出发点，也以该空间为研究的最终落脚点。最终，正是在这样的研究中，本书将得以勾勒出布朗肖在超越各方面界限并敞开该空间时所留下的印记。如果说布朗肖在思想中所敞开的那个空间是一个"空无深渊"的话，那么本书就是通过对布朗肖思想路径的描绘，让这个"空无深渊"的边缘或者边界凸显出来。正是在这个边界之外，"空无深渊"自在地敞开。

因此，可以说，本书并没有构建某个布朗肖思想体系的野心，笔者无意用某个来自外面的光亮照亮它，而是尝试在忠实地靠近布朗肖文学思想的同时，让隐藏在该文学思想中的作为"黑夜"的独特空间呈现出来。该空间正是布朗肖以文学为目标和方式、在超越任何哲学范式的基础上所敞开的此前一直被忽视的精神领域，是布朗肖思想中最深刻的部分。不过，在勾勒布朗肖文学思想所跨越的界限时，我们将不可避免地需要将其思想和诸多文学思想或哲学思想进行对比研究，从而描绘出布朗肖在这些思想基础上进一步思考并跨越不同界限的痕迹。在此基础上，我们也可能赋予布朗肖文学哲思以其他名称，诸如"中性思想""死亡思想""断裂思想"等，从而指出布朗肖思想与其他思想之间的区别与界限。不过，所有这些思想都始终以那个独特的空间为隐秘中心。最后，在呈现出那个独特的空间后，笔者还将跟随布朗肖的步伐，将思想从"文学"的范式中解放出来，从而去思考这样一个空间的敞开对人与世界以及人与人之间关系的认识意味着何种改变。

鉴于此，本书将分为三大部分："写作空间""作品空间""文学与世界"。首先，在"写作空间"部分，本书着重分析让"文学空间"得以敞开的以文学为追寻对象的写作进程，一方面将该进程与死亡经验进行对比，从而指出布朗肖思想中写作与死亡之间的关系，另一方面对加入该写作进程的写作者进行细致考察，从而以具体的方式描绘出作为本质行动的写作进程如何超越各类思想界限。其次，在"作品空间"部分，本书着重描绘得以承载写作进程的行动空间——作品空间，一方面对其时空特征进行分析，指出该空间的双重性以及被空间化的时间，另一方面对让该空间得以具化的语言进行深层结构分析，指出蕴藏在语言中的"沉默"空间，接着在这个空间基础之上，讨论写作者与读者之间的交流问题。最后，在"文学与世界"部分，本书侧重于讨论随着写作进程中"文学空间"的敞开，人与世界以及人与人之间关系的深刻改变，一方面指出"真实世界"本身如何在该空间敞开处作为不在场本身显现，由此产生独特的人与世界的关系，另一方面指出人在该空间敞开处所抵达的最后界限，并在这个共同界限的基础上，讨论某种独特"共同体"的可能性。关于本书的具体结构，需要尤其指出的有以下三点。

第一，从研究的大框架以及各部分的标题可以看出，"文学"始终是本书的一个核心关键词，并且承担了将各部分串联起来的关键角色。从"文学的消失"到"写作者的祭献""作品的诞生""文学语言的奥秘"，再到"读者的介入"，正是这些与文学各元素相关的标题让各个章节之间拥有了连贯性，同时也为本研究提供了一个立足点。正是在这个意义上，我们可以说，本书是对布朗肖文学思想的研究。不过，与此同时，需要注意的是，在这个表面的连贯性之下，始终有一个空间纵向地牵引着所有这些主题，从而让文学变成"文学空间"，让写作者变成"中性"，让作品变成"无作"空间，让语言变成"沉默"，让读者变成"无知"的读者。该空间始终笼罩在整个研究的上方，在吸引文学各元素自我消解的同时，让自身得以显现，从而在更为本质的意义上构成了本书的"中心"。

第二，除了文学这条明线，本书还隐藏着另一条以布朗肖哲学思想为线索的暗线：无论如何，布朗肖的文学思想是以文学为目的与方式的独特思想范式。本书第 1 部分勾勒的本就是作为本质哲学行动的写作进程对其他哲学思想（存在思想、主体思想、现象学等）的超越，由此尝试提出专属于布朗肖的死亡思想。诚然，本书第 2 部分更加关注文学方面，描绘的是得以承载极限写作经验的行动空间，从而在一定程度上指出了让"文学空间"得以敞开的条件。不过，本书更想做的是，以此为出发点，揭示出包括写作经验在内的所有极限经验所涉及的思想场域："黑夜"的思想空间，空间化的时间，返回自身沉默的语言，在这种经验中人与人之间的交流，等等。因此，通过对写作经验思想场域的勾勒，本书更想呈现的是属于所有人类极限经验的思想场域，该思想场域构成了人类经验中极其深刻的一部分。正是在由此勾勒的思想场域的基础之上，我们将得以讨论处在该思想场域之人与世界之间的关系，以及人与人之间的关系，并尝试以文学以外的视角去把握布朗肖思想的深度。

第三，文学与哲学这两条线索相互融合，共同构成了本书的有机整体：没有以文学为线索的描绘，我们将无法深入布朗肖思想的最深处，从而敞开那个独特的空间；同时，对文学线索的描绘又离不开对哲学线索的借鉴。最终，正是在文学线索与哲学线索的相互作用下，我们得以将布朗肖的思想带离现有的哲学范式以及传统文学范式，由此得以凸显布朗肖思想的所有独特性。总之，本书既是对布朗肖文学思想的研究，亦是对其哲学思想的探讨。通过本书的分析，我们将看到，从这个"文学空间"出发，不仅任何与文学相关的理念会被颠覆，而且几乎所有固定的理念和思想都会被摧毁。于是，通过不断追寻文学从而呈现"文学空间"，布朗肖将可能为人类指出一个全新的思想起点以及一个人与人之间的全新关系。可以说，不仅对文学领域而言，而且对哲学思想领域而言，这将意味着一场深刻的革命。

本书的创新性在于，笔者是从让布朗肖思想产生摧毁性力量的源头区域，即"文学空间"出发，从整体上对其文学思想进行研究。目前，国内虽已有诸多论及布朗肖思想的研究，但大多数研究是从某个具体主题出发，比如"文学的沉默""文学语言观"等，对相关内容进行阐释。如果说现有研究尝试回答的问题更多的是布朗肖的文学思想具有哪些独特特征的话，那么本书想要回答的问题则是布朗肖的文学思想为何会表现出那些特征。正是这样的思考将笔者引向了对"文学空间"的考察。

此外，从"文学空间"出发来考察布朗肖的文学思想，也将为我们研究布朗肖的哲学思想提供全新视角。事实上，以科林和扎拉德尔为代表的国外布朗肖研究者，以及国内大部分布朗肖研究者往往更多为布朗肖的哲学思想所吸引。诚然，这些研究对布朗肖哲学思想的考察几乎都离不开对布朗肖有关写作经验之论述的关注。但通常情况下，这些研究更多地将布朗肖所描绘的写作经验视作一种极端现象，并通过对这一现象的考察，得出布朗肖的思想相对于其他哲学的独特性。这对于研究布朗肖的思想路径固然至关重要，它使人们得以在布朗肖的思想与其他哲学思想之间建立起联系。然而，在笔者看来，写作经验的核心在于"文学空间"。当人们将写作经验视作一种现象，从而尝试从外部靠近这个现象时，作为核心的"文学空间"并未被赋予它应有的力量。本书则不再满足于将写作经验视作一种现象，而是从追问文学本质开始，在深入这个"文学空间"之后，再去考察文学各元素如何在这个空间的视域下被逐个消解。最终，通过从文学的路径出发接近布朗肖的思想，我们将有望让位于该思想核心的"文学空间"拥有其全部的黑色摧毁性力量。

第 1 部分

写作空间

写作（écrire）在布朗肖的文学思想中占据着核心的地位。在布朗肖那里，写作指的并非一般意义上的以文学作品为生产对象的具体活动，而是特指在文学创作过程中，写作者（无论是在有意识的情况下，还是无意识的情况下）不可避免地加入的那个以文学为追寻对象的无限进程。

布朗肖对这个无限写作进程的意识与思考开始于他对卡夫卡、马拉美等人极限写作经验的关注。在布朗肖分析的众多写作经验中，他发现当写作以文学或诗歌本身为追寻对象时，加入这个写作行动的人总会与某个"空无深渊"相遇。对类似极限写作经验的关注促使布朗肖进一步思考"何为文学"以及"文学如何成为可能"等问题，并让他在对写作经验与自身死亡经验的类比中，发现了文学与死亡的"不可能"本质。事实上，正是文学与死亡的"不可能"本质使得在写作行动中，以文学为追寻对象的写作者注定与某个"空无深渊"相遇。最终，这个"空无深渊"被布朗肖分别命名为"文学空间"与"死亡空间"。这是一个在西方思想史中始终被忽略的思想空间，布朗肖始终思考的是，如何让这个思想空间得以敞开。他找到的途径便是写作。于是，在布朗肖那里，写作变成了一项本质的哲学行动。

第1章　文学、死亡与写作

第1节　"消失"的文学

1. 何为文学?

布朗肖的写作思想离不开他对文学本质的思考,而这一思考又开始于对"何为文学"的不断追问。"何为文学"这个问题可被视作所有文学研究的基础,它同时也是布朗肖文学思想的出发点。不过,"文学"本身是一个模糊的词汇:初提到文学,人们似乎总有一种心知肚明的确切性,但当需要进一步阐明时,人们却总是会掉入以这个词为中心的混乱旋涡中。因此,为找到布朗肖文学思想的出发点,我们有必要跟随他的步伐,进入这个旋涡,从而尝试去厘清对布朗肖而言,文学究竟意味着什么。

事实上,有关"文学"一词的内涵,不同文学流派众说纷纭,似乎每产生一种新的文学理论,就会产生一种新的文学定义。不过,它们与其说是对文学的定义,不如说是对文学的描述;这些描述与其说是回答"何为文学",不如说是在回答"文学可以做什么""什么样的特征可以让我们称一个文本为文学的",等等。于是,人们不断地从文学的形式、功能、内容等方面界定着文学,从而让"文学"一词的内涵越来越丰富,有时这些内涵甚至相互矛盾。但是,我们会发现,始终没有任何一个定义能够完全界定文学。这就是为何布朗肖会说:"我们可以轻易地说出何

为诗歌、散文或小说等，正是这些构成了文学，但我们却从来无法回答'何为文学'这个问题。"（*LPDF*：295）

　　鉴于此，布朗肖继续发问：文学既然无法被完全界定，那么它究竟存在吗？让人感到诧异的是：虽然我们无法回答"何为文学"，但当我们被问及"文学是否存在"时，我们却几乎可以给出完全肯定的答复。关于文学的存在，我们似乎有着各个层面的确定性。我们不仅通过定义、分类等方式将文学变成文体、流派等方面的相关知识，而且还不断地编织着由这些知识组成的线性的、连续的文学史，最后还在文化生活中不断地感受着文学的存在。于是，这些有关文学的知识相互交织在一起，让人们对"文学"一词的内涵产生模糊的确定性，并让他们在不知道"文学"一词确切含义的情况下，可以自在地使用"文学"一词，"仿佛大家对什么是文学什么不是文学早已达成共识"①。

　　然而，当我们跟随布朗肖的步伐，进一步思考文学的本质时，我们会发现，"文学"在共识层面那毋庸置疑的"存在"不过只是幻觉，它所拥有的各个层面的确定性也只是人为的创造。

　　根据词源，"文学"一词一开始在法语中泛指种种题记、文稿、知识学问，故至今法语仍然可以用这个词来表达"高才"之意。② 这个词被真正用来指称某种人类用语言进行创作的艺术不过发生在两个世纪前，与浪漫派的兴起息息相关。从 19 世纪初期开始，随着浪漫派的兴起，诗歌被从严格的形式要求中解放出来。于是，人们开始思考诗歌这类创作活动本身，并从中体会到了某种本质的东西。正是这个本质的东西后来被命名为"文学"。从那时起，"文学"一词才开始与这种用语言进行创作的精神活动密切相关。此前，这个精神活动在亚里士多德那里被归为"无法命名之物"。在《诗学》的开篇，亚里士多德便明确地指出："用语

---

① ［法］安托万·孔帕尼翁：《理论的幽灵——文学与常识》，吴泓缈、汪捷宇译，南京大学出版社 2000 年版，第 22 页。

② 参见［法］安托万·孔帕尼翁《理论的幽灵——文学与常识》，吴泓缈、汪捷宇译，南京大学出版社 2000 年版，第 22 页。

言写诗和写散文的艺术……至今没有一个专有名称。"① 因此，可以说，人类从事所谓的文学艺术活动由来已久，但用"文学"来指称这个艺术，并对这个艺术进行系统研究仅仅开始于两个世纪以前。自"文学"被用来指称亚里士多德所说的"用语言写诗和写散文的艺术"开始，人们便不断尝试回答"何为文学"的问题，并在此基础上以"文学"之名进行各个层面的研究。由此便逐渐形成了人们对"文学"一词的共识层面的确定性。

布朗肖显然并不满足于文学在共识层面的"存在"，而是在这个共识之外，继续提出"何为文学"的本质问题。顺着他的思路，我们可能会提出以下问题：人们以"文学"之名进行的各项研究以及由此产生的与文学相关的各个层面的知识，是否真的能让"文学"所指称的那个"本质之物"变得更加清晰？由此产生的人们对文学之"存在"的深信不疑真的能让那种被称作"文学本质"的东西变得一目了然吗？换句话说，人们不断赋予"文学"一词的内涵真的触及文学的本质了吗？答案似乎是否定的。相反地，我们会发现，对文学的解释越多，有关文学的知识越丰富，文学的"存在"越是毋庸置疑，它所指称的"文学本质"就越是被掩盖。正如布朗肖所说，仿佛"只有当文学的本质消失时，谈论文学才会成为可能"（*LPDF*：294）。因此，可以说，让文学获得其确定性的各类知识并不是对文学本身的揭示，相反地，不断尝试将"何为文学"这个本质问题隐藏，从而让人们处在对文学的确定性中，不再提出这个问题。

因此，我们可以说，在某种意义上，所有对文学的定义似乎都只是在文学之外不断产生与文学相关的知识，从而尝试终止对"何为文学"的追寻。仿佛"何为文学"这个问题本身充满了某种危险的力量，人们必须通过定义和不断围绕文学产生知识才能避开。但与此同时，又没有任何一个定义能够彻底终止人们对"何为文学"的追问，一段时间过后，人们总是

---

① Aristote，*La Poétique*，trad. Dupont-Roc，R.，et Lallot，J.，Paris：Seuil，1980，1447a 28 – b 9.

会重新提出这个问题。于是，文学就像一个幽灵，飘过所有时代的上空，这个幽灵永远无法被抓住，但在不同时期会被不同的理论所禁锢。一旦上一个时期的禁锢被打破，它便会立即逃逸出来，重新占据人们的脑海，让人们再次提出"何为文学"的问题，并在被具体阐释过后重又被新的思考方式禁锢，以此循环。就这样，时代交替，一个文学理论替代另一个文学理论，有关文学的知识变得越来越丰富，但文学却始终处在被掩盖的状态。

不过，我们看到，正是通过不断提出"何为文学"的问题，人们得以不断尝试对这个"无法认识"的文学活动进行描述，描述的方式则会受到相应时期思想的影响。这就使得，人们对文学的认识、偏好等会随着时代的改变而发生相应的调整。同时，为适应每个时代为文学提出的新要求，作为文学表现形式的体裁也在随着时间的推移发生着改变。所有这一切使得文学在整体上体现出了历史性，让人们对文学史的研究成为可能。不过，需要指出的是，由此形成的按照不同年代划分所编撰的文学史不过是对不同时代文学描述的集合，不同描述之间并不存在递进的逻辑关系。这就是说，并不是随着历史的前进，人们对文学的认识就会逐步加深。事实上，任何如此书写的文学史都只是有关文学之知识的历史，构成这些知识连续性的不是文学，而是时间或历史本身。可以说，这更多是为了隐藏文学的危险本质而不断通过定义或研究而产生文学相关知识的历史，文学本身则作为被隐藏之物始终处在这个历史之外。因此，对这样一个历史的参考将无助于对文学本质的追寻。这就是为何，布朗肖始终未以文学史为出发点，通过一一列举不同时期人们对文学的定义，尝试去追寻"何为文学"的问题。可以说，他关注的不是文学史，而是这个历史的断裂①（rupture）。在其断裂处，文学逃脱了束缚，且尚未被重新界定。正是在这个断裂处，布朗肖得以摆脱所有迷乱双眼的文

---

① 从某种角度出发，发源于德国的早期理论浪漫派就是文学史上最初的断裂，而菲利普·拉库-拉巴特与让-吕克·南希合著的《文学的绝对》一书就是对这个断裂的考察。

学知识，并在真正意义上提出"何为文学"的问题。

当文学摆脱了所有将之束缚的确切定义并重获自由后，我们看到，布朗肖对文学本质的追问又将与另一个本质的问题相遇，即文学的源头问题。布朗肖在分析中指出，在古希腊时期，文学一度被认为是上帝的旨意，诗人被认为是上帝选中的人，是能够接受神谕的人。这一对文学的神化理念曾长期占领欧洲人的想象，从而将文学写作神秘化。这顺理成章，因为在当时，每当出现无法解释的现象时，都会出现上帝的身影。尽管后来的浪漫派曾让文学短暂地以自身面目出现，但在尼采宣称上帝已死后，人文主义思想开始在哲学思想领域复兴，并转而到文学这里来寻求援助。从此，在那些人看来，文学不再是来自上帝的神秘力量，而就是人的力量本身。按照福柯的说法，这之后，人像曾经崇拜上帝一样开始崇拜他们自身，他们开始对自己的灵魂充满信心。由此便诞生了伟大作家及代表作的概念，正如孔帕尼翁（Antoine Compagnon）所说，在19 世纪，文学甚至一度等同于大作家，只要是出自大家之手的文本，均被认为是文学的。[①]

我们看到，无论认为上帝还是人是文学的源头，文学都曾被认为来自一种至高无上的力量：要么是上帝，要么是人的灵魂。从某种角度出发，人文主义与形而上一样，都是一种信仰。正如布朗肖所说："人文主义是一种神学的神话，只不过现在，真理就是人……宗教的人信仰的就是他自己的本质。"（*LEI*：377）然而，只要信仰涉及其中，文学的本质源头就依旧不会构成问题。文学只会作为一个人天赋的体现，被搁置到一旁。人们会为人的天赋所叹服，沉浸在自我欣赏中，而不会去深究这个天赋指的究竟是什么。

在此基础上，布朗肖进一步指出，人文主义思想在进入文学的同时，将文学带入了一场深刻的危机，这场危机与小说体裁的兴起相关。

---

① 参见［法］安托万·孔帕尼翁《理论的幽灵——文学与常识》，吴泓缈、汪捷宇译，南京大学出版社 2000 年版，第 25 页。

19世纪，随着浪漫派对文学形式的解放，小说体裁因为能够"反映语言的实用和社会功能"（*LLAV*：298）而大行其道。在布朗肖看来，小说之所以能够迅速兴起，主要是因为它"带着其显而易见的自由、不会让这个体裁落入危险境地的勇敢、拥有隐秘确切性的惯例和丰富的'人文主义'内容"（*LLAV*：299），所有这些方面都为防止文学变得危险做好了准备。也就是说，当人们将目光投向小说作品时，他们既可以关注里面丰富的"人文主义"内容，又可以分析其中隐藏的"叙事惯例"等，而最大程度上避免将目光投向文学本身，从而让文学呈现出安详的面孔。

不过，与此同时，正因为小说与社会有了更加紧密的关联，人们得以进一步对文学提出更多与文学并不相称的任务：文学应该反映现实，文学应该是社会的表征，文学应该是一种介入的方式，等等。于是，文学不再是那个分散的、无法被抓住的"危险之物"，而是加入世界进程中，与这个社会紧密联系起来。然而，文学一旦进入现实进程，与那个时代紧密相连，它其实便加入了黑格尔所说的人类对世界的建构活动之中。这就意味着，文学作品也变成一种劳作，写作者被迫进入现实世界的价值体系之中，根据那个时代的意识形态被贬低或抬高。于是，作品出现了上、中、下等之分，写作者的命运也变得偶然。

此外，文学一旦介入世界的建构进程，它自身的价值必将遭到质疑，因为文学并不是真正意义上的劳作，与人们打造世界的积极劳作不同，它并不能切实地加入世界的构建过程中①。于是，文学和艺术一道，被黑格尔称作"属于过去的东西"（*LLAV*：285），从此被返还给我们自身，变成"一个只会返回其自身的内在性所体会到的美学快感、愉悦和娱乐"（*LLAV*：286）。正如布朗肖所说："一旦'绝对'变成意识上的历史的劳作，那么艺术将不再能够满足'绝对'的需求。"（*LLAV*：285）

---

① 对于文学行动与现实行动的区别，我们将在第2章第1节"在虚无中追寻虚无"这一部分中具体探讨。

于是，文学艺术在这个进程中将失去其"现实性和必要性"，变得不再"有用"。文学由此陷入危机，而且这个危机几乎发生在所有被这一思想侵蚀的国家，无论是法国、德国、中国，还是其他国家，只不过发作的时期不同，而且从某种程度上来讲，人们至今尚未从这个危机中走出来。

不过，正是在这场危机中，布朗肖看到了属于文学本身的希望。在他看来，正是这一危机将文学重新返还给我们，让它得以摆脱外在的影响，回到我们的内心深处，让那些内心依旧憧憬文学的人得以开始思考更加纯粹的文学本身。卡夫卡正是在文学被极力贬低的情况下坚持声称"文学就是他的一切"（*LPDF*：20），"他的一生除了文学别无其他"（*LPDF*：20）。普鲁斯特（Marcel Proust）也在《重现的时光》（*A la recherche du temps perdu，tome 7：Le Temps retrouvé*）中写道："真正的人生，最终化为柳暗花明的人生，唯一令人觉得不枉此生的人生，就是文学。"[①] 布朗肖本人也始终坚持声称：他将自己的一生献给了文学和文学特有的沉默。这一切仿佛，当文学在现实世界失去领地、变得黯淡时，它本身的光芒反而散发出来，照亮这些作家的内心，在他们那里占据至高无上的位置。正如布朗肖所说："文学被人诟病的'无用性'却恰恰是它的本质所在。"（*LPDF*：294）只有当文学摆脱所有外部的界定，回到其自身时，文学的本质才能显现出来。

于是，我们看到，在布朗肖的不断追问下，文学不再与任何确切的定义相关，也不再与任何至高无上的源头相连，而是从此返回自身，只与文学本身相关。我们将发现，布朗肖所说的这个"返回自身之文学"与德国初期浪漫派所预感到的那个作为某种"绝对"的"文学"密切相关。在那个时期，人们发现，在写作行动中，有一股力量趋向于摆脱古典主义规则的束缚，同时摆脱人的规定，继而自我生产与完成。当时，

[①]　Marcel Proust，*Le temps retrouvé*（1927），*A la recherche du temps perdu*，Paris：Gallimard，coll. «Bibl. de la Pléiade»，1989，t. IV；réédition coll. «Folio»，p. 474.

正是这股在人的意识之外、趋向于自我生产与完成的绝对力量被浪漫主义者们称作"文学"。因此，我们可以说，通过对"何为文学"的不断追问，布朗肖实现的是拨开两个世纪以来一直围绕在"文学"概念周围的所有迷雾，并让文学回归那个"自我生产与完成"的原初存在。卡夫卡、普鲁斯特等人所谈及的、始终萦绕在他们心中的也正是这个意义上的"文学"。

2. 从文学到写作经验

不过，需要注意的是，诚然，布朗肖通过对文学的不断追问，看似回到了早期浪漫主义者们曾经出发的起点，但我们并不能立即得出布朗肖不过是 20 世纪的浪漫主义者、他对文学的思考只是对那个时代的伤感追忆的结论。事实上，通过进一步分析，我们会发现，面对"文学"这股趋向于自我完成的绝对力量，布朗肖与早期浪漫主义者们采取了截然不同的态度。

早在变成某个文学流派之前，早期浪漫主义首先是一个哲学思想运动，诺瓦里斯（Novalis）曾指出："诗歌是哲学的英雄。"（*LEI*：519）在"文学"这一范畴下，早期的德国浪漫主义者们曾始终忧心的是，如何写作才能够实现或完成文学的"绝对"。由此产生了他们想要完成"大写作品"（Œuvre）① 的共同愿望。只不过，这是一部永远无法写就的书，是一本"前所未有的，且永远前所未有"的"大写作品"②。于是，"大写作品"的绝对不可抵达性让浪漫主义者们走进死胡同，以《雅典娜神殿》（*Athenaeum*）杂志为战场的这场思想运动最终也注定只是昙花一现。一个世纪后，通过对卡夫卡、马拉美等人的重要参考，布朗肖重又回到了浪漫主义者们曾经出发的起点，不过，其思想路径却发生了本质的偏移：如果说浪漫主义者更多是先假设文学的绝对存在，再思考抵达

---

① ［法］菲利普·拉库-拉巴特、让-吕克·南希：《文学的绝对：德国浪漫派文学理论》，周宪编，张小鲁、李伯杰、李双志译，译林出版社 2012 年版，第 14 页。

② 参见［法］菲利普·拉库-拉巴特、让-吕克·南希《文学的绝对：德国浪漫派文学理论》，周宪编，张小鲁、李伯杰、李双志译，译林出版社 2012 年版，第 14 页。

这一"绝对"的途径，那么布朗肖则将思想从这样的预设中解放了出来，不再将"文学"视作某个至高无上的"绝对"，而是满足于考察具体的写作经验以及"文学"在该经验中的自我呈现。这就是说，对于返回自身的文学，布朗肖并不像早期浪漫派那样，将其视作某个有待追寻的绝对，而是将其视作发生在写作经验中的某个独特"事件"（événement）。布朗肖始终关注的是：在类似的极限写作经验中，文学作为某个"绝对"形象而显现的事件如何得以发生，即我们在前面所说的，在写作经验中，"文学如何成为可能"的问题。从对"文学绝对"的终极追寻到对"写作经验"的具体考察，可以说，正是这一重要的思想路径偏移让布朗肖得以走出浪漫主义者们曾经走入的死胡同，并在"文学"的范畴下继续思考。

那么，布朗肖所考察的写作经验指的是什么？在布朗肖那里，写作经验指的并非文学写作过程中所涉及的一般意义上的经验总和，而是专指在写作进程中意识到文学的存在并以文学为追寻对象的独特经验。事实上，几乎所有深刻的小说家和诗人都曾有过这种独特的经验。正如南希和拉库-拉巴特所说，通过写作抵达某个文学的绝对，这本就是如今依旧萦绕在诸多小说家或诗人脑际的"半睡半醒的浪漫主义想象"[1]。可以说，正是对这一经验的多方位考察构成了布朗肖思想的重要基础。

首先，对这个独特经验的广泛考察构成了布朗肖众多文学批评实践的隐秘中心。事实上，布朗肖的重要身份之一是文学评论家。他曾供稿给法国多本刊物，曾对人数众多的法国及其他国家作家进行评论，其中包括卡夫卡、荷尔德林、马拉美、瓦雷里、勒内·夏尔、里尔克、霍夫曼斯塔尔（Hugo von Hofmannsthal）等，开创了批评思想的革命性道路，罗兰·巴特、巴塔耶、德勒兹、德里达、福柯、索莱尔斯（Philippe Sollers）等人都曾是他忠实的读者。布朗肖用自己的方式对这些作家及

---

① 参见 Philippe Lacoue-Labarthe，Jean-Luc Nancy，*L'Absolu littéraire. Théorie de la littérature du romantisme allemand*，Paris：Seuil，1978. 本书参考了两位作者为此书撰写的简介。

他们的作品进行着阐释,他所从事的文学评论不能被归入任何一个文学批评流派。布朗肖评论着各式各样的作家,这些作家来自不同国家,属于不同年代,他们被归到不同的流派,或者不属于任何流派。但所有这些看似分散的评论,最终却总能以这种或那种方式回到布朗肖所关注的焦点:写作经验。或许正因如此,在于斯曼(Denis Huisman)主编的《法国哲学史》(*Histoire de la philosophie française*)中,布朗肖被认为"抓住了在散乱中逐渐消失的蛛丝马迹"①。

其次,布朗肖不仅作为评论家关注着不同作家的"写作经验",而且还以小说家的身份,通过对某种独特叙事的创作,对写作经验及文学进行着思考。布朗肖这一独特的创作方式灵感来源于马拉美、卡夫卡等始终思考着文学本质的诗人或小说家的写作实践。早在布朗肖之前,这些小说家或诗人便已将目光投向这个写作经验。他们也在写作过程中体会到了文学的存在以及追寻文学的追求,但他们并不满足于简单置身于这样的写作经验中,做着抵达文学之绝对的美梦,而是开始通过写作反观这个写作经验本身,以此让他们对文学的思考与追寻继续。由此便诞生了一种独特的创作方式:"叙事的叙事"(récit du récit)或"诗之诗"(poème du poème)(*LPDF*:290)。"叙事的叙事"指的是通过叙事本身来探讨让叙事成为可能之经验,也就是通过写作本身来讲述写作的经验。瓦雷里写道:"对我而言,我的诗句只是让我得以思考何为诗人。"② 诗人霍夫曼斯塔尔(Hofmannsthal)也指出:"诗人本质中最内在的核心不过是他自知是诗人。"③ 马拉美也在《骰子一掷,不会消除偶然》(«Un coup de dés jamais n'abolira le hasard»)等诗歌中讨论着对诗歌本身的追寻经验,而卡夫卡《城堡》(*Chateau*)中主人公 K 的经历亦是对写作经

---

① [法]丹尼斯・于斯曼主编:《法国哲学史》,冯俊等译,商务印书馆 2015 年版,第 484 页。

② Cité dans Maurice Blanchot, *La Part du Feu*, Paris:Gallimard,1949,p. 289.

③ Cité dans Maurice Blanchot, *La Part du Feu*, Paris:Gallimard,1949,p. 289.

验的隐射，等等。在此类写作中，"诗歌变成朝着让诗歌成为可能之经验敞开的深渊，这个奇怪的运作总是从作品来到作品的源头，最终作品自身变成了对其源头充满焦虑的无限追寻"（*LPDF*：289）。总之，当一个诗人或小说家对自己的写作行动产生意识，并以这个写作行动为创作内容时，"叙事的叙事"就诞生了。这样的写作并无明显的时代特征，"瓦雷里、霍夫曼斯塔、里尔克所说的话，荷尔德林早在一个世纪前就已经以更加深刻的方式说过"（*LPDF*：290）。在布朗肖看来，这类创作方式并不是某个新的文体，而是一种思考写作经验与文学的根本途径。正因如此，布朗肖也创作了诸多可被视作"叙事的叙事"的作品，从而用实际的写作行动加入到对文学的思考中。①

最后，在某种意义上，布朗肖的评论家身份与小说家身份是重合的，因为它们都与写作经验和对文学的思考相关：文学评论以诸多包括"叙事的叙事"作品和日记在内的与写作经验相关的作品为研究对象，对写作经验进行考察；"叙事的叙事"则是通过写作对写作经验本身的直接思考。正是在这些对写作经验的描述和思考的基础上，布朗肖发展了自己独特深邃的文学思想。这一思想依旧从对文学之本质的追问开始，但追问的不再是"何为文学"，而是"在写作经验中，文学意味着什么"。这就是说，布朗肖对文学的思考不再是以文学为中心的单纯思辨，而是通过对写作经验的考察，来审视以文学为目的的写作行动本身，从而去思考吸引写作者不断追寻的文学究竟意味着什么。在这个过程中，不再存在任何对文学之"存在"或源头的先验假设，文学只与其自身相关。可以说，正是这一点造就了布朗肖文学思想的独特性。

在众多写作经验以及对写作经验的思考中，布朗肖尤其考察了卡夫卡在《日记》（*Journal*）中所记录的写作经验，以及马拉美在体验了写作的极限经验后，通过改造语言以继续追寻文学的尝试。可以说，布朗肖对以

---

① 有关布朗肖具体的"叙事的叙事"创作实践及其特征，本书第 3 部分第 7 章有所涉及。

文学为追寻对象之写作进程的构思离不开对这两方面经验的用心参考。

卡夫卡用自己的一生追求着文学，他的写作经验一直是布朗肖的灵感源泉。布朗肖为卡夫卡撰写了数篇评论文章，对其写作经验及文学思想进行了论述。这些文章后被收录在《从卡夫卡到卡夫卡》一书中。在某种意义上，这本书不仅囊括了卡夫卡文学思想的精华，而且一定程度上也构成了布朗肖文学思想的雏形。可以说，理解卡夫卡的写作经验是我们研究布朗肖思想的关键。

布朗肖将卡夫卡对文学的认识分为不同的阶段。首先在青年时期，卡夫卡将文学视作一种激情。他曾在日记中如此写道："我只是文学，我无法也不想成为任何其他东西。"[1] 可以说，文学就是他的一切。那时，他从未怀疑过文学的可能性和艺术的价值，唯一让他有所疑虑的，是他自身的写作能力。直到 1912 年 9 月 22 日晚上的某一刻，在写作《审判》（*Le Procès*）的某个片段时，卡夫卡感觉自己靠近了某一点，在那一点上，"所有都可以被表达，有一把大火时刻准备着将整体和所有奇怪观点烧毁"[2]。从这一刻开始，卡夫卡开始确信自己能够写作。他对文学的激情不再像年少时那般盲目与模糊，而是变得更加清晰与本质：不断靠近这一点，让"一切得以言说"（*LEL*：70），让文学获得它的"自足"。

接着，在第二个阶段，卡夫卡对文学的激情与现实生活相遇并不断发生冲突，他继而将文学视作一种救赎的方式。一开始令卡夫卡痛苦无比的是，他没有足够的时间花在写作上面。他只能在白天被工作折磨得筋疲力尽后，晚上再投入写作中，睡眠的严重不足以及工作的劳累让他总是觉得时间不够。在日常生活的劳累中，他不断被文学吸引着，这种无法调和的矛盾让他曾一度尝试自杀。那时的他有着强烈的写作欲望。在写作过程中，他似乎时刻能够感受到文学的存在，这个文学像是某种

---

[1] Cité dans Maurice Blanchot, *La Part du Feu*, Paris：Gallimard，1949，p. 289.

[2] Cité dans Maurice Blanchot, *La Part du Feu*, Paris：Gallimard，1949，p. 289.

至高无上的真理，一直指引着他前行。他不断地追寻着这个"真理"，甚至将之视作救赎的唯一方式。尽管后来，当他由于疾病等原因有了大量空闲时间来写作后，他发现想要进入文学空间需要的不是"存在于这个世界上的时间"（*LEL*：63），而是另一个时间，但他依旧能够强烈地感受到文学的指引，依旧坚定地相信通过不断写作抵达文学的可能性。

　　然而，在第三阶段，卡夫卡通过不断地写作，最终却发现了文学令人失望的本质。布朗肖指出，"卡夫卡越是写作，就越是对写作感到不确定"（*LEL*：73），因为他越是写作，就越是接近一个"不确定的空无深渊"（*LEL*：73）。从此，卡夫卡感受到了彻底的绝望："我无法再继续写作了。"（*LEL*：70）他看到了文学的虚伪面孔：一方面要求写作者离开现实世界、承受孤独，另一方面却又将它自己消解在这孤独中，让人无法抓住，从而让这份孤独变得本质而又绝望。无法抵达文学的事实曾让卡夫卡一度放弃写作。然而，文学对他的吸引并未因此停止。在经历了无限的痛苦与挣扎后，卡夫卡开始明白，"文学存在，而不需要被证明"（*LEL*：83）。只不过，这个"存在"的本质在于不断逃离我们，永远无法被抓住。

　　于是，通过对卡夫卡写作经验的借鉴，布朗肖发现了在写作经验中，文学相对写作者而言不断逃离的本质：文学宣告着一种独特的"存在"，吸引写作者不断追寻，但在追寻过程中，这个"存在"本身却不断逃离，始终无法被抓住。为说明这个对文学的追寻进程，布朗肖曾在多处引用卡夫卡在《城堡》中讲述的故事：里面的主人公 K 离开自己熟悉的世界，去追寻心中的"城堡"。当他跋山涉水终于抵达城堡后，他看到的不过是一堆瓦砾。然而，当他出于失望转过身时，心中的"城堡"将再次出现，吸引他继续前行。就这样，写作者在文学的吸引下，不断通过写作追寻着那个本质在于永远逃离我们的文学。

　　马拉美的写作经验及思想亦是布朗肖文学思想的重要源泉。通过对马拉美的写作经验进行考察，布朗肖指出，与卡夫卡一样，马拉美也曾在写作过程中体会到某种焦虑，并通过不断"挖掘诗歌"（creuser le vers）（*LEL*：33），最终抵达了某个让他产生"彻底翻转"的点。在这一点上，马拉美立即"与两大深渊相遇"（*LEL*：33）：一个是虚无，另一个是他自己的死亡。正是这个与"空无深渊"相遇的经验让马拉美开始思考诗歌或文学的本质，"空无"本身从此也构成了马拉美诗歌的重要主题。不过，如果说卡夫卡在写作中遭遇"空无深渊"后，发现的是文学不断逃离的本质的话，那么马拉美则在这个"空无深渊"处看到了文学的"沉默"与不可言说的本质。在此基础上，马拉美进一步思考着让语言抵达绝对沉默、让文学作为"沉默"而在的可能性。

　　在某种意义上，正是克服空无、承载文学之沉默的意图决定了马拉美语言思想的独特性。马拉美首先在语言本身所具备的抽象摧毁功能中看到了语言承载诗歌之沉默的希望，并开始从词出发进行分析。在马拉美看来，词的本质就在于其双重摧毁能力：一方面，词通过命名，将物的"现实性"驱逐，让物变得不在场，并且让它以这个不在场的形式继续存在；另一方面，词不仅可以凭借其抽象力量将物摧毁，同时还可以凭借其"感性召唤"力量，将词所拥有的抽象价值摧毁。由此导致的结果是，词既与物间隔开来，也与意义产生决裂，最终作为词本身而在。不过，在马拉美看来，文学或诗歌的沉默是"不在场"的最高程度，是"不在场"的极致状态。因此，想要让词承载这个沉默，就必须让"不在场"继续深化，被推向极致。"不在场"的极致状态就是：词自身的"不在场"，也就是词对自身的摧毁。这就是说，语言要想抵达文学或诗歌的本质沉默，就必须能够将自身摧毁。

　　马拉美一开始思考更多的是：什么样的语言才能够在将自我摧毁的前提下存在，从而得以承载文学或诗歌的沉默。鉴于此，他区别出了两种不同的话语："天然话语"①（parole brute）和"本质话语"（parole es-

---

　　① 在"天然话语"（parole brute）中，"brut"这个形容词在法语中意指"天然、原始、未经雕琢、不假思索、粗鄙"等。按照这个词的词义，结合布朗肖对这个话语的解释，我们可以认为它指的是我们不用经过多番思索、能够自然而然使用的话语，感觉是我们与生俱来的能力，因此给我们以天然、自然的感觉，让我们以为获得了即刻的确切性。因此，我们倾向于将之翻译为"天然话语"。

sentielle)。"天然话语"表面与事物的现实性相连,"叙述、启示甚至是描述"(*LEL*:34)似乎能够通过对这些事物进行表征,从而让这些事物在场。由于这样的语言给人以自然、即刻的感受,所以被马拉美用"天然"一词来形容。不过,布朗肖指出,在马拉美看来,这个话语丝毫不天然,在这个话语中,语言并不说话,说话的是存在者,是生活在这个世界上,沉浸在历史与社会之中,将所有一切化为价值和目的的"存在"。在这种情况下,语言固然保持沉默,但不是作为"存在"的沉默,而是作为"工具"的沉默。

　　针对"天然话语",马拉美提出了"本质话语"或者"诗歌话语"。马拉美想做的是让语言自身存在。在这个作为"存在"的语言中,沉默是它的内在,形式就是它的在场。① 他想要通过对语言形式的强调,给与语言的沉默以现实性,从而将沉默抓住。由此便开始了对语言最极端的革命。在讨论马拉美经验的章节中,布朗肖是这样描述马拉美的这场语言革命的:

　　　　……在这个语言那里,世界开始后退,目标随之停止;在那里,世界闭上了嘴,而那个充满忧虑、意图、活动的存在者也不再是言说的主体。在诗歌语言中言说着这样一个事实:存在者闭嘴了。取而代之,话语现在想要成为"存在",闪亮登场。从此,诗歌语言不再是某个人的语言;在它身上,不再有人言说,而是它自己在言说。(*LPDF*:45)

---

　　① 从某种角度出发,马拉美有关语言沉默的论述为后面布朗肖对文学语言的论述提供了最初的模型。在后面,我们将看到,布朗肖所分析的文学语言正是具有这样的双重性:一方面它具有现实性,作为词本身在场;另一方面在这个词背后存在着两股相反的力量,即让作品形成的构建力量和让作品消失的"无作"力量,从而让词在形成意义的同时将这个意义擦除,归为沉默。可以说,这正是布朗肖所分析的文学作品本身的本质特征。不过,文学作品之所以体现出类似特征,并不是由诗人或写作者单方面决定的,也就是它并不是写作者意图的产物,而是写作者和读者共同匿名地加入写作行动后,为语言带来的本质变化。这也是布朗肖的文学思想与马拉美的语言思想之间的区别。具体阐释详见本书第 2 部分第 4 章"文学语言的奥秘"部分。

我们看到，通过这场革命，语言在将存在者和世界驱逐后，获得了最大程度的自治。它建立起了语词的王国，词在那里自由地嬉戏，它们相互之间的关系、组成与权力，从此由它们的音、辞格和节奏等决定。[①]

然而，布朗肖指出，如此激进的尝试并未让马拉美离诗歌本身更近，语言似乎并未抵达其本质的沉默。马拉美充满绝望地指出：他只看到一些词！要想让沉默变得纯粹，就只能将这些词本身也摧毁了。这就是为何，马拉美曾一度注重语言质感方面的问题，比如"空白页、标点符号、印刷结构、空白边"（LPDF：45）等，以让文字彻底消失。然而，当文字彻底消失后，我们还能称之为诗歌或文学吗？自此，马拉美的语言革命走进了死胡同。这一尝试的失败让马拉美意识到了通过语言本身抵达文学之沉默的不可能性，以及我们通过某部具体作品永远无法抵达文学或诗歌的事实。于是，在后来的研究中，马拉美不再将目光聚集在某部具体的作品上，从而探寻怎样的语言才能承载其沉默，而是进一步思考某个"大写作品"本身，并将"大写作品"当作对作品源头即文学本质的追寻。从此，正如布朗肖所说，属于马拉美的文学经验才真正开始。

不过，布朗肖对马拉美语词革命失败的分析并不是要否定文学的沉默本质本身。布朗肖与马拉美一样，都认为文学或诗歌的本质在于沉默。正如布朗肖自己所说，他将"自己的一生献给了文学及文学特有的沉默"。不过，如果说早期的马拉美依旧想要通过语词本身抵达文学的沉默的话，布朗肖则认为文学的沉默与具体的语词无关，而是与作为语词之生成进程的写作行动相关。因此，通过论证马拉美语词革命的不可能性，布朗肖实现的是从具体的语词方面向与"大写作品"相关的写作行动方面的本质转移。

---

① Cité dans Maurice Blanchot, *La Part du Feu*, Paris：Gallimard, 1949, p. 45.

3. 文学的"消失"

我们看到，在布朗肖的分析中，无论是卡夫卡，还是马拉美，他们都在写作过程中遭遇了某个"空无深渊"，并且一开始都曾想通过具体的写作行动来克服这个深渊，以抵达文学或诗歌：卡夫卡将文学视作一种救赎的方式，马拉美则将诗歌视作需要通过语言来承载的空无沉默。但在不断的尝试后，二者都意识到了文学是永远无法抵达的这一事实。于是，在写作经验中，他们不仅体会到了对文学的追求，而且还在追寻文学的过程中发现了文学绝对不可抵达、不可言说的本质，由此呈现出了以文学为追寻对象之写作经验最为隐秘的特质：以某个永远无法抵达之物（文学）为追寻对象。在此基础之上，布朗肖得出了一个相对激进的结论："（在写作进程中）文学不断朝着自己的本质走去，而文学的本质就是消失。"（*LEL*：285）

于是，通过对"何为文学"的不断追问，在布朗肖视域下，"文学"一词不仅摆脱了任何确切定义或固定源头并返回自身，而且也摆脱了浪漫主义者们一开始赋予文学的绝对本质，从此将在吸引人们不断追寻的同时让自身消失，最终让以追寻文学为目的的写作变成虚妄的行动，让以抵达文学为目标的写作者或诗人陷入最为本质的绝望。这或许就是文学本身所蕴藏的充满危险的力量。

不过，当布朗肖指出文学的"消失"本质时，有关文学之"消失"本质的说法似乎反而会使"本质"一词失效：他并未道出文学的某个内在本质，而只是描绘出了写作经验中，文学相对写作者而言所表现出的特征。从此，在布朗肖那里，类似"何为文学"这类探讨文学本质的问题不再可能或者至少不再引发他的兴趣。从文学的"消失"本质出发，布朗肖进而思考的是：文学为何会在写作经验中、相对写作者而言表现出"消失"的特征？写作者为何会在文学消失处遭遇某个"空无深渊"？于是，我们看到，通过从对文学本身的探讨转向对写作经验的探讨，布朗肖转而思考的是人的界限本身：为何会有一个被命名为"文学"的东西吸引写作者前行并让后者陷入某个"空无深渊"？从文学到写作经验，再从写作经验到人的界限，可以说，这样的转向不仅使布朗肖得以超越早期浪漫派对"文学绝对"的构思，而且还使他得以在思考文学的同时，以全新的方式思考人的界限，由此为哲学思想领域带去独特的力量。也正是这样的转向让布朗肖得以将写作经验与死亡经验结合起来——要知道，二者都与人的终极界限密切相关——并发展出其独特的死亡思想。

第 2 节　"不可能"的死亡

对死亡的思考同样构成了布朗肖思想的重要组成部分。布朗肖在各类作品中始终谈论着死亡：无论是《我的死亡时刻》所讲述的曾发生在他身上的死亡经验，还是《死刑判决》或《至高者》中诸多与死亡经验相关的场景，抑或是《文学空间》等理论著作中有关死亡的论述。尽管布朗肖称自己"将一生献给了文学及文学特有的沉默"（TLO：5），但在他那极其深邃的文学思想中，死亡仿佛构成了这一思想的底色，成为这一深度思想的最深处。

1. 布朗肖的死亡经验

布朗肖首先是从自身的死亡经验出发开始思考死亡的，这算得上布朗肖思想的独特之处。他在青年时期曾因误诊患上败血症，由此导致他一生都在与病魔和死亡抗争；他在 37 岁那年曾差点死在纳粹的枪口下，那次死里逃生的死亡经验也影响了他的一生。可以说，正是这些极限的死亡经验让布朗肖始终思考着死亡，并让其形成了独特的死亡思想。

布朗肖主要在《我的死亡时刻》这篇被视作自传性质的叙事作品中

讲述了自己的死亡经验。① 这部叙事作品篇幅极其短小，布朗肖以第三人称讲述了第二次世界大战期间自己在索恩-卢瓦尔乡下家中差点被纳粹（后来才发现是俄罗斯）军官枪决的故事。故事发生在 1944 年，也就是布朗肖 37 岁那年，布朗肖称故事的主人公为"年轻人"，"一个尚且还年轻的人"。故事的具体时间无从考究，但值得注意的是，文中还出现了另外一个确切的年份，即 1807 年，那是拿破仑入侵德国，路过正在耶拿的黑格尔（G. W. F. Hegel）窗前的时间，那时的黑格尔也正好 37 岁。同样是 37 岁，同样是战争年代［一次是德国攻占法国（至少他一开始是这样认为的），一次是法国征战德国］，同样从那时起，两人的人生发生重大转折。布朗肖自那日起开始被死亡的主题萦绕，黑格尔在那一年发表了《精神现象学》（*La Phénoménologie de L'esprit*）的前言：这一切不知是历史的巧合，还是叙事者有意为之。无论如何，正是那次死亡经验彻底改变了布朗肖的思想轨迹，让他开始思考死亡，并在思考过程中不断与黑格尔对话。

该叙事的核心部分在于对"死亡时刻"的讲述，也就是对与死亡"面对面"的那一刻的讲述。在主人公的央求下，其姑姑、母亲等人被释放回住处，他独自等待即将到来的枪决。正是在这一刻，他离死亡最近，得以与死亡面对面。然而，也正是在这一刻，他失去了意识，同时也就失去了让这一刻被记起的可能性。文中利用了叙事者和故事人物人称不同的特征，用"我"代表回忆着的、作为"幸存者"的叙事者，用"他"代表经历这个事件的"年轻人"。于是，文中写道："我知道——我知道吗——这个被德国士兵瞄准的人，这个等待着最后命令下达的人，感受到了某种别样的轻盈感，某种狂喜（但并没什么值得高兴的）——是至高无上的喜悦？是与死亡和死亡的相遇？"（*LIDMM*：11）不断使用的疑问句以及句末使用的问号表现出了对这一刻记忆的无力，但"轻盈感""狂喜"等表述又证实了这一刻真实地发生过。

---

① 为方便理解，笔者将《我的死亡时刻》这篇叙事作品译成了中文，详见附录。

这一刻转瞬即逝，"我"继续讲述道："就在这一刻，他突然回到人间"（*LIDMM*：11），仿佛什么都不曾发生。然而，在这一刻，"超越的步伐"（le pas au-delà）已经迈出。只不过，这里的超越经验指的既不是西方形而上哲学所追求的死后的"不朽"，也不是基督教传统所说的"永恒"，而是发生在"我"身上的令"我"无法体验的经验。对于这个经验，"我"只能有某种"轻盈感"和"喜悦感"。事实上，这便是布朗肖所说的极限经验，也就是发生在"我"身上却与"我"无关的经验：与"我"无关，却发生在"我"身上，因为从此后，那个年轻人"便与死亡缔结了隐秘的友谊"。于是，布朗肖在文末神秘地写道：

　　—— 我还活着。

　　—— 不，你已死去。（*LIDMM*：15）

布朗肖认为他在 37 岁那年就已经死去。从此，他似乎只与另一个更加深刻的死亡相关。

这个深刻的死亡出现在"我死亡的时刻"的极限经验中。正如德里达在《停留》（*Demeure*）中所分析的那样，那一刻仿佛一分为二：一个让人迈出"超越的步伐"，另一个则让人停留在这个时刻，见证超越的行动。① 诚然，"超越的步伐"不过是种极限的经验，它永远无法成为"我"的回忆，是没有回忆的回忆。然而，那个"见证"了这个极限经验的人从此却与这个深刻的死亡缔结了隐秘的友谊。

于是，通过此次独特的经验，布朗肖看到了一个更加深刻的死亡，即作为极限经验的死亡，同时也看到了不同意义上的超越，不是形而上的超越，而是在极限经验中迈出的"超越步伐"。此后，他便用一生思考着见证或者言说这一死亡经验的可能性。

---

　　① Jacques Derrida, *Demeure*, Paris：Galilée, 1998, p. 59. 德里达指出，这个"时刻"（instant）既包含了"即刻性"（instantanéité），也包括"即将到来"（sur le point de）层面的"将到"（imminence），后者正是属于死亡所敞开的空间，即本书所述的"死亡空间"。

2. 作为"绝对不可能性"的死亡

从极限经验出发，布朗肖开始思考死亡。在思考过程中，首先与他相遇的便是黑格尔所谓的作为力量的死亡。黑格尔对死亡的思考开始于他对死亡的概念化，通过将死亡概念化，他非但没有在死亡中看到任何消极、恐惧的方面，反而成功将其视作精神生活真正开始的地方。在《精神现象学》中，黑格尔指出，精神生活不应该出于恐惧而在死亡面前却步，不应该将死亡视作纯粹的摧毁，而应该承载死亡，在死亡中自我保存。从此，死亡在黑格尔那里转而变成一种力量，正是这一否定性力量构成了黑格尔否定辩证思想的核心，推动着人类精神不断走向黑格尔所说的"绝对精神"。我们看到，死亡在黑格尔那里是"绝对的可能性"，它不仅是人类精神生活开始的地方，同时也是精神生活最终的目的地。

接着，通过不断地思考，布朗肖看到了作为力量的死亡向作为权力的死亡的转变。在黑格尔那里，死亡是人的超验力量，人通过对死亡的意识而拥有这一力量。因此，作为力量的死亡依旧处在形而上学的框架中，这是一个绝对的力量，拥有这个力量的依旧是类似上帝的至高无上的"存在"。不过，随着尼采（Friedrich Nietzsche）宣称上帝已死，随之失效的是对包括上帝在内的一切至高无上之"存在"的假设。然而，对至高无上之"存在"假设的失效并不意味着这个绝对力量本身的消失。只不过，上帝曾经占据的至高无上的位置将产生空缺。这时，人闪亮登场，他开始想要拥有上帝曾经拥有的力量，想要将曾经作为超验力量的死亡变成自身的权力。尼采说："我们不自杀，但我们可以自杀。"① 正是"杀死自己"的能力证明了"我"对死亡权力的拥有。

然而，正是在这个自杀的哲学假设中，布朗肖看到了悖论，从而引

---

① Cité dans Maurice Blanchot，*L'Espace littéraire*，Paris：Gallimard，1955，p. 116.

出了一直萦绕着他的更加深刻的死亡。布朗肖是从陀思妥耶夫斯基
（Fiodor Dostoïevski）《群魔》（*Les Démons*）中基里洛夫（Kirilov）的自
杀计划出发来展开分析的。如果说死亡是人的权力，那么自杀将成为人
获得死亡这个绝对权力的最短捷径。于是，作为哲学家的基里洛夫想要
通过自杀行动来获得一个"自由的、有意识的、没有偶然、没有意外的"
（*LEL*：116）死亡，成为在最后一刻依旧掌握着自己死亡的人。这是一
个颇具英雄主义气概的选择，是向人的绝对力量发起的挑战，目的是用
自己的英勇行动证明人类的力量，让自己的自杀换来他人在人类力量中
安宁的生活。然而，基里洛夫真的能够通过自杀将死亡力量归为己有吗？

　　通过对基里洛夫自杀计划的考察，布朗肖在其中发现了悖论。① 在
自杀过程中，只要尚未抵达死亡，人就还活着，还保有死亡的权力，还
可以继续死去。但问题的症结在于，当"我"抵达死亡，也就是在死亡
的那一刻，当"我"已经处在死亡的绝对否定力量中，"我"是否依旧具
有死亡的权力，从而进一步将这个死亡变成"我"的死亡。布朗肖分析
到，如果此刻"我"依旧具有死亡的权力，那只能说明"我"还可以继
续死去，因而死亡的最终时刻尚未抵达。在这里，悖论产生了：当"我"
拥有死亡的权力时，"我"还没有抵达死亡；当"我"抵达死亡时，"我"
已经不再拥有死亡的权力。基里洛夫的计划注定失败，死亡的绝对否定
性无法被再否定，在死亡的时刻，"我"不再"能够"死亡，死亡于是变
成"不可能"。

　　在这里，某种本质的改变已经悄然发生：死亡从"绝对的可能性"
变成了"绝对的不可能性"。通过对自杀悖论的分析，布朗肖在这一计划
中分辨出了两种不同的死亡。第一种是作为人的权力或力量的死亡，标
志着人"绝对的可能性"，正是这样一种死亡赋予生命以自由和意义。第
二种死亡则隐藏在第一种死亡后面，无法被"我"征服，是作为"绝对

----

　　① 相关观点，可参见 Maurice Blanchot, *L'Espace littéraire*, Paris：Gallimard,
1955，pp. 115 - 120。

不可能性"的死亡。基里洛夫的自杀计划从本质上就是想要通过"我"的自杀行动，彻底驱逐第二种死亡，从而让"我"获得对死亡的绝对掌控。然而，"我"并不具备足够强大的力量来驱逐"不可能的死亡"，因为在那个时刻，"我"已经不再能够死亡。"我杀死我"（je me tue），当"我"被杀死后，死（mourir）依旧在继续，只不过变成了无人称的死亡："有人在死"（on meurt）。

在这个过程中，某种跳跃（saut）或"彻底翻转"得以发生，因为"我"从此陷入了"绝对的被动性"（extrême passivité）（*LEL*：124）状态中，不再能够言说"我"。其中，死的动作本身就是这个"跳跃"。正如布朗肖在《灾异的书写》中所说："在死亡中隐藏着比死亡更加强大的东西：即死本身……如果说死亡是权力甚至力量，因此是有限的……那么死就是非—权力（non-pouvoir），它摆脱现时，总是跨越着界限，排斥所有终结和结束，既不释放，也不隐藏。"（*LEDD*：81）因此，在自杀行动中，正是死将第一种死亡引向了第二种死亡，与此同时，死的动作本身已经无法再抵达死亡。于是，死的那一刻仿佛被无限拉长，变成"现时的深渊"（L'abîme du présent），在这个无底的深渊中，死无限地进行着，永无止境。

37 岁那年，布朗肖在"死亡时刻"所陷入的正是这样一个无限濒死（mourant）的状态。事实上，所有上面的描述都与布朗肖在《我死亡的时刻》中的叙述相吻合。正如他在这个叙事一开头所说："我记得有一个年轻人，他被死亡（mort）本身阻止去死（mourir）。"（*LIDMM*：9）可以说，无论是在自杀的悖论中，还是在曾经死亡的经验中，布朗肖都看到了这个"无人称的死亡"。正是这个死亡吸引着人们迈出"超越的步伐"，让人们陷入"绝对的被动性"中。这个死亡无法被"计划"（它不是自杀计划的产物），只能被经验，是作为极限经验的死亡。

通过分析布朗肖对死亡的思考，我们看到，在作为力量或权利的可能性死亡背后，始终隐藏着一个绝对不可能的死亡。这个死亡不是与"可能性死亡"相对应的另一种死亡，而是"可能性"死亡的影子，是为让死亡成为可能而被否定的部分。如果说作为绝对可能性的死亡为人类带去了来自天上的至高力量，力量的源头要么是上帝，要么是人，那么不可能的死亡则意味着将站在源头处的上帝和人杀死，从而为人类带去来自地底深处的无限摧毁性力量。这是一股黑色的无人称力量，它与来自天上的力量不同，不会产生任何真理，而是会在任何固定知识面前转身。正是在这一黑色力量的牵引下，人们得以在不断逃离的过程中，在自身基础上迈出"超越的步伐"，从而让布朗肖所说的极限经验得以发生。对比黑格尔与布朗肖的死亡思想，我们可以说，如果说黑格尔的死亡观为人类精神生活带来了光亮，光亮的源头站着上帝，后来又站着人，那么布朗肖的死亡观就是将站在光亮源头的人杀死，让死亡摆脱人的统治，从而作为死亡自身显现出来。于是，光亮熄灭，黑暗降临，死亡本身变成无尽的"黑夜"① (nuit)。由此展开一个无限的黑暗空间，死亡就是这个空间本身。在这个空间中，不再是"我死亡"(je meurs)，而是"有人在死"(on meurt)，主体"我"被抹去，剩下的只有死这一动作本身。

第 3 节　无限的写作

如果说在对极限写作经验的考察中，布朗肖看到的是文学的"消失"本质，那么在对自身死亡经验的叙述中，布朗肖看到的则是死亡的"不可能"本质。毫无疑问，布朗肖对这两方面的激进揭示充满摧毁性力量，足以侵蚀、撼动甚至颠覆人们曾经对文学或死亡的传统思考。不过，"摧毁"或"颠覆"并非布朗肖的意图所在，他既不是要在摧毁现有文学理论的基础上，提出另一个文学理论，也不是要在现有的死亡哲学框架之外，

---

① "黑夜"是布朗肖思想中的一个重要概念，指的是极限经验所发生的精神场域，本书将在第 2 部分第 1 章对其进行详细论述。

提出另一个死亡哲学框架。相反，布朗肖始终将目光投向诸如写作与死亡的极限经验本身。当发现在两个经验中，经验承受者（写作者/濒死者）都遭遇了某个独特空间（写作经验中的"空无深渊"/死亡经验中的无限"黑暗空间"）后，他始终思考的是：人为何会在此类极限经验中与某个无限空间相遇？这样一个空间对思想而言意味着什么？接着，在发现该空间意味着人类思想中此前一直被遮蔽的区域后，布朗肖进一步思考的是：怎样的思想行动才能敞开并承载该空间？布朗肖给出的答案正是：写作（écrire）。于是，在对写作经验以及死亡经验的不断追问中，布朗肖从对文学以及死亡的考察转向了对作为本质哲学行动之"写作"的构思。那么，布朗肖所构思的"写作"与文学以及死亡之间有何关联？这个"写作"如何得以完成承载那个独特空间的哲学任务？

1. "外在"空间① (Dehors)

在具体探讨布朗肖思想中文学、死亡与写作之间的关系之前，让我们首先对使三者联系起来的那个独特空间进行考察。事实上，正如笔者在前面所说的，布朗肖通过死亡的极限经验所呈现的"黑暗空间"与写作者在写作过程中所遭遇的"空无深渊"非常类似，二者都是人在遭遇自身终极界限时所进入的思想空间。从写作者的角度出发，布朗肖亦称

---

① "外在"空间（Dehors）是布朗肖思想中的一个核心概念。"Dehors"一词在法语中意指"外面、外边、外部"等，福柯曾称布朗肖等人的思想为"pensée du dehors"，国内将之译作"外界思想"。通过本书的分析，这个"Dehors"指的是通过写作所敞开的特殊空间，在某种意义上，它指的正是本书所探讨的"文学空间"或"死亡空间"。不过，"Dehors"一词更多是相对写作者而言的，是当写作者在写作过程中失去主体性时所进入的空间。因此，这个空间的形成与主体性的消解直接相关，也就是与我们在后面将讨论到的作为特殊存在模式的"中性"相关。在布朗肖看来，"存在"最后的界限不是主体性而是中性，而且他的思想始终以中性为中心，这是让布朗肖思想区别于其他思想的关键所在。因此，为让"Dehors"一词体现为一种"存在"模式，相较于强调"位于主体界限之外"的"界外"译法，我们倾向于将这个词译作"外在"或"'外在'空间"。它对应列维纳斯所说的"外在性"（extériorité），取"绝对外在于主体"之义，是始终被主体掩盖的一种存在模式。

这一空间为"外在"空间。有关该空间，需要指出的有以下几点。

首先，在布朗肖思想中，"外在"空间概念与布朗肖所说的另外两个重要概念密切相关，这两个概念就是："文学空间"与"死亡空间"。在布朗肖那里，"文学空间"指的是在写作经验中由文学的消失所敞开的空间，在这个空间中，文学将摆脱写作者的束缚，消失在写作者的视野范围内并不断向自己的源头走去。相应地，布朗肖所说的"死亡空间"指的则是在死亡的极限经验中，让死亡变得不再可能的空间，在这个空间中，死亡不再可能，剩下的只有无限的濒死状态（mourant）。事实上，在某种意义上，我们可以说，在布朗肖那里，"外在"空间与"文学空间"以及"死亡空间"指向同一个命名对象，它们不过是在具体境况下，对前面所提及的那个"空无深渊"的不同命名。诚然，在"消失的文学"部分，本书更多以"文学"为中心，论证的是由文学的消失本质所敞开的"文学空间"，而在"不可能的死亡"部分，本书则更多以"死亡"为中心，论证的是由死亡的不可能性所敞开的"死亡空间"。不过，无论是"文学空间"，还是"死亡空间"，它们都只能在以文学或死亡为追寻对象的极限经验中敞开，因而都必将伴随让经验承载者遭遇某个"空无深渊"，即必将同时敞开此处所说的"外在"空间。事实上，在某种意义上，正是通过对"外在"空间这一概念的提出，布朗肖得以将文学与死亡，或者更为明确地，将"文学空间"与"死亡空间"联系在一起，并进一步去思考在写作以及死亡的极限经验中所敞开的这个共同的思想空间。

其次，通过对比布朗肖所考察的写作经验与死亡经验中"外在"空间的具体特征，我们可以做以下分析。

其一，在两种经验中，当"外在"空间被敞开时，人们都曾体会到某种失去主体性的感觉。在写作经验中，写作者在不断追寻文学的过程中总是会在某个时刻陷入"空无深渊"；而在死亡经验中，叙事的主人公则体会到了某种"轻盈感"，产生了某种"没有记忆的记忆"。在这两种情况下，主体都发生了某种"跳跃"或"彻底翻转"，迈出了"超越的步伐"，陷入了"绝对的被动性"。我们看到，诚然，在写作经验中，写作者是在文学的吸引下、在文学消失处陷入的"空无深渊"，因此，布朗肖亦称之为"文学空间"；而在极限的死亡经验中，人所陷入的则是某个让"死"不再可能的无限黑暗空间，因此，布朗肖亦称之为"死亡空间"。不过，值得注意的是，无论是"文学空间"，还是"死亡空间"，它们指向的都是某个无法让主体进入的空间：主体无法通过与文学或死亡本身产生间隔，从而对其进行把握，而只能在文学或死亡的吸引下，在"文学空间"及"死亡空间"敞开的同时，在主体之外敞开一个独特的思想空间，即布朗肖所说的"外在"空间。

其二，永远将主体拒之门外的"外在"空间同时亦是一个无限的空间，其无限性体现在这个空间的"不可能性"本质方面。正如笔者在前面所分析的，这个空间之所以具有不可能的本质，那是因为与这个空间相关的是那本质为消失的文学或作为绝对不可能的死亡。在这个空间中，死无限地进行，但永远无法抵达死亡，正如写作无限地进行，但永远无法抓住文学。不过，需要注意的是，黑格尔建立在概念化死亡基础上的否定辩证思想也具有无限性，同样需要我们进行无限的否定运作。然而，这个无限性建立在时间性基础之上，因而是可以被克服的，"绝对精神"将能够在时间的尽头完成其无限的运作。很显然，这个无限性与"文学空间"或"死亡空间"的无限性完全不同，后者永远不会在时间的前进中被克服，而是将凿开一个"现时的深渊"。在这个深渊中，时间已经不在场，不再有现时，也不会有过去或将来。① 在这个"现时的深渊"中，死亡和文学永远不在场，只能处在永久的"将到"状态。在某种意义上，我们甚至可以说，"外在"空间就是人们在极限的写作或死亡经验中，在黑格尔的总体思想之外，或者说在时间之外敞开的一个特殊空间。

其三，"外在"空间的无限性特征将会进一步导致，在这里：没有开始，也没有结束，只有不断地重新开始（recommencement）；物不在场，变成影子，变成让写作者"着迷"（fascination）的本质意象（imagi-

---

① 有关时间的分析，我们将在本书第 4 章第 2 节"叙事的时间"具体探讨。

naire)①；写作者在这里失去主体性，陷入"绝对的被动性"中，由"我"变成无人称的"他"（il）、"人们"（on）或"无人"（personne）。以上特征将会导致，当写作者在写作过程中发生某种"跳跃"或"彻底翻转"而进入这个空间时，写作者仿佛摆脱了所有的束缚，甚至摆脱了自身的主体性，世间万物仿佛一下子全部呈现在他的眼前。正如布朗肖所说，"他仿佛拥有了一双没有眼皮的双眼"②，似乎可以言说一切。从此，"不再是他不停地思考着世间万物，而是世间万物在他身上思考着他"（LEL：240）。这让人产生错觉，以为自己可以"无限地言说，无限地写作"（LEL：240）。正因如此，布朗肖称这个写作者失去主体性、进入"外在"空间的时刻为"灵感时刻"（inspiration）。

其四，不过，布朗肖进一步指出，"外在"空间不仅对应着某个灵感时刻，而且还对应着另一个时刻的发生，即想象力匮乏的时刻。在这一刻，作者将同时体会到一种"悬置或停滞"（arrêt）（LEL：235）的状态。霍夫曼斯塔尔是这样描述这一状态的：

> ……在最普遍的词面前，他感到一种不自在，这种不自在并不是对词价值的简单怀疑或对词合法性的犹豫，而是一种现实性开始散开，物开始腐烂、化为尘埃的感觉。这个时候，并不是说他想不起来某个词，而是词在他眼皮子底下不断地变化，它们不再是引起眼神的符号，也不再是一束空洞的、吸引人的、令人着迷的光线，不再是一些词，而是词的"存在"。③

我们看到，在这个悬置状态下，词获得其"存在"，与人面对面，从此让

---

①　这个"本质意象"不同于现象学通过还原从物出发所产生的意象，而是我们开始"看"或"言说"之前的意象本身，是物的不在场本身。有关这个"本质意象"，本书将在第2部分第5章"文学语言的奥秘"进一步探讨。

②　Cité dans Maurice Blanchot, *L'Espace littéraire*, Paris：Gallimard, 1955, p. 240.

③　Cité dans Maurice Blanchot, *L'Espace littéraire*, Paris：Gallimard, 1955, p. 240.

言说变得不再可能。于是，"可以言说一切"的时刻似乎同时也是"什么都无法言说"的时刻。进入"外在"空间，写作者失去的不仅是自身的主体性，还有言说的可能性，话语在这个空间也变成了布朗肖所说的无尽的窃窃私语（murmure）。从此，写作者仿佛患了"失语症"，不再能够言说。要想让言说或写作继续，他就必须离开这个空间，让这个无尽的"窃窃私语"归于沉默。

最后，通过以上分析，我们会发现，"外在"空间其实是始终无法让人停留的空间，它不具备任何自身以外的现实性，只能在极限经验中被敞开。进入这个空间的人不仅将失去主体性，而且还将失去与主体相关的一切能力。于是，敞开这个空间的经验也只会变成"没有记忆的记忆"，被体验为"空无深渊"或某种"轻盈感"。我们看到，通过结合写作经验和死亡经验来阐释"外在"空间，布朗肖不仅明确了文学永远无法抵达的本质，而且还看到了造就文学之不可能性的独特空间。从此，他思考的将不再是如何通过写作抵达文学（这曾经是早期浪漫派的梦想），而是如何通过写作来敞开或承载这个独特的空间。考虑到这个空间与不可能的死亡相关，同时也就是与某种独特的"存在"模式相关，因此，在布朗肖那里，以敞开该空间为目的的写作行动被上升为一项本质的哲学任务。从此，布朗肖始终思考的便是：怎样的写作才能让该空间得以敞开？至此，以这个独特的空间为隐秘中心，布朗肖成功实现了从文学到死亡，再到写作的过渡。

2. 写作与文学

对布朗肖而言，写作的首要任务就是敞开"文学空间"，而"文学空间"的敞开不仅意味着文学的消失，而且还意味着文学作为"消失之物"或者"不在场"显现。这就是说，在布朗肖看来，尽管文学的消失本质使它永远不可抵达，但它却有望在敞开"文学空间"的写作行动中，作为"消失之物"或者"不在场"显现。那么，具体地，怎样的写作才能承载"文学空间"并让文学作为"不在场"显现？这样的写作与文学之间将产生怎样独特的关联？为回答以上问题，让我们跟随布朗肖的步伐，再次返回到前面所说的写作经验，并尝试从这些经验出发，勾勒出某个能够承担该哲学任务的写作行动的轮廓。

在对写作经验的分析中，布朗肖首先考察的是"为何写作"的问题，即开始写作的原初动力。当然，这也是几乎所有作家都曾被问及且都曾思考过的问题。通常情况下，人们可能会从自身外部出发来思考这个问题，比如写作是为了表征世界，是为了记录时代，是为了介入社会，等等；也可能从自身出发来思考这个问题，比如写作是为了留住逝去的时光，是为了逃离现实的世界，是为了排遣内心的孤独与痛苦，等等。然而，还有一些人则从某种极限经验出发，指出写作是出于内心产生的某种无法抗拒的焦虑（anxiété）和疲累（fatigue），以及由此产生的某种"对作品的迫求"（exigence de L'œuvre）（LEL：59）。在某种意义上，前面所说的几乎所有体验过极限写作经验的写作者都曾产生过这样的迫求。具体地，布朗肖指出，这样的迫求在写作过程中体现为对文学的激情，即对作品源头的激情，会让写作者产生通过写作在作品中抵达作品源头即文学的欲望。最终，在布朗肖看来，正是这个"对作品的迫求"以及"对文学的激情"构成了他所思考的写作行动的原初动力，为"文学空间"的敞开创造了条件。于是，布朗肖所考察的写作行动可被初步描述为这样一个进程：在"对作品的迫求"中，写作者加入追寻文学的无限进程，并在本质为"消失"与"不可能"的文学的牵引下，让自身与某个"空无深渊"即"外在"空间相遇。由此我们将得出"写作"行动的第一重特征：写作以文学为追寻对象，但文学永远不可抵达。

在此基础上，布朗肖进一步思考：具体地，在语言层面上，写作者在文学的吸引下产生对作品的追求并加入写作进程意味着什么？通过进一步的考察，布朗肖首先识别出了某个位于作品源头处的"窃窃私语"：当写作者产生对文学的激情时，他同时仿佛听到了某个来自源头处的"窃窃私语"。不过，这个"窃窃私语"不同于我们日常所使用的话语，它无法被真正"听见"（理解），只会牵引写作者通过写作进行回应。相较日常

话语，布朗肖称这个"窃窃私语"为"真正话语"（parole véritable）。那
么，布朗肖所描绘的这个位于作品源头处的"真正话语"具有怎样的特
征？它如何得以牵引写作者加入追寻文学的写作进程？

　　布朗肖首先将"真正话语"与黑格尔式的"辩证话语"进行了区分。
辩证话语指的是我们在日常思辨中所使用的话语，正是这一话语让我们
得以展开精神生活，进行交流、表达和理解等活动。辩证话语开始于命
名，也就是对物的抽象化，由此产生的概念及定义构成了我们通常所使
用的语言本身。命名的可能性则来自死亡的可能性本身，正如布朗肖所
说："每当我言说，都是死亡在我身上言说，因为如果没有死亡的可能
性，言说将不再可能。"（DKAK：36）此外，在辩证话语中，我与他人
的关系是对等的，我们通过相同的维度或媒介（语言）与世界产生联系，
以至于当我与他人言说时，"我不过是在与另一个'同一的我'（un
même moi）言说"（LEI：114）。这就是说，在辩证话语中，我与他人间
的关系具有互逆性，我们能够组成一个总体（tout），一同在未来抵达同
一（même），也就是黑格尔所说的绝对精神。

　　如果按照黑格尔的说法，死亡的概念化是人类精神生活开始的地方，
那么辩证话语就是照亮这个精神世界的光亮。不过，布朗肖所说的位于
作品源头的"真正话语"并不与这个建立在死亡之可能性上的光亮世界
相关，而是与那个建立在死亡之绝对不可能性上的黑暗世界相关，因而
与辩证话语有着本质的区别。不同于辩证话语，布朗肖所说的"真正话
语"更多是一个"他者"（Autre）的话语，言说这个话语的是在"灵感
时刻"或"死亡时刻"已经迈出"超越步伐"的作为超验的"他人"
（Autrui）。在这里，布朗肖借鉴了列维纳斯的他者理论："'他者'指的
是与'他人'的关系，不过这是一个超验的关系，这就意味着在我与
'他人'之间存在无限的距离，无法跨越。"（LEI：73）通过与辩证话语
进行对比，布朗肖指出，在"真正话语"中，"他人"与"我"并不属于
同一个维度，"他人"是"我"的超验，我们之间存在着无限的距离，这
个距离永远无法被克服，因而我们永远无法组成一个整体。不对等性是

"我们"关系的本质，"我们"之间不存在互逆性，从"我"到"他人"的距离与从"他人"到"我"的距离并不相等。

有关"辩证话语"与"真正话语"的区别，正如布朗肖在《复数的话语》(«La parole plurielle»)一文中所说，辩证话语就像是"平面几何，因为在这个话语中，'我'与'他人'的关系是直线的，是完美对称的"(*LEI*：115)；但在"真正话语"中，"我"与"他人"之间的关系则类似于物理学家所说的"空间曲线"(courbe d'espace)，因为在我们的关系中发生了某种扭曲，"使得任何对称都不再可能，从而在物与物尤其是人与人之间引入无限性"(*LEI*：115)。这就是说，"真正话语"是在人与人之间引入了或者保留了无限距离，因而让人与人之间的理解尚且不可能的话语——因为"我"没有理解这一话语所需要的与"他人"共同的维度——而辩证话语则是将人与人之间的这个无限距离变成有限间隔，从而让理解变得可能的话语。

那么，具体地，"真正话语"，即布朗肖所说的位于源头处的"窃窃私语"，如何让写作者产生追寻文学的迫求？事实上，无限的"真正话语"不仅拒绝"我"的理解，而且还会让"我"感受到某种"距离的眩晕"(*LEI*：66)。正是这一眩晕将牵引"我"对这一话语进行回应(répondre)。这里的"回应"并不是通过对所回应问题的阐释而让问题消失或变得清晰，而是一种言说的义务和迫求(exigence)：为保持话语，即保持那无法被理解的真正的话语，必须言说，通过"回应"言说。由此便产生了写作经验中所提及的"对作品的迫求"。最终，通过对"真正话语"的"回应"，写作者也将在某个时刻将"无限性"引入自身，于是便遭遇了写作经验中所提及的"空无深渊"，"外在"空间得以敞开。由此我们将得出有关"写作"行动的第二重特征：写作不是一个及物动词，并不意味着对某部具体书籍的直接生产，而是一个不及物动词，意味着对"真正话语"的间接回应。

最后，在从源头以及语言方面解释了写作者如何在文学的吸引下加入写作进程后，布朗肖还进一步对这个写作进程本身以及该进程敞开

"文学空间"所需满足的条件进行了思考。为了更加形象地描述这个写作进程，布朗肖借用了俄尔浦斯（Orphée）到冥界寻找妻子尤莉迪丝（Eurydice）的神话故事。

俄尔浦斯就是感受到文学的召唤并开始写作的诗人或写作者；尤莉迪丝则是写作者一直追寻的对象，即文学；而冥府则是作品空间，即让写作者得以进入并让其以为能够追寻到文学的地方。那么，为何冥王规定俄尔浦斯不能转过头去看尤莉迪丝？这是因为，冥府依旧是一个有界限的地方。这里囚禁着超越这一界限的尤莉迪丝，也就是作品的源头或文学。俄尔浦斯如果回过头去看尤莉迪丝，就是在作品的界限内去寻找作品界限之外的文学。这样，他不仅将失去尤莉迪丝，同时还将失去作品，导致作品的摧毁与消失。

然而，俄尔浦斯依旧转过头，去确认尤莉迪丝是否在那里。许多人批评他缺乏耐心（impatience），认为正是他的不耐心导致了尤莉迪丝的彻底消失。但是，这个错误在布朗肖看来却具有本质性意义。在他看来，俄尔浦斯的转身是必然的，因为他从人间来到冥府，或者写作者开始投入写作，本身就是一次打破规则的过程。尽管来到冥府，就意味着必须遵守这个世界的界限与规则；但是，正如他借助艺术的力量打破白昼的规则进入黑夜，同样地，这一艺术的力量也会驱使他进一步打破这个黑夜的规则，并继续追寻更为本质的艺术源头。于是，俄尔浦斯全然不顾作品，在"欲望"（désir）和"不耐心"（impatience）的驱使下，转头看向尤莉迪丝。这便是布朗肖所说的"俄尔浦斯的凝视"（regardd'Orphée）。不过，"凝视"不是"看见"（voir），因为此刻同样是发生"跳跃"的时刻，主体从此陷入"绝对被动性"中，被挡在了这个空间之外，因而根本无法"看见"尤莉迪丝。因此，正如由此敞开的"文学空间"意味着文学的消失，俄尔浦斯的转头"凝视"也只会让他一心追寻的尤莉迪丝灰飞烟灭。

诚然，俄尔浦斯的回头让他失去了带回尤莉迪丝的可能性，正如不断追寻着文学的写作者最终遭遇了文学的消失以及由此形成的"空无深渊"。不过，布朗肖却将俄尔浦斯转过头看尤莉迪丝的时刻称作灵感时刻，写作者之所以加入追寻文学的进程，就是因为他在某个时刻遭遇了"空无深渊"，听到了来自这个深渊的"窃窃私语"，并由此产生了对作品的追求。正如布朗肖所说："只有抵达灵感时刻，才能写作。然而，在抵达灵感时刻前，必须已经写作。"（LEL：234）于是，在这里，我们看到了某种本质的循环：写作者是在文学的吸引下开始写作的，因此在写作前必定已经抵达灵感时刻；然而通过不断地写作，写作者不过再次抵达这一时刻，以此无限循环。

于是，可以说，通过对具体写作进程的考察，布朗肖在极限的写作经验中看到的是一个以"文学空间"为隐秘中心的无限循环的写作进程："文学空间"既是写作的起点（正是从这个空间出发，产生了"真正话语"的"窃窃私语"，并以文学的意象，吸引写作者前行，让其产生对作品的追求），也是写作的终点（在追寻文学的写作进程中，写作者注定再次与这个"空无深渊"相遇），因而也可以说，该进程既没有起点，也没有终点，而只是对"追寻文学"这个剧情的不断的"重新开始"（recommence-ment）与"重复"（répétition）。由此产生的将是一个不属于任何个人的、匿名的无限进程，而所有那些感受到文学召唤并开始写作的人，不过是通过写作加入了这个无限的进程，从而让那个主体之外的"外在"空间在自己的思想中敞开。由此，我们将得出有关"写作"行动的第三重特征：写作以"文学空间"为隐秘中心，是一个匿名且循环的无限行动。

通过以上分析，我们梳理出了布朗肖所构思之"写作"的三重特征：首先，写作以文学为追寻对象，但文学永远不可抵达；其次，写作不是一个及物动词，并不意味着对某部具体书籍的直接生产，而是一个不及物动词，意味着对"真正话语"的间接回应；最后，写作以"文学空间"为隐秘中心，是一个匿名且循环的无限行动。这三重特征相互关联，将有助于我们进一步探讨在布朗肖那里，写作、文学以及"文学空间"三者之间的相互关系。

首先，布朗肖所揭示的这个无限循环的写作行动与"文学空间"之间存在着的是某种独特的共生关系：一方面，"文学空间"并不是某个实际存在的空间，它在且仅在类似写作的进程中才能被敞开并获得其"存在"；另一方面，让写作进程得以持续的，又正是"文学空间"本身，因为"文学空间"不仅意味着写作进程中"文学"的不断逃离与消失，而且还意味着"文学"在某个类似德勒兹所说的"白色墙体"① 上的反弹，具体体现为在消失之后，它又会幻化为某个绝对文学的意象，吸引写作者继续前行，从而让写作进程持续。这就是说，在布朗肖那里，"文学空间"与"写作"本就是两个相互依存的概念，二者之间形成的是某种自足的循环关系，甚至可以认为，写作进程就是"文学空间"本身，是该空间的生成进程，意味着在写作进程展开的同时，时间发生扭曲、被空间化，变成某种空间化的时间。这也是为何，布朗肖将写作构思为一个行动，一个事件，一个无限且匿名的进程。

其次，"文学"可被视作"文学空间"的意象。正是对文学的"激情"，即俄尔浦斯带回尤莉迪丝的"欲望"，让写作者听到"窃窃私语"并产生"写作的迫求"，最终加入无限的写作进程。在某种意义上，甚至可以说，正是写作者与"文学"之间的"欲望"关系（对"不可能"的欲望）构成了无限的写作进程本身。

最后，写作者在"文学"意象的吸引下加入无限的写作进程，这并不意味着写作者让自身变成写作行动的主体，而意味着写作者让那个匿名的"文学空间"生成进程在自己身上得以发生，并在"文学空间"敞开的时刻，让"外在"空间在自己思想深处敞开。我们也可以说，在"文学"的吸引下加入写作进程的写作者将自身变成了蕴藏着"文学空间"之写作行动得以发生的场所（lieu）。

我们看到，布朗肖所构思的作为"文学空间"之生成进程的"写作"并非从主体出发的简单思辨物，而是一个匿名的行动或事件，该行动独立于任何确定主体之外，会产生"文学"的本质意象或来自远方的"窃

---

① Gilles Deleuze, Félix Guattari, *Mille Plateaux*, Paris：Éditions de Minuit, 1980，p. 205.

窃私语"，从而吸引主体不断超越自身界限，并在不断超越的过程中将自身变成写作行动得以发生的场所。因此，我们更应该说写作者被动地承载写作，而不是主动地开始或策划某个写作。显然，我们必须将此处所说的这个抽象且无限的写作［我们或许可称之为大写的"写作"（écrire）］与某个具体且有限的写作活动［我们或许可相应地称之为小写的"写作"（écrire）］区分开来。在某种意义上，我们可将前者视作后者的超验，是写作者在进行文学创作活动时都将（有意识或无意识地）加入的进程。最终，正是这个作为超验的无限写作进程让"文学空间"的不断敞开成为可能。

3. 写作与死亡

在论证了让"文学空间"得以敞开的写作进程之后，有待进一步追问的是：这个写作进程与死亡之间的关系。

诚然，将文学与死亡主题结合并非布朗肖的创新，在布朗肖考察的写作经验中，几乎所有人都曾有过与"空无深渊"相遇的经验，并且与此同时，他们几乎每个人都曾在通过写作克服"空无"的尝试中不可避免地与一个共同的障碍相遇——死亡。卡夫卡一生追求着能够通过写作"幸福地死去"（mourir content）（*LEL*：106），他在日记中写道，他曾写过的最好的作品"都是建立在这一'能够幸福地死去'的能力的基础之上"（*LEL*：106）。马拉美直接用诗歌《伊纪杜尔》（«Igitur»）中主人公的自杀计划来暗喻写作行动，马拉美常常说道："只要小说写成，我就能痊愈。"[①] 里尔克在识破了自杀的虚伪悖论后，始终追寻着那个被隐藏的"真正的死亡"，他在诗歌中哀叹道："愿上帝给予我们每个人自己的死亡。"[②] 同时认为"诗歌正是通往其自身以及通往这个死亡的

[①]　Cité dans Maurice Blanchot, *L'Espace littéraire*，Paris：Gallimard，1955，p. 133.

[②]　Cité dans Maurice Blanchot, *L'Espace littéraire*，Paris：Gallimard，1955，p. 163.

途径"（*LEL*：158）。无论三位作家的思想路径有何不同，他们的共同点在于：都在写作中苦苦追寻着文学，都在这个追寻过程中与死亡相遇，最后都表达了想要通过写作抵达或者克服死亡的意愿。我们看到，当文学变成对文学本身的无限追寻，人们对写作经验的探讨最终都不约而同地汇聚到了"死亡"的主题上。不过，如果说卡夫卡、马拉美、里尔克等人都是从文学出发来思考死亡，因此总是伴随着克服死亡的意图的话，那么布朗肖则是从自身的死亡经验出发开始思考死亡，这算得上布朗肖思想的独特之处。对写作经验与死亡经验的共同考察让布朗肖发现，死亡不再简单地意味着为抵达文学人们需要克服的障碍，而是意味着对某个"存在"始终无法跨越之独特空间的敞开。最终，正是对该空间的敞开构成了布朗肖所说的写作行动的本质任务。那么，布朗肖是如何在写作与死亡之间建立关联的？写作如何得以敞开让死亡不再可能的"死亡空间"？

首先，写作者在文学意象的吸引下加入写作行动，其实就是在蕴藏于自身中的"死亡"的吸引下开始写作。正如笔者在前面所分析的，在布朗肖那里，文学不再是浪漫主义者奉为真理的某个绝对，它不再是任何来自天上的光亮，而是来自地底深处的摧毁性力量，意味着自身的消失以及对写作者的消解。根据我们对"真正话语"的分析，这股摧毁性力量正是源自"外在"空间本身，也就是源自前面所说的那个"不可能"的死亡空间。此外，这也是为何，在布朗肖用来类比写作进程的神话故事中，他用已经死去的尤莉迪丝来象征牵引着写作者前行的文学。这不是作为"生者"的尤莉迪丝，亦不是简单作为"死者"概念的尤莉迪丝，而是死亡本身，是曾经隐藏在"生者"尤莉迪丝下面的"影子"（ombre）。事实上，这个作为"影子"的死亡伴随着我们每个人，意味着蕴藏在我们每个人思想深处的"空无深渊"。开始写作就是听到了这个来自内心深处的召唤，对于大部分写作者而言，这个召唤幻化成了文学意象，而对俄尔浦斯而言，这个召唤则幻化成了妻子尤莉迪丝的形象。

其次，写作者在作品空间中追寻作品的源头，其实就是在死亡中追寻死亡的过程（一个是作为"可能性"的死亡，另一个是作为"不可能性"的死亡）。事实上，写作的开始即意味着写作者进入一个想象的空间，或者我们所说的作品空间，而这个想象的作品空间本身就以某个死亡为基底，因为作为虚构的想象活动意味着对现实世界的某种"杀死"。或许这也是为何，在俄尔浦斯的神话故事中，布朗肖用"冥界"来类比作品空间。"冥界"一词与死亡紧密相关，是人们相对于人间而言所想象的一个世界，即人想象中死后会去的世界。不过，当俄尔浦斯在艺术力量的召唤下进入"冥界"，即写作者在文学的召唤下进入想象世界时，他们更多是想通过战胜死亡而抵达死亡的另一端：俄尔浦斯想要带回作为"生者"的尤莉迪丝，而写作者则想要跨过想象空间抵达真实。只不过，在他们于死亡中战胜死亡的尝试中，最后到来的只有无限的"死"本身，即作为"不可能"的死亡：写作者遭遇了"空无深渊"，尤莉迪丝在俄尔浦斯面前灰飞烟灭。于是，整个写作进程便呈现为在自身死亡的吸引下，在死亡中追寻死亡，最终让死亡不再可能的进程。由此再次体现了写作进程的循环性与无限性。

再次，写作者在死亡中追寻死亡的写作进程还可被视作对前面所说的基里洛夫的自杀行动的一种延续与重复。事实上，在死亡中追寻死亡是一个无比虚妄的进程，人们通常无法承受。不过，让写作者产生"写作追求"的并非这个进程本身，而是某个战胜死亡或将死亡变成"我"的死亡的"欲望"。正是在这个意义上，前面所说的以俄尔浦斯下到冥界找寻尤莉迪丝为例的具体写作进程与基里洛夫的自杀行动非常类似。在某种意义上，俄尔浦斯下到冥界找寻尤莉迪丝，即写作者进入作品空间追寻文学的过程，其实就是尝试"杀死自己"，以获得属于自己的死亡的过程。最终，在转身"凝望"的时刻，"我"得以"杀死自己"，与死亡面对面。诚然，这个"死亡"并不是"我"的死亡，而是会将"我"吞噬的、变成匿名的无人称死亡，因而可判定基里洛夫的"自杀"行动遭遇了失败。然而，需要注意的是，让这个无人称的死亡显现却正是布朗肖赋予写作的本质任务。于是，自杀行动的"失败"变成了写作行动的

"成功"。此外，如果说现实中的"自杀"行动只能进行一次，无法让生成该死亡的进程持续，那么当自杀计划从现实世界转移到作品空间后，"自杀"行动却变得可以不断重复，变成一个"自杀"的无限循环，以此让生成无人称死亡的进程得以持续。

最后，要想"自杀"行动不断重复，写作者必须在"杀死"自己后还能继续言说。在写作的无限循环中，在从死亡到死亡的虚妄进程中，整个过程需要变成"言说"与"杀死"之间的不断交替。正如布朗肖在《保持话语》一文中所说，当写作者与"真正话语"或者"外在"空间相遇后，他"要么言说，要么杀死"（parler ou tuer）（*LEI*：86）。重点不是在二者中选择其一，而是让二者之间的交替成为可能：言说能牵引着写作者"杀死自己"，而写作者"杀死自己"后能够继续言说，以此让写作进程持续，让死亡在无限的写作进程中自我呈现。这对写作者而言并非自然而然的事情，而是将意味着一个无比绝望的旅程。令写作者感到绝望的不是"自杀"无法完成、"文学"无法抵达的事实，而是希望本身永远无法消除，因为即便"自杀"归于失败，他却依旧能感受到对作品的追求以及通过写作来"杀死"自己的欲望。

于是，在布朗肖那里，写作者被赋予了最为悲剧的形象，他就像那不断将巨石滚上山顶的西西弗斯，一旦被超越自身的"外在"空间所吸引，他便只能无限地重复令人绝望的写作行动。然而，正是在这个循环中，言说得以通过写作持续，写作所产生的字词得以承载作品空间，而"文学空间"，"死亡空间"以及"外在"空间则作为超越这一空间的部分被隐藏于其中，作为沉默显现。

小　结

总之，在布朗肖对"写作"的思考中，我们看到，通过分别考察写作经验与死亡经验，并将这两类经验结合起来，布朗肖发现了在两个经验中都被敞开的"外在"空间。从此，在布朗肖那里，写作的宏伟目标不再是抵达文学、完成"大写作品"，而是敞开这个独特的"外在"空间。这个空间既是让文学消失的"文学空间"，也是由布朗肖的极限经验所呈现的"死亡空间"，即"不可能"的超验空间，是"我"永远无法进入的"外在"空间。它是一个黑暗的空间，其黑暗性表现为它永远不可思、不可视且无法言说。布朗肖始终思考的问题就是，如何能够在"不让黑暗重现光明的情况下敞明黑暗"（LEI：73），也就是如何能够让这个隐藏的空间自我显现。布朗肖找到的敞明"黑暗"的途径就是：写作。从此，写作变成本质的哲学任务。最后，通过将写作行动和死亡联系起来，布朗肖为这个哲学行动提出了一个响亮的口号："为了能够死亡而写作。"（LEL：110）

这句话原本出自卡夫卡，他的原话是："为了幸福地死去而写作。"①布朗肖对这句话进行了改写，将"幸福地"改成了"能够"。这一改写拥有本质的意义。当卡夫卡依旧期望通过写作"幸福地"死去时，他对通过写作抵达文学依旧充满希望，对主体能够战胜其在写作过程中所陷入的"空无"依旧充满期待。然而，通过将"幸福地"改写成"能够"，布朗肖不再沉浸在这个主体的幻想中，而是回到写作行动本身。写作者首先是"为了能够死亡"而写作，这就是说，写作者在文学的吸引下所进行的写作行动，从本质上讲来，其实与自杀行动一样，是想要获得死亡的绝对权力的过程。然而，正如前文所言，自杀行动注定失败，"死亡"注定变成不可能。于是，在某个时刻，我们需要将"能够"二字删除，这句话于是就将变成"为了死亡而写作"。从此，这句话将显示出其极具暴力的一面：这里的死亡不再是可能性的死亡，而是作为绝对不可能性的死亡；这句话的主体也不再是拥有主体性的写作者，而是无人称的，因为在由这个死亡敞开的死亡空间中，主体性将被消解；于是，写作将在没有主体的情况下无限地进行——"为了死亡而写作"。我们看到，写作行动其实就是在"为了能够死亡而写作"与"为了死亡

① Cité dans Maurice Blanchot，*L'Espace littéraire*，Paris：Gallimard，1955，p. 110.

而写作"之间不断交替："要么言说，要么杀死。"写作于是变成无限的进程。

　　总之，文学和死亡是布朗肖思想中的两大主题，这两个主题又同时聚焦于布朗肖思想中的另一个核心主题：写作。在布朗肖那里，"写作"意味着一个以文学为追寻对象的无限进程。正是在无限的写作进程中，将生成让文学消失的"文学空间"以及让死亡不再可能的"死亡空间"，写作于是变成"为了死亡而写作"。在布朗肖那里，这个写作进程拥有本质的哲学意义，因为它意味着对时间的空间化，会让加入该进程的写作者失去自身的主体性，并在主体之外敞开一个"外在"空间。"外在"空间是一个曾经被西方哲学领域忽略的精神领域，对该空间的敞开构成了布朗肖思想的本质任务，也构成了其思想的根本深度。可以说，布朗肖对文学、死亡及写作的考察，以及对写作这项本质哲学任务的提出，将为无论文学领域还是哲学领域带去全新的思考视角。在这一视角下，我们将看到，所有与文学相关的元素，包括写作者、作品、文学语言、读者等，都将获得全新的解读与思考，与此同时，"存在"及思想本身的界限问题也将获得全新的阐释。

第 2 章　写作者的祭献

第 1 节　写作的冒险之旅

当在布朗肖那里，写作变成一项任务，变成追寻文学的无限进程，加入这个进程的写作者也将经历本质的改变。写作者在文学的吸引下加入无限的写作进程，这意味着他将始终以抵达文学为目标进行写作。不过，正如前文所说，文学的本质在于沉默与不断逃离，因而始终无法被抓住。于是，对写作者而言，以文学为追寻对象的写作进程将变成一趟冒险的旅程。

1. 在虚无中追寻虚无

无论写作者声称出于何种目的开始写作，只要写作行动开始，这将首先意味着，写作者会进入一个想象的空间，也就是虚构的空间。这样一个空间必将不同于我们日常生活所处的现实世界空间。

在现实世界中，由于对语言的使用，人们得以不断将物转变成概念，并从这些概念出发构建理想的世界，从而让自己生活在由知识搭建的确定性中。按照黑格尔的说法，正是在知识不断形成的过程中，人们得以通过不断否定自然来对其进行改造，同时通过不断否定自身以抵达"存在"。因此，通过不断的改造与否定，人们可以通过劳作来切实地改变世界并改变自身。然而，在想象空间，也就是在"不真实"的虚构空间中，写作者将失去所有这些确定性。一方面，在开始写作前，写作者对自身的天赋并不确定，甚至也并不确定自己是否能够写作，因为"写作者只有通过其作品才能存在并自我实现，在作品写成前，他不仅不知道他是谁，而且他什么都不是（rien）"（*LPDF*：296）。另一方面，作为写作行动之目标的作品"不能被计划，只能被实现"（*LEL*：110）。诚然，布朗肖也指出，大部分作家，比如巴尔扎克、雨果等，在写作前都会草拟一个写作计划。然而，他们最终完成的作品总是与其计划不同。此外，写作者除了无法计划自己的写作行动外，也无法为这一行动寻求任何支撑，包括来自读者的支撑。在布朗肖看来，"为某个确切的读者群写作的人事实上并未写作：真正写作的是这个读者群，因此这个群体不再能够成为读者"（*LPDF*：297）。这就是说，布朗肖认为真正的写作既无法被完全计划，也不应该迎合读者。这样一来，作品本身对写作者而言将充满不确定性。

因此，我们看到，当写作者开始写作时，他便进入了一个充满不确定性的空间，发生在这个空间的写作行动必将不同于现实世界中的劳作。为进一步阐释写作行动的特征，布朗肖将写作行动与我们在前面所说的人们在现实世界中通过劳作改造自然及"存在"的进程进行了对比。

在《文学与死亡的权利》（«La littérature et le droit de la mort»）一文中，布朗肖首先通过列举人通过劳作生产火炉的例子来对黑格尔有关劳作的论述进行了阐释①。他指出，一开始，人通过思想产生了"热"的理念。当"热"停留在理念阶段时，它不会灼伤人。接着，从这一理念出发，人用石头和铁造出了火炉，从而将"热"从理念转化为会灼伤人的火苗。在这个过程中，原来的石头和铁这些材料被劳作否定摧毁

---

① Cité dans Maurice Blanchot, *La Part du Feu*, Paris：Gallimard，1949，pp. 304‑305.

了,原来根本不存在的火炉获得现实性,被制造出来。"随着这个物品的诞生,世界随之改变了。"(*LPDF*:304)接着,这个物品有可能进一步参与到其他制造过程,以此不断推动世界的改变。"这些我制造出来改变事物状态的东西,最终也会将'我'改变。热这一理念什么都不是,但真正的热会让我的'存在'变成另一个'存在'。从此,这个'热'的出现让我可以完成的新的事情将把我变成另一个人。"(*LPDF*:304)在此基础上,布朗肖进一步指出,写作行动事实上也完成了这个劳作的所有进程:写作计划就像是"热"的理念;生产的原材料则是"某种语言状态、某种文化形式、某些书籍甚至是某些客观元素,比如纸、笔、墨等"(*LPDF*:305);为了写作,写作者必须"摧毁原有的语言,并以另一种方式将之实现,否定书籍,以便写出一本不曾存在的书籍"(*LPDF*:305);写作所产生的作品也与原来的写作计划完全不同,因此这是一个全新的创造,必将能够改变从事写作行动的人。

不过,在布朗肖看来,写作行动与现实世界的劳作之间存在着本质的区别。诚然,在某种意义上,两个进程都可被视作异化的过程:根据马克思的说法,在经济生活中,劳作一旦完成就会被异化,不再属于个人;在写作行动中,作品一旦形成也会将写作者驱逐,"在写作者不在场的地方将自己封闭起来,处在对作品存在之无人称和匿名的肯定中"(*LEL*:12)。不过,在现实世界中,被异化的劳作始终存在于这个世界,可以被人掌握,作为工具继续加入对自然的改造中,而被完成的作品却无法存在于现实世界中,因为布朗肖指出,"写作者从来都不曾站在作品面前,作品一旦写成,他是不知情的,就连他不知情的这一事实他都是不知道的"(*LEL*:15)。

因此,我们看到,在现实世界中,人通过劳作进行创造,异化的劳作依旧处在这个世界,可以进一步加入后面的劳作中。整个发展过程是线性的,具有历史性。然而,在写作的虚构空间中,写作者依赖于作品而存在,却无法拥有作品,能够在现实世界中存在的只有被作品驱逐而不再写作的作者①，以及这个作者所拥有的书籍（livre）②。诚然，作者和书籍都将能够加入到历史进程中，成为推动文化发展的"原材料"③。然而，对于以作品为目标的写作行动本身，却并不存在这样的连续性：写作者每次写作都是重新开始，他并不会因为之前的写作经验而离作品的源头即文学更近。

于是，写作者通过写作进入想象空间后，不仅他自己失去了现实性，而且他所追寻的文学或作品本身就不具有任何现实性。正因如此，布朗肖称写作者的写作行动是"从无（rien）开始，以无结束"（LPDF：296），或者如黑格尔所说："就像是虚无（néant）在虚无中劳作。"（LP-DF：296）由此便造就了写作旅程的危险性。

诚然，"无"或"虚无"并不在黑格尔考虑的范畴内，因为在他的思想体系中，"重要的是世界的完成，以及真正自由之行动和任务的严肃性"（LLAV：295）。正因如此，文学被诟病其"无用性"。然而，如果说黑格尔所说的本质任务需要在时间中完成，那么"在虚无中追寻虚无"的写作进程就意味着时间已经终结，总体已经抵达，布朗肖通过考察这个写作进程所思考的是，在黑格尔的总体思想之外进行思考的可能性，即当时间停止后继续思考的可能性。于是，文学曾经被诟病的"无用性"被布朗肖视作本质，因为在他看来，写作进程本就不是发生在现实世界

---

①　在布朗肖的文学思想中，他将"写作者"与"作者"概念进行了区分。"写作者"指的是参与到写作进程的"存在"，"作者"指的是写作停止后，书籍的拥有者。有关"作者"与"写作者"的区分，我们还将在第 2 部分第 3 章"作品的诞生"具体探讨。

②　在布朗肖的文学思想中，他对"作品"与"书籍"的概念进行了区分。作品"无所谓结束或未结束，它在"。事实上，正是作品的这种特殊"存在"让写作者感受到写作的追求。写作者将作品的这个"存在"命名为文学，并以文学为名不断地追寻。并不是写作者让作品"在"，而是写作者通过写作让作品言说着它自己的"存在"。总之，作品与写作者在写作经验中所感受到的那个本质的存在相关。至于书籍，它是在现实世界中拥有现实性的写作的产物，由文字、纸张等形成，属于某个作者，会参与到文化进程中。有关"书籍"与"作品"的具体区别，我们还将在第 2 部分第 3 章"作品的诞生"具体探讨。

③　有关文学向文化的转化，我们将在第 3 部分第 7 章"文学与现实"中"文学的两面性"部分具体探讨。

中的进程，无论是从事写作的写作者，还是作品，也都不再属于现实世界的范畴。那么，写作者如何得以摆脱时间与总体，并进入虚无中继续追寻？

2. "偶然"与"相遇"

事实上，当人们在写作过程中感受到作品独特的"存在"，并想要通过写作进行追寻时，这就注定是一个"在虚无中追寻虚无"的过程。要想让这个追寻成为可能，写作者首先需要克服的，便是自身的现实性。这里的现实性指的是生活在现实世界中的存在者与这个世界之间各个层面的关系。无论是在马拉美早期的语词革命中，还是在超现实主义者的"自动写作"中，我们都看到了他们想要让写作者通过写作摆脱现实性的意愿。

正如前文所说，在对文学或诗歌的思考过程中，马拉美赋予了语言至高无上的地位。事实上，他所提出的"本质话语"就是在消除了存在者对语言的所有掌控后所做出的"纯语言"设想。同"本质话语"相对应的是他所谓的"天然或即刻话语"。后者之所以无法承载文学的本质沉默，是因为在这个话语中，言说着的依旧是存在者，是生活在这个世界上、沉浸在历史与社会之中、将所有一切化为价值和目的的"存在"：只要存在者依旧言说，我们就还是处在此世界的范畴内，而无法对位于这个世界之外的文学或作品进行追寻。

诚然，马拉美对这个"本质话语"的具体实践并未让他成功抵达文学。在布朗肖看来，马拉美对"本质话语"的写作实践，即对语言形式层面的特别关注，不过是"对语言的强大建构"（*LEL*：39），是"为驱逐偶然性而精心打造的整体"（*LEL*：39）。虽然人们将之称作"作品"和"存在"，但实际上，布朗肖指出，它"既不是作品，也不是存在"（*LEL*：39），它与其他手工艺人打造的作品无异，不过是根据某种规律被拼凑和组合的对象，却不是艺术作品，即以艺术为源头的作品。但是，布朗肖宣告失败的是这一激进的写作实践，而不是马拉美对这个"本质话语"的设想本身。只不过，在分析了这个激进写作的不可能性后，布朗肖意识到了这个"本质话语"相对于我们的超越性。在此基础上，布朗肖看到了我们所使用的语言的界限，并由此构思出了前面所说的位于文学源头的"窃窃私语"以及超越我们的他者的话语。可以说，对这个超验话语的提出为布朗肖阐释写作进程奠定了基础。

在写作进程中彻底摧毁存在者印迹的做法同样是超现实主义者的诉求。超现实主义是在对现实主义的"表征理论"进行质疑的基础上产生的。他们意识到，在表征过程中，"天然语言"给予人们的即刻、天然的感觉不过只是幻觉，只是在语言中进行了某种掩盖，从而让我们产生抓住现实的错觉。超现实主义者们想要抓住的依旧是现实，但这个现实指的是真正的世界，是一种超越了所有迷乱双眼，充满历史、价值、用途等现实的更高程度的现实，也就是他们所说的"超现实"。为达到这样的目的，他们发现了人的某种特殊状态，在那种状态下，思想与世界直接取得联系，而不需要任何中间介质。也就是说，思想不再需要以那生活在充斥着价值、目标、任务和功用的社会中的存在为中介被表达出来，而是可以直接与世界取得联系。在那种状态下，人们似乎可以言说一切。那样的写作状态被他们称作"自动写作"（écriture automatique）。

于是，我们看到，如果马拉美的思想开始于对"纯语言"的设想，那么超现实主义更多是开始于对某种"纯思想"的预感。无论是"纯语言"还是"纯思想"，它们都不再与存在者相关。此外，同马拉美的语词革命一样，超现实主义者对"自动写作"的追求大体上也已经归为失败：弗洛伊德的无意识理论让他们的所有狂热失去了神秘性。布朗肖指出，超现实主义者们最后的所有实践不过变成了一个封闭的、自娱自乐的写作冒险，语言依旧不说话，说话的不过是超现实主义者们不断对自己提出的条件和任务。不过，同样地，布朗肖虽然指出了超现实主义者"自动写作"实践的失败，但他并未否认他们对外在于存在者之思想的假设。只不过，在布朗肖看来，这个思想同"本质话语"一样，超出了我们的界限。最终，布朗肖将这个思想与"本质话语"结合起来进行思考。他指出，在"自动写作"的状态下，"思想在授意，这是一种自动的授意，因此言说不再是对被思考之物的复述，而是意味着：①思想已经是言说，是提前赋予写作的东西；②这里涉及的是思想本身，而不再是一个思考着的我，因此这一言说并不以某个独一无二的言说的权力为参考，不再来自某个主体"（LEI：602）。这就是说，在那样一个状态下，思想就是话语，话语就是思想，只不过这个作为话语的思想超越了主体的界限，无法被"我"言说或思考。

事实上，无论是马拉美的语词革命，还是超现实主义的"自动写作"，它们都是在人的内在性中突破主体性的尝试。最终，布朗肖让我们看到，马拉美的语词革命在驱逐了存在者后，让他"只看到一些词"，超现实主义者神秘的"自动写作"也只不过沦为自娱自乐的写作冒险：马拉美始终无法摆脱的是词的现实性，而超现实主义者在摆脱了词的意义后不过陷入了无限的自我封闭与创造中。无论是想要让语言"存在"自行言说的意图，还是想要让超越主体的思想直接授意的意图，都归于失败。在布朗肖看来，造成这一失败的其实正是他们依旧拥有意图的事实，这个意图体现出了他们删除偶然性的意愿。他们原本想要在人的内在性中尝试突破主体性本身，但这似乎不过是虚妄的尝试，因为想要真正突破主体性，他们必须放弃这些意图本身，将自身交给"偶然"（hasard）。这就是为何，布朗肖指出，在饱尝失败之后，马拉美终于做出决定："既然让语言物化的做法行不通，那就离开这些物，在虚无的空间中掷出骰子（un coup de dés）吧！"（LPDF：49）

正如马拉美在诗歌中所说："骰子一掷，不会消除偶然。"① 骰子掷出，游戏开始。于是，写作者将像贪婪的赌徒一样，以自己的全部为抵押，孤注一掷，通过写作投入到这场追寻文学的冒险游戏中。从此，写

---

① Stéphane Mallarmé, *Un coup de dés jamais n'abolira le hasard*, Paris: Bibliothèque nationale de France, 1914. 原文没有页码，"骰子一掷，不会消除偶然"作为最醒目的几个词，分散在整首诗歌的各处，仿佛界定了整首诗歌的空间与界限。

作者的现实性或主体性将不再是有待克服的对象，而是变成他所下的全部赌注。这是一场赌博，因而总是充满偶然。正是这一偶然所蕴含的风险（aléa）"不仅在思想而且在世界中，不仅在真实的思想而且在外面的现实性中，带来原本没有的东西，这个东西只出现在相遇中"（*LEI*：605）。

事实上，在布朗肖对写作进程的思考中，"偶然"与"相遇"的概念占据着至关重要的地位。在写作进程中，"相遇"指的便是与作品的源头即文学的相遇。然而，文学与"本质话语"或"纯思想"一样，是超越我们主体性的部分。因此，与文学相遇同时意味着写作者主体性的消解。因此，我们看到，写作者以自己的主体性为赌注开始游戏，将自身交给"偶然"，以期待"相遇"时刻的来临。然而，这个时刻的来临却意味着写作者主体性的消解。因此，写作者注定输掉这场游戏，他也始终无法在真正的意义上与文学"相遇"。更为悲剧的是，这场注定输掉的游戏却变成了写作者的命运，因为，无论如何，将自己交给"偶然"是靠近文学的唯一途径。于是，写作者就像是被诅咒的西西弗斯，注定一直无限、绝望地写作。这便是布朗肖思想中极其绝望的写作者形象。

3. 无尽的流浪

当写作者"掷出骰子"，以自己的主体性为赌注，期待着与文学的偶然相遇时，他便开始了无尽的流浪旅程。正如布朗肖所说："所有艺术家都与某个流浪相关，他们与流浪之间建立着某种特殊的亲密性。"（*LLAV*：158）

写作者之所以注定流浪，那是因为：一方面，对文学的预感使写作者看到了以主体为中心所构建的理想世界的虚假性，让他决心离开那个曾经充满确定性的家，踏上对文学的追寻之旅；但另一方面，文学本身却是永远无法抵达的目的地，在让文学消失的"外在"空间中，写作者不仅将失去自身的主体性，而且还将失去言说的可能性，因而永远无法在这个空间停留。我们看到，为了追寻文学，写作者在离开了充满确定性的家后却找不到任何可供停留的地方，而追寻文学的失败又并不意味着返回曾经那个确定性的家。于是，流浪仿佛变成写作者的命运，只有在无尽的流浪中，而不是在任何充满确定性的家中，那作为超越我们主体之"存在"的文学才能得以显现。

写作者注定流浪，而为了让流浪继续，写作者必须不断写作，因为只有这样，他才能作为写作者在作品空间中不断追寻。写作一旦停止，他便会被作品驱逐，回到拥有确定性的现实世界中。不过，需要注意的是，写作的过程并不是为了流浪而流浪，即并不是对充满确定性的理想世界的简单否定。正如前文所说，写作更像是一场赌博。尽管根据我们的分析，写作者注定会输掉这场赌博，但在他掷出骰子的那一刻，他同所有其他赌徒一样，充满了求胜的欲望。他以自己的主体性作为赌注，摒弃所有意图，哪怕是获得胜利的意图，将自己交给偶然，以期抵达超越他的文学。因此，通过写作进行流浪的决定并不是源自理性的思考，而是源自对文学的激情，写作者由此产生的也并不是远离现实世界的虚无主义欣喜，而是孤注一掷、希望赢得这场游戏的欲望。正是这份激情和欲望让写作者得以与超越自身的文学产生联系。这就是为何，布朗肖会说，激情（passion）和欲望（désir）正是写作者与不可能的"外在"空间之间的关系。

于是，写作者出于抵达文学的激情和欲望开始通过写作流浪。布朗肖经常引用卡夫卡《城堡》（*Le Chateau*）的故事来比喻文学写作的过程。卡夫卡的《城堡》被布朗肖视作"叙事的叙事"：始终吸引着主人公的"城堡"就是始终吸引着写作者的文学，主人公心中的"城堡"形象就是文学的意象。正如布朗肖所说，这个意象就像因在沙漠中迷路而变得饥渴难耐的旅者所看到的海市蜃楼的幻象：当写作者朝着这个幻象走去时，这个幻象总会在他的眼前消失；然而，正当写作者因希望被浇灭而绝望不已时，这个幻象又将出现在另一个远方。在整个过程中，文学化作"城堡"或"海市蜃楼"的意象，吸引写作者前行，它就像是无限的"逃逸点"（point de fuite），"既赋予所有叙事与话语以地平线，同时又让它们失去所有地平线"（*LEI*：580）。

通过分析卡夫卡《城堡》的故事，布朗肖还进一步阐释了写作的流浪过程中容易产生的失误。第一个失误是"疏忽"（négligent），存在于流浪过程本身，指的是：本来已经来到了"沙漠"，却依旧以为自己在现实世界中。事实上，这是很多作家容易犯下的错误。这个失误让他们即使已经处在不确定的流浪空间，却依旧想要立即获得"统一性"（unité），想要抓住一些东西。由此便产生了形象化的需求，他们错将那些作为中间状态的意象当作目标，从而将文学理解为对世界的表征。然而，产生"疏忽"的写作者注定无法抵达文学，因为本质的意象是永远无法被我们抓住的。

《城堡》中的主人公成功地避开了第一个失误，因为是他自己主动抛弃家庭以及熟悉的城市，到沙漠寻找城堡。但他却并没能避开卡夫卡指出的第二个失误："缺乏耐心"（impatient）。这个失误指的就是：未能遵守流浪的真谛，即永远不要相信目标就在前方，也不要相信我们正在靠近它。对于土地丈量员 K 而言，城堡就是他终极的目标。于是，他不断追寻，而且总觉得城堡即将到达。可是，当有一天他终于到达的时候，他才发现，那个城堡与他心目中的城堡相差甚远——"只是再普通不过、再丑陋不过的一个城堡"（*LEL*：93）。

不过，无论是布朗肖，还是卡夫卡，他们都将"缺乏耐心"视作本质的失误。事实上，让写作者产生"不耐心"失误的正是他们对文学的激情与欲望，这是让他们与"外在"空间产生联系的唯一希望，同时也是让他们得以抵抗流浪中的孤独和焦虑的关键。正因为"缺乏耐心"，俄尔浦斯才转过头看向尤莉迪丝，使得"超越的步伐"得以迈出，让"跳跃"或"彻底翻转"的时刻得以到来。当然，也正是这个不耐心的冒进使得写作者输掉了这场游戏，最终让自己陷入"绝对的被动性"中。当"超越的步伐"得以迈出，写作者并未如愿抵达作品的源头即文学，而是进入到让作品不再可能的"外在"空间。这个空间一旦被敞开，便立即将自己封闭起来，让一切变得不再可能，因为作为"能够"的主体已经被挡在了这个空间之外。从写作者自身的角度来看，他仿佛遇见了一个永远无法抵达的"空无深渊"，这正是卡夫卡在《日记》中记录的写作经验。

总之，由于"缺乏耐心"，《城堡》主人公 K 最终将只能找到一堆"瓦砾"。这会让 K 意识到，曾经出现的城堡意象都是骗人的，它们身上具有的吸引力并不是其本身固有的，它们时刻提醒着土地丈量员，原来这些意象并不是他所追求的最终目标。这样的意识是他的机会，可以让他明白这些意象的虚假性。不过，他必须还要明白，尽管这些意象具有虚假性，不是最终的目标，但不得不承认，"它们依旧是城堡的意象，始终透露着城堡的光亮和那无法磨灭的价值。在这些意象面前转身，就是在本质面前转身"（*LEL*：93）。于是，K 虽不能相信这些意象，却又要依靠这些意象，由此造就了布朗肖所描绘的写作进程的独特性。正如布朗肖所说："写作者一旦体验到了这一空无，便会相信，作品是无法被完成的，但同时他还相信，如果条件允许，它还是有被完成的可能性。"（*LEL*：12）这便是赌徒的心态，正是这样的心态让他注定一直流浪下去。

于是，我们会发现，整个写作过程其实就是布朗肖所说的"陷阱、谎言与疯癫"（*LEI*：608）：写作者带着抵达文学的希望"掷出骰子"，开始游戏，但他从一开始就注定无法赢得这场游戏，因为"文学的真理在于无限地流浪"（*LLAV*：139），写作者永远无法在作品中停留。于是，布朗肖指出："流浪在路上且永远无法停歇的事实，使有限变成了无限。"（*LLAV*：139）正如他在《未来之书》中所说：

　　……对于有限的人而言，卧室、沙漠和世界都是严格确定的地方。但对于沙漠的、迷宫的人而言，他们注定要投入到一段比其生命更长的流浪中，那么同样的时空就会变成无限，即使他知道这个空间是有限的。他越是觉得这个空间是有限的，这个空间就越是会变得无限。（*LLAV*：139）

这就是说，因追寻文学而注定流浪的写作者，在他不知情的情况下，其实进入了一个无限的空间，而且写作者越是觉得这个空间是有限的，即越是相信自己可以抵达文学，就越会通过不断写作进行找寻，于是这个空间就越是变得无限。在整个写作过程中，写作者其实就是在自己的有限范围内追寻着无限，只不过文学可抵达的假象掩盖了这个无限令人恐惧的面目。由此造就了写作者的悲剧形象：在流浪过程中，写作者非但不会沉浸在远离现实世界从而去向远方的欣喜中，反而会陷入本质的绝望。正如笔者在前面所说的，令写作者感到绝望的不是"作品"无法完成的事实，而是希望本身永远无法消除，因为即便作品永远无法完成，他却依旧感受到继续写作的迫求。

总之，在布朗肖看来，当写作者通过写作加入追寻文学的进程，他就是"在虚无中追寻虚无"，或者如笔者在前面所说的，是"在死亡中追寻死亡"。为加入这个进程，写作者需要的不是通过某部具体作品来战胜"虚无"的意志，而是需要敢于让自己顺从于对文学的激情与欲望，"掷出骰子"，以自己的主体性为全部赌注，加入追寻文学的这场赌博中，从而期待"相遇"在某个"偶然"的瞬间降临。诚然，在"从虚无到虚无"的写作进程中，写作者注定输掉这场赌博，在"偶然"中与写作者"相遇"的也不是文学本身，而是由文学的消失所形成的无限空间。然而，正是在这个"偶然"的瞬间，写作者得以迈出"超越的步伐"，让思想产生"跳跃"，在思想中敞开无限的"文学空间"或"外在"空间。

事实上，通过对写作的冒险之旅的考察，我们会发现，布朗肖始终思考的是：有限的写作者通过具体的写作加入前面所说的无限写作进程的可能性。在这样的思考中，我们将得以识别出前面曾提及的两个不同的"写作"：一个是作为某个无限空间（"文学空间"、"死亡空间"、"外在"空间）之生成进程的"写作"（écrire），无限性是它的本质特征；另一个是具体的写作（écrire），指的是在具体情况下，某个写作者在文学的吸引下开始写作的事实，有限性是这个写作的特征。始终让布朗肖感兴趣的是：有限的具体写作如何得以上升为无限的写作进程。根据前面的论述，从有限写作到无限写作的转变正是发生在写作者发生"翻转"和"跳跃"的时刻。在这个时刻，一个无限的"外在"空间得以在写作者的思想中敞开,"写作"本身得以在写作者主体性之外无限地持续下去。类比前面所说的极限死亡经验,在这一刻,不再是"我"在书写(j'écris),而是"有人"在书写(on écrit),写作于是变成一个无人称的进程。

让我们进一步思考:让写作者加入无限的写作冒险之旅,由此将"有限写作"上升为"无限写作",这究竟意味着什么?事实上,这意味着让写作者在有限性中追寻无限。"无限性"一直是西方哲学探讨的重要主题,在某种意义上,传统的形而上哲学所追寻的"永恒性"(pérennité)和"不朽"(immortalité)就是一种"无限性"。不过,布朗肖所探讨的"无限性"与传统的形而上哲学所说的"无限性"并不相同。如果说后者总是与某个超验和真理相关,更倾向于用不同的名称对这个"无限性"进行命名,并将这些名称置于至高无上的天上,让其作为某种"超验"悬置于我们的经验世界之上的话,那么布朗肖对"无限性"的阐释则完全超出了这个范畴:作为这个无限性之化身的"文学"不再是思想所预设的某个超验概念,而是变成了被"欲望"的对象,意味着让追寻文学的人加入无限的写作进程,而写作进程本身的无限性又将使得加入其中的人无法将写作变成抵达文学的途径,而只能将自己变成这个无限的行动本身,从而让无限性在自己身上"降临"。这就是说,布朗肖所谈论的"无限性"并不是某个被提前预设的概念,而是需要在行动中真实地"降临"。具体地,"无限性"在写作者身上降临,其实就是我们在前面所说的"文学空间"、"死亡空间"或"外在"空间在写作者的思想深处敞开。正因如此,布朗肖所说的让"文学空间"敞开的"写作"行动可被视作一个本质的哲学行动。

第 2 节　写作者的"凝视"

"凝视"(regard)是布朗肖文学思想中的另一个重要概念。在《文学空间》中，布朗肖用俄尔浦斯下到冥界拯救妻子尤莉迪丝的故事来类比写作过程，其中俄尔浦斯转过头去看向尤莉迪丝的过程就被布朗肖称作"俄尔浦斯的凝视"。布朗肖对"凝视"主题的探讨使他得以将对写作经验的思考与现象学紧密联系起来。扎拉德尔（Marlène Zarader）正是从现象学角度出发对布朗肖的"中性思想"进行了分析，让-吕克·拉努瓦（Jean-Luc Lannoy）也指出"布朗肖的思想是在现象学的边缘游走"①。事实上，如果说现象学研究的是世界如何在我们面前呈现，那么布朗肖则是通过对写作经验的考察向我们揭示了一种全新的世界呈现的方式。

1. 作为"现象"的文学

在布朗肖视域下，"文学"并不是存在于此世界的确切物，它的本质在于其消失与不可能性，而文学相对写作者而言不断逃离的特征则使它始终不可视。因此，严格说来，文学并不属于现象学的范畴，写作者离开现实世界，进入虚无空间，并不断追寻文学的写作行动也必定与现象学中的"看见"或"知觉"（perccevoir）行动有所不同。然而，在某种意义上，布朗肖正是通过沿用现象学相关方法来考察文学与写作行动，并将"文学"在写作行动中的显现视作一种特殊的现象，从而赋予了写作在现象学范畴以外的行动力量，并让思想得以超越现象学的"可视—不可视"（visible-invisible）框架继续前进。

1929 年，胡塞尔在索邦大学研讨会上发表《笛卡尔的沉思》（*Méditations Cartésiennes*），并正式提出主体现象学理论。胡塞尔的现象学理论建立在笛卡尔的"我思"（cogito）主体基础之上。在他看来，正是"我思"体现了"意识之显现"的必然性，而现象学研究的则是客体在意识中显现的方式。在胡塞尔的现象学理论中，有两个至关重要的概念。首先是意识的"意向性"（intentionnalité）概念。这里的"意向性"指的是"意识

---

① Jean-Luc Lannoy，*Langage*，*perception*，*mouvement*，Grenoble：éditions J. Millon，2008，p. 9.

总是对某物的意识,'我思'中总是包含着'被思之物'(cogitum)"①。于是,在笛卡尔的"我思"基础之上,胡塞尔加上了一个新的元素"被思之物"。"意识总是对某物的意识",正是意识与物产生联系,即主体"转向"(tourner vers)物时,物的意义得以产生。另一个重要的概念是在意义产生过程中所发生的现象的还原(réduction phénoménologique)。这里被还原的正是外在世界的现实性,也就是说,胡塞尔关心的不是"真实的世界"(monde réel),而是作为"现象"的世界,即"显现的世界"或"在意识中呈现的世界"。

因此,我们看到,胡塞尔的现象学与笛卡尔的思想一样,都是以主体为中心,只不过主体的意识不再独立于物而存在,而总是"对某物的意识"。同时,意识在"转向"物并对物产生意识的过程中,物也不再处在其自身的现实性中,而是被还原为现象。这就是说,与意识产生联系的是作为"现象"的世界。不过,通过在笛卡尔"我思"的基础上加入"被思之物",胡塞尔将"我"分为了"经验的我"和"纯粹的我"。在"意向性"意味着对真实世界的还原,"épochè"意味着"对外在世界存在意识之自然信任的中止"② 时,"经验的我"由于属于外在世界,因此也被还原,最终只剩下"纯粹的我"。这个"纯粹的我"就是意识主体,是超越了现实世界从而得以将这个世界还原的主体,胡塞尔亦称之为"先验主体"。不过,这个"先验主体"不同于康德所说的"先验主体":在康德那里,"先验主体"是对客体的绝对认识;但在胡塞尔那里,先验主体不过是客体对"我"而言所产生之意义的源泉。"我"对"物"产生意识的过程就仿佛是,有一个"纯粹的我"从"我"身上脱离,通过转向物,让物在"我"的意识中产生意义。这个"纯粹的我"并不是掌握着所有"物"的意义,而是具备在转向"物"时将"物"还原为意义的

---

① Edmund Husserl,«Deuxième Méditation», Méditations cartésiennes, trad. G. Pfeiffer et E. Levinas, Vrin, 1947, p. 28.

② Edmund Husserl,«Deuxième Méditation», Méditations cartésiennes, trad. G. Pfeiffer et E. Levinas, Vrin, 1947, p. 28.

能力。

在某种意义上，我们可以将写作行动视作一种特殊现象的产生。正如笔者在前面所分析的，写作者是在文学的吸引下开始写作，因此可以说，写作开始于向文学的"转身"。然而，文学并不是现实世界中的"物"，也不是任何具体的意象或回忆，因而写作者并不能在"转身"的同时将之还原为现象并产生意义。正是由于"转身"和"还原"的动作并未同时发生，于是，从"我"身上脱离的"纯粹的我"并没有因为现象的形成而立即与"经验的我"汇合，而是在文学的吸引下不断追寻：正如笔者在前面所说的，当写作者开始写作时，他将自己化作了虚无。于是，我们看到，写作行动所涉及的特殊现象其独特性在于，这个现象永远无法在"我"的意识中显现。

对于这个特殊现象，布朗肖在《无尽的谈话》里《言说不是看见》（«Parler, ce n'est pas voir»）一文中展开了进一步的阐释。布朗肖首先指出，存在着一种追寻，它追寻的并不是某种确切的知识，而是某种"会让知道的人将自身抹去"（LEI：35）的知识，同时，这种追寻需要相较知识关系而言更加内在且重要的关系。对文学的追寻应该就属于此类。一旦追寻的对象不再是确切的知识，那么我们就将失去追寻过程中的"确定性和骄傲的保障"（LEI：35）。于是，在我们身上，作为"知者"（savant）的形象将被抹去，唯独剩下一个"无人称的脸庞，燃烧着对绝对知识的恐怖激情"（LEI：35）。正是在这一"恐怖激情"的吸引下，这种别样的追寻得以产生。这种追寻与对知识的追寻最本质的区别在于，它没有任何确切的目标。这就是为何，布朗肖说道："有人即便知道他们最终找到之物必定不同于他所寻找之物，但依旧为了'发现'（trouver）而'寻找'（chercher）；还有的人，其追寻本就无任何目标可言。"（LEI：35）

于是，在这个过程中，"发现"一词将改变其含义，因为这个词后面并不总跟着一个作为宾语的"被发现之物"，或者即使跟着一个宾语，它也并不是"被寻找之物"。在"被寻找之物"与"发现"这一动作之间，似乎横亘着无限的距离。这就像我们在前面所说的，意识的"意向性"已经完成"转向"的动作，但始终未能将对象"还原"，因为这个对象本身在不断地逃逸。整个追寻的过程就仿佛是围绕某个中心进行的，只不过这个中心本身永远无法被发现。于是，布朗肖说道："'发现'，其实就是'转向'（tourner），是转圈（faire le tour），即'在周围打转'（aller autour）。"（LEI：35）因此，在某种意义上，"发现"与"寻找"变成同义词，都意味着"在周围打转"。可以说，所有这些词都指示着某种循环的运作，因为"中心"永远无法被"发现"，人们于是只能围绕这个不可能的"中心"不断地打转。在写作行动中，这个永远无法被发现的"中心"就是文学，写作行动就是以"文学"为中心的无限循环。

然而，当写作行动以文学为"中心"时，这意味着写作者将因此进入一个独特的区域，我们可称之为流浪的空间。在这个空间中，写作者将如同在流浪中迷路的人一样，"逃离任何固定'中心'① 的看管，始终在其自身周围打转"（LEI：35）。没有了固定"中心"的看管，就意味着"他将不再转向某物，甚至也不是转向'无'，'中心'不再是某个固定的指针，即不再是让行走空间得以隐秘敞开的点"（LEI：35）。从此，写作者只能投入到无尽的流浪进程中，"不断地'转向'与'转回'（retourner），最终沉浸在'转弯'（détour）的魔法中"。（LEI：35）在整个过程中，写作者"既未前进，又无法停留"（LEI：35），仿佛是在原地打转。但更为致命的是，他不断通过转身回到的点与让他得以出发的点并不相同，因为"'回来'（retour）会将起点抹去，流浪没有任何道路，

---

①　这里的"中心"（centre）指的是对人之界限的共同预设，这也是德里达在《写作与差异》一书中经常用到的说法。比如，在黑格尔的总体思想中，人被预设的中心就是他所说的绝对精神，人不断投入到具体的劳作中、打造理想世界的过程，就是在这个"中心"的看管下不断产生知识、目的与意义的过程。不过，当写作者以追寻文学为目的进行写作时，他就逃离了那个固定"中心"的看管，不再满足于对意义的生产，而是投入到无限的追寻进程中。因此，当行动以文学为中心时，这其实是"没有中心的中心"，写作者已经失去任何固定中心的看管。也正因如此，写作者注定投入到无尽的流浪中。

它是一股冷漠的力量，会将风景去除、使沙漠荒芜、让这个地方陷入深渊"（*LEI*：36）。

对于进入流浪空间的写作者，布朗肖如是说道："他在边界区域行走，且处在行走的边缘。"（*LEI*：36）这句话极具揭示意义，"在边界区域行走"是因为他逃离了"中心"的看管，来到了意识的"边界区域"；"在行走的边缘"是因为，他一直在行走而并未停留，但这样的行走不过是原地打转，因而真正的步伐并未迈出。因此，在流浪空间的行走"既未开拓任何道路，也不回应任何敞开"（*LEI*：37）。在这个空间中，"物隐藏—显现（se cacher-se montrer）的运作已经失去其主导力量"（*LEI*：37）。于是，在写作者行走的这个"边界区域"中，也就是在流浪空间中，"物既不显现，也不隐藏，仿佛尚且不属于能够出现'显现'和'隐藏'的区域"（*LEI*：37）。

总之，写作者在文学的吸引下开始写作，其实就是"转向"文学的过程。文学永远无法抵达，不断逃逸，于是正如亚瑟·库尔（Arthur Cools）所说，这个过程就是"转向一个不断逃逸的点"①。正是这个不断逃逸的点让主体从自身分离后，不断在自身内在性中挖掘，而不是通过"还原"行动回到自身。于是，写作者围绕文学这一"中心"不断地"发现"与"打转"，但这个中心永远无法被发现，写作者因此进入到流浪的空间。我们发现，主体通过在内在性中不断挖掘，最终来到了"边界区域"，即物的隐藏—显现运作已经失效、现象因此不再成为可能的区域。在这个区域，写作者处在"行走的边缘"。那么，写作者是如何抵达"边界区域"的？写作者在"边界区域"即将迈出但尚未迈出的步伐通向何方？为探讨这些问题，我们有必要进一步思考写作话语与现象之间的关系。

---

① Arthur Cools，«Intentionnalité et singularité：Maurice Blanchot et à la phénoménologie»，*Maurice Blanchot et la philosophie*，*suivi de trois articles de Maurice Blanchot*，Paris：Presses universitaires de Paris Ouest，2010，p. 140.

2. 写作话语与现象

语言与现象之间的关系是现象学领域经常论及的话题，这也可算作梅勒-庞蒂的知觉现象学与胡塞尔的现象学分道扬镳的起点。布朗肖则通过对写作话语与"文学"现象之间关系的分析，揭示出了超越无论是胡塞尔还是梅勒-庞蒂现象学"可视—不可视"框架的另一种显现模式。

在胡塞尔的主体现象学中，语言与现象之间的关系依旧处在传统的唯心主义框架下。在这个思想框架中，"反射"的概念占据着核心的位置。首先，主体的意识被认为具有反射功能，它能够通过对客体的反射，"完全明晰地形成有关客体的思想"①，并让客体与这个思想"同质"②。其次，语言本身也被认为具有反射功能，是对思想"毫无保留的表达"③，这个语言只是被视作"思想'信号'的编码"④。这里涉及一种对"纯粹语言"的假设，在这一假设下，表达等同于思想，意识于是变成"时刻准备着变成词或语言的意识"⑤，也就是"言说的意识"。胡塞尔的现象学思想始终遵循着这样的内在逻辑，在他那里，主体等同于具有反射功能的意识，而意识本身则始终是"言说的意识"。因此，从某种角度出发，胡塞尔研究的始终是"可被言说"的现象，或者换句话说，是可被主体言说的现象。

---

①　Maurice Merleau-Ponty，*Le Monde sensible et le monde de L'expression*，E. de Saint Aubert et S. Kristensen（éd.），Genève：Métis Presses，2011，p. 49.

②　Maurice Merleau-Ponty，*Le Monde sensible et le monde de L'expression*，E. de Saint Aubert et S. Kristensen（éd.），Genève：Métis Presses，2011，p. 49.

③　Mauro Carbone，«Dicibilité du monde et historicité de vie. Expression, vérité, histoire dans la période intermédiaire de la pensée de Merleau-Ponty»，dans *La visibilité de L'invisible*，Merleau-Ponty entre Cézanne et Proust，Hildesheim，Olms，2001，p. 60.

④　Maurice Merleau-Ponty，*Recherches sur L'usage littéraire du langage*，Cours au Collège de France. Notes，1953，Genève：Métis Presses，2013，p. 124.

⑤　Maurice Merleau-Ponty，*Le Monde sensible et le monde de L'expression*，Cours au Collège de France，Notes，1953，E. de Saint Aubert et S. Kristensen（éd.），Genève：Métis Presses，2011，p. 48.

通过对胡塞尔现象学思想的分析，梅勒-庞蒂发现，某种感性层面的现象由于无法言说而被忽略了。在此基础上，梅勒-庞蒂提出了自己的知觉现象学，并将知觉定义为"与世界的天然接触"①。从此，知觉在梅勒-庞蒂那里变成"我们对世界的敞开"②，它"既不同于将知觉等同于'看见'以及'精神的纯粹视察'的唯心主义和理智主义，也不同于将知觉削减为以自在状态而发生的客观事件的自然主义和现实主义"③。这就是说，梅勒-庞蒂所说的"知觉"指的既不是经验层面的所有感官的总和，也不是理性层面的转化为语言意义的现象。让梅勒-庞蒂感兴趣的是主体与世界的某种融合状态，是主体对世界的某种"处在原初状态的感知"④，这种感知"先于所有话语"⑤。在这一感知中，"主体朝着某种东西敞开，这种东西超出了其（习惯）言说的能力"⑥。

然而，我们会发现，无论是胡塞尔"可言说"的主体现象，还是梅勒-庞蒂"不可言说"的知觉现象，它们都源自主体与世界产生关系的过程，只不过主体产生现象的方式各有不同：胡塞尔将主体视作现象意义产生的源泉，而梅勒-庞蒂则将主体视作"对世界的天然接触"，因而后者更加看重对世界的感知。不过，无论是作为现象的世界，还是作为向我们敞开的世界，它们都意味着对世界的假设，以及让这个世界得以敞开的光亮的要求。这就是说，两种思想都依旧处在主体哲学的范畴内，都以对主体以及对世界的假设为前提，只不过主体对世界的认知方式发生了改

---

① Pascal Dupond，«La perception selon *La Phénoménologie de la Perception*»，*Philopsis*，2007，p. 3.

② Pascal Dupond，«La perception selon *La Phénoménologie de la Perception*»，*Philopsis*，2007，p. 3.

③ Pascal Dupond，«La perception selon *La Phénoménologie de la Perception*»，*Philopsis*，2007，p. 3.

④ Maurice Merleau-Ponty，*La Phénoménologie de la perception*，Paris：Gallimard，1948，p. 48.

⑤ Maurice Merleau-Ponty，*La Phénoménologie de la perception*，Paris：Gallimard，1948，p. 48.

⑥ Jean-Luc Lannoy，*Langage，perception，mouvement*，Grenoble：éditions J. Millon，2008，p. 22.

变:一个是通过意识,另一个是通过知觉。但无论如何,两种情况都需要
光亮作为保障以照亮世界:一个是来自理性的光亮,另一个在列维纳斯和
布朗肖看来,是来自自然的光亮。这就是为何,布朗肖会指出:"它们都
未能逃离欧洲几千年来遗留下的传统,即在接近物时所需要的光学要求,
从而让人们得以在光亮的保障下或在光亮缺失的威胁下进行思考。"(LEI:
38)换句话说,二者都意味着"在眼睛的限度下进行思考"(LEI:38),
因而总是处在"可视—不可视"(visible-invisible)的范畴内。

相应地,布朗肖所关注的作为"现象"的文学同样不可言说,但这
与梅勒-庞蒂所说的"只可感知不可言说"的现象不同:如果说后者依旧
以对主体以及光亮的假设为前提,那么作为现象的文学则要求主体消解、
光亮熄灭。正如前文所分析的,写作者追寻文学的过程,就是不断让自
身主体性消解从而敞开"黑暗空间"的过程。因此,可以说,文学是位
于"可视—不可视"范畴之外的"现象",而让这个现象得以显现的则是
写作话语,即通过写作进行的言说。正如布朗肖所说:"言说不是看见
(parler, ce n'est pas voir),正是言说将思想从光学要求中解放出来。"
(LEI:38)于是,写作话语将成为揭示文学"现象"的关键。

在布朗肖那里,写作话语指的是承载着流浪及其"转弯"的话语。
写作的过程即话语产生的过程,就是写作者以永远无法抵达的文学为中
心,不断在其周围打转的过程,也就是我们所说的不断流浪的过程。布
朗肖指出:"正是写作话语中所蕴藏的无限的流浪激情使得话语不断转变
方向。"(LEI:38)于是,通过不断地写作,话语不断地转变方向,写
作者在流浪中早已迷失所有方向。然而,"话语本身拥有自己的道路;有
自己的路线;因此,从话语方面看来,我们并未迷路"(LEI:38)。这
就是说,写作话语本身的路线,即其可读性,确保了写作者流浪的持续。
正是借助于话语的持续性,写作者得以不断"转向"某个逃逸的点。布
朗肖进一步指出:"这就像是我们从可视面前转身,但并没有来到不可
视。"(LEI:38)这就是说,写作者在离开"可视"之后并未立即得出
"不可视"的结论,而是仿佛在二者之间凿开了一道口子,不断往外逃

逸。于是，写作者来到"边界区域"，这里不再服从于"隐藏—显现"的力量，因而任何依赖光亮的现象都将不再发生。然而，与此同时，写作者也处在"行走的边缘"，写作者那即将迈出却尚未迈出的步伐①似乎将通往另一种"不可视"（invisible），这个"不可视"正是"在所有可视与不可视面前的转身"（LEI：43）。

于是，我们发现，在布朗肖那里，写作的"言说"让言说主体得以逃离"可视—不可视"的范畴，将我们带向另一个更为本质的"不可视"。这样一来，"言说"不再是与"看见"紧密相连的动作，而是仿佛位于"看见"这一动作之前，正如布朗肖所说："'看见'或许是忘了'言说'。"（LEI：40）可以说，梅勒-庞蒂所说的"我们与世界天然的接触"就是对这个"言说"的最初遗忘，从而让我们从一开始便处在"可视—不可视"的范畴内。在这个所谓"天然"的接触中，同时被遗忘的，还有由"言说"引向的另一种"不可视"，以及这一"不可视"所对应的另一种"可视"。事实上，这一"可视"指的就是世界或者物的现实性本身。布朗肖所关注的正是这个始终处在"可视—不可视"范畴之外的原初的"可视"。正如布朗肖在《文学与死亡的权利》一文中所说："文学关心的问题是物的现实性，是物未知的、自由的、沉默的'存在'之现实性。"（LPDF：316）他的计划就是在现象学的"光亮逻辑"之外，也就是在他所谓的"神说要有光（fiat lux）之前"（LEI：43），找到另一种显现的模式，"这个模式将不再处在揭示—掩盖的范畴"（LEI：41）。布朗肖找到的途径就是通过写作言说。

事实上，梅勒-庞蒂自己在后期也发现了他之前所考察的知觉现象的局限性，并开始从以"我思"为中心的知觉现象学转向了以语言为中心的"表达现象学"。正是这一向语言的转向让我们得以将梅勒-庞蒂的思

---

① 布朗肖将这个步伐称作"le pas au-delà"，同时，这也是其某部叙事作品的标题。中文译本将之译作《一步（不）之遥》正好契合了我们在这里的描述：写作者处在迈出步伐的边缘，但尚且无法迈出这个步伐。

想与布朗肖的思想联系起来思考。

　　根据帕斯卡尔·杜庞（Pascal Dupond）的分析，到了20世纪50年代后期，"梅勒-庞蒂逐渐发现，他通过《行为的结构》（*La Structure du comportement*）和《知觉现象学》（*La Phénoménologie de la perception*）所追求的'我们与世界的天然接触'，不过是'在场的、活生生的'存在'……即作为身体显现的存在。……而作为身体显现的存在，不过是在某种源头经验中显现在自然人身上的东西"①。于是，梅勒-庞蒂发现了"知觉"一词的局限性，因为一旦使用这个词，便意味着承认"一方面有一个最初的经验层面，这个层面与在某个时空点存在的存在者相关；另一方面有对这个经验层面的概念和理念"②。于是，后期的梅勒-庞蒂不再局限于对知觉的考察，而是开始对产生知觉的源头经验进行思考，而对源头经验的思考则意味着从主体层面转向语言层面。

　　当梅勒-庞蒂开始从语言角度去思考知觉世界时，他首先指出了这个世界的沉默本质③，而他始终追寻的则是属于这个沉默世界的"非语言层面的意义"④，或者被他称作"知觉意义"、"非逻辑意义"⑤或"非言说意义"⑥。这个意义不同于"语言层面的意义"，后者指的是通常情况下，人们通过语言获得的意义，这个意义与语言的反射功能相关，属于唯心主义语言观的范畴。可以说，"知觉意义"是梅勒-庞蒂在唯心主义

---

　　① Pascal Dupond，«La perception selon*La Phénoménologie de la Perception»*，*Philopsis*，2007，p. 5.

　　② Maurice Merleau-Ponty，*Le Visible et L'Invisible*，Paris：Gallimard，1964，p. 209.

　　③ Maurice Merleau-Ponty，*Le Visible et L'Invisible*，Paris：Gallimard，1964，p. 223.

　　④ Maurice Merleau-Ponty，*Le Visible et L'Invisible*，Paris：Gallimard，1964，p. 223.

　　⑤ Maurice Merleau-Ponty，*La structure du comportement*，Paris：PUF，［1942］2009，p. 135.

　　⑥ Maurice Merleau-Ponty，*Le Monde sensible et le monde de L'expression*，Cours au Collège de France，Notes，1953，E. de Saint Aubert et S. Kristensen（éd.），Genève：Métis Presses，2011，p. 50.

语言观之外提出的另一种意义，目的是保持知觉相对于思想、逻辑和语言的独特性。为论证语言蕴含知觉意义的可能性，梅勒-庞蒂尤其借鉴了索绪尔结构语言学中符号的差异性原则，并以他自己的方式进行了发展。他指出："语言现象是多样化的符号的共存，这些符号单个并不具备任何意义，而只能从一个整体出发才能被定义，这些符号只是这个整体的组成部分。"① 因此，梅勒-庞蒂开始关注语言符号的间隔（écart），正是在这个"间隔"处，将产生他所说的"知觉意义"。这样的意义"将不再获得任何自动的、实证的、完全确定的意义，而似乎只能通过'否定'的方式来定义"②。正是从这个角度出发，梅勒-庞蒂指出："所有语言都是间接的、暗示性的，也就是说，都是沉默。"③

可以说，梅勒-庞蒂和布朗肖关注的都是语言不可言说的部分，即蕴藏在语言中的沉默。只不过，二者考察的路径各不相同。梅勒-庞蒂对语言的分析更多是从对知觉经验的关注出发，通过对语言符号之"间隔"的分析，指示出"超出语言的部分"④。相应地，布朗肖的思想则开始于他对文学——这个不断逃逸的、永远无法被抓住的现象——的关注。在某种意义上，与文学相关的写作经验应该可算作某种极限的知觉经验，因为这个经验不仅"不可言说"，而且也无法被主体"感知"，因此是绝对的沉默。当布朗肖的思想以这个绝对的沉默为出发点时，他不再能以任何知觉经验为依托，而只能通过对写作话语的分析，"直接从语言出发，分析超出语言的不可言说的部分"⑤。通过对比，我们发现，如果

① Maurice Merleau-Ponty, *Psychologie et pédagogie de L'enfant*, J. Prunaire, Lagrasse（éd.）, Verdier, 2001, p. 84.

② Jeanne-Marie-Roux, « Forme du perçu, structure du langage：Merleau-Ponty avec et contre Saussure», *Bulletin d'analyse phénoménologique XII* 2, 2016, p. 283.

③ Maurice Merleau-Ponty, «Le langage indirect et les voix du silence», dans *Signes*, p. 70.

④ Jean-Luc Lannoy, *Langage, perception, mouvement*, Grenoble：éditions J. Millon, 2008, p. 21.

⑤ Jean-Luc Lannoy, *Langage, perception, mouvement*, Grenoble：éditions J. Millon, 2008, p. 21.

说梅勒-庞蒂所研究的"超出语言的部分"依旧可能与能够被感知的知觉经验相关，也就是依旧与"看见"的视觉界限相关，那么布朗肖所研究的"语言不可言说的部分"则只与绝对的"不可视"相关，即只与超越我们的文学相关。这就是为何，布朗肖会反复强调："言说不是看见，看见是忘了言说。"

于是，我们看到，通过从语言而不是知觉出发去追寻作为现象的文学，布朗肖彻底摆脱了"可视—不可视"范畴的视觉限制，从而指向另一个绝对的"不可视"。所谓绝对的"不可视"指的是：既无法言说，也无法感知，只能通过语言或者写作追寻。如果说"看见"是光亮的逻辑，那么布朗肖所说的言说就是在光亮被驱逐后的黑夜（nuit）中继续追寻。不过，他追寻的依旧是白昼，只不过不再是让"看见"成为可能的白昼，而是荷尔德林所说的"东方的光亮"①或尼采所说的"午夜的光亮"②。这个本质的白昼由于光线太过强烈与刺眼而无法让"看见"成为可能，而当"看见"开始行动，这个"午夜的光亮"则已经转变成尼采所说的惬意的"正午的光亮"（lumière du Midi），由"看见"展开的安详世界也由此打开。因此，为追寻本质的"午夜的光亮"，我们必须逃离让"看见"成为可能的白昼，从而进入黑夜，并在黑夜中不断追寻。

事实上，布朗肖始终思考的就是在黑夜中让本质的光亮得以显现的可能性。正如布朗肖所说："写作者通过逃离白昼，将白昼变成了自己的命运；通过迎接黑夜，将黑夜留在了自己身后。"（LPDF：318）写作者开始写作或者言说就意味着黑夜的开始。写作者通过不断地写作与流浪来到了自己的"边界区域"，他那"即将迈出但尚且未迈出"的步伐通向的是言说的"不可能性"本身。正是在这个不可能的空间中，也就是我

---

① Cité dans Maurice Blanchot，*La Part du Feu*，Paris：Gallimard，1949，p. 316.

② Cité dans Maurice Blanchot，*La Part du Feu*，Paris：Gallimard，1949，p. 316.

们在前面讲到的"死亡空间"或者"外在"空间中，黑夜变得纯粹，光亮于是作为对黑夜的否定本身得以显现①。于是，我们看到，言说或写作将我们带离了"可视—不可视"的逻辑框架，并让另一种绝对的"不可视"作为纯粹的黑夜敞开。从此，在这个纯粹的黑夜中，"看见"不再可能，写作者只能"凝视"（regarder）。

3. 黑暗的"凝视"

正如笔者在前面所说的，当俄尔浦斯转身看向妻子尤莉迪丝，即当写作者在写作过程中发生某种"跳跃"或"彻底翻转"时，"凝视"得以产生。这就是说，"凝视"意味着写作者在"边界区域"迈出了超越的步伐，绝对的"不可视"因此得以呈现，或者我们在前面所说的"死亡空间"或"外在"空间得以敞开。正因如此，布朗肖称写作者的凝视为"死后的目光"（LPDF：238）。从此，死亡不再可能，而是变成不可能性本身。所有光亮熄灭，纯粹的黑夜来临，"凝视"便是在这个黑夜中的目光。

可以说，"凝视"是写作经验中的核心部分。在描述写作经验的诸多叙事作品中，布朗肖经常提及"凝视"这一动作。我们会发现，在这些作品中，当"凝视"一词出现时，"凝视"的主体往往都会发生本质的"跳跃"或"翻转"。对于在黑暗中的"凝视"经验，布朗肖在《黑暗托马》中做出了最为详尽的阐释。为尽可能描绘出"凝视"的经验，我们需要在这里进行大段的引用：

> 在此刻，托马出于不谨慎开始向四周望去（jeter un regard）。黑夜变得更加深沉，更加艰难，超乎他的预料。黑夜笼罩了一切，不再有任何穿透黑暗的希望，但人们却可以通过某种关系抵达这个

① 这里涉及不同于"可视—不可视"逻辑框架的另一种显现，即在黑夜中的显现，主要涉及本质的光亮或文学如何作为"沉默"或"不可视"得以显现的方式。我们将在第 3 章第 3 节"作品与'黑夜'"部分进一步论证。

黑暗的现实性，这个关系的内在性充满动荡。他的第一个发现是，
他还可以使用他的身体，尤其是他的眼睛；这并不是说他还能看见
（voir）某物，而是说他所看（regarder）之物长此以往让他与某个黑
暗的物体产生联系，他模糊地感知到，这个黑暗物就是他本身，他
正是被这个黑暗物围绕。当然，他只是从习惯的视角出发通过假设
得出这样的结论，但为厘清新的状况，他必须求助于这个习惯的视
角。由于他不再有任何丈量时间的方式，或许数小时过后他才接受
这种看的方式，但对他自己而言，恐惧仿佛立即将他吞噬，在某种
羞愧的情绪中，他抬起了头，开始迎接他所蕴藏的想法：在他之外，
存在某种他可以通过"凝视"或双手触碰到的东西，这个东西与他
自身的思想类似。令人厌恶的遐想。很快地，黑夜变得比任何夜都
更加深沉与恐怖，仿佛它确实产生于某个不再被思考的思想的伤口，
产生于某个被除思想之外的某物当作客体的思想中出来。这就是黑
夜本身。造成这一黑夜之黑暗性的意象将黑夜包围。他什么都看不
见，但他不但不为此沮丧，而且还将这个视角的缺失变成他"凝视"
的制高点。他的眼睛不再用来看，其范围变得非同凡响，以某种毫
无限度的方式发展，在地平线上展开，任由黑夜侵入其中心，从而
获得黑夜的光亮。于是，通过这一空无，凝视与所凝视之物混为一
体。这双什么都看不见的眼睛不仅体会到了某物，而且还体会到了
其视角的原因。他所"看"之客体正是让他无法"看见"之物。
（*TLO*：16-17）

当然，布朗肖对"凝视"经验的描述远不止这些，我们只是从中截取了
一个片段。从这些描述中，我们可以看到，凝视是在黑夜中的目光，与
凝视产生关系的正是黑夜本身。凝视的客体即黑夜，这个作为客体的
"黑夜"同时让"看"变得不可能。因此，"凝视"注定是没有结果的
"看"，什么都无法"看见"。这一"空无"或视角的缺失不仅是"凝视"
的制高点，而且也是"看见"的源头，因为正是填补这一空无的欲望让
"看见"成为可能，也就是让胡塞尔所说的现象学中的"还原"运作成为

可能。于是，我们看到，布朗肖的思想与现象学思想分道扬镳的地方就在于对这个作为"空无"的黑夜的不同看法：现象学的"看"是意识通过还原将这个"空无"填满的过程；布朗肖所说的"凝视"则是向着"空无"敞开，让自身被"空无"包围的过程。

从"凝视"的经验出发，我们首先可以对"凝视"与"看见"做进一步区分。事实上，无论是"凝视"还是"看见"，都意味着与被"看"之物的某种分离（séparation）。这个"被分离之物"在布朗肖那里并没有被明确命名，它有时被预感为"存在"本身，有时被预感为与康德所说的"物自体"类似之物，总之指的是超越人的界限之物。正因如此，"凝视"的运作涉及一个具有无限性的分离，正是这个分离所产生的无限距离造就了我们在前面所说的将写作者吞噬的"空无"与"黑夜"。可以说，"分离"本身就是"空无"和"黑夜"的内在性。"看见"的运作则意味着对这个由最初的分离所导致的无限距离的削减（即现象学上所说的"还原"）[1]，而削减（还原）的过程正是通过意识将客体变成现象的过程。

无论如何，无论是"凝视"还是"看见"，都意味着与"被分离之物"之间的某段距离。那么，当我们关注的是"被分离之物"本身，即"存在物"或物自体时，"凝视"与"看见"两个动作究竟谁离它更近呢？或者换句话说，通过对与物之间的无限距离的现象学削减（还原），"看见"的运作会离"物"更近吗？

通过进一步分析，我们会发现，诚然，"看见"意味着对距离的削减，但这个削减并非源自与"物"本身的接近，而更多源自主体意识行动的介入。首先，主体意识的削减（还原）行动意味着对以主体为中心的思想模式以及主客二分原则的预设，物或世界于是变成有待主体意识

---

① 在法语中，réduction 一词有两个意思："削减"和"还原"，在现象学的术语中，我们通常将之译作"还原"，但在本质上，现象学的还原操作其实就意味着一种对真实世界的削减，故接下来的段落，我们会根据具体语境，选择将该词译为"还原"或"削减"。

认识的客体。其次，这个行动也意味着对一个"有限的、可度量的分离"
（*LEI*：41）的假设，因为正如笔者在前面所说的，主体的意识是有界限
的，它位于"可视—不可视"的视觉界限范围内。由此导致意识的削减
行动必须让主体与客体之间保持一定的距离，既不能太远，也不能太
近，从而"让这个距离将它所删除的东西返还给我们"（*LEI*：39）。然
而，由此返还给我们的是"被认识或知觉"的世界，而不再是世界本
身。因此，可以说，意识的削减（还原）行动其实意味着"一个最初的
失去（privation initiale）"（*LEI*：39）：当"我"开始"看"时，"我"
已经经历了最初的失去，"我"不仅已经与"我"自身分离，而且也已
经与物分离，从而得以将物变成客体。与此同时，这个分离是有限的，
因为"我们始终无法看见太远的东西，无法看见通过远方的分离而逃离
我们的东西"（*LEI*：39），这便是我们意识的界限。于是，正因为意识
的加入，"看见"变成了一个有界限的行动，正如布朗肖所说，"看"的
智慧在于，"我们永远不是看到一个物或多个物，而是一个整体：任何
视野都是整体视野。正是这个视野让我们始终处在一个地平线的界限范
围内"（*LEI*：40）。

在这里，我们看到了"看见"这一动作的界限，产生这一界限的正
是让削减（还原）得以产生的意识以及由此产生的视觉界限。正如黑格
尔通过将死亡削减为让生命成为可能的否定性，从而发展了他的否定辩
证思想；胡塞尔通过让意识将我们与物之间的距离削减，从而让所有物
处在了由光亮统治的"可视—不可视"逻辑框架下。在布朗肖看来，两
个思想都建立在对存在所预设的某个界限基础之上。两种思想都诞生于
对由最初分离所产生的空无进行填补的欲望，都提前预设了人的界限，
从而将无限的分离变成了有限的。布朗肖的思想并不是对这两种思想的
简单否定，只不过他认为这两种思想所假设的界限并不是人的最终界限。
在布朗肖看来，人的终极界限既不是作为可能性的死亡，也不是光亮，
而是死亡的不可能性本身，是无尽的黑夜。这个界限不再是对死亡的否
定或对距离的削减，而是否定性本身或无限距离本身。由于否定性无法

再被否定，无限距离变得无法被削减，于是，在这个界限面前，"看见"与"思想"都变得不再可能，主体转而被这个无限距离吞噬，"看见"变成了"凝视"，思想变成了"言说"。

通过以上分析，我们看到，"看见"的运作不仅并不意味着与物本身的靠近，而且还意味着由于意识的介入而产生的对物"最初的失去"，以及由于现象的产生而对这个"最初失去"的掩盖。反观"凝视"的运作，尽管它意味着与物之间的无限距离，是与物的无限分离本身，而且它已经失去通过意识将这个距离削减的能力，但或许正是"看见"的不可能性将给予物自我显现的最后机会：从此，物不再变成相对意识的"现象"，而是变成不断逃离之物，在"凝视"的无限分离中，作为"被分离之物"显现。因此，当我们说在"凝视"的运作中，我们与物之间有无限距离时，其实这个无限距离指的也是任何距离的消失，即任何让"看见"成为可能的距离的消失。正因如此，可以说，在"凝视"产生时，我们离物既无限远又无限近。

事实上，如果说现象学以"看见"为中心，那么布朗肖所考察的写作经验则是以黑暗的"凝视"为中心。首先，写作经验开始于这个黑暗的"凝视"，要知道正是俄尔浦斯转身凝视的时刻被布朗肖称作灵感时刻。在这个时刻，写作者被无限距离所吞噬，从而进入黑暗的空间中。正如前文所说，在这个空间中，在这个黑暗的凝视下，某个超越写作者主体界限的物得以显现。这个显现的物将化作本质的文学意象，作为不断逃逸的点，吸引写作者前行。不过，追寻文学，让这个本质的意象再次显现的过程，其实不过是让写作者再次产生"凝视"的过程。于是，言说或写作变成让写作者摆脱"可视—不可视"的逻辑，从而在不断的写作中等待"凝视"时刻到来的进程。正如布朗肖所说，写作的话语"变成了凝视下的战争与疯癫"（*LEI*：40），它"跨越所有界限，甚至超越整体的无限：它在物无法被抓住、无法被看见而且永远无法被看见的地方抓住物；它打乱所有规律，摆脱所有方向，是对所有方向的偏离"（*LEI*：40）。

　　因此，可以说，当写作者通过言说来到"边界区域"，并总是处在"行走的边缘"时，黑夜将成为整个写作行动的界限。正是在黑夜中，写作者通过言说追寻着不断逃离的文学。布朗肖将整个写作过程形象地称作"在梦境中看"（voir dans le rêve）：人们在梦境中会看到各种各样的意象，但这些意象只存在于梦境中，于是，梦境变成"看"的界限。正如布朗肖所说："仿佛在梦境中依旧有光亮，但事实上我们无法将之形容。这个光亮意味着'看见'之可能性的翻转。'在梦境中看'意味着被迷惑，当不再通过'距离'去抓住某物后，着迷得以产生，我们转而被距离抓住，被它转化"（*LEI*：40）。

　　这就是说，当写作开始时，写作者便已经被这个距离转化，从此在黑夜而不是光亮的界限内通过言说进行行动——"在梦境中看"。在语言将我们带去的梦境中，"我们仿佛能够从各个面看物"（*LEI*：40），"话语不再作为话语本身呈现，而是作为一种跨越了'看见'之界限的视角呈现。从此，话语不再是言明（dire）的方式，而是'看见'的超验方式"（*LEI*：40）。

　　至此，"凝视""看见"与"言说"之间的区别变得明朗。"看见"是在光亮的界限下，意识通过削减与物的距离，从而抓住物的过程；写作的言说则是"看见"的超验，它超越了光亮统治下"可视—不可视"的范畴，是在"梦境中看"，因此处在黑夜的界限内；作为"看见"之超验方式的言说会将"看见"转化为"凝视"，在"凝视"中，分离所产生的无限距离从此不再被削减而是被保留，黑暗的"外在"空间得以敞开。正是在这个空间中，物作为"被分离之物"得以显现。写作则是在黑夜的界限内，不断通过言说将"看见"变成"凝视"，从而产生另一种显现模式的进程。在这一模式下，物或世界本身得以摆脱光亮的界限，作为被黑夜隐藏之物显现。

第 3 节　"中性"、存在与主体

在论证了具体的写作行动如何上升为无限的写作进程，以及写作者如何在这个进程中以"黑暗的凝视"以及"言说"为独特的知觉方式后，我们将进一步对得以承载该行动之写作者的主体状态进行考察。正如笔者在前面所说的，写作进程不再是以主体为固定中心的思辨过程，而是以写作者所有主体性为赌注的冒险旅程，不再意味着从主体出发对世界有限的现象还原，而是意味着让主体来到一个"边界区域"，让其在对文学的不断追寻中任由"无限性"降临自身、将其目光吞噬。其中，"无限性"降临写作者并让其产生"黑暗凝视"的时刻，其实就是写作者主体性消解的时刻，而写作者随之陷入的"绝对被动性状态"则正是布朗肖所谓的"中性"（neutre）。"中性"是布朗肖思想中的一个非常重要的概念，该概念与布朗肖通过对写作经验以及死亡经验的考察所揭示的某个独特存在模式相关，是进入"边界区域"的写作主体迈出"超越的步伐"并产生某个"跳跃"时将呈现出的特殊存在状态。那么，具体地，在布朗肖那里，写作者在写作进程中所陷入的"中性"状态具体指的是什么？"中性"与存在以及主体之间的关系为何？最后，"中性"的显现意味着对西方存在思想以及主体思想怎样的本质超越？

1. "中性"与"存在"

鉴于布朗肖所说的"中性"不仅与写作经验相关，而且更为本质地与某个死亡经验相关，意味着在极限的死亡经验中"外在"空间敞开时写作者所陷入的特殊状态，因此，为探查布朗肖所说的这个"中性"与西方哲学传统所谈论的"存在"之间的关系，并进一步指出布朗肖以"中性"为中心的思想对于西方哲学传统的超越，我们将对布朗肖的死亡思想展开进一步分析，并尤其将这个死亡思想置于西方存在哲学的大框架下进行考察。

在西方哲学传统中，对"死亡"的思考总是与对某个超验"存在"①（形而上意义的"存在"）的思考紧密相连。死亡一直被认为是该存在的界限，而突破存在界限的尝试则是西方哲学的永恒话题。在柏拉图那里，死亡让他看到了腐烂的躯体以及短暂的生命，为克服对死亡的恐惧，对应躯体和死亡，柏拉图构思出了灵魂与不朽，同时假设了位于灵魂深处的作为人本质的超验存在。正是这个超验的存在构成了西方形而上哲学的根基。从此，哲学只与这个超验的存在相关，对不朽的追寻变成哲学的任务，死亡的界限则成为哲学需要克服的障碍。

死亡的界限最终在黑格尔那里得到克服，正如本书第一章所说，他通过将死亡概念化，并将时间性引入哲学思考，最终得以克服个人的死亡，让超验的存在在时间尽头到来。不过，黑格尔对死亡的克服建立在对死亡的概念化的基础上，对死亡的概念化则意味着对死亡自身否定性的清除，由此显示出了形而上哲学的局限性。正如弗朗索瓦茨·达斯图尔（Françoise Dastur）所说：

> 从亚里士多德到黑格尔，死亡这个绝对的否定性，这个彻底的断裂，这个简单的无法思考之物，变成了"相对的非—存在"和"确定的否定性"，变成了可修复的断裂和简单的"可思之物"的界限，这也就说明了形而上学无法直面真正的死亡的事实。②

相应地，海德格尔的哲学思考则开始于对形而上存在的质疑，他对存在

①　在对"中性"与"存在"关系的分析中，我们将相继提到三个不同层面的"存在"：一个是作为某个至高无上之真理的形而上"存在"（être）；一个是以死亡为终极界限的存在主义意义上的"存在"（existence），即海德格尔意义上的"存在"；还有一个是列维纳斯意义上的"存在"（être），也就是建立在不可能性基础之上的"存在"。正是通过将死亡思想与存在思想对应起来进行考察，并相继引出这三个不同层面的"存在"，我们将得以在大的哲学背景下去考察布朗肖所说的"中性"。

②　Françoise Dastur, *La Mort：essai sur la finitude*, Paris：Presses universitaires de France, 2007, p. 100.

的全新定义正好与这个死亡的"否定性"息息相关。

海德格尔在《形而上学导论》(*Introduction à la métaphysique*) 开篇处问道:"究竟为什么存在者在而无反倒不在?"[①] 正是这一振聋发聩的发问立即撼动了西方形而上哲学传统的根基。海德格尔指出,形而上哲学其实是对超验存在的预设,当人们追问"为何存在者在"时,他们已经首先假设了存在这个东西。正是海德格尔的这一追问让人们对存在的形而上假设变得可疑。在此基础上,他提出了"此在"(德语:Dasein) 的概念。"此在"指的就是"向死而生"或者"向死而在"(être-pour-la-mort),死亡于是成为海德格尔认识"存在"(existence) 的出发点。值得注意的是,海德格尔语境下的"存在"(existence) 不同于形而上意义上的"存在"(être):它不再是某个至高无上的形而上预设,而是以死亡为界限的"存在"(existence)。于是,在海德格尔那里,死亡指的不再是最终死亡的那一刻,而是时刻伴随着"存在"(existence) 的界限。

海德格尔继承了现象学对死亡的考察,他"思考的是存在与他自身必死性的关系,并没有任何'超越'死亡的企图,不会想要战胜死亡,也没有任何预先的超验假设将死亡中性化"[②]。在海德格尔那里,死亡"每次都是我的死亡",也就是说没有任何客观的死亡存在,每当提到死亡,必定是与"我"相关的死亡,因为那是"我"的界限,是让"我"之所以成为"我"的条件。可以说,正是死亡的界限构成了"存在"(existence) 所有的可能性,而死亡本身就是"存在"(existence)"本质的、无法超越的、确定的、在其确定性中充满不确定的可能性,其本质只能通过焦虑进行预感"[③]。

---

① [德] 马丁·海德格尔:《形而上学导论》,王庆节译,商务印刷馆 2015 年版,第 1 页。

② [德] 马丁·海德格尔:《形而上学导论》,王庆节译,商务印刷馆 2015 年版,第 103 页。

③ Jacques Rolland, «La mort en sa négativité», *Noesis* [en ligne], 3/2000, mis en ligne le 15 mars 2004, consulté le 30, septembre, 2016, p. 10.

于是，我们看到，死亡在海德格尔那里是作为"不可能性的可能性"①（possibilité de L'impossibilité）。这个死亡不再是黑格尔的概念化死亡，即不再是"绝对的可能性"，而是"不可能性"本身。然而，正是这个作为"不可能"的死亡所构成的界限让"存在"（existence）成为可能，让"存在者"（existant）得以感受并理解自身的存在。于是，曾经的概念化死亡已经变成"被给予的死亡"（mort donnée），曾经的形而上存在也已经变成海德格尔存在主义意义上的"存在"（existence）。作为"不可能"的死亡不再被驱逐，而是作为一种"给予"（donné）被"存在者"通过焦虑感知。

布朗肖思考的也是这个作为"不可能"的死亡，但他关注的并不是由这个死亡带来的可能性，而是它的不可能性本身。正如布朗肖在《文学空间》中评价海德格尔死亡思想时所说的："……诚然，（不可能的）死亡被包含在了这个作为可能性的死亡中，但它依旧能折返回自身，让这个可能性消解。"（*LEL*：355）当死亡带来的可能性被消解，这就意味着"存在者"的可能性被消解。"存在者"继而陷入对死亡的"焦虑"中，自身被消解，从此不再"存在"，或者让"存在"一词不再具有效力。这便是布朗肖在死亡及文学的极限经验中所体会到的经验，同时，正是这个让任何"存在"都消解的状态被布朗肖称作"中性"。

因此，我们看到，在布朗肖那里，"中性"与死亡的否定性息息相关。如果说对"存在"的形而上命名以及存在主义命名都是从"可能性"出发，都在死亡那里找到了可能性（一个通过将死亡的否定性削减为概念，另一个

---

① "不可能性的可能性"（la possibilité de L'impossibilité），该术语最早被列维纳斯及布朗肖用来指涉海德格尔的死亡思想。在他们看来，海德格尔"向死而生"中的"死亡"已经是一种作为"不可能性"的死亡，但海德格尔的存在思想正是源自对这个"不可能"的死亡的转身，由此获得了一种"不可能性的可能性"。对于这一点，弗朗索瓦·达斯图尔（Françoise Dastur）也曾在《死亡：论限度》一书中有所提及。不过，布朗肖在叙事作品中所呈现的"不可能性的可能性"有所不同，这里的"可能性"虽然依旧以对"不可能性"的转身为前提，但同时也以这个"不可能性"为追寻对象和隐秘的中心。正因如此，布朗肖得以呈现出超越了海德格尔存在思想界限的极限写作经验，这也正是其思想的重要价值之一。

通过在死亡的否定性面前转身），那么"中性"的本质则正是"不可能性"本身，是死亡的"否定性"本身。因此，在布朗肖看来，"中性"先于一切对"存在"的命名。如果按照康德的说法，正因为人是有限的，才会产生"存在"，那么形而上的"存在"和存在主义的"存在"都开始于对这个界限（死亡）的预先假设，然后再通过对这个界限进行否定或者在这个界限面前转身，从而对"存在"进行命名，使"存在"变得"可能"。然而，"中性"不需要任何对界限的预设，因为它就是人的界限本身，是死亡的否定性本身。因此，在"中性"状态下，不再需要命名"存在"，它是任何"存在"被摧毁后人的"剩余"（réserve），"不可能性"就是它的本质。

那么，在此基础上，布朗肖是否有可能提出一种全新的对"存在"的命名，在这个命名中，"存在"指的就是"不可能性"本身？有关这一点，我们持保留态度。诚然，这正是列维纳斯的做法，后者曾在《总体与无限》（*Totalité et Infini*）中多次说道，"'存在'即外在性（extériorité）"①，"应该将'存在'理解为外在性"②。其中"外在性"指的是主体永远无法进入的"外在"空间，从某种角度出发，我们也可以将之理解为布朗肖所说的"不可能性"。不过，相较列维纳斯，布朗肖对这个"存在"的讨论要显得谨慎许多。他在《无尽的谈话》中说道："我们可以说'不可能性'就是'存在'吗？当然可以！"（*LEI*：66）他用对话体的方式引出"不可能性即存在"的说法，而且"存在"一词不再占据主语而是占据表语的位置，从而在最大程度上消减了对"存在"的命名与预设。或许布朗肖之所以依旧保留了"存在"的说法，只是为了在这一名称基础上将它曾经拥有的所有意义消解：并没有任何我们需要抵达的形而上"存在"，也没有任何"全景式"③ 无处不在的"存在"，如果一定要继续

---

① Emmanuel Levinas，*Totalité et Infini：Essai sur L'extériorité*，Kluwer Academic，1971，p. 334.

② Emmanuel Levinas，*Totalité et Infini：Essai sur L'extériorité*，Kluwer Academic，1971，p. 325.

③ Emmanuel Levinas，*Totalité et Infini：Essai sur L'extériorité*，Kluwer Academic，1971，p. 325.

使用"存在"一词,那么"存在"就是它自身的消解——"不可能性就是存在"。正因为从这个角度来理解"存在",布朗肖进一步指出,黑格尔通过否定死亡所获得的可能性不过是"一种否定'存在'的至高力量"(*LEI*:66),在黑格尔的思想体系中,"当人从'可能性'出发而在,那么他不过是没有'存在'的'存在',而为获得可能性的斗争不过是背离'存在'的斗争"(*LEI*:67)。

无论如何,布朗肖在此处对"存在"一词的使用已经完全不同于形而上的存在或者存在主义意义上的存在——前者更多是人从自身界限出发所想象的某个至高无上的、作为真理的超验存在,后者则更多是人在自身界限面前转身后,所获得的存在主义意义上的存在。相反,布朗肖在此处所使用的"存在"既不再意味着跨越自身界限的超验想象,也不再仅仅意味着在自身界限面前的转身,总之就是不再意味着任何对界限的否定,而是将包含界限的否定性本身。从此,在布朗肖那里,"存在"不再意味着任何概念或可能性,而就是"不可能性"本身,是"人存在"之事实本身。

最后,鉴于本节所说的"中性"呈现于我们在前面所提及的"死亡空间"、"文学空间"以及"外在"空间敞开的时刻,而布朗肖所构思的写作行动正是以敞开这些空间为本质任务,我们也可以说,在布朗肖那里,写作以呈现"中性",即呈现这个"不可能性"或者"绝对被动性"状态为任务。正是在这个意义上,布朗肖指出:"被动性(passivité)是一项任务,正如'否定性'在黑格尔那里是一项任务一样。"(*LEDD*:38)

2. "中性"与主体

在布朗肖那里,"被动性"状态指的是"我"不再能够言说"我"而将自身削减为"中性"的状态。不过,要想写作者陷入"被动性"状态并让"中性"呈现,就必须让写作者的主体性消解。那么,具体地,在西方哲学传统中,主体以及主体性分别指的是什么?在西方哲学语境下,

写作者主体性的消解意味着什么？为回答这一问题，我们有必要回到
"主体"概念本身，从而进一步探讨"主体性"与"存在"，以及"主体
性"的消失与"虚无"之间的关系。

　　"主体"是西方现代哲学的重要概念之一，是几乎所有现代哲学家都
会提及的哲学术语。根据拉库-拉巴特的说法，"尽管'主体'一词被作
为哲学术语使用发生在现代，但对该词（"sujet"一词）的运用可一直追
溯至亚里士多德"①。在亚里士多德那里，"sujet"一词更多被理解为逻
辑主语，与开创现代哲学的笛卡尔所说的"我思，故我在"的"主体"
不尽相同。根据约翰·马尔提（John Martis）的分析，二者之间的主要
区别在于：尽管对"主体"一词的使用始终都不可避免地与实体（sub-
stance）和存在（être）相关，不过在古希腊时期，实体是客观的，当时
还没有现代的主客体之分②。马尔提进一步引用拉库-拉巴特的观点：

　　　　……直到现代，实体才变成被我们理解的实体，也就是人们开
　　始将实体与人联系起来，或者与进行哲学思考的人联系起来。于是，
　　可以说，自笛卡尔以来的思想都变成了主体的思想，无论这个主体
　　是个体的人，还是整个人类。无论如何，现代哲学的主体总是与人
　　相关，这与以前的哲学大相径庭。③

　　我们看到，正是从笛卡尔开始，主体变得只与人相关。此后，受笛
卡尔主体哲学影响的哲学家们总是趋向于根据他们对"存在"的不同理
解来对人的"主体"以及"主体性"进行定义。在康德的主体哲学中，
他区分了作为纯功能性术语的"先验主体"和具体的"经验主体"："经

---

①　John Martis, *Philippe Lacoue-Labarthe：representation and the loss of sub-
ject*, New York：Fordham University Press，2005，p. 6.

②　John Martis, *Philippe Lacoue-Labarthe：representation and the loss of sub-
ject*, New York：Fordham University Press，2005，p. 7.

③　Lacoue-Labarthe and Nancy, *The Literary Absolute*，p. 35. Cité dans John
Martis, *Philippe Lacoue-Labarthe：representation and the loss of subject*, New York：
Fordham University Press，2005，p. 7.

验主体"与"先验主体"相对应，是"主体性"思想得以产生的精神场
所。康德对"先验主体"的假设与西方哲学传统对超验存在的假设相
关，"主体性"指的就是"经验主体"在先验"存在"的观照下在此世
界进行的思想活动。不过，在康德那里，"先验主体"并不是"实体"，
而是一个先验的假设，因此是"经验主体"永远无法抵达的点，"主体
性"于是仅表现为主体对这个世界进行不完全表征的能力。接着，到了
黑格尔那里，他想要弥合"先验主体"与"经验主体"之间的鸿沟，于
是用"绝对精神"替代了"先验主体"，并在《精神现象学》中指出
"实体就是主体"①。利科（Paul Ricœur）在有关黑格尔的文章中指出，
理解这句话，重点在于理解"意义的发展与主体的发展共同推进"②。这
就是说，不再有一个与"经验主体"对应的位于至高点上的"先验主
体"，而是主体能够通过不断思考与实践提升自己，从而让自身抵达绝对
精神。在利科看来，黑格尔之所以说"实体就是主体"，是因为"经验是
实在的，因此是实体的；经验同时会反射回自身，因而是主体的"③。因
此，在黑格尔那里，"绝对精神"不再是某个先验假设，而是有待实现
（réaliser）的东西，主体通过不断地否定劳作，最终将在时间尽头得以抵
达这个"绝对精神"。当然，这里的主体是整体的概念，正如拉库-拉巴
特所说，指的是整个人类，而主体性指的就是主体通过不断的否定运作
抵达绝对精神的能力。最后，还有胡塞尔的现象学。对此我们在前面已
经做出详尽的分析。我们看到，胡塞尔关心的不是康德意义上的先验
"存在"，也不是黑格尔意义上的作为整体的主体，而是作为个体的主
体。这个主体是有意识的主体，主体性则表现为可以通过意识实现对现
象的还原。

---

① Paul Ricœur, "Hegel aujourd'hui", *Esprit*, Paris, n°323, mars-avril, 2006,
p. 178.

② Paul Ricœur, "Hegel aujourd'hui", *Esprit*, Paris, n°323, mars-avril, 2006,
p. 179.

③ Paul Ricœur, "Hegel aujourd'hui", *Esprit*, Paris, n°323, mars-avril, 2006,
p. 179.

我们看到，自笛卡尔以来，主体似乎已经成为整个现代哲学思考的出发点。从不同的主体概念出发，人被赋予了不同的认知力量与范式，由此也诞生了有关"主体性"一词的不同内涵。不过，与此同时，我们将看到，正是这个作为哲学起点的"我思"（cogito）主体在后来成为被质疑的对象。萨拉·科夫曼（Sarah Kofman）指出："事实上，'我思'（cogito）不可能是一个理性的真理，亦不可能'即刻确定'，因为'我思'意味着一系列中间物，总是将'我'与自身分开，这其中被填满了信仰、观点、偏见、信念和想象虚构等。"① 尼采也看到了这个"我"的复杂性："在这个著名的'我思'中，存在以下事实：①有人在思考；②我相信是'我'在思考；③思考这个动作一旦发生，必定要想象出一个主体；最后得出：我思，故我在。但这中间充满了对语法的信仰：要让这一切成立，必须要有一个人来提出这些假设，这就已经让我们远离'即刻确定性'了。"②

事实上，正是在对"我思"主体的确立中，科夫曼和尼采看到了人"即刻确定性"的丧失、"我"与自身的分离以及一系列"信仰、观点、偏见、信念和想象虚构"（尼采将它们统称为"价值"）的生成。在某种意义上，当尼采想要"清空所有价值"并"对价值进行重估"时，他思考的其实就是让人回归自身而不再让其与自身分离的可能性。此外，这也已经成为尼采以来哲学领域发展起来的不同于主体哲学的另一条思想路径。该思想路径不再意味着从主体出发，对不同主体性的寻求与阐释，而是意味着对人所有层面之主体性的清空——在某种意义上，布朗肖可被视作以间接的方式加入了这一思想路径。

具体地，尼采的这一思想开始于他对"上帝已死"的宣称。正如海

---

① Lacoue-Labarthe and Nancy, *The Literary Absolute*, p. 92. Cité dans John Martis, *Philippe Lacoue-Labarthe：representation and the loss of subject*, New York：Fordham University Press, 2005, p. 9.

② Lacoue-Labarthe and Nancy, *The Literary Absolute*, p. 93. Cité dans John Martis, *Philippe Lacoue-Labarthe：representation and the loss of subject*, New York：Fordham University Press, 2005, p. 9.

德格尔在《尼采的话"上帝死了"》① 中所说,当尼采宣称"上帝已死"时,这同时包含了两个层面的含义:①"对至高价值的废黜"②;②"对价值的重估"③。这就是说,尼采并不满足于"不完全的虚无主义"(nihilisme incomplet),即不满足于让任何其他的绝对形式占据上帝曾经占据的位置。尼采想做的,是将曾经由上帝或以上帝之名产生的所有至高价值清空,其实也就是将横亘在"我"与自身之间的所有价值清空,并重估价值。在评论尼采思想的文章中,布朗肖对其所宣称的"上帝已死"也做出了类似的评论:

> 上帝已死:这里不仅指本义的上帝,还指所有后来想要占据上帝位置的"唯心""意识""理性""对进步的确信""人民的幸福""文化"等。所有这些拥有价值的东西其实没有任何固有的价值,它们不过是可供人类凭借的虚无,这个虚无被人们赋予了意义,但其真正价值却并不在于人们赋予它们的这些意义。(*LEI*:217)

在这段话中,布朗肖表达了以下要点:首先,无论是上帝还是其他占据上帝位置之物所拥有的至高价值,它们都不过源自虚无;其次,只不过,这些是可供人类凭借的虚无,也就是说,是人类自己通过赋予这个虚无以意义,才让至高价值得以被构思;最后,这个虚无除了被人类赋予意义、变成至高价值,还可能摆脱这个意义,拥有"真正的价值"。

布朗肖更多是经由海德格尔靠近尼采思想的,正因如此,他对尼采的关注也集中在了尼采"废除所有价值"与"创造新价值"的方面,他对尼采"强力意志"以及"永恒回归"(retour éternel)方面的考察也以这两个方面为出发点。在布朗肖看来,尼采想要做的正是在"废黜至高

---

① 参见 [德] 马丁·海德格尔《林中路》,孙周兴译,上海译文出版社 2014 年版,第 204—256 页。

② [德] 马丁·海德格尔:《林中路》,孙周兴译,上海译文出版社 2014 年版,第 218 页。

③ [德] 马丁·海德格尔:《林中路》,孙周兴译,上海译文出版社 2014 年版,第 218 页。

价值"的基础上，"对价值进行重估"，从而赋予"虚无"以真正的价值，或者换句话说，从而得以克服虚无主义。在这个重估的过程中，主体将不再有任何类似康德所说的先验主体性作为保障，取而代之的是尼采所提出的"强力意志"①，这是尼采进行价值重估并克服虚无主义的关键。在海德格尔视域下，"强力意志"在尼采那里被视作"生命的基本特征"，指的是"如此这般规定着处在其'本质'中的存在者的东西"②。可以说，"强力意志"是尼采思想中最核心也是最费解的部分，它与存在者之为存在者的整体层面相关，是"存在最内在的本质"③。不过，尼采所说的"强力意志"并不是任何上帝式的不证自明的源头之物，而是某种"关系"，而以这一"关系"为内在性的人则被尼采称作"超人"。海德格尔指出："'超人'是那种以由强力意志所规定的现实性为根据并且只相对这种现实性才存在的人。"④

我们看到，当充斥在主体中的各类价值被清空，主体原本注定与虚无相遇，但尼采所提出的以"强力意志"为内在性的"超人"则被认为是已经成功克服"虚无"的人。有关这个"超人"，布朗肖在文中也进行了重点的分析。他指出，这个超人是"已经克服空无的'存在'，因为它在这个空无中遇到了克服的力量，这个力量在他身上不仅变成了权利，而且变成了价值——自我克服的欲望"（*LEI*：221）。不过，布朗肖从实践的角度出发，论证了尼采超人假说的不可能性。他指出："只要人还属于预感（presentiment）的范畴，他就依旧处在自足的状态，只会以绝对理念为名贬低物和时间，而不会有更高的希望。因此，要想让超人完成

---

① ［德］马丁·海德格尔：《林中路》，孙周兴译，上海译文出版社 2014 年版，第 223 页。

② ［德］马丁·海德格尔：《林中路》，孙周兴译，上海译文出版社 2014 年版，第 223 页。

③ ［德］马丁·海德格尔：《林中路》，孙周兴译，上海译文出版社 2014 年版，第 228 页。

④ ［德］马丁·海德格尔：《林中路》，孙周兴译，上海译文出版社 2014 年版，第 242 页。

任务，他就必须跨越时间的界限，超越时间的不可逆性。要做到这样，就必须让时间变成整体的完成。"（LEI：223）然而，布朗肖继续论证道："让时间倒流就已经超出了可能的范畴，不可能性在这里拥有最大的意义：这个不可能性便已经意味着作为强力意志的超人的失败。"（LEI：224）由此，布朗肖引出了尼采的另一个重要思想："永恒回归"（retour éternel）。在布朗肖看来，这是尼采式虚无主义思想中最可怕的形式。他指出："'如所是的存在'失去了意义和目标，却不断地回归，始终无法在虚无中获得终结。"（LEI：224）这就是说，仿佛在虚无中始终有一个关键的区域无法跨越，由此导致"如所是的存在"无法在虚无中终结，虚无始终无法被克服。

在人的"存在"中始终有一部分永远无法被否定，因而永远无法化作虚无而被超越，事实上，这正是布朗肖哲学思想的基础：结合前面所分析的让"文学空间"敞开的写作经验以及让"死亡空间"敞开的死亡经验，"文学空间"及"死亡空间"敞开的事实就已经说明了这个无法被超越之"区域"的存在。因此，同始终思考着如何克服虚无的尼采不同，布朗肖通过对各类极限经验的考察，进一步看到了这一自我克服之欲望的本质。布朗肖指出："我们始终谈论着跨越关键区域，但人不单单只是跨越者，仅与他要跨越的东西之间存在地理上的关系。要知道，他不仅身处这个区域中，而且他就是这个区域和这个界限本身，尽管这个界限并非仅由他一人形成，也不仅针对他个人。"（LEI：226）我们看到，人本身就是这个界限，而尼采对"超人"的构想就是想要实现在人的基础上超越自身，从而赋予强力意志以现实性，使重估价值成为可能。对于这样一个宏伟的计划，布朗肖与海德格尔一样，似乎都始终持怀疑态度。海德格尔指出："对尼采本人也模糊不清的是：思考超人（以查拉图斯特拉的形象）的思想与形而上学的本质处于何种关系中。"① 布朗肖则通过

---

① ［德］马丁·海德格尔：《林中路》，孙周兴译，上海译文出版社 2014 年版，第 243 页。

对写作经验及其他极限经验的考察，在这个始终无法跨越的区域处看到了另一种"存在"的模式，即作为人最后界限的"中性"。

最终，布朗肖所说的"中性"正是人身上始终无法被否定与超越的区域，这个区域被布朗肖视作人的终极界限。正是这个区域的存在使得对虚无的克服永远无法完成，使得尼采只能从"强力意志"转向"永恒回归"。在某种意义上，"中性"就是绝对的"虚无"本身：在"中性"状态下，不仅上帝被杀死，而且上帝倒下的地方变成一个"空无深渊"并显现出来。随着这个"空无深渊"的敞开，横亘在主体与自我之间的所有价值将被清除，人得以回归其原初的"存在"：不是从某个主体出发所想象的超验或先验"存在"，而是人的"自我存在"（être en soi）本身。因此，布朗肖所提出的"被动性"任务，即让"中性"或者这个"空无深渊"得以呈现的任务，将成为布朗肖思考让人回归自身而不再与自我相分离的重要途径。不过，值得注意的是，与尼采不同，在这里，布朗肖寻求的不再是对"虚无"的克服，即不再是对"关键区域"的跨越，而是对绝对"虚无"或者这个特殊区域的呈现。正是在这个"呈现"中，人得以让自身的主体性消解，并将伴随着主体性的所有力量和价值清空，最终在让"中性"显现的同时，让对"自我存在"的回归成为可能："中性"虽不是人的"自我存在"本身，却是该"存在"的不在场，是与该"存在"的分离（séparation），"中性"的"呈现"意味着让人的"自我存在"作为"不在场"显现。正是在这个意义上，我们可以说，布朗肖所说的"被动性"任务是超越了西方主体哲学之后的继续思考。

那么，如何才能完成这个任务，即如何才能将上帝和所有价值清除，或者如何才能让人的所有主体性消解，从而让"中性"显现？为做到这一点，就必须将现代主体哲学诞生以来赋予"存在"的所有力量清除，最为重要的，是要将这个"我思"主体自身清除——这便是属于布朗肖的"宏伟计划"。在这个计划中，主体需要返回自身，并尝试在自身的基础上超越自身。我们会发现，这将是一个充满摧毁性暴力的计划，在某种意义上，可被视作一种更为彻底的虚无主义，因为在"被动性"状态下，就连超越虚无的意图本身也将被消解。写作便是布朗肖找到的承载这一计划的方式。那么，写作如何得以承载这一计划？

3. 主体、"中性"与他者

为研究写作如何完成"被动性"任务，从而让写作者的主体性消解，回归其"自我存在"，我们首先需要对写作者所处的主体性状态进行进一步的阐释。正如前文所说，写作的过程就是无限流浪的过程，因此，我们也可称写作主体为流浪主体。那么，这个流浪主体具有什么特征？

首先，流浪主体是远离现实世界的主体。远离现实世界一方面意味着写作者不再是生活在这个世界的经验主体，因而不再能通过拉康所说的"看""理解"和"结论"的时刻来进行自我论定[①]，从而产生对自身个体的确定性；另一方面意味着，写作者在通过写作进入想象空间，即从现实世界返回到自身内在性后，亦不会继续将目光投向世界，尝试对这个世界进行表征。总之，流浪主体的主体性不再与这个世界相关，它既不是生活在这个世界中的对自我拥有确定性的小写主体（sujet），也不是可以站在世界之外思考这个世界真理的黑格尔式的大写主体（Sujet）。

其次，流浪主体是言说的主体。不过，这里的言说不再是"言明"（dire），而是一种回应，回应的则是来自"外在"空间的"窃窃私语"。作为"回应"的言说是现象学中"看见"的超验，目的是等待"凝视"时刻的到来。因此，正是通过言说，流浪主体得以逃离属于现实世界的

---

① 吴琼：《雅克·拉康——阅读你的症状》，中国人民大学出版社 2011 年版，第305 页。拉康是在其《逻辑时间及其预期确定性的论定》一文中探讨主体的自我确定性的。在文中，他指出了三个时刻：①与"看的瞬间"相对应的纯语法意义上的理智主体；②与"理解的时刻"相对应的可与他人相互替代且能在他人中指认出自己的匿名主体；③与"结论的时刻"相对应的由自我论定的行为构成其独特性的个人主体。

"可视—不可视"光亮逻辑。不过，在逃离过程中，流浪主体依旧可算作现象学中所谓的"意向性"主体，只不过这个"意向性"所转向的对象即文学超越了主体的界限，因而会变成一个不断逃逸的点。于是，在通过写作言说的过程中，流浪主体总是趋向于在超越自身的"文学"的牵引下向外逃逸、自我迷失。

根据以上两点分析，为进一步对流浪主体进行描述，我们可沿用布朗肖自己的说法：流浪主体总是"在边界区域行走，且处在行走的边缘"①。事实上，正因为写作主体总是转向超越主体的部分，写作者才在远离现实世界、进入想象空间的同时，从此不再将目光投向现实世界。写作于是以这个超越主体的部分为中心，写作主体则通过写作在这个中心周围打转。事实上，这个超越主体的部分就是布朗肖所说的"中性"，是人最后的界限。流浪主体进入的"边界区域"中的"边界"指的就是这个"中性"，写作主体之所以始终无法跨越这个边界，是因为当写作者跨出"超越的步伐"，这个边界将会立即变成无限的"空无深渊"，将写作者吞噬，让他立即失去主体性，陷入绝对的"被动性"中，不再能够言说。为让言说继续，写作者只能在这个空间面前转身，在重新回到"边界区域"后，继续向着这个"中心"前进。我们会发现，在整个过程中，写作主体都位于这个"边界的区域"，而且总是处在"行走的边缘"，不断地通过流浪，在"中性"周围打转。

最后，流浪主体还有一个重要的特征，即他虽然远离了生活在现实世界中的"他人"，但依旧与另一个更为本质的"他者"（Autre）相关。他者是相对于主体的他人（Autrui），但这个他人不同于现实世界中与我处在共同维度且能够相互理解、交流的平等他人，而是距离"我"无限远的"他者"。存在于"我"与"他者"之间的无限距离无法通过"理解"或"看"削减，这就使得"我"无法通过"他者"获得对自我的论

---

① 吴琼：《雅克·拉康——阅读你的症状》，中国人民大学出版社 2011 年版，第305 页。

定，从而产生自我意识。于是，思考"他者"的唯一方式是让"他者"在"我"身上显现，而让"他者"与"我"得以相遇的空间则是中性空间。在中性空间中，"正是他者抓住我们、撼动我们、让我们欣喜若狂，吸引我们从自身逃离，最终失去主体性，变成中性"（LEI：72）。

因此，我们看到，在布朗肖那里，写作主体始终与"中性"和"他者"息息相关。结合前面有关"中性"与"存在"之间关系的分析，我们会发现，布朗肖从列维纳斯那里所借用的这个"他者"概念指的其实就是处在"自我存在"状态下的"自己"或者"他人"。当主体言说时，他便已经与这个"自我存在"相分离了，而这个分离本身就是布朗肖所说的"中性"。因此，"中性"横亘在"他者"与"我"之间，主体无法依靠自身跨越自身的界限，而只能在"他者"的吸引下，迈出"超越的步伐"，让"外在"空间即"中性"在"我"身上显现。不过，无论是"他者"还是"我"本身都无法进入这个中性空间，因为这既是对"他者"的遗忘空间，也是"主体"被消解的空间，甚至可以说，它是让一切消失的"空无深渊"。于是，我们看到，海德格尔曾在提出"为何是存在者在而无却不在"的问题后，依旧提出了"全景式"无处不在的作为本质的"存在"（existence），布朗肖则是在海德格尔的基础上的进一步反叛。在布朗肖那里，"无"作为"中性"而在，而且他的整个思想都围绕这个"中性"展开。鉴于此，我们也可称布朗肖的写作思想为中性思想。

事实上，在20世纪的法国思想界，还有诸多其他思想家通过不同的路径让他们的思想抵达"中性"这个特殊的领域，其中尤其包括拉康、列维纳斯等。在这里，我们将尝试对他们的思想进行对比，从而进一步阐释布朗肖对主体、"中性"与他者的思考。

在布朗肖那里，"中性"是始终超越主体的部分，它是存在的"剩余"，是主体始终无法跨越的最后界限，因而永远无法让主体产生意识。从这个角度讲来，"中性"与拉康所说的"无意识"非常类似，写作主体或流浪主体与拉康始终强调的无意识主体也非常接近。在拉康看来："每个人都是通过他人来抵达真实。"① 这就是说，在现实生活中，"主体在自我论定中确证出来的'我'乃是以他人作为参照的，'我'被当作是'他人的他人'，'我'只有在把他人也视作一个主体的"理解时刻"才会获得主体的形式"②。由此产生的自我意识不过是镜像认同的结果，是对自我的一种"误认"，"我们归之于自我的那种统一性其实是一个幻觉，是自我加之于主体的异化盔甲"③。对于这个意识主体，拉康始终持拒斥的态度。通过对弗洛伊德无意识理论的承袭与改写，他转而提出了无意识主体。在拉康看来，无意识才是主体的家，不过无意识的力量是为主体所不知的。"在无意识所在的地方，'我'是被划杠的，'我'的无意识真理是有意识的'我'所不知的，无意识在'我'面前是消隐不见的。"④

事实上，拉康所说的这个被划杠的主体与布朗肖所说的陷入"被动性"的写作者非常类似，布朗肖有时也称之为"没有'我'的'我'"（le moi sans moi）（*LEDD*：37）。在拉康那里，无意识主体与将主体划杠的无意识相关，正如在布朗肖这里，写作主体总是与驱逐主体的"中性"相关。我们会发现，尽管二者的思想起点各有不同（一个侧重于临床的精神分析，另一个是对文学写作的无限追问），但最终他们都来到了这个特殊的边界区域，并从这个区域出发，发展各自的思想。

此外，布朗肖与列维纳斯的思想也非常接近，他们都讨论着中性、主体、他者等，而且时常相互借鉴。不过，他们思考的出发点不尽相同，因而对这些不同术语的定义也存在差异。

---

① Jacques Lacan, *Ecrits*, p. 173. 转引自吴琼《雅克·拉康——阅读你的症状》，中国人民大学出版社 2011 年版，第 306 页。

② 吴琼：《雅克·拉康——阅读你的症状》，中国人民大学出版社 2011 年版，第306 页。

③ 吴琼：《雅克·拉康——阅读你的症状》，中国人民大学出版社 2011 年版，第309 页。

④ 吴琼：《雅克·拉康——阅读你的症状》，中国人民大学出版社 2011 年版，第312 页。

与海德格尔反对传统形而上哲学不同，列维纳斯反对的是"中性哲学"①。不过，这里的"中性"哲学并不是布朗肖所说的"中性"，而是那些总是"让'我们'相对'我'而言具有某种先在性"②的思想。黑格尔的无人称理性（即绝对精神），以及海德格尔式"此在"的"存在"都被列维纳斯视作"中性哲学"。这就是说，所有那些提前假设了相对存在者的先在性且这个先在性会以不同方式对存在者施加绝对影响的思想，都被列维纳斯视作中性思想。因此，列维纳斯的思想算得上对传统形而上哲学的彻底否定。在此基础上，列维纳斯着手进行的是另一套哲学体系的创建，即另一种"形而上学"。相应地，"他者"变成绝对超验关系，"存在"变成"外在性"（extériorité），而主体性（subjectivité）的自我意识则意味着与"存在"的分离（séparation），因为自我意识意味着内在性的形成，而作为"外在性"的"存在"永远无法进入内在性中。正是这个"分离"构成了列维纳斯哲学思想的本质特征。从这一分离开始，"主体存在获得其轮廓"③，"分离就是个体化行动本身，正是这一分离使得存在实体得以从自身出发，而不再从某个整体或体系出发被定义"④。于是，在列维纳斯那里，"正是主体自我意识的形成切实地完成了分离的过程，但同时也将自己削减为对与它分离之'存在'的否定。但正因如此，自我意识能够迎接这个'存在'"⑤。

反观布朗肖，他思想的出发点并未建立在任何哲学建构的基础上，而是从极限经验出发进行思考。事实上，无论是布朗肖所考察的死亡经

① Emmanuel Levinas, *Totalité et Infini：Essai sur L'extériorité*, Kluwer Academic, 1971, p. 332.

② Emmanuel Levinas, *Totalité et Infini：Essai sur L'extériorité*, Kluwer Academic, 1971, p. 332.

③ Emmanuel Levinas, *Totalité et Infini：Essai sur L'extériorité*, Kluwer Academic, 1971, p. 334.

④ Emmanuel Levinas, *Totalité et Infini：Essai sur L'extériorité*, Kluwer Academic, 1971, p. 334.

⑤ Emmanuel Levinas, *Totalité et Infini：Essai sur L'extériorité*, Kluwer Academic, 1971, p. 334.

验还是写作经验，它们其实就是主体突破自身内在性，让这个列维纳斯所说的"分离"本身得以显现的经验。可以说，正是这个"分离"本身构成了布朗肖思想的中心，它被布朗肖命名为"中性"。按照布朗肖自己的说法，"这里是没有'在'（Sein）的'此在'（Dasein），是没有'主体'的'主体性'"（*LEDD*：51），因此是彻底的空无。布朗肖始终思考着的就是让这个"空无"得以显现的方式。

我们看到，如果说拉康和列维纳斯都倾向于将这个被他们称作"无意识"或"外在性"的空间视作全新的思想起点，并从这个起点出发重新思考主体、话语、责任、伦理等主题，那么这个被布朗肖称作蕴藏着文学的"中性"空间则既是布朗肖思想的起点，也是他思考的终点。布朗肖始终思考着的是，如何能够赋予这个"外在"空间或者这个"空无"以形式，而且他最终找到的方式就是——写作。

总之，在文学的吸引下加入无限写作进程的写作者将面临一系列本质改变：①写作者需要离开现实世界，进入到虚构的空间，并以自身主体性为赌注，加入对文学的追寻进程；②文学的不可抵达性会使这个进程变得无限，写作者因此会进入无尽的流浪空间；③进入流浪空间意味着写作者已经通过言说逃离了"可视—不可视"的光亮逻辑，在黑夜中等待着更为本质之白昼的到来；④面对这个更加本质的白昼，写作者只能"凝视"而无法"看见"，"凝视"的则是这个白昼的不在场，即纯粹的黑夜；⑤"凝视"时刻的发生同时意味着写作者失去主体性，陷入"绝对的被动性"中，布朗肖称这一状态为"中性"，这是人身上始终被主体所掩盖的部分。最终，写作任务的完成体现为通过言说让主体性消解并让"中性"显现的过程。布朗肖所说的"中性"对应死亡的"否定性"，是始终隐藏在主体身后的"空无深渊"或"无尽黑夜"。在黑格尔绝对精神的光亮下，这个黑夜总是被吞噬；在以主体为中心的哲学思想中，它也总是被掩盖。它是"存在"自身始终无法被跨越的最后界限，同时也可算作"存在"最原初的状态。在这一状态下，"存在"尚且未被命名，主体也尚未形成，在"中性"所处的纯粹黑夜中，物或世界作为被黑夜掩盖之物自在地显现，同时显现的还有人的"自我存在"本身。写作行动便是让始终被主体隐藏的"中性"得以显现的方式，因而可被视作本质的哲学行动。

第 1 部分结论

在第 1 部分，我们从布朗肖对写作经验以及死亡经验的思考出发，考察了布朗肖对"消失的文学"以及"不可能的死亡"的揭示，分析了布朗肖由此提出的作为本质哲学行动的"写作"，并揭示了为完成写作任务，写作者必须将自身主体性祭献的事实。布朗肖由此形成的写作思想意味着对西方哲学传统不同层面的超越：由于意味着在有限性中追寻无限，因而可被视作不同于以往任何超验范式的独特真理进程；由于意味着写作者的凝视，因而超越了现象学"可视—不可视"的范畴；由于意味着让主体性彻底消解，因而超越了自笛卡尔以来的主体哲学范畴。

在某种意义上，布朗肖的写作思想属于"不可言说"的范畴，或者换句话说，属于"不可能"的范畴。我们并不能沿用传统的分析范式，言明布朗肖所说的"写作"意味着什么，而只能将其与布朗肖所使用的其他诸如"文学空间""死亡空间""中性"等概念联系起来。在布朗肖那里，这些概念与"写作"一样，并不具备任何确切的含义，而只能在与"写作"的相互关联中产生意义。我们由此得以勾勒出的是某个以"写作"为内在关联的"概念星丛"。在这个"概念星丛"中，写作既呈现为一种"逃离的力量"（对形而上哲学及主体哲学等的逃离），也呈现为一种"生成的力量"（对某个"概念星丛"的生成）。最终，正是这个意味着"逃离"与"分散"的力量让那些看似相互独立的概念产生联系，并由此形成布朗肖独特的"概念迷宫"。在这个"概念迷宫"深处盘桓着的是那不断深化的"黑夜"、永不停歇的"窃窃私语"以及不断重新开始与重复的"写作"的"疯癫"。

可以说，以"写作"为链接点，对这个"概念迷宫"进行呈现与勾勒是理解布朗肖思想的关键。同任何其他哲学思想不同，在布朗肖那里，写作并不是一个静态的概念预设，而是一个行动，是一个无限的进程。从此，思想不再意味着概念与概念之间的简单思辨，而意味着加入某个无限的行动；这个无限的行动指的也不再是黑格尔意义上的此世间的否定劳作，而是"在虚无中追寻虚无"或"在死亡中追寻死亡"。最终，正是在"写作"对文学及死亡的无限追寻过程中，让文学消失的"文学空间"、让死亡变得不再可能的"死亡空间"，以及让主体性消解的"外在"空间才得以生成与敞开，始终隐藏在主体背后的"中性"、隐藏在光亮逻辑背后的"黑夜"以及隐藏在话语中的"沉默"才得以显现。从此，写作将变成一项任务，一种追求，一股力量，它将以"文学"为意象，不断牵引人们加入这个无限的匿名进程。

第 2 部分

作品空间

如果说在第 1 部分，我们更多的是从写作者的角度出发，回答的是"布朗肖所说的写作行动意味着什么"这个问题，那么在本部分，我们则将回答"写作行动如何成为可能"的问题。这就是说，在考察了写作行动所超越的思想界限之后，在本部分，我们将在这些界限之外，探查让写作行动成为可能的独特思想空间，布朗肖称之为"作品空间"。

在某种意义上，我们可将"作品空间"定义为让写作行动这一本质的哲学任务得以完成的思想空间。这是一个独特且抽象的空间，在该空间中，随着写作行动的展开，作品不断返回自身源头——文学，并在文学消失处与作品源头的不在场相遇，由此形成一个蕴藏着某个"空无深渊"的双重空间。我们将发现，在布朗肖视域下，有关作品、叙事、文学语言、读者等方面的论述都与双重的作品空间以及蕴藏其中的"空无深渊"相关。因此，在本部分，我们将分别从作品、叙事、文学语言以及读者的角度出发对布朗肖的文学思想进行分析，重点讨论在让写作行动成为可能的作品空间中，作为"空无深渊"的"文学空间"如何得以蕴藏其中并牵引写作者、文学语言、读者等发生本质的改变，以及这个改变如何能够激起作品的内部交流从而让作品得以言说自身的"存在"。最终，围绕"空无深渊"这一中心，我们将依次看到：小说叙事将写作者困于"等待遗忘"的时间循环中，让其被隐藏于作品空间的"空无深渊"吞噬并失去主体性；由此产生的语言将变成"复数的话语"，在中性叙事声音的牵引下不断回应，从而始终处在"消失"的边缘；作为"复数话语"的文学语言转而产生逃离一切表征意义的象征力量，从而牵引读者与蕴藏于作品空间中的"空无深渊"面对面。

事实上，读者与"空无深渊"面对面，其实就是对作品这个"存在"之显现的见证（témoin）。这就是说，随着写作者将自身祭献，语言让自身变得沉默，读者让自身变得"无知"，不仅作品将言说自身的"存在"，而且这个"存在"还将拥有某个"见证者"。"见证者"是布朗肖文学思想中的重要主题，它意味着写作这个本质的哲学行动以及在该行动中显现的作品"存在"不再只是存在于写作者内在性中的某个虚无缥缈的幻想，而是从此将被具体的语言承载，且拥有某个具体的"见证者"。在某种意义上，布朗肖始终思考的正是通过写作"见证"作品"存在"，并赋予其某个具体形式的可能性。这就是为何，在布朗肖看来，写作行动同时需要写作者、文学语言以及读者的共同承载。只不过，无论是追寻作品"存在"的写作者，还是承载该存在的文学语言，抑或是"见证"这个存在的读者，它们都不再处于现实世界的限度内，而是将一起进入作品空间这个独特的思想空间中，并让自身发生本质的改变。

第 3 章　作品的诞生

第 1 节　作品与书籍

　　"作品"亦是布朗肖文学思想中的一个重要主题。在思考了"何为文学"以及"文学如何成为可能"的问题之后，布朗肖也始终思考着"作品如何成为可能"的问题。诚然，文学的"消失"与"不可能"本质让布朗肖意识到，曾经让诸多诗人和写作者魂牵梦绕的那个"大写作品"永远无法被写就，人们永远无法抵达马拉美所说的"完美之书"。不过，布朗肖并未就此放弃对作品的思考，而是让思想路径发生轻微的偏移：从此，他思考的不再是通过写作抵达"大写作品"的可能性，而是转而去探讨通过写作让"作品"自我显现的可能性。于是，正如在对文学的思考过程中，布朗肖从"文学"转到了"文学空间"，在对作品的考察中，他也从对"作品"的思考转到了对"作品空间"的考察。在布朗肖那里，"作品空间"指的更多是"作品"的生成空间。在这个空间中，作品不断朝向自己的源头（文学）走去，但这个源头永远不可抵达，由此导致了该空间的双重性（duplicité）。最终，正是在这个双重的作品空间中，作品总是趋向于自我完成，并言说自身的"存在"。

　　不过，在具体分析布朗肖的作品思想之前，我们首先有必要对布朗肖语境下的"作品"一词进行说明。在阐释"作品"这一概念时，布朗肖首先指出了人们趋向于将"艺术作品"等同于普通作品的事实。在布朗肖看来，文学或艺术作品不同于普通的工艺品：工艺品更多是创作者将提前拥有的理念付诸实践的过程，因此可完全算作属于创作者的作品；文学或艺术作品则是以文学为源头的作品，意味着创作者进入某个独特的空间并在该空间中追寻本质的文学或艺术的过程，在这个过程中，创作者自身将发生某种本质的改变（正如前文所说，这个过程将意味着写作者对自身主体性的祭献）。不过，由于都被称作"作品"，混淆始终存在：大多数情况下，人们依旧趋向于将文学作品等同于普通作品看待，因而继续将文学作品视作创造者即我们通常所谓的"作者"的产物。或许这就是为何，在传统的文学批评理论中，人们在对作品进行阐释时总是倾向于到作者那里去寻求依据（无论是作者的生平，还是他所处的历史环境，抑或是他的生长环境，等等）。

在此基础上，为避免类似的混淆，布朗肖在其思想中对"作品"（oeuvre）和"书籍"（livre）进行了严格的区分。这一区分与海德格尔对作品之"作品存在"及"对象存在"① 的区分非常类似。如果说海德格尔是从"真理"角度出发，将作品的"作品存在"定义为"真理的发生方式"②，而将作品的"对象存在"定义为通常意义上的作为"人之产物"的作品，那么布朗肖则是通过对比现实世界的劳作和写作行动本身，从而将"作品"定义为在"从虚无到虚无"的写作行动中所显现之物，而将"书籍"定义为写作者通过写作在现实世界中产生的劳作成果，它指的是写作者通过对字词以及思想等"原材料"进行加工，最终"生产"出的产品。简单说来，在布朗肖那里，"书籍"指的是写作过程中所产生的具有现实性的产品，而"作品"指的是写作行动始终追寻的终极目标。书籍已经完结，它在我们生活的世界中在场，在那里拥有自己的位置，

---

① ［德］马丁·海德格尔：《林中路》，孙周兴译，上海译文出版社 2014 年版，第 24 页。

② ［德］马丁·海德格尔：《林中路》，孙周兴译，上海译文出版社 2014 年版，第 39 页。

享有自己的价值和意义。然而，作品并不像书籍那样在我们的世界实存，如果说书籍对应写作行动与现实世界的所有联系，那么作品则位于所有这些联系之外，是另一个维度的"存在"。在这一维度下，其实也就是在写作者所进入的作品空间中，"作品——艺术作品和文学作品——无所谓完成或被完成，它在。作品只言说着它存在的事实，而无其他"（*LEL*：9）。

事实上，布朗肖之所以对"作品"与"书籍"进行区分，并不是要否定文学作品的物质现实性，而只是通过将所有与文学作品物质现实性相关的方面归为"书籍"，以实现对外在于这个物质现实性的作品"存在"的揭示。在某种意义上，布朗肖对"作品"与"书籍"的区分就像是前面所说的布朗肖对主体与"中性"的区分：正如"中性"始终隐藏在主体身后，只能在不断逃离主体的过程中才能显现，同样地，作品也始终隐藏在书籍后面，只能通过不断激起写作的追求，并在产生书籍的同时逃离书籍，才能言说自身的存在。

此外，布朗肖向我们揭示的这个隐藏在书籍背后的"作品"是一个孤独的"存在"，它不与任何个人相关，更不与任何世界相关："正在写作作品的人与作品是相分离的，曾经写作作品的人则已经被打发走，而且被打发走的人自己是不知道的。"（*LEL*：9）作品孤独地言说着它自身的"存在"，这就是属于作品的真理。当写作者在文学的吸引下，以完成作品为目标进行写作时，他不过让自己加入了作品空间的无限循环中，在外在于自己的"作品"的吸引下，不断通过自我祭献来追寻作品的源头。在这里，我们看到了某种本质的改变。从此，不再是写作者主宰作品，决定作品的开始与结束，而是作品让写作者得以诞生。如果说正是写作者的主体性让一本"书籍"得以诞生，并让自己成为这本"书籍"的主人，那么作品则要求写作者以自身的主体性为赌注，投入到无限的写作活动中。

鉴于此，对应作品与书籍，布朗肖还对写作者（écrivain）与作者（auteur）进行了区分。事实上，布朗肖所说的写作者指的是在文学的吸引下通过写作进入作品空间的"存在"，而作者指的则是某本书籍著作权的拥有者。书籍的作者通常被视作现实生活中的"存在者"，被认为应该为书籍负责，书籍往往也会为其作者带来此世界的荣光。然而，在布朗肖那里，他所说的写作者或诗人"只在作品或诗歌之后存在"（*LEL*：305）。这就是说，写作者或诗人的"现实性"依赖于作品或诗歌，但同时他拥有这个现实性只是为了让作品或诗歌成为可能。因此，当写作者停下写作的脚步，转过头来读自己所写之物时，他已经不再与作品相关，而被作品驱逐。正如布朗肖所说："写作者无法在作品旁边停留：他只能对其进行写作。"（*LEL*：13）此外，在写作过程中，作品也会带给写作者变化，但带去的不再是此世界的荣光，而是最为本质的危险。正如布朗肖所说："从作品的角度出发，我们可以清楚地看到，它要求使作品成为可能的人自我祭献。"（*LEL*：320）

在布朗肖看来，作品之所以会为写作者带来最为本质的危险，主要源自写作者对书籍和作品的误认，从而让作品具有"无害的表象"（*LEL*：322）。写作者一开始误将作品当作书籍，以为自己对作品依旧具有掌控力，可以通过不断的追寻从而抵达作品的源头即文学，最终完成对这部"完美之书"的书写。因此，对于写作者而言，作品始终作为"将到之书"（le livre à venir）显现。正是通过这样一个简单的掩盖与转移，作品得以牵引写作者"远离作为权力的自身，接受被抛到自己的能力范围之外，被抛到任何可能性的形式之外"（*LEL*：322）。然而，根据前面提到的极限经验，文学永远无法抵达，作品永远无法完成，作品似乎始终指向一个让作品不再可能的区域。于是，写作者在作品的牵引下进入这个不可能的区域，失去主体性，陷入"绝对的被动性"中。正如布朗肖所说："作品将献身作品的人引至极端的一点，在那一点上，它与作品本身的不可能性相遇。"（*LEL*：101）

通过以上分析，我们会发现，布朗肖所说的"作品"与"书籍"是两个不同维度的"存在"。书籍侧重于写作的结果，存在于现实世界，是由作者完成的可为作者带来此世界荣光的东西；作品则侧重于写作的过程，存在于让写作成为可能的作品空间，是写作者在文学的吸引下想要通过写作抵达的目标。拥有书籍的是作者，而写作者只与作品相关。事实上，正是通过将作品与书籍进行区分，并将论述重点集中在作品上，布朗肖得以让我们将目光从现实世界转向那个"位于任何世界之外"的"作品空间"。

第 2 节 双重的作品空间

当布朗肖讨论的是作品而非书籍时，这意味着对某种独特"存在"的考察，这个存在既不是形而上意义上的至高存在，也不是海德格尔意义上的"无处不在"的存在，而是一个"孤独"的存在。对于这个存在，我们既不能依靠辩证思想对其进行推导，也不能依靠直觉对其感知，而只能在类似写作的行动中让其言说自身的存在。这就是说，作品这个存在只与作为作品之生成进程的写作息息相关，或者也可以说，作品只作为"即将生成之物"而在。这就使得要想对作品这个存在进行探讨，我们无法直接考察作品本身，而只能从作品转向让作品得以言说自身存在的作品空间，并去考察：让作品存在得以生成的作品空间如何形成？有何特征？该空间如何让作品得以言说自身的存在？以及最后，该空间与思想本身有何关联？

1. 作品的"非—源头"区域

有关作品空间如何形成的问题，让我们从作品的源头说起。对于作品的源头，正如笔者在前面所分析的，人们一开始倾向于为作品假设一个外部的源头：上帝一开始占据着这个源头的位置，游吟诗人被认为是上帝的使者，传递上帝的声音；后来，上帝被打倒后，人自身又占据了这个位置，作品被视作人类天赋的显现。不过，到最后，当人也被作品打发走后，作品从此便不再依赖于写作者，而"只信仰它自己"。这就是

说，作品从此不再有确切的源头作为保障，而只能变成对其源头的不断
追寻，变成对自身源头的焦虑。然而，当作品不再有任何外部的保障，只
能在作品内部不断追寻自身的源头时，它能够抵达的只有源头的不在场，
因为正如布朗肖所说："源头的本质在于，总是被以它为源头的东西所掩
盖。"（*LEL*：315）这就是说，源头永远无法在以它为源头的空间在场，因
为"如果源头意味着源头的在场，那么将不再有源头一说"（*LEDD*：
180）。布朗肖称源头的不在场为"非—源头"（non-origine）区域。我们
会发现，尽管作品总是趋向于自身的源头并自我完成，但它却永远无法
抵达自身的源头即文学，最终能够抵达的始终只有这个"非—源头"区
域。事实上，正是对"非—源头"区域即让作品源头不在场的区域的关
注构成了布朗肖思想的本质偏移：从此，布朗肖关注的不再是源头本身，
而是让源头不在场的"非—源头"区域。① 最终，正是该区域将构成布
朗肖所构思之"作品空间"的隐秘中心。

2．"不可能性的可能性"

事实上，"非—源头"区域就是作品源头之不在场本身，它是最原初
的缺失（manque），是最彻底的空无，是光亮背后最黑暗的影子。如果
正如布朗肖所说，"源头不是开始，在二者之间存在着某种间隔（inter-
valle）甚至是某种不确定性"（*LEI*：542），那么"非—源头"区域就是
这个间隔本身，是这个不确定性本身。在这个区域，"开始"尚未产生，
有的只有无尽的"重新开始"。如果说开始意味着"可能性"，那么
"非—源头"区域就是"不可能性"本身，是绝对的"否定性"本身。不
过，布朗肖指出，正是在这个绝对的否定性中，将显现出一个"轻盈的
肯定"。这个"肯定"就是对"无限地重新开始与重复"的认可，也就是

---

　　① 　在布朗肖的语境下，作品的源头指的就是文学，因此，作品源头不在场的区
域指的就是我们在第 1 部分所说的让文学消失的"文学空间"。事实上，正是"文学
空间"构成了布朗肖所说的"作品空间"的隐秘中心。

加缪所说的西西弗斯的肯定，是一种"着迷的循环"（*LEI*：268）。"这个肯定甚至让我们消除了对'虚无'的确信，转而变成否定自身的隐秘核心"（*LEI*：268），但它"什么都不肯定，是不断的犹豫不决（indécision），从这个犹豫不决出发，任何东西都无法开始，但所有东西在没有开始也没有结束的情况下重新开始"（*LEI*：268）。总之，在"非—源头"区域，作品的源头即文学已经变得不在场，对作品源头的继续追寻也不再可能。在这个空间中，正是那无尽的"重新开始与重复"所形成的力量使作品始终无法真正地"开始"。布朗肖称这股力量为"无作"（désœuvrement）的力量。

事实上，正是位于"非—源头"区域的"无作"力量使作品无法依靠自身抵达作品的源头。不过，这样一个阻止任何"开始"的区域却始终渴求着某个真正的开始，从而赋予自身以形式。这个真正的"开始"指的便是写作的开始：事实上，正是在作品"非—源头"区域所产生的本质源头意象（文学）的吸引下，写作者才通过具体的写作加入追寻文学的进程。于是，随着写作的进行，在那个意味着作品之不可能的"非—源头"区域之上，将叠加另一个似乎让作品成为可能的空间：在这个空间中，写作者依旧充满追寻文学的激情与希望，仿佛抵达作品源头依旧可能。最终，正是这个仿佛让抵达作品源头依旧可能的空间以及前面所说的让作品不再可能的"非—源头"区域共同构成了布朗肖所说的"作品空间"。

于是，关于让写作成为可能的"作品空间"，我们可以说，这是一个同时包含了两个空间的双重空间（如果简化为平面图，两个空间的关系如图 3 - 1 所示）："作品的可能性空间"和"作品的不可能性空间"。这两个空间相辅相成，相互制约，共同构成了写作的行动空间："作品的不可能性空间"是"作品的可能性空间"的基底（fond）（或者没有基底的基底），而"作品的可能性空间"则是"作品的不可能性空间"的形式。从这两个空间出发，将产生两股完全相反的力量：一个是让写作开始、使写作者以为可通过写作抵达文学，从而让作品完成的写作力量；另一个则是让写作者陷入"绝对被动性"状态并阻止作品真正开始的"无作"力量。这两股对立的力量共存于作品空间中,永远不会和解,而只会不断地相互撕扯与对立。最终,甚至可以说,这一对立就是作品本身,它构成了作品全部的内在性。正如布朗肖所说:"只要作品还是作品,那么它就是相反运作的内在性与对抗,这个对抗永远无法被调和或减轻。"(*LEL*:304)。由此形成的将是某个作为"撕裂统一性"(unité déchirée)(*LEL*:306)的作品。于是,如果正如笔者在前面所说的,作品只与生成作品的写作行动相关,那么我们会发现,作为作品之生成进程的写作行动并不像生产普通工艺品那样,意味着对作品的直接生产,而是会在让作品产生撕裂亦让作品变得不在场的同时,寻求着让作品产生统一性即让作品言说自身在场的可能性。

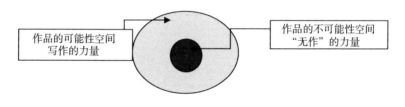

图 3‐1

那么,作为"撕裂统一性"的双重的作品空间如何得以让作品言说自身的存在?为阐释这一点,我们将把作品空间与写作行动联系起来进行考察。事实上,在作品空间中,正因为在写作力量中隐藏着"无作"的力量,在作品的可能性中蕴藏着作品的不可能性,我们才会说,写作者在这个力量的牵引下加入写作进程,其实是开始了一趟冒险的旅程。从此,进入作品空间的写作者将仿佛来到一个迷宫,让自己陷入某个悲剧的境遇:写作者原本是在写作力量的牵引下,带着对文学的激情,通过写作不断尝试抵达作品的源头;然而,在某个时刻,牵引写作者前行的这股力量将变成让任何作品都不再可能的"无作"力量,让写作者陷入某种"被动性"状态,让对作品源头的追寻不再可能;最为悲剧的是,当写作者摆脱"被动性"状态,回过神后(重新获得主体性后),这股力量又会变回为某个充满诱惑力的写作力量，并吸引写作者继续前行。于是，在作品空间"写作力量"与"无作力量"的双重作用下，写作者将被这个空间的"着迷循环"所吞噬，从此只能通过不断写作来将自身祭献。诚然，在布朗肖那里，处在作品空间中的写作者呈现出了最为悲剧与绝望的形象：写作者注定不断与"作品的不可能性"空间相遇，并在这个空间面前"转身"后，继续朝着作品的源头方向前行，以此循环。不过，值得注意的是，正是在写作者不断追寻与转身的过程中，也就是在"写作力量"与"无作力量"的相互作用下，已经变得因不在场而消散的作品不至于真正地消失，而是在写作者转身的那一刻，作为不在场本身被保留下来，并作为某个绝对"文学"的意象得以显现。这一切仿佛是，在作品的双重空间中，作品在吸引写作者追寻的同时，将写作者的所有追寻化为了虚无，正是在这个过程中，作品本身实现了对自我的宣称：不是对自身的实现，而是宣称自身的"到来"，"文学"的意象就是作品"即将到来"的迹象。

3. 中性的思想空间

让作品得以自我宣称的双重作品空间其实意味着对某个独特思想区域的揭示。这是一个同时包含着可能性与不可能性的边界区域，在该区域中，可能性源自不可能性，会随时转化为不可能性本身。事实上，这个边界区域正是我们在前面所说的写作者开始写作所进入的特殊思想区域："他在边界区域行走，且处在行走的边缘。"（*LEI*：36）如果说对于作品而言，作品空间意味着作品不断走向自身源头并敞开让作品源头彻底消失的"作品的不可能性空间"的话，那么对写作者而言，作品空间则将意味着写作主体不断走向自身源头并敞开让任何主体性消解的"中性"。正因如此，我们也可将作品空间视作某个中性的思想空间。结合前面的分析，由此敞开的中性思想空间将具有以下特征。

第一，这是一个蕴藏着本质无限性的思想空间。作为写作的行动空间，该思想空间并不会为写作行动预设任何基本的前提条件与界限——

既不会预设某个至高无上的上帝，也不会预设某个无所不知的主体。如果一定要说该思想空间为写作设立了任何前提条件或界限的话，那么这个条件就是：让任何条件或界限消失。文学、死亡、作品等都不能被视作写作的界限，而只能被视作写作行动的"逃逸点"，正是在这些"逃逸点"的牵引下，写作行动才真正意义上得以向着无限敞开。

第二，这个空间没有为写作行动设置任何外在界限的事实使得该空间必与写作行动本身处在某种同时性（simultanéité）中：写作行动只有在这个空间中才能进行，但与此同时，这个空间本身也只有在写作行动中才能敞开。由此导致，该空间不再是任何"精神性"的唯心设想，不是在"由存在者与物组成的世界之外，敞开了另一个世界"（*LEI*：268），而是"敞开了位于任何世界之外、与任何世界都不同"（*LEI*：268）的另一个空间。总之，该空间不能被"设想"，只能被"实现"，写作就是"实现"这个空间的方式。

第三，这个只能在写作行动中敞开的思想空间同时也是无法让人停留（demeure）的空间，即布朗肖所说的"非—场域"（non-lieu），是一个意味着无限流浪的空间，进入该空间的人（写作者）注定在文学的吸引下不断地写作，从而加入无限的写作进程。

我们看到，中性的思想空间只与类似写作的本质行动本身相关。在这个空间中，不仅不再存在任何对世界的先在性假设，而且也不再有对做出这个假设之主体的预设，有的只有对写作的某种"追求"以及布朗肖所说的写作者对文学的"激情"。正是在这个"追求"与"激情"的驱使下，写作者从此在没有任何源头中心为保障的情况下，通过对作品源头的不断追寻，不断敞开让写作成为可能的作品空间。

总之，通过以上分析，我们看到，在布朗肖那里，作品只与让作品得以生成的作品空间相关。该空间是一个同时包含了作品的可能性与不可能性的双重空间，意味着某个"撕裂的统一性"，会同时产生让写作成为可能的"写作力量"以及让写作不再可能的"无作力量"。最终，正是在这两股力量的相互作用下，作品得以在不断返回自身源头的同时宣告自身的存在。此外，让作品得以自我宣称的作品空间同时意味着某个独特思想空间的敞开：作品在作品空间内追寻作品的源头，其实就是人在这个思想空间中追寻自身思想源头的过程；作品对其自身源头的焦虑其实就是人对自身思想源头的焦虑；而作品的"非—源头"区域对应的则是布朗肖所说的"中性"。诚然，正如作品无法依靠自身跨越"非—源头"区域，人亦永远无法跨越其最后的界限——"中性"。然而，"非—源头"区域与"中性"本身却可蕴藏于写作所形成的作品空间中，并让作品言说自身的"存在"、宣告自己的诞生。事实上，在这个过程中，同时被宣告的，还有一种全新的人的诞生。从此，人不再是任何形而上的"存在"，也不再是任何存在主义式的"存在"，而是一种被宣告的"存在"，而写作就是对人这种全新"存在"的宣告。

第 3 节　作品与"黑夜"

"黑夜"（nuit）是布朗肖思想中另一个重要的概念，它指的是思想在没有固定中心的观照下所进入的内在性区域。这是布朗肖的一个隐喻式表达，在他所考察的写作经验中，"黑夜"对应的正是作为写作行动空间的作品空间。结合我们在"写作者的凝视"章节的分析，在这个空间中，写作者在逃离了属于现实世界的光亮逻辑（无论是自然的光亮还是理性的光亮）后，[1] 原本是想要抵达作品所宣称的"开始"，从而迎接另一个更为本质的白昼，即荷尔德林或海德格尔始终声称的"神圣的光亮"。然而，这个白昼却只是处在被宣告的"将到"状态，始终不会到来。于是，写作者离开了此世界的白昼进入"黑夜"，但尚且未抵达另一个白昼，这

---

① 正如本书"写作者的凝视"部分所分析的，写作或言说的开始意味着在"可视—不可视"的光亮逻辑面前的转身，从原本的"看见"转变为黑暗的"凝视"。

就使得整个写作过程都将处在"黑夜"之中,甚至可以说,作品空间就是"黑夜"本身。

1. 动荡的黑夜

不过,作品空间的双重性将使得布朗肖所说的"黑夜"亦是一个动荡的黑夜,当写作者在文学或作品的吸引下开始写作,让思想本身变成"黑夜"时,这将意味着进入某个充满不确定性与复杂性的空间。一方面,"黑夜"会让写作者充满希望,在吸引写作者不断前行的同时,似乎为写作者承诺了某个更为本质的光亮;但另一方面,它又将写作者封闭在黑夜中,让他永远无法穿透这个黑夜,从而陷入本质的绝望。造成黑夜不确定性与复杂性的正是我们在前面所说的作品空间的双重性本身。于是,与作品空间的双重性相呼应,布朗肖亦将黑夜划分为了"第一夜"(la première nuit)和"另一夜"(l'autre nuit)。

在布朗肖那里,"第一夜"对应作品的可能性空间,也就是写作者在文学的吸引下不断写作的空间。在"第一夜",写作者充满抵达文学的希望,他想要通过不断写作完成作品。进入"第一夜"的人并不会感到恐惧,因为他们预感自己可以在黑夜中抵达文学,抵达某种更为本质的东西。这就是刚开始写作之人的经历,正如初期阶段的卡夫卡曾将文学视作救赎方式一样。因此,"第一夜"总是表现出笑脸迎人的模样,甚至充满诱惑力,吸引写作者进入黑夜探寻。正因如此,布朗肖将"第一夜"类比为睡眠(sommeil):睡眠是为了清醒,黑夜则是为了迎接光明。

然而,正如布朗肖所说,一旦进入黑夜,尽管人们已经成功避开来自白昼的力量,却无法抵挡来自地底的幽暗力量。这个力量则是来自另一重更加深沉的夜,布朗肖称之为"另一夜"。"另一夜"对应作品的不可能空间,也就是我们在前面所说的作品的"非一源头"区域。相较"第一夜"的睡眠,布朗肖将"另一夜"比作梦境(rêve):梦境不再是平静的睡眠,而是动荡的黑夜,是在黑夜中的"凝视"。

布朗肖指出,在"第一夜"追寻文学的过程中,总有那么一刻,人们会听见来自"另一夜"的声音。尽管这个声音微弱无比，但一旦听见，人们就再也无法忽视。听见"另一夜"声音的时刻，就好比卡夫卡在快要接近极限点时发现文学本质无法接近，只看到"不确定之空无深渊"的时刻，也是他发现文学的虚伪本质和自己被骗的时刻。这就是为何，布朗肖指出，"第一夜"正是"另一夜"设置的陷阱，它让人得以接近与进入，并通过"可能抵达目标"的幻象将人们进入黑夜后的焦虑和不确定性隐藏起来。然而，焦虑和不确定性才是在黑夜中前行的本质，因为人们注定要与"另一夜"相遇。在那里，人们不再处于安宁的睡眠中，而是进入无限的梦境。它是永远有别于任何夜晚的"另一夜"，它让听见这一夜的人变成"另一个人"，让靠近这一夜的人不断远离自身，但同时又让靠近这里的人在它面前不断转身。

由此，我们看到了黑夜内部的动荡性，而隐藏在"第一夜"中的"另一夜"就是这一动荡性的源泉。结合前面的分析，如果说作品的源头是写作者追寻的真正光亮，那么"另一夜"指的就是作品的"非一源头"区域，即本质光亮的影子，是最为黑暗的区域。一开始，"另一夜"会将自身伪装成"更加本质的光亮"（至高无上的文学），吸引写作者在"第一夜"不断追寻。然而，随着写作的进行，在某一刻会发生某种"跳跃"和"彻底翻转"，写作者将从"第一夜"来到"另一夜"。这时，"另一夜"会将自我封闭起来，进入匿名的"重新开始与重复"的冷漠中，将写作者驱逐，并强迫写作者在它面前转身。不过，正是写作者的"转身"将让"另一夜"再次作为"本质的光亮"闪耀，并牵引写作者继续前行，以此循环。于是，我们看到，在"第一夜"与"另一夜"的交替中，在写作者不断前行与转身的同时，"黑夜"之中将产生某种独特的光亮。最终，可以说，正是这个不断闪耀于"黑夜"中的独特光亮让作品的自我显现成为可能。

2. "掩盖"与"显现"

那么，这个产生自"黑夜"的光亮具有什么特征？它如何得以产生？

事实上，在"第一夜"中之所以隐藏着更加本质的"另一夜"，在动荡的黑夜中之所以会产生某种独特的光亮，是与写作过程中的"掩盖"（dissimuler）运作息息相关的。"掩盖"并不意味着对被掩盖之物的清除，而是在将其保留的前提下不将其揭示。与"掩盖"这一动作相对应的便是"揭示"（éclairer）。如果说"揭示"指的是让被揭示之物处在光亮的照耀下，无论是自然光还是理性之光，从而让这个物被"看见"或被"理解"——正如笔者在前面所说的，在我们所熟悉的世界中，这是靠近物的主要方式——那么相应地，"掩盖"则是与"揭示"完全相反的动作，通过"掩盖"，"看"与"理解"都将不再可能。不过，在布朗肖看来，尽管通过"掩盖"，被掩盖之物无法被"看见"，也无法被"理解"，但它却可以作为"被掩盖之物"显现出来。同时被显现出来的还有"掩盖"这一动本身，也就是"黑夜"本身。这一显现方式是布朗肖思想的核心，布朗肖正是借助"掩盖—显现"的框架得以说明作品在黑夜中的显现过程。

　　首先，布朗肖所说的"黑夜"本身就是一个掩盖的过程，只不过其中涉及的是一个双重的掩盖。"另一夜"作为"非—源头"区域，其实是对另一个可能更为本质的白昼，也就是所谓的作品源头的掩盖，而"另一夜"就是这个掩盖本身。正是这个最初的掩盖让作品的源头作为某种"本质光亮"的意象得以显现，并吸引写作者通过写作进入"黑夜"不断追寻。这个吸引写作者进入作品空间的"本质光亮"意象在后来被人们称作文学。这就是说，文学并不是作品的源头本身，而是源头的不在场，是其在"非—源头"区域的掩盖下的显现。它只是作品源头的意象，该意象以作品源头的不在场为内在性，即以"非—源头"区域本身为内在性。这也是为何，写作者永远无法抵达文学，而只能在文学意象的牵引下敞开那个意味着文学之消失的独特空间。这是作品的孤独空间，该空间无法让写作者停留，只会在将写作者驱逐出去的同时自我封闭起来。面对这个空间，写作者只有在它面前转身，才能让写作继续。然而，这里的"转身"就已经意味着另一重"掩盖"运作了：此次被掩盖的对象不再是作品的源头，而是"另一夜"本身以及这一夜所造就的文学的不确定性和危险性本身。正是通过这一掩盖，文学重新变成可以抵达的目标与光亮，吸引写作者在"第一夜"继续前行。因此，如果说"另一夜"是对作品源头的掩盖本身，那么"第一夜"就是对这一掩盖的掩盖。

其次，正是这个双重的掩盖运作构成了布朗肖所说的写作行动的本质核心。一方面，第一重掩盖是人与本质光亮（我们可将之理解为"如所是"的存在或者世界本身）产生联系的唯一途径：本质的光亮超出了人的界限，人只能与这个光亮的不在场产生联系，这一联系可能具体体现为，写作者在某个时刻听到了来自远方的文学召唤。另一方面，为让本质光亮真正意义上作为某个光亮闪耀，而不仅仅是写作者内在性中的某个灵光一现，这时就需要第二重掩盖的运作，具体体现为写作者在"不可能空间"面前转身，并开始写作或者让写作继续。我们看到，第一重掩盖是第二重掩盖的前提，写作者只有听到了文学的召唤，才会在这个召唤的吸引下通过写作不断前行；第二重掩盖则赋予第一重掩盖以具体形式，让本质光亮变成另一种独特的光亮闪耀在作品空间的"黑夜"中。

最后，至于这个产生自"黑夜"的光亮，布朗肖如是说道："作品是在黑夜中闪耀的光亮，这个光亮因让它得以显现的黑暗性而闪耀。"（*LEL*：304）这就是说，作品就是那个产生自"黑夜"的独特光亮本身，这个光亮产生自"另一夜"：正是通过对第一重掩盖的掩盖，也就是通过在"另一夜"面前的转身，作品从不可能重新变成可能，从而得以作为光亮闪耀。不过，与此同时，作品不过是在"黑夜"中闪耀的光亮，因为让作品得以闪耀的"转身"动作不过是对"另一夜"的掩盖，在"另一夜"面前的转身不过是为了重新回到这一夜。这就是为何，布朗肖继续说道："同时，这个光亮又将消失在绝对的黑暗中，因为这个黑暗的本质在于，在企图将之揭示之物之上，重新自我封闭，将这个东西吸引到自身，并将之吞噬。"（*LEL*：304）因此，我们看到，作品的光亮产生于"另一夜"，但也将在这个黑夜中熄灭：来自黑夜的光亮始终吸引着写作者走向这一黑暗性本身。当写作者处在"第一夜"时，"另一夜"的黑暗性作为作品的光亮闪耀，然而，当写作者通过某种"跳跃"进入"另一夜"时，光亮立即熄灭，写作者被驱逐，"另一夜"将再次自我封闭。

因此，我们看到，在动荡黑夜的双重掩盖运作中，作品的确可以作为某种光亮显现。不过，进一步分析，我们会发现，这是一个源头缺失的光亮，或者是一个从无限远"外面"照射进来的光亮。它不是本质的光亮本身——因为本质光亮就像太阳一样无法被直视，只会将直视它的人带入最纯粹的黑暗之中——却是本质光亮的"反射光"（reflet）（*LEL*：348）。该"反射光"尚且不以人的知觉为中间介质，并不会指向某个至高无上的源头（人的意识或来自天上的光亮），而只会指向其自身源头的缺失。这样的"反射光"的闪耀将意味着某种独特的"在场"（présence）：正如"反射光"不是本质的光亮本身，这里也将是一种作为"不在场的在场"（la présence de L'absence）（*LEI*：587）。"不在场"的不仅是本质的光亮本身，而且也是浪漫主义者们始终追寻的"大写作品"。因此，我们也可以说，在作品的"黑夜"中，作品作为"不在场的在场"自我显现。事实上，"作为不在场的在场"——这正是布朗肖通过对写作行动的考察所揭示的一种独特的作品"显现"或"在场"模式。类似的作品"在场"不再以主体为中介，也不再以"现象"或"知识"为载体，而是在主体之外自在地显现；它不仅不再臣服于主体，而且还将对主体产生威胁，会牵引写作者逃离主体性，并作为"中性"在场。

对于由此显现的作品，相较象征着本质光亮的太阳，我们更愿意将之比作在黑夜中闪耀的星星。不过，需要指出的是，当作品的星星闪耀于夜空之中时，同时被照亮的还有那个夜空本身。可以说，作品越是让自身闪耀，夜空就越是变得深邃，时而变成让星星得以闪耀的"幕布"，时而变成将星星吞噬的黑暗深渊。事实上，这被照亮的夜空指的正是作为绝对黑暗性的"另一夜"，同时指的也是我们在前面所说的、意味着将一切清空的"文学空间"或人的"外在"空间即"中性"。这就是说，在作品空间中，光亮闪耀与熄灭的不断交替，即这一空间中相反力量的不断对立，不仅会让作品得以显现，而且还会使让作品变得不可能的"无

作"空间、让文学消失的"文学空间"、让人的主体性消解的"中性"得
以显现，由此将得以完成布朗肖赋予写作的揭示"中性"的任务。

　　本章的标题是"作品的诞生"，然而通过对作品与书籍进行对比，
我们发现，通过写作诞生的具有现实性之物只能被称作书籍。不过，
除了书籍，同时诞生的还有一个独特的作品空间。在这个空间中，作
品总是朝着自身源头走去，但最终总是与作品的"非—源头"区域相
遇，由此造就了这个空间的双重性。布朗肖将这个双重的空间比作"黑
夜"，这是一个动荡的黑夜，由作为"非—源头"区域的"另一夜"和
让作品成为可能的"第一夜"组成，分别代表了让作品消失的"无作"
力量和让作品成为可能的"写作"力量。写作者正是通过转身对"另一
夜"危险性的掩盖而让这两股相反的力量得以在作品空间中共存，而这
两股力量的相互对抗与拉扯则使作品得以言说自身的"存在"并在黑夜
中显现。因此，布朗肖所考察的作品"存在"具有以下特征：①它不是
真的"在"，而是宣告着自己的诞生；②这个"存在"以某种本质的缺
失或"空无"为内在性，"作品空间"就是它的存在形式；③因此，当
作品言说自身"存在"时，同时显现的还有"作品空间"这个"黑夜"
本身。

　　通过考察布朗肖对作品及作品空间的阐释，我们可以从中分析出布
朗肖与海德格尔文学艺术思想的区别与联系。二者都对作品这个特殊的
"存在"进行了分析。只不过，海德格尔的分析始终围绕"真理"这一中
心，作品的作品存在被视作真理发生的方式。海德格尔所讨论的"真理"
并非某种形而上的"绝对意义"，而是一种"敞明"。其中，海德格尔尤
其关注的是"世界"的"敞明"，因为"此在"就被他定义为"在世界中
的存在"（être-dans-le-monde）。不过，正如列维纳斯所说，当海德格尔
思考世界的"敞明"时，他其实是为"存在"假设了一个"无处不在的

光亮"①。只不过,这个光亮不再来自某个至高无上的绝对存在(上帝),而是一种被"敞明"的"真理"。在此基础上,通过对物的物性及器具的器具存在进行对比分析,② 海德格尔分别构思了"自行锁闭的大地"以及"世界与大地的争执"③。正是在这个不断争执的过程中,照亮世界的光亮得以闪耀,大地和世界得以在真理的"敞明"中显现。因此,作品的作品存在被构思为既"建立了世界",又"制造了大地"的"统一体"(unité)④。

我们会发现,海德格尔所说的"自行锁闭的大地",以及"世界与大地的争执"等,与布朗肖所说的作品空间及这个空间中两股力量的相互作用非常类似。不过,在对作品存在的考察中,布朗肖关注的并不是真理或世界的敞明,而是在写作经验中,作品得以显现并言说自身存在的方式。如果说在海德格尔那里,"自行锁闭的大地"只是作为"与世界不断争执"从而让真理"敞明"的对象被构思,那么布朗肖所考察的写作经验则是让写作者深入到"大地"、不断被驱逐但依旧无限追寻的经验。正是在这个写作者不断将自身祭献的经验中,即作品空间中两股力量的相互作用下,作品得以言说自身的存在。诚然,布朗肖也提到了让作品显现的某种"光亮",但这不再是照亮世界的"无处不在"的光亮,而是来自列维纳斯所说的"地底深处"、将再次消失在"黑夜"中的光亮。正是在这个光亮的不断的显现与消失中,深沉的黑夜得以显现出来。

我们看到,当布朗肖不再囿于"真理"或世界的敞明,而是对写作经验进行类似现象学的考察时,他得以将写作变成真理进程本身,并将

---

① Emmanuel Levinas, *Totalité et Infini*: *Essai sur L'extériorité*, Kluwer Academic, 1971, p. 332.

② 参见〔德〕马丁·海德格尔《林中路》,孙周兴译,上海译文出版社 2014 年版,第 21—28 页。

③ 〔德〕马丁·海德格尔:《林中路》,孙周兴译,上海译文出版社 2014 年版,第 33 页。

④ 〔德〕马丁·海德格尔:《林中路》,孙周兴译,上海译文出版社 2014 年版,第 31 页。

思想带入了不可能的最深处。他并未急于将自行显现的作品存在理解为某种本质的光亮，而是进一步深入到"地底深处"，将思想引至让这个光亮得以显现的黑夜，那里才是布朗肖所发现的人思想的最后界限。正是从这个最后的界限出发，布朗肖对"存在"、语言、世界等方面进行了重新审视，从而为哲学领域和文学领域都带去全新的力量。

第4章 叙事的秘密

第1节 无限的"叙事"

在让写作成为可能的作品空间的大框架下，布朗肖还关注着另一个与文学息息相关的主题："叙事"。正如本书"绪论"部分所说，如果说马拉美始终关注的是诗歌之所是，那么布朗肖则将注意力转向了小说，而在某种意义上，我们可以说，小说就是一门有关叙事的艺术——无论是狭义上还是广义上。不过，布朗肖所考察的是一种独特的叙事，该叙事与他在写作经验中所发现的那个无限写作进程相关，可被视作对该进程的另一种命名。结合前面有关写作进程的分析，如果说普通叙事以某个具体故事为讲述对象，因而是有限的话，那么布朗肖所说的这个"叙事"则只同"与文学相遇"这个事件相关，但"与文学相遇"这个事件永远无法真正完结，因而该叙事具有本质的无限性。

为区分布朗肖所说的无限叙事与普通的故事叙事，在本书中，我们倾向于保留"叙事"一词的法语说法，用 récit 来指称布朗肖所说的这个叙事。事实上，从对"作品"的讨论转到对 récit 的讨论，可以说，在这个过渡中，布朗肖对文学以及作品的思考进一步远离了浪漫主义的思想范式。从此，布朗肖不再思考如何通过写作抵达"大写作品"，而是去探寻以这个作品为追寻对象的无限写作进程，即他后来所谓的 récit 与具体小说叙事之间的关系，并进一步追问用具体写作承载 *récit* 的可能性。在某种意义上，布朗肖的所有叙事实践都以承载 *récit*、让作品显现为最终目的。① 最终，通过从"叙事"而不是"作品"角度出发对作品空间进行考察，布朗肖将不仅得以与同时代人尤其是与思考着叙事时间的普鲁斯特产生对话——无论如何，叙事是那个时代经常被谈及的话题，而且还将从作品空间出发，为文学叙事这一行动本身带去最为神秘的黑色力量。

那么，具体地，布朗肖所说的这个 *récit* 有何特征？对于这个 *récit*，布朗肖在《未来之书》中用了一段非常浓缩的话进行描述：

> ……*récit* 总是趋向于某一点，这一点不仅未知、被忽视、奇怪，而且似乎在 *récit* 这一运作之前或者之外都不存在任何现实性。然而这一点如此强迫，以至于变成了 *récit* 的唯一动力，仿佛不抵达这一点 *récit* 便无法开始，但唯有在 *récit* 以及 *récit* 无法预计的运作中，才能提供使这一点变得真实、强大和具有吸引力的空间"。（*LLAV*：13）

让我们对该段落进行逐一分析。首先，"*récit* 总是趋向于某一点"，事实上，结合我们前面对作品空间的分析，这一点指的正是"与文学的相遇"。只不过，这是一个不断逃逸的"点"，正是这个以文学为意象的"点"，吸引着写作者不断前行。其次，布朗肖还进一步指出了这个"点"的特征：一方面，在 *récit* 运作之前或之外，它并不具有任何现实性，这就是说，这并不是某个固定的点，位于某个高处，等待写作者的到来，而是只会在不断趋向于这一点的叙事运作中产生；另一方面，正是这样一个点构成了 *récit* 的唯一动力，仿佛 *récit* 只有抵达这一点，才能真正开始。于是，整个 *récit* 的进程就是，在那个"点"的牵引下，*récit* 始终朝着让 *récit* 得以开始的某个源头走去。正如布朗肖所说，作品最坚定的

---

① 有关这些叙事的具体特征，我们将在第 3 部分深入讨论。

意图在于"用尽全部力气言说'开始'一词"(*LLAV*:13)。最后,值得
注意的是,尽管那个"点"不断逃逸,永远无法抵达,然而,布朗肖进
一步指出,"唯有在 *récit* 以及 *récit* 无法预计的运作中,才能提供使这一
点变得真实、强大和具有吸引力的空间"。这就是说,*récit* 在那个"点"
的牵引下,尽管无法真正实现"与文学的相遇",然而却可以在不断的叙
事中生成一个独特的空间,正是这个空间让"与文学相遇"的点变得
"真实、强大和具有吸引力"。

诚然,布朗肖以上这段有关 *récit* 的论述相较他对写作进程及作品空
间的论述并未增添太多内容——在某种意义上,布朗肖有关写作进程以
及作品空间的论述可被视作他所有思想的内核——而更多只是将这些论
述运用到了有关 *récit* 的论述方面。不过,无论如何,新的视角以及新的
主题始终会为布朗肖的思想带来新的色彩以及不同的理解。

首先,我们将发现,布朗肖所说的只同"与文学相遇"相关的 *récit*
尚且不是一个真正的"事件",而只是对"与文学相遇"这个事件的宣称
与酝酿。由于文学永远不可抵达,因此,这个 *récit* 将永远"只有意地对
一个情节进行叙述"(*LLAV*:13),这个情节就是:对作品源头即文学
的不断追寻。不过,正如笔者在前面所说的,在布朗肖看来,写作行动
或者叙述行动本身就意味着对文学的不断追寻。于是,我们看到,在
récit 中,叙述行动与叙述内容相互重叠,归为同一。在这种情况下,我
们甚至也可以说,*récit* 尚且没有叙述对象,或者 *récit* 的叙述对象处在
"将到"的状态。不过,只有当这个叙述对象产生时,即当"与文学相
遇"这个事件真正发生时,*récit* 才能真正地开始。因此,布朗肖所说的
"只有意对一个情节进行叙述"的 *récit* 则始终处在"未开始"状态,即
处在对某个真正"开始"的宣称与酝酿的阶段。

其次,对"与文学相遇"这个事件的宣称与酝酿却是接近文学的
唯一途径。正如上面选段所说,在这个宣称与酝酿的过程中,*récit* 意
味着对某个独特空间的生产:这是让文学消失的空间,是让作品变得
不可能的空间,亦是让任何光亮都不再可能的"另一夜",总之,是将

一切都清空的空间。同时，也正是这个将一切清空的空间让文学变得"真实、强大和具有吸引力"，让文学获得其自身的力量。这一切仿佛，只有将一切清空之后，与文学的相遇才存在可能，正如在尼采看来，只有将一切价值摧毁后，才能重估新的价值。不过，当一切被清空，这个被清空的空无空间本身却无法被进一步跨越。事实上，也正是因为这个空间或者区域的存在，才产生了尼采所谈论的"永恒回归"的主题。于是，这个永远无法被跨越的空间在被 récit 不断生产的同时，将构成 récit 本身"永恒回归"的断裂中心，阻止 récit 进一步获得真正意义上的"开始"。

最后，牵引着 récit 前行但又阻止 récit 真正"开始"的这个空间将导致 récit 的不可能性与无限性。显然，这个不可能且无限的 récit 与通常意义上对故事的叙述截然不同：故事叙事往往都有明确的开头与结尾，récit 却永远无法真正地"开始"；对故事的讲述是可能的且有限的，对"与文学相遇"这一情节的讲述则始终不可能，因而是无限的。有关这两个不同维度叙事之间的关系，布朗肖指出："所有 récit 都寻求让自身隐藏于小说的厚度中，哪怕是以隐秘的方式。"（LLAV：19）这是因为，无限且不可能的 récit 注定无法被某个有限形式直接表达，通常情况下，陷入 récit 进程的写作者除了会产生对文学的激情，还可能产生真正"开始"的冲动。这里所说的真正的"开始"便是有限的叙事的开始，而这样的"开始"将伴随着写作者的一个本质的决定：在无限的 récit 面前转身，转而从自身主体性出发，把握有限性。于是，在大多数情况下，无限的 récit 总是作为叙事中被否定的部分，或者叙事中绝对不可视的部分，被隐藏于有限的叙事中。然而，布朗肖始终思考的则是让小说叙事中这个"绝对不可视部分"自我呈现的可能性，即用"有限"的叙事呈现"无限"的可能性。在某种意义上，这正是布朗肖赋予小说叙事的本质哲学任务。

那么，如何才能实现用有限的形式承载无限的 récit？诚然，人们依旧可以通过讲述具体故事，来让 récit 作为绝对不可视的部分蕴藏于有限的故事叙事中。不过,布朗肖并不满足于这样的写作,因为在他看来,以故事为创作对象的小说始终带有太多人文主义的成分,由此产生的人文主义光亮只会将"黑夜"驱逐并让隐藏在小说深处的 *récit* 变成稳定的光亮源头。相反,布朗肖想要的却是让 *récit* 不断返回自身的源头,在不断凿出某个空无空间的同时,让"黑夜"自身产生光亮,从而使作品与文学自我显现。为做到这一点,就必须让 *récit* 不再被小说故事的厚度所隐藏,而是作为某种"无蔽物"(nudité)显现。最终,正是在这一目的的驱使下,在传统小说故事模式之外,布朗肖始终思考着某种"纯叙事"(récit pur)的可能性:在这个"纯叙事"中,叙事不再意味着对任何故事的讲述,而只与 *récit* 本身相关。同时,也正是在这一语境之下,布朗肖指出,*récit* 的秘密在于"让尤利西斯变成荷马"(*LLAV*:15)。尤利西斯在听到塞壬的歌声后,在歌声的吸引下,误入了某个让任何歌声都不再可能的贫瘠区域,这本就是布朗肖用以隐喻写作者追寻文学的进程的例子。不过,"让尤利西斯变成荷马"意味着什么呢?这意味着在尤利西斯追寻塞壬歌声(文学)的进程之上,叠加了另一个追寻文学的进程:荷马在讲述尤利西斯故事的同时,以具体的叙事行动,对该进程进行了某种"重叠"(doubler)。由此形成的便是布朗肖所说的"叙事的叙事"(récit du récit)。

　　正如笔者在第 1 部分所说的,在某种意义上,布朗肖所有的叙事作品几乎都可被视作某种"叙事的叙事"。有关布朗肖这类叙事的具体特征,我们将在第 3 部分具体阐释。在此处,我们将仅指出"叙事的叙事"的基本结构。首先,"叙事的叙事"指的是以 *récit* 本身为讲述对象的叙事,该叙事并未让 *récit* 追寻某种真正"开始"的追求消失,而是通过对 *récit* 本身的不断重复,让这个追求得以延续。其次,叙事之所以能够以 *récit* 本身为讲述对象,在尤利西斯追寻塞壬歌声的进程之上之所以可以叠加上荷马追寻文学的无限进程,那是因为,两个进程都以前面所说的"空无空间"为隐秘中心,正是在这个"空间"处,两个进程似乎都发生了某种转弯(détour),"空无空间"于是变成某种类似"褶子"（pli）①的东西，让两个进程的重叠成为可能。最后，两个相互重叠的进程将在"空无空间"的共同牵引下，不断地重新开始与重复"同文学相遇"这个情节，并在这个过程中不断敞开那个"空无空间"本身。这也是为何，在某种意义上，我们也可称布朗肖的"叙事的叙事"为产生"空无"的叙事。同时，也正是在由此敞开的空间处，"同文学相遇"这一点变得真实。

总之，布朗肖所说的 récit 只同"与文学相遇"这个事件相关，始终只讲述"追寻文学"这个唯一的情节。récit 不断追寻着一个真正的"开始"，却始终只能是对这个"开始"的"宣称"与"酝酿"。正是在不断的"宣称"与"酝酿"中，récit 得以生产出将一切清空的独特空间。布朗肖的"叙事的叙事"则拒绝用故事的"开始"来代替 récit 所始终寻求的那个"开始"，而是通过对 récit 本身的叠加，让对"开始"的追求得以延续，让"空无空间"得以敞开，以此完成写作的本质任务。

第 2 节　叙事的时间

通过以上分析，我们看到，布朗肖所说的 récit 始终与某个"开始"相关。不过，这里的"开始"指的并不是故事意义上的"开端"，而是被无限"宣称"与"酝酿"的"开始"。布朗肖进一步指出，通过对某个真正"开始"即"与文学相遇"这一事件的宣告，叙事②将一方面在此世

①　Gilles Deleuze, *Le Pli-Leibniz et le Baroque*, Paris: éditions de Minuit, 1988, p. 9.

②　在下文中，当我们使用"叙事"一词时，它指称的是实存的叙事作品本身，即我们在前面讲到的"叙事的叙事"本身，而当我们使用 récit 一词时，则特指布朗肖所说的那个隐藏在"叙事的叙事"中的绝对不可视的无限叙事。

界宣称着"此刻有作品诞生"，另一方面却作为"不寻常的、奇特的、与此世界和此世间均无关联之物"（*LLAV*：13）显现，从而牵引历史偏离原有的轨道。这就仿佛在历史中发生了某种断裂，产生了一个巨大的缝隙。在这个缝隙处，叙事继续言说着"开始"一词。这既将是作品的开始，也将意味着人类全新历史的开始，在这里，正如布朗肖所说，"历史将获得一个全新的起点"（*LLAV*：13）。正是在这个意义上，布朗肖对此类叙事的构思似乎与尼采曾经提出的"将世界一分为二"① 的伟大目标产生了某种共鸣。那么，让我们进一步思考，为何布朗肖所构思的叙事意味着历史的某个"断裂"、意味着让历史获得某个全新的起点？事实上，这是一个有关叙事时间的问题，在某种意义上，正是布朗肖所揭示的 *récit* 的独特性让叙事时间发生了某种本质的改变或"转弯"，从而让这个历史的"断裂"得以产生。因此，在本部分，我们将结合前面有关 *récit* 的论述，具体分析 *récit* 所导致的叙事时间的本质改变。

1. 意识时间

在具体探讨 *récit* 对叙事时间的本质改变之前，让我们首先探讨时间在现实世界中的特征。有关这方面的论述，布朗肖在《文学空间》中主要借鉴了里尔克的思想。在后者看来，在我们日常生活的现实世界中，正是时间和空间共同构成了人的界限：由于空间的限制，人无法在看到前方的同时转头看向后方（*LEL*：171）；同时，正是由于时间的限制，人总是处在此刻，朝着未来走去，而无法回到过去。这就是说，人总是处在"此地此刻"（ici et maintenant）（*LEL*：171），总是同时以时间和空间为界限。其中，时间这一界限将为人带来诸多本质的改变。

时间这一维度具有方向性，总是指向未来而不是过去。这一方向性让时间拥有两个基本的特征：摧毁性和连续性。时间的摧毁性体现为其

---

① 参见 Alain Badiou, *Nietzsche, L'antiphilosophie I 1992 - 1993*，Paris：Fayard，2015，p. 61。

不可逆性，现时（présent）总会不断地变成过去（passé），"当我们言说'此刻'一词时，被言说的那个'此刻'总是已经过去"（*LEI*：48）。时间的连续性则与人的意识相关，正是意识让我们得以对过去进行再现或表征（représenter），从而让我们得以对将来进行预期。这就使得，任何"现时"都将同时包含对过去的再现以及对未来的预期，过去于是不断在未来叠加，由此造就了时间的连续性。如果说时间的摧毁性特征会让人感到失落与怅惘，那么其连续性特征就是人想要克服这一失落不断努力的结果：让人得以克服这一失落的便是人的意识。意识具有再现功能，它可以通过回忆抓住过去，从而让过去作为不在场（absence）在"现时"中显现。正如布朗肖所说，通过再现，"我们在自己的内在性中克服了面对面（face à face）的局限"（*LEL*：172），因为"通过意识，我们总是处在我所处之地之外，总是'他者'的掌握者"（*LEL*：172）。"面对面"的局限其实就是我们所处的时空的界限，通过意识，我们得以逃离这个界限，转而投入到"再现"中。

　　表面看来，意识似乎帮助我们克服了人的时空界限，让人的目光不再局限于"此地此刻"。然而，这一克服的前提条件是："对'现时之物'（ce qui est présent）的逃离"（*LEL*：172）。对"现时之物"的逃离首先意味着对位于"此地此刻"的"我"的逃离。正是这一逃离让"我"得以产生对自我的意识，然而这个"自我"已经不再是那个"此刻此地"的"我"，而是对这个"我"的逃离，用拉康的话说，是"自我"的幻象。这个"我"便是笛卡尔所说的"我思"（cogito）主体，是现象学中通过还原而认知世界的主体。

　　此外，这个逃离还意味着对物自身的逃离，因为物从此变成位于意识面前的物，是被这个意识主体还原或思考的物，而不再是物本身。最后，这个逃离还意味着对现时（présent）或此刻（instant）本身的逃离，因为产生意识的时刻与被意识的时刻总是已经不同，正如布朗肖所说："当我言说'现在'时，那个被言说的'现在'已经成为过去。"（*LEI*：48）于是，我们看到，人的意识与其说是克服了人的时空界限，不如说是对这个界限的逃离，继而产生对世界的幻象。这个幻象以从自身分离出来的"我思"主体为中心，这个主体站在自身与物面前，通过与它们保持距离，抓住它们，从而让它们在场。这里的距离指的既是空间距离，也是时间距离，因为只有与"此刻此地"的在场保持距离，意识才会得以产生。

在这里，我们看到了意识与时间之间的隐秘关系。首先，意识消弭了时间之摧毁性特征给人带来的恐惧，转而将其变成自身的条件：正因为时间的摧毁性特征，随着时间的不断流逝，我们总是能够与"此刻此地"拉开距离，从而让意识得以产生。可以说，让意识得以产生的不是时间本身，而是从此刻到下一刻的时间的流动。其次，意识对过去的再现是一个不断积累的过程，不断累积的过去朝着未来走去，因而时间体现出连续性的线性特征。最后，就这样，在此世界中，由于意识的介入，作为人类界限的时间同时具有流动性和连续性的特征，不断朝着未来走去。然而，我们始终需要注意的是，这个不断向前流动的线性时间是以逃离"此刻"或"现时"为基础的，在"意识发生的时刻"与"被意识的时刻"之间始终存在着间隔。"现时"本身永远无法被意识，能够被意识的只会是已经成为过去的"现时"。于是，在这个时间中，"现时"本身永远无法在场，在场的只有对过去的再现。

2. 苦难时间

以上便是我们对时间在现实世界中特征的论述。那么，让我们进一步追问：当时间进入"追寻文学"的无限叙事循环，即当时间进入前面所说的作品空间后，它会发生怎样的改变？根据我们在前面的论述，作品空间要求让作品得以完成的写作者将自身祭献，这就是说，作品空间的一大特征在于：写作者将失去其主体性，写作者的意识将不再占据中心位置。可以说，作品空间的中心不仅不再是意识，而且还意味着对意识的清除，因为作品的中心是作为黑暗源泉的"另一夜"，是"不可能"的"死亡空间"，也是"无限"的"外在"空间。黑暗性和不可能性是这个空间的特征。布朗肖形象地称这个不可能的空间为苦难（souffrance）的空间。[①] 这里的苦难指的不是尚且能够被言说的苦难，因为在布朗肖看来，苦难如果能够被言说，那么它就尚且还能够被忍受，因此不是真正的苦难。这里的苦难指的是类似奥斯维辛式的苦难，它无以言表，因而无法被忍受。要想考察时间进入作品空间后发生的改变，我们首先需要了解作为作品空间中心的"不可能空间"的现时为何，也就是苦难的现时为何。

正如前文所说，正是人的意识让时间拥有流动性与连续性。然而，在不可能的空间中，意识已经退场：这个苦难既无法被意识，也无法被言说。因此，在这个空间中，时间将会像"停止了般，与其间隔融合在一起"（*LEI*：63），形成苦难的现时。在这个间隔中，苦难的现时无法终结，将体现出无限性，正是无限的苦难"让这个现时与其他任何现时分离开来"（*LEI*：63）。我们看到，"苦难的现时就像是现时的深渊（L'abîme du présent）"，这个深渊让我们丢失了时间，或者让我们进入到另一个时间中。在这两个不同的时间中，"时间的方向已经发生改变"（*LEI*：64）：意识的时间是对现时的逃离，它具有明确的方向性，总是指向未来，蕴藏着通过超越不断汇集的力量；苦难的时间则是现时本身的分散，它蕴藏着某种分散的力量，因而永远无法固定在某个现时，不与任何过去相关，也不走向任何未来，是永远"无法停止之物"（incessant）。这就是说，苦难的现时是现时本身的分散，是布朗肖所说的"太过的现时"（le trop présent）（*LEI*：65）。这个"太过的现时"离"现时"本身已经无限近，因而人无法进一步靠近，但尚且不是"现时"，因而人也无法逃离：既没有入口，也没有出口，作品空间于是变成充满危险的地带，进入该空间的人也将陷入最为悲剧的境地。

---

① 以下有关"苦难"的论证参见 Maurice Blanchot，*L'Entretien Infini*，Paris：Gallimard，1969，p. 63。

3. 叙事时间

我们看到，在作品的不可能性空间中，时间是现时的分散，是尚且不是现时的"太过的现时"，其实也就是现时的缺失或不在场本身。布朗肖所说的 *récit* 正是开始于在这个空间面前的转身。不过，转身并不意味着逃离，即并不意味着通过对现时的否定而对过去进行再现。转身源自遗忘或者我们在前面所说的掩盖，正是通过对现时之不可能性的遗忘或掩盖，写作者得以通过叙事进入"等待"的时间：等待的不是对过去的再现，而是现时本身的在场（la présence du présent）。可以说，叙事时间，也就是位于作品空间的时间，其实就是"遗忘等待"的时间。

"遗忘，等待。'聚拢的等待'分散；'分散的遗忘'聚拢。等待，遗忘。"（*LALO*：51）这是布朗肖在《等待遗忘》中不断重复的一段话，正是这段话很好地概括了叙事时间的特征。首先，"遗忘，等待。……等待，遗忘"，位于这段话首尾的相互交叉的表达体现出了叙事时间的无限循环特征：因为遗忘，所以等待，然而等待不过再次将我们引入被遗忘之物，于是，遗忘与等待不断循环。

其次，"'聚拢的等待'分散；'分散的遗忘'聚拢"，这句话指示出了存在于叙事时间中的两股相反的力量以及这两股力量的相互转换。一方面，等待的现时是欲望（désir）的现时，是抵达等待之物的欲望，因而充斥着聚拢的力量。然而，正如布朗肖所说："发生在时间中的等待却朝着时间的不在场敞开，在那里，等待不再能够发生。"（*LALO*：75）等待的是"现时"的在场，而这个在场的本质在于其不可能性，因此等待必定在某一刻变得不再可能。这样一个过程就是布朗肖所说的"'聚拢的等待'分散"。另一方面，遗忘正是来自这个分散的力量，是对这个分散空间的遗忘，从而再次投入到等待中，因而"'分散的遗忘'聚拢"。就这样，在遗忘与等待的交替中，聚拢与分散的力量相互作用，由此构成了叙事时间的独特性。

我们看到，在整个过程中，叙事时间仿佛在时间中敞开了一道口子，从而改变了时间的方向，将时间引向"现时的深渊"。从此，叙事时间追寻的是"即刻"（immédiat），是现时的在场，是"存在之物那无法分割的整体"，是"常春藤上那一片已经枯黄凋零的叶子"（*LEI*：48）。然而，现时的在场永远无法抵达，叙事的等待最终只会变成等待的不可能性，陷入"现时的深渊"，而这个深渊则会通过被遗忘而让等待继续。于是，通过在时间上划开一道口子，叙事仿佛将自己囚禁在了这个间隙中。在叙事时间中，现时不在场，处在缺失状态，可以说，叙事时间就是一个缺失的时间，只不过这个缺失被无限拉长了，布朗肖称之为"绵延"①（durée）。在现象学中，"绵延"指的是"对过去的回忆与对将来的预期在现时交汇所产生的短小时间段"②，在这个"绵延"中，现时也不在场，但现时的缺失转而被"对过去的回忆"以及"对将来的预测"填满，因而推动着这个现时向下一个现时走去。然而，在叙事的"绵延"中，主体的意识已经被清除，同时被清除的还有意识的回忆与预期功能。于是，现时作为不在场的空无被保留，成为等待与遗忘相交汇的神秘之地，因而也成为让等待"永久地来来往往，永不停歇"（*LALO*：102）的动力。由此导致，在叙事的"绵延"中，时间的运作不再是过去向未来的流动，而是遗忘与等待的不断交替。从线性的时间来看，叙事时间是一种静止或停滞，但实际上，它的内部充满了激荡，正如布朗肖所说："等待的静止比任何运动都更为动荡。"③

---

①　最早提出"绵延"（durée）概念的是 20 世纪初法国的哲学家伯格森。对应科学尤其是物理领域的可被度量、被划分为不同时间单位的物理时间，伯格森提出了建立在直觉或意识基础上的时间，并称后者为"绵延"。因此，"绵延"指的就是意识或直觉的时间，它是不断流动的、不可被划分为细小单位的时间流。以普鲁斯特和乔伊斯为代表的意识流写作就与这个时间相关。现象学也对"绵延"进行了论述，主要分析了意识的加入如何让对过去的回忆与对未来的预期在知觉时间中相汇，并推动时间向前流动的机制。正是在时间的这一流动中，现象得以产生。

②　Gerhard Huber，«Pour une métaphysique de la présence»，*Les études philosophiques*，Paris：Presses Universitaires de France，2008/4 n°87，pp. 451 - 461.

③　Gerhard Huber，«Pour une métaphysique de la présence»，*Les études philosophiques*，pp. 451 - 461.

最后，我们可以用一个形象的比喻来比较意识时间、叙事时间以及苦难时间之间的关系。如果说意识时间是一条小河，总是缓缓地向东流去；那么叙事时间就是一片汪洋大海，海面虽看似平静，下面却波涛汹涌，而引发这些波涛的旋涡正是苦难时间，即时间的消失。正如前文所说，写作的过程其实与基里洛夫的自杀计划非常类似，它们都是想要通过自身来获得死亡之绝对的尝试。在某种意义上，这样一种尝试同时就是超越时间界限的尝试：如果说黑格尔认为人类将在时间的尽头抵达绝对的死亡，那么基里洛夫的计划就是跨越时间，通过自身抵达这个绝对。因此，在本质上，写作行动企图跨越的就是时间在人身上的界限，这个界限具体表现为永远无法在场的"现时"，而写作行动就是对这个"现时"本身的无限追寻。诚然，时间永远无法跨越，只会让写作者掉入"现时的深渊"。然而，写作者无限的"等待与遗忘"却得以在时间的缝隙处敞开一个空间。在这个空间中，时间改变了方向，"现时"不再被下一个"现时"驱逐而变成"过去"，而是作为被掩盖之物在这个空间在场。

总之，通过以上分析，我们看到，随着布朗肖所说的无限 *récit* 的展开，时间不再意味着从过去横向地流向未来，而是意味着对时间本身即对"现时"的纵向回归。正是在这个不断回归的过程中，时间仿佛将自己困在了某个由等待与遗忘不断交替的"现时的深渊"中。于是，我们看到，随着叙事的进行，时间变成了空间或者变成了空间化的时间。最终，正是在这个空间化的时间处，历史或者更准确地说，以线性时间为基础的历史将产生某种"断裂"，*récit* 将宣告某个全新的"开始"。此外，也正是在这个意义上，布朗肖将蕴藏着无限 *récit* 的写作视作本质的哲学任务。

第 3 节　叙事的"声音"

围绕布朗肖所说的 *récit* 这一中心，除了叙事时间值得思考外，叙事

"声音"（voix）亦是值得深入探讨的主题。诚然，在日常语言中，每个单词都有自身相应的发音（phonétique），并在一定程度上指涉着语言所表达的意义。不过，这里所说的叙事"声音"并不是承载语言意义的发音，而是在任何具体发音形成之前的一个独特的"声音"。在某种程度上，如果说 *récit* 意味着不断返回自身源头的叙事进程的话，那么叙事"声音"则意味着不断返回自身源头的叙事话语（parole）。这样的叙事话语将不可避免地牵引我们去思考叙事"声音"的源头问题，即在叙事话语中，"谁在说话"（qui parle?）的问题。显然，写作者并不是这个话语的源头，因为正如前文所说，*récit* 本身意味着写作者的自我迷失。那么，在 *récit* 中或者在布朗肖等人所创作的"叙事的叙事"作品中，叙事声音的源头指向何处？在这些叙事中，究竟是谁在说话？

1. 中性的声音

为探讨叙事"声音"的源头问题，我们将以布朗肖曾在多处引用的卡夫卡的一句话为出发点。卡夫卡曾在不断思考文学及写作后在《日记》中写道："当叙事从第一人称的'我'转变为无人称的'他'时，写作得以真正地开始。"[①]　那么，卡夫卡在这里所说的以无人称的"他"进行叙事意味着什么？对该问题的回答与思考似乎是我们了解叙事声音源头的关键。

事实上，以福楼拜（Gustave Flaubert）为代表的现实主义创作流派也非常强调叙事的无人称性，他们认为无论是小说家还是读者都应该与小说斩断一切联系，与之保持一定距离，以保持应有的客观性。在他们看来，叙述者应该"不讲述，只展示"（*LEI*：560），而读者则应该"不阅读，只观看"（*LEI*：560）。不过，在布朗肖看来，这种"客观"小说的无人称性不过是一种美学方面的考量，遵循自康德以来的"无利害关

---

① Cité dans Maurice Blanchot，*L'Entretien infini*，Paris：Gallimard，1969，p. 558.

系"（intérêt désintéressé）美学原则，他们认为小说家应该与小说保持的距离也始终只是有限的距离，世界依旧在他们的视野范围内。只不过，通过与这个世界保持距离，他们得以从不同的视角审视世界，从而产生一种美学效果。

很显然，卡夫卡所说的无人称叙事与这种美学的无人称叙事并不相同。正如布朗肖所说，卡夫卡的写作是在文学的吸引下对文学的不断追寻。这就是说，卡夫卡始终追寻的是作品，而不是书籍或任何对世界的美学效果。诚然，这样的叙事也意味着某种距离，但不再是与所叙述世界之间的距离，而是与写作所追求之文学的距离。然而，正如笔者在前面所说的，文学的本质在于其不可能性，因此这个距离的本质在于其无限性。这样一来，为追寻文学而写作的写作者将不再是站在某段固定距离的一端，从容地"展示"某个客观的故事，而是他自身将被这个距离所吞噬，从此进入我们在前面所分析的作品空间。正如布朗肖所说："这个距离无法被讲述，却在我们讲述时得以产生。"（*LEI*：562）这就意味着，作品空间随着叙述的进行得以展开；同时，每当我们开始叙述，我们便已经处在作品空间了。

那么，更进一步，当写作者被他自身与某个超越他之物（文学）之间的无限距离所吞噬，并进入以这个超越物（文学）为唯一追寻对象的作品空间（写作者的内在性空间），这对写作者而言意味着什么？结合前面的分析，当写作者以超越自身的文学为追寻对象时，在不断的追寻过程中，写作者将失去自身主体性，并在某个发生"跳跃"的时刻，陷入"中性"状态，进入前面所说的"作品的不可能空间"。事实上，这便是卡夫卡所说的"叙事从第一人称的'我'转变为无人称的'他'"的过程。不过，布朗肖也曾指出，写作者发生"跳跃"陷入"中性"的时刻，同时也是"灵感时刻"，也就是卡夫卡在这里所说的"写作真正开始的时刻"。因此，我们看到，卡夫卡在这里所说的无人称的"他"指的是与"中性"相关的"他"，即相对"我"而言的绝对"他者"。只不过，这个"他"只有在"我"失去所有主体性、敞开"中性"后，才会言说。

通过以上分析，我们看到，卡夫卡所说的无人称的"他"指的并不是通过与小说保持距离，从而摒除了叙述者主观性的客观的第三人称，而是具有更为本质的意义：它不仅仅意味着对叙述者主观性的消除，而且还要求叙述者的主体性消解，从而陷入"绝对的被动性"中。事实上，无论是传统的小说创作，还是布朗肖、卡夫卡等人所说的写作行动，都可被视作写作者从其内在性出发的一种活动。只不过，福楼拜等小说家将内在性视作固定的一点，正是从这一点出发，他们得以与他们所讲述的故事保持客观的距离。他们所主张的无人称叙事强调叙述者对故事的非介入原则，叙述者因此反而需要克服内在性为他们带来的主观性。反观布朗肖、卡夫卡等所主张的写作观念，他们非但不将内在性视作需要克服的对象，而且还将之视作让写作者得以不断追寻文学的场所。如果说在传统小说观中，小说家为追求客观而努力让自己的内在性静如止水，那么布朗肖等人的写作思想则是将写作者交给自己的内在性，主张写作者应该任由自己在内在性的裹挟下不断挖掘。结合前面将作品空间视作双重黑夜的比喻，可以说，传统小说家进入的依旧是笑脸迎人的"第一夜"，它们的内在性不过是时刻准备迎接光亮的睡眠；而卡夫卡等写作者则通过"第一夜"不断进入隐藏在里面的更加深刻的"另一夜"，他们的内在性于是变成充满动荡的梦境。前者通过克制内在性来追求客观，但由此形成的无人称叙述者依旧处在主体性的维度中；后者在内在性的动荡中追寻文学，但叙述者却由此得以消解主体性并进入"中性"的不可能空间。

于是，我们看到，通过对叙事"声音"源头的不断追问，我们被再次引至这个绝对不可能的中性空间。正是从该空间出发，我们将得以尝试回答在叙事"声音"中，"谁在说话"的问题。我们会发现，在叙事"声音"中，"说话"的既不是卡夫卡所说的那个无人称的"他"，也不是第一人称的"我"，因为：一方面，在布朗肖所说的 récit 进程中，"我"将自我消解、不断逃向"外在"空间；另一方面，"他"只有在"我"失去所有主体性、敞开"中性"后，才会言说。于是，在叙事过程中，这个无人称的"他"与第一人称的"我"仿佛构成了叙事话语的两个极点：整个叙事进程在这两个极点之间来回移动，并在不断的移动中趋向于敞开让"我"与"他者"产生联系的"中性"空间。这便是在卡夫卡那句话的基础上，我们对叙事进程可能进行的全新阐释。由此导致，叙事声音不可能属于任何个人，它不是某个以个人为中心的声音，而是"总是趋向于逃离承载它的人，让这个人从中心位置消除；它不位于中心，也不创造中心，不从某个中心出发，而是相反地阻止作品拥有任何中心"（*LEI*：565）。这就是说，叙事声音没有任何固定的中心，如果一定要为这个声音找到某个中心的话，那么就只能是那个"让任何中心都不再可能"的"中性"空间。正是在这个意义上，布朗肖认为叙事声音"从本质上是中性的"（*LEI*：565），是中性的声音。可以说，中性的声音不再属于任何个人，不再是个人主体性的体现，而是来自"外在"空间，来自外在于任何个人主体性的遥远深处。

2. 空无的声音

那么，进一步地，这个注定将写作者引向"外在"空间的中性叙事"声音"具有怎样的特征？这个"声音"与布朗肖所说的 *récit* 之间有何本质关联？

事实上，当我们在前面指出叙事"声音"在本质上是一个"中性"的声音时，这其实意味着，叙事声音是一个源头缺失的声音，或者是一个以"空无"为源头的声音，因为"中性"在某种意义上就意味着某个绝对的"空无"。这就是说，当我们去追问叙事话语的源头，去考察在叙事话语中"是谁在说话"时，我们并未找到某个固定的源头，而是找到了由源头的消失所形成的"空无"，以及以这个"空无"为内在性的某个中性的声音。尤其是，布朗肖用"塞壬的歌声"对这个"源头缺失"的中性声音进行了类比。塞壬是希腊神话里的海妖，能够发出具有诱惑力的歌声。对于这个歌声，布朗肖在《未来之书》中是这样描述的："塞壬：它似乎在歌唱，但歌唱的方式却无法令人满足，于是只会让人们听见向着歌唱真正的源头和幸福敞开的方向。"（*LLAV*：9）因此，我们会发现，塞壬的歌声是不完美的"声音"，在这个歌声中存在着某种缺失，这个缺失通往的就是歌唱真正的源头和幸福。正是这个缺失使塞壬的歌声变得无比强大，因为这个缺失使塞壬的歌声与歌唱真正的源头之间产生一段距离，而且"这个歌声还同时揭示出了弥合这段距离的可能性，从而使歌声变成了接近歌声的运作，同时将这个运作变成了对最大欲望的表达"（*LLAV*：10）。这便是塞壬的歌声所具有的强大甚至致命的吸引力：它不是歌唱本身，却让人们看见真正歌唱的可能性，从而促使水手"放弃自己，放弃人类的歌声，甚至放弃歌唱的本质，一心想要抵达这个不可思议的超验（au-delà）"（*LLAV*：10）。然而，布朗肖进一步指出，这个超验，也就是似乎栖息着真正歌声的地方，不过是一个荒漠，"是一个贫瘠、枯燥的地方，那里的沉默与喧嚣将使来到这个区域的人失去所有进入歌唱的途径"（*LLAV*：10-11）。于是，我们看到了塞壬歌声极其危险的一面：它身上的"缺失"使它充满吸引力，吸引水手抵达真正的歌唱之地，但经过不断追寻，水手抵达的地方却总是荒漠，是无法歌唱之地。

于是，水手在塞壬歌声的吸引下不断前行，但最终总是被引至歌唱不再可能的地方，正如写作者总是在文学的"窃窃私语"的吸引下写作，最终总是被引入让作品不再可能的中性空间，如此循环。事实上，无论是"塞壬的歌声"还是布朗肖所说的"窃窃私语"，它们都是布朗肖用以指称以"空无"为源头的中性叙事"声音"的形象说法。对于该"声音"与布朗肖所说的 *récit* 之间的关系，结合前面对 *récit* 的分析，我们会发现以下三点。

第一，以"空无"为源头的叙事"声音"不是 *récit* 的结果，而是 *récit* 的内在动力，是牵引 *récit* 摆脱任何个人掌控从而向"外面"敞开的神秘力量。

第二，如果说中性的叙事"声音"仅意味着一个不断逃离的力量因而尚且无法被固定在某个具体的形式中的话（这就是说，中性的叙事

"声音"在本质上无法被"听见"），那么 *récit* 则趋向于在这个中性叙事"声音"的牵引下对其进行回应，并在不断回应的过程中，赋予该"声音"以具体形式，让叙事话语变成这个原本无法被听见的中性声音的"回声"（écho）。

第三，叙事话语变成某个"声音"的"回声"，意味着它将不断重复这个"声音"，趋向于在该"声音"的牵引下，朝着该声音的源头走去。不过，正如笔者在前面所说的，中性声音的本质在于其源头的缺失。因此，最终，正如"回声"注定消失在山谷深处，在"声音"源头消失的地方，叙事话语亦将陷入绝对的"沉默"（silence）。这就是为何，正如杜拉斯所说，整个叙事进程就像是在敲击着一面"空无的锣"（*LEI*：565），词不断自我摧毁、撞击着这面锣，最终留下的却唯有"沉默"。

通过以上对中性叙事"声音"与 *récit* 之间关系的分析，我们看到：一方面，中性的叙事"声音"以绝对沉默为本质内在性，意味着语言中超出简单"能指—所指"二元框架的部分（有关这部分，我们将在下一章具体分析），它绝对不可言说，正常情况下亦无法被听见；另一方面，当我们说这个中性的叙事"声音"以沉默为本质内在性时，这并不意味着该声音让人闭口不言，而是意味着它拥有一种致命的吸引力，会在吸引人通过写作与言说对其进行回应的同时，构成 *récit* 的本质内在动力；最后，以中性叙事"声音"为本质内在动力的 *récit* 将意味着这样一个进程，该进程在叙事"声音"的牵引下，不断形成让该声音得以产生回响（résonner）的空间，从而承载这个"声音"，让这个"声音"在被保留的同时，获得某个可能的形式。

总之，通过分析，我们看到，在布朗肖所说的"叙事"话语的源头处，并没有某个固定的"中心"作为故事讲述的起点——以福楼拜为代表的现实主义流派似乎就是想要设立这样一个"中心"，而只有一个会让任何"中心"都消解的"空无空间"以及以这个"空无空间"为内在性的中性声音。这是一个源头缺失的声音，正是在这个声音的牵引下，写作者不断从第一人称的"我"变成无人称的"他"，以此对中性声音进行"回应"。于是，"叙事"话语变成了这个中性声音的"回声"，并注定与中性声音一起，消失在"空无"的"山谷深处"，变成绝对的沉默。于是，整个叙事过程就是，"沉默的叙事声音倾斜地、间接地吸引着语言"（*LEI*：565），让"沉默"在"叙事"话语中"言说"。

布朗肖对"叙事"的考察是他对写作行动以及作品空间之思考的延续。在此基础上，布朗肖不仅指出了在他所说的 *récit* 中，叙述行动与叙述对象的同质性（都体现为对文学的无限追寻），而且还在此基础上提出了"叙事的叙事"创作理念，从而让 *récit* 本身作为某种"无蔽物"显现，让蕴藏于 *récit* 中的"空无"得以生成。在某种意义上，通过写作让蕴藏于写作行动或 *récit* 中的"空无"呈现，这正是布朗肖提出的本质哲学任务。由此呈现的"空无"首先意味着在时间中凿出一个"现时的深渊"，让时间转向，仿佛发生断裂，由此将写作者带入某个"等待遗忘"的时间维度：等待的是现时的在场，遗忘的是这一在场的不可能性，等待、遗忘无限循环。此外，这样一个"空无"还将意味着在话语中引入一个沉默的中性声音，这个声音逃离任何固定的源头，并指向其源头的缺失，写作者则将在这个声音的召唤下通过写作进行回应，从而让这个无法被听见的"空无"声音在作品的可能性空间中产生回响。最终，在这样的叙事作品中，将是"空无"与"沉默"在言说，正是在这个"空无"的话语中，人们等待着一个全新的"开始"以及"现时"，或者正如布朗肖所说，一个全新的历史。

不过，归根结底，在无限的叙事进程中，时间之所以变成一种循环，叙事声音之所以指向其源头的缺失，所有这些在本质上都是因为人是有界限的：人始终无法抵达现时，也无法抵达语言的源头，而只能在接收到来自"空无"的中性声音的召唤后，开始对"现时"和"源头"进行无限追寻，并陷入"现时的深渊"。在某种意义上，中性声音的召唤其实就是人自身之超验的召唤，而写作则是人在界限处"听到"这个超验的召唤后，在这个中性声音的牵引下，开始言说的过程。写作者言说的当然不是这个超验的话语本身，而是对这个话语的回应，而写作者一旦开始回应这个超验的话语，就意味着他尝试通过写作跨越自身的界限。于是，最终，布朗肖所说的 *récit* 也可被描述为这样一个进程：在该进程中，写作者（叙述者）离开充满确定性与宁静的现实世界，不断尝试超越自身界限，最终在这个不断超越的尝试中，得以让作为"存在"之"剩余"的"中性"以及蕴藏在语言中的绝对沉默显现。这便是布朗肖所说的隐藏在叙事中的秘密。

第 5 章　文学语言的奥秘

第 1 节　语言的界限

文学是一门有关语言的艺术，当写作者在中性叙事声音的牵引下，加入以文学为追寻对象的无限 *récit* 进程并开始写作，这同时意味着文学语言的诞生。不过，对无限 *récit* 进程的承载将意味着，写作所产生的字词倾向于在叙事声音的牵引下被那个"空无"吞噬。由此，文学语言将变成一种布朗肖所说的"复数的话语"（parole plurielle）。这是一个没有任何固定源头的话语，它以作为"空无深渊"的"文学空间"为"外在"中心，是对来自这个空间之"空无"声音的回应。这样的文学语言将是连接作品空间与现实空间的唯一纽带：一方面，文学语言具有现实性，作为书籍中的字词呈现在我们眼前；另一方面，文学语言还承载着作品的"存在"，与以不可能性为本质的"文学空间"相关，这将导致文学语言所有的独特性。那么，布朗肖是如何思考文学语言的？这样的思考具有怎样的独特性？对作品空间的承载将导致文学语言什么样的本质的改变？

1. 语言源头的"缺失"

事实上，在海德格尔之前的形而上哲学中，语言通常被视作人的某种能力或活动,是人进行认知的方式。不过,正是在作为认知方式的语言中,海德格尔洞察到了无处不在的"是"(être,亦可译作"存在"),①并从中看到了形而上哲学的界限:对"存在者"存在的预设。在此基础上,海德格尔和布朗肖都意识到了这个认知活动以及语言观的界限,并且都在思考超越这个界限的可能性的同时,转向了对文学或诗歌语言的考察。不过,二者对文学或诗歌语言的思考不尽相同。

语言在海德格尔思想中占据着重要的位置,他在不同阶段对"存在"的思考都与语言息息相关。吕斯·冯泰勒-德-维斯谢尔(Luce Fontaine-de-Visscher)在《论海德格尔的语言思想》(La pensée du langage chez Heidegger)② 一文中指出,从《存在与时间》开始,语言就被海德格尔认为与"存在"之敞开息息相关,语言中无处不在的"是"(est)显示出了"来自存在并将去向存在"的召唤。后来,同样从这个"是"出发,海德格尔在语言中看到了"形而上学以之为前提却无法触及"③ 的部分,并开始思考对"形而上学"的超越。为进一步思考,海德格尔依旧以语言为求助对象,通过追溯古希腊词源,对"真理"和"存在"的显现模式进行构思。此后,在海德格尔那里,无论是对"真理"的考察,还是更进一步对"存在"之差异的论述,都与对语言本质的探讨息息相关,诗歌更是被视作"敞明"语言本质的方式。

事实上,在布朗肖对文学语言的思考中,我们也始终能够看到海德格尔的影子。无论是在论证言说是"遮蔽—呈现"逻辑之外的行动方面,还是在将超越我们的话语命名为"窃窃私语"[海德格尔称之为"喋喋不休"(bavardage)]等方面,我们都能够看到二者思想的密切关联。只不

---

① 当我们用语言表达某物的本质时,我们总是会用"这是……"(C'est)的表语结构,其中"是"(être)就已经包含了这个"物"存在的假设。

② Luce, Fontaine-De Visscher,《La pensée du langage chez Heidegger》, In: Revue Philosophique de Louvain, Troisiéme série, tome 64, n°82, 1966, pp. 224 - 262.

③ Luce, Fontaine-De Visscher,《La pensée du langage chez Heidegger》, In: Revue Philosophique de Louvain, Troisiéme série, tome 64, n°82, 1966, p. 233.

过，正如本书一开始所说的，布朗肖的思考逃离了海德格尔存在思想的框架。他不再像海德格尔那样从"存在"的本质出发进行思考，而是从写作经验出发，对文学语言进行考察。同海德格尔一样，这样的考察也充满对语言源头的探寻。海德格尔思想的一大特征就是通过对词源的追溯来开启不同的哲学研究视角。只不过，对于以词源学为代表的历时性研究，布朗肖却始终持怀疑态度。

按照通常的定义，词源学指的是一种历时性语言研究学科，目的是确立某个词汇单元形式上和语义上的源头。① 布朗肖指出，"'词源学'一词从其词源上来说就暗指着某个肯定"（*LEDD*：147），即对能够找到词的源头、获得词"真实"意义的肯定。人们之所以对类似的历时语言学研究感兴趣，那是因为他们认为"在同一种语言或几种不同的语言中，一个词最古老的意义似乎修复或复苏了日常语言所消耗或磨损的意义"（*LEDD*：147）。这其中暗含的意思是："越是古老的词越是离纯粹的真理更近，越是能让遗失之物返回记忆中。"（*LEDD*：147）我们看到，这样一门学科至少有两个基本的前提假设：①语言从本质上由词组成，是全部词的集合（*LEDD*：150），词因此是语言的基本单位；②在古老的过去，曾经存在一个有关词的纯粹真理，只是随着时间的流逝，在日常的使用中，词逐渐将其丢失，导致其缺失。按照这个逻辑，词源学要求"有一个源头，还要有连续性和同质性的逻辑，而且偶然可以变成命运，于是，词就变成所有遗失、潜在意义的'寄存所'"（*LEDD*：150），而词源学家的任务就是通过对词的挖掘，重新迎接这些意义。

我们看到，词源学家想要通过在时间上的追溯，找到词在最初时刻的"原义"或语言符号与物的天然对应关系。他们称这样的原初时刻为语言的源头，并将之视作某种古老的真理。人之所以不再掌握这个真理，只是因为在漫长的历史进程中，语言不断被使用与磨损，以致其原义丢

---

① Alain Rey［dir.］, *Le Grand Robert de la Langue française*, t. 3, Paris: Dictionnaires Roboert, 2001, p. 330.

失，原有的形式也发生了复杂的改变。于是，通过对词的古老形式进行考察，词源学家想要做的似乎是从源头处在语言与世界之间建立起某种联系，从而让人重新获得有关这个世界的真理。

诚然，词源学家对某些词的成功追溯让他们信心倍增，然而，更多人在这条道路上的失败揭示出了词源学这门学科本身的危害。词源学总是与某个源头有着暗含的关系，吸引着我们去探寻这个源头，但布朗肖指出，"这个源头本身却似乎是永远无法被找到的"（LEDD：150）。那些人对语言源头的这一假设似乎只是幻想，正如布朗肖所说："无论这个幻想多么富有生命力，幻想始终只是幻想。"（LEDD：147）布朗肖还在论证中列举了诸多其他思想家对词源学的质疑。让·保兰早已指出"词源学无法作为证据"① 的事实。他与本维尼斯特（émile Benveniste）都认为："我们并不一定需要通过词源学追溯到一个更加具体的意义，或者更加'诗意'的意义，因为诸多例证均已证明或将证明，首先产生的是'抽象'。"② 或许这也是为何，索绪尔最终转向了对语言共时性的研究。

对语言共时性的研究与对语言历时性的研究相对应，指的不再是从时间上追溯语言的源头，而是去研究语言的结构本身。这里涉及一个本质的思想路径的改变：人们不再认为应该通过时间上的追溯去寻找语言的源头，而是应该从语言本身出发去思考它自身的结构。如果说前者是将语言放到时间轴上的横向的思考，那么后者就是将时间轴抽离后进行的纵向思考。正是在这一思想路径下，索绪尔开始构思他的结构语言学，并为 20 世纪活跃于法国的结构主义思潮提供了重要的思想范式。

不过，当人们将索绪尔的结构语言学广泛运用于人类学（列维-斯特

---

① Cité dans Maurice Blanchot，L'écrituredu désastre，Paris：Gallimard，1980，p. 147.

② Cité dans Maurice Blanchot，L'écrituredu désastre，Paris：Gallimard，1980，p. 147.

劳斯，Claude Lévi-Strauss）、文学（罗兰·巴特）等各个领域时，布朗肖对类似的语言分析活动却始终持犹豫态度。他似乎并不满足于考察索绪尔所说的能指与所指之间的关系以及语言意义的产生过程，而是始终对语言的源头有着深切的关注。只不过，他不再像海德格尔那样向词源学求助，而是在写作经验中看到了语言对自身源头的无尽追寻。最终，正如本书前面部分所说，通过探讨位于作品源头的"窃窃私语"即叙事声音，布朗肖发现这是一个源头缺失的"空无"声音，写作行动让人们抵达的不是作品或语言的源头，而是"非源头区域"，这将意味着源头的消失以及对某个"空无深渊"的敞开。在这个"深渊"处，语言将清除其所有的意义和形式，并作为所有意义被清除后语言的"剩余"，即马拉美所说的作为语言基本结构的"c'est"，或者海德格尔所说的语言中无处不在的"是"（est）本身而在。

总之，我们看到，布朗肖始终关注着语言的源头问题。不过，他关注的不再是语言可能拥有的某个古老意义，也不是语言背后可能拥有的某个结构，而是文学语言本身的内在生成进程。在这个作为生成进程的写作行动中，语言返回自身并追寻着自身的源头。只不过，语言永远无法依靠自身抵达自身的源头，这样的追寻只会将人们引向一个让语言源头缺失的区域。事实上，在文学语言中隐藏着让语言源头消失的"空无深渊"，这便是布朗肖所揭示的隐藏于语言中的"奥秘"。这个"空无深渊"是语言的"剩余"，它既承载着所有意义，又意味着对任何具体意义的清除。在某种意义上，我们可将这个让语言源头消失的特殊区域视作语言相对于人而言的最后界限。从这个界限出发，我们将看到，无论是在遥远的古代还是在语言结构的最深处，都不存在任何有关语言具体意义之源头的真理，人以语言为媒介所形成的各类概念和思想并不能在语言那里获得任何源头保障。如果一定要为这些概念和思想找到源头，那么这个源头似乎就只能是人的主体本身了：不是拉康所说的无意识主体，而是我们通常所说的笛卡尔的"我思"主体。最终，正是这个主体为追求确切性和光亮，将语言变成了认识、理解与打造世界的工具，并由此将世界削减为了形形色色的知识。

因此,如果说海德格尔是通过对语言结构中无处不在之"是"(est)的分析,揭示出了西方形而上哲学对"存在"的预设以及超越形而上思想的必要性,那么布朗肖则是通过对语言源头之缺失的揭示,让我们看到了从笛卡尔一直延续到胡塞尔的西方现代哲学思想的共同界限——主体:正是主体对语言的"驯化"让意义得以产生。事实上,用于交流的日常话语以及用于表达的辩证话语都可算作对语言的"驯化"结果。不过,写作所产生的文学语言明显不同于这类被"驯化"的、以生产意义为目的的语言,因为文学语言总是趋向于返回自身并追寻自身的源头,而且整个追寻过程都将以语言源头的缺失区域为"外在"中心。最终,正是在该"外在"中心的牵引下,文学语言将趋向于把所有意义清除,并在摆脱人的掌控的同时,回归自身的"存在"。

2. 文学语言的超越

通过从文学语言出发去探讨语言的源头问题并揭示语言源头的缺失本质,布朗肖实现的是对以下事实的揭示:一方面,人所使用的语言是有界限的;另一方面,人与语言之间的关系并不仅限于以语言为媒介产生意义,而是还存在着另一种更为深刻的关系。在文学语言中,思想与语言之间产生的就是这一种更为深刻的关系。在这个关系中,思想不再等同于语言所表达的意义,而是会在让语言返回自身、不断追寻自身源头的同时,敞开一个让语言源头与意义消失的区域。对这样一个语言区域或者空间的敞开具有本质的哲学意义,因为在与语言的这一独特关系中,思想不再以某个"我思"(cogito)主体为固定中心并以语言为媒介不断生产意义,而是会在语言不断摆脱主体束缚、返回自身源头的同时,牵引主体返回自身的思想源头并陷入前面所说的"中性"状态。事实上,这也正是我们在前面所说的布朗肖赋予写作行动的本质任务。

不过,值得注意的是,认为应该利用语言的抽象功能以产生意义并实现对世界的概念化,却正是黑格尔语言思想的核心。因此,布朗肖从文学语言出发对语言源头之缺失的揭示以及对人与语言之间另一种关系的呈现首先意味着对黑格尔语言思想的超越。正如笔者在前面所说的，无论是在对写作行动的论述方面，还是在对死亡、语言等的阐释方面，黑格尔都始终是布朗肖直接或间接对话的对象。在对语言的思考方面，布朗肖主要在早期的《文学与死亡的权利》以及后来收录在《无尽的谈话》中的《本质的拒绝》（«Le grand refus»）一文中对黑格尔的语言思想进行了观照，并揭示了该语言思想的界限。

　　正如笔者在前面所说的，布朗肖对语言源头缺失的揭示让他发现，语言具体意义的源头并非某个至高无上的纯语言，而是人的主体本身。在此基础上，布朗肖在《文学与死亡的权利》一文中道出了长久以来人类文明发展的特征："人越是文明，就越是会冷酷无情地掌握着词。"（LPDF：312）这就是说，在布朗肖看来，人在主体性界限范围内依靠语言进行思考的过程，其实不过是不断掌握或驯化语言的过程。在这个过程中，通过语言这一媒介，人们从主体出发不断将世界概念化，并进一步对这些概念进行加工，获得各个层面的知识，永不停歇地打造着这个世界，让处于这个世界中的概念与客体、关系与形式获得协调，让这个世界按照逻辑准确无误地进行下去。此外，这也正是黑格尔语言思想的核心：在黑格尔看来，人们只有通过语言将世界削减为概念、关系和知识，投入到无尽的认知活动中，才能抵达某种真理或绝对，并建构一个完美的理想世界；同时，也正是在这个理想世界的保障下，人类幸福地投身到行动之中，投身到知识的确定性幸福之中。

　　不过，在《本质的拒绝》一文中，布朗肖继而提出："在这一由形式、概念和名称构成的真理中隐藏着谎言，在这个由知识搭建的光亮空间之外存在着影子，在这个充满确定性的理想世界之外还存在着另一个更加真实的世界。"（LEI：47）那么，存在于这个语言中的谎言是什么？在黑格尔所说的充满光亮的理想世界之外隐藏的那个更为真实的世界意味着什么？

　　为回答以上问题，让我们从布朗肖对语言概念化的源头即命名的阐释说起。在《文学与死亡的权利》① 一文中，布朗肖对这个部分进行了详尽的分析。命名意味着对物的删除，将物变成不在场的，并用词来代替这个不在场。命名的过程其实就是对物的概念化过程，最终物变成意义，汇入到理念世界之中。正是命名这一行动使得物变成稳定的概念，让人类得以掌握物，进而掌握这个世界。然而，值得注意的是，在这个命名过程中，有东西遗失了：遗失的正是被删除的物的现实性。正如布朗肖在文中所说的："语言的意义似乎要求出现某种大规模的屠杀，一个预先的大洪水，将所有'存在'扔进洪水之中。"（*LPDF*；313）于是，通过对语言命名功能的分析（这一功能被黑格尔视作语言的本质功能），布朗肖让我们看到了黑格尔语言思想的界限：人类以语言为工具打造着这个世界，但这个过程却意味着某种删除，即对真实世界的删除。可以说，黑格尔所说的人类不断思考与认识的过程，就是依靠语言在真实世界之外打造另一个理想世界，并让真实的世界在语言中被删除的过程。

在意识到黑格尔语言思想的界限后，布朗肖继而思考人与语言，以及更进一步地，人与世界之间存在某种全新关系的可能性。他所考察的诸如写作经验的极限经验让我们看到，充满光亮的理想世界并不总像它所表现得那样坚不可摧，人从主体出发、利用语言的抽象摧毁功能不断打造理想世界的过程并不总是那样不证自明，在某些极限的内在经验中，理想世界的光亮将会熄灭，人将进入布朗肖所说的作为"黑夜"的内在思想空间中。从这个内在的思想空间出发，人们从事的将不再是通过概念化不断打造理想世界的劳作，而是会从自身内在性出发重新审视这个世界，并在发现他们所习惯的理念世界并不是世界的全部或者并不是"真实世界"的同时，产生追寻某个"真实世界"的渴望。事实上，20世纪的法国文学领域似乎就获得了这样一个内在性的视角，并由此产生了抵达某个"真实世界"的共同倾向与愿望。正如布朗肖所说，从此，

---

① 相关观点，可参见 Maurice Blanchot, «La littérature et le droit de la mort», *La Part du Feu*, Paris：Gallimard，1949，pp. 313–316。

"文学想要切实存在的猫，物理层面上的卵石，不是人类，而是这个人"（*LPDF*：316）。同时，如果说理念世界的基础是语言的命名功能，那么追寻真实世界这个愿望似乎就需要通过对文学语言的改造来实现。于是，对文学语言的挖掘与探索成为那个年代人们共同思考的主题。

　　结合前面的分析，要想挖掘与改造语言以让被语言删除的真实世界呈现，文学语言首先需要做到的就是，打破语言原有的"物—词—意义"式的抽象过程，从而让语言不再沦为打造理想世界的工具。正如笔者在前面所分析的，在这个理性世界的源头站着的是作为"存在"之幻象的镜像式主体。因此，文学语言首先需要对以"我思"主体（cogito）为中心的哲学思想传统进行超越，以让语言摆脱这个主体的禁锢。为达到这个目的，在众多的文学理论中，大致曾出现过这样两个不同的方向：①注重词的形式方面，让主体沉默，词开始言说；②注重词所表达的思想方面，不过这个思想不再以镜像式主体为媒介，而是更加纯粹的"无意识之思"。前者的代表人物是马拉美，后者是超现实主义者。

　　不过，正如前文所说，[1] 在追寻真实世界、让语言或思想逃离主体禁锢的进程中，无论是马拉美和瓦雷里等人对"纯语言"的追寻，还是超现实主义者对"纯思想"的探索，都不可避免地遭遇了失败。二者都想用各自的方式逃离镜像式主体对语言或思想的主宰，从而让隐藏在语言或思想中的超验力量释放出来，让言说真实世界成为可能。前者更加注重语言的形式，后者更加注重语言所表达的本质思想。然而，"纯语言"似乎无法承载本质的思想，而"纯思想"的表达又始终离不开语言形式。于是，对真实世界的追寻在这里遇到了死胡同：一方面，想要抵达"纯思想"似乎就必须将词摧毁；另一方面，人的表达又必须依托于词。由此，我们看到了人所使用之语言的最终界限：语言的"纯形式"以及"纯思想"似乎无法同时出现在我们的思想中，从而被我们掌握。

---

　　① 详见第 1 部分第 2 章第 1 节 "'偶然'与'相遇'"部分。

于是，我们看到，当人们尝试超越语言的概念意义以追寻另一个更为本质的意义时，等待我们的却是与语言界限的真正相遇。不过，从在主体界限范围内以语言为工具打造理想世界，到与语言界限的真正相遇，对思想而言，这已经意味着某种"跳跃"（saut）。事实上，布朗肖始终思考的正是让思想发生这个"跳跃"，从而让思想与语言之界限相遇的可能性。只不过，在布朗肖看来，要想在真正意义上同语言的界限相遇，人们需要的既不是对语言"纯形式"歇斯底里的追寻，也不是对语言"纯思想"的"自动"生产，而是需要对某个源头缺失的"声音"进行无限回应，也就是说，需要加入前面所说的无限写作进程，从而在回应过程中让自身陷入那个语言源头缺失的区域。这就是说，对布朗肖而言，超越语言界限并不是一项有待完成的有限的任务，而是意味着一个无限的行动，加入该行动的人既将与语言的界限（语言源头的缺失区域）相遇，也将与自身思想的界限（中性）相遇。于是，我们将看到，通过关注语言的内部进程，即语言以那个源头缺失区域为隐秘中心不断返回自身、追寻自身源头的内部进程，并从该进程所幻化为的叙事声音出发对无限的写作进程进行构思，布朗肖得以走出马拉美和超现实主义者们曾陷入的困境，并在真正意义上实现了与语言之界限的相遇。

那么，具体地，人们与语言界限的真正相遇意味着什么？这一相遇如何通过布朗肖所说的写作行动得以实现？同语言界限的相遇与对"真实世界"的呈现之间有何关联？为进一步阐释以上问题，布朗肖还尤其借鉴了保兰的语言思想。

在保兰看来，语言在每个时刻都同时包含了形式和意义两个矛盾对立的方面。不过，这两个方面就像是硬币的两面，通常只能让我们一次性看到其中的一面：当我们停留在形式方面时，意义尚未形成；当意义形成后，形式已经消失。我们通常所使用的日常语言或辩证话语都是"无法让我们同时看到语言之两面性的语言"（*LPDF*：53）。不过，保兰同时也指出了语言内部的一个神秘区域，在这个区域中，形式已经删除，意义尚未形成，语言总是趋向于摆脱人的控制并自我完成。事实上，结合布朗肖的思想，这个区域指的就是马拉美所追寻的语言的"不在场"
或沉默区域，或者布朗肖在写作行动中所发现的语言源头的缺失区域。
这是从形式到意义的过渡区域，它就像是硬币翻转的瞬间，是让我们同
时看到硬币两面的唯一机会。

　　事实上，马拉美追寻"纯语言"就是为了抵达这个语言的不在场区
域。然而，当马拉美在前期仅强调语言形式时，他并未成功让"硬币翻
转起来"：他只是让语言摆脱了从人出发所产生的意义，从而回到形式层
面。为让"硬币"真正翻转起来，尚且需要一个更为本质的"纯思想"
的牵引，从而使语言进一步摆脱形式的束缚并尝试抵达另一个更加深刻
的"意义"。在此基础上，通过对极限写作经验的关注，布朗肖发现了可
让"硬币真正翻转起来"的原初动力，即前面所说的始终吸引写作者开
始写作的那个源头缺失的声音。那么，在写作进程中，该声音如何实现
让语言的"硬币"翻转起来？

　　值得注意的是，语言"硬币"发生"翻转"的时刻，其实也就是语
言内部产生某种"缝隙"的时刻。此时，语言的形式被删除，意义尚未
形成，语言陷入某种"绝对的沉默"。在这个绝对的沉默中，语言将等待
着某个意义的到来。不过，它等待的不再是从"我思"主体出发通过对
语言的驯化所产生的意义，而是某个始终超越我们的"纯思想"。正因如
此，这个语言不再能够被我们言说，更不能被我们"驯化"，而只会在敞
开"沉默空间"的同时，让人陷入某种极端的状态（前面所说的失去主
体性的"绝对被动"的中性状态），从此只能发出某种类似"喊叫"（cri）
的声响，正如布朗肖所阐释的阿尔托（Antoine Artaud）的极限写作经
验①所呈现的那样。不过，与此同时，处在这个极端状态下的人尽管不
再具有言说的可能性，却能听见某个独特的声音，这便是布朗肖所说的
那个"中性声音"。于是，我们看到，在语言摆脱人的控制并返回自身的

---

　　①　相关观点，可参见 Maurice Blanchot，«Artaud»，*Le Livre à venir*，Paris：
Gallimard，1959，p. 57。

进程中,"中性声音"似乎成为语言与人之间最后的可能的联系,只不过这个联系本身以"不可能"为内在本质,因为正如笔者在前面所说的,人无法言说这个语言,只能对其进行回应。事实上,要想让语言的"硬币"发生"翻转",重要的就是让人与语言之间从曾经的"驯化"关系转变为以中性声音为表现形式的"不可能"关系,从而让语言在陷入绝对沉默的同时,等待另一个更为本质的意义的到来。结合前面的分析,布朗肖所说的无限写作就是实现人与语言之间关系转变的重要进程:作为对中性声音的一种回应,写作不再是对"书籍"的有限创造,而是对"作品"的无限追寻,将在回应中性声音的同时,不断生产或者敞开作为这个声音之内在本质的"空无",从而让加入该进程的写作者陷入与语言的不可能的关系之中。

那么,具体地,承载写作行动的人如何在"中性声音"的牵引下,通过写作让语言"硬币"的翻转成为可能?事实上,正如前文所言,写作者开始写作是因为听到了那个来自远方的"窃窃私语",即我们在这里所说的中性声音,而听见这个声音,便意味着与语言的界限相遇,与语言处在上面所说的"不可能"关系之中。此时,写作者将陷入布朗肖所说的某种原初的"疯癫"状态:一方面,他迫切地想要使用语言来对这个"纯思想"进行表达,具体表现为对写作"完美作品"的渴求;另一方面,这个"纯思想"却意味着对人主体思想的逃离以及对任何语言形式的删除。由此将产生充满矛盾的"写作追求":一方面以作为"纯思想"的文学或作品为追寻对象,但另一方面又离不开对语言形式的依赖。这就导致,具体的写作只能开始于遗忘,即对作品之不可能性的遗忘,从而在"作品的不可能空间"面前转身,进入"作品的可能空间"。于是,最终,写作者的具体写作将通过敞开我们在前面所说的作品的双重空间,既让构成文学语言的字词得以产生,同时又让趋向于将所有这些字词删除的"神秘区域"蕴藏其中,由此便产生了我们在前面所说的独特的"复数话语"。我们将发现,正如在双重的作品空间中,存在着两股相反的力量(一个让作品生成,另一个让作品消解),在作为"复数话语"的文学语言中，也将产生两股相反的力量：一个让语言生成意义，让读者的理解成为可能；另一个让任何意义消失，并同时指向另一个更为纯粹的意义。事实上，最终，正是这两股力量的相互作用使得字词生成的同时，产生一个让所有字词消解的沉默空间。在某种意义上，该空间的敞开就像是在语言的形式和意义之间加上无限的间隔，从而使语言的"硬币"始终处在翻转的瞬间，此时，人也得以同语言的最后界限相遇。

至于语言与世界之间的关系，我们将看到，诚然，布朗肖所说的"复数话语"及与之相关的写作行动并不能实现对布朗肖所说的那个世界的真正言说与呈现。但是，这个独特的话语却可以让我们不再沉浸在以语言命名功能为基础的、意味着某个原初删除的光亮世界中，而是让我们仿佛听到某个来自"无限远处"的"中性的声音"，并在该声音的牵引下来到我们的内在性空间中，即来到布朗肖所说的作为"黑夜"的思想空间中，继而对隐藏于理念世界背后的那个"真实世界"产生某种无法消弭的欲望。从此，那个"真实世界"不再是被冷漠删除的对象，而将是被热烈欲求的对象，并且会在由这个欲望所激发的写作行动中作为"不在场"或者"将到之物"显现。至于该世界如何作为"不在场"显现，我们将在第 3 部分具体论述。无论如何，通过写作并与"复数话语"产生联系，写作者等待的不仅是某个更为本质之意义（"大写作品"）的到来，而且还有某个"真实世界"的到来。

总之，我们看到，通过对语言源头之缺失的揭示以及对语言不断返回自身源头之进程的关注，布朗肖对文学语言的超越力量进行了论证：一方面，该语言不再因处在人的宰制下、囿于其命名功能而成为产生意义的工具，而是趋向于摆脱人的束缚并不断返回自身源头；另一方面，不断返回自身源头的文学语言既不意味着某个"纯形式"，也不意味着某个"纯思想"，而是意味着在让语言获得某个形式的同时将该形式删除，以此宣告某个"纯思想"的到来。由此形成的"复数话语"将不再意味着对意义的简单生产，而是意味着通过在语言的形式与思想之间引入某个无限的间隔（让语言源头消失的沉默空间），对某个"纯思想"进行宣称。从此，面对这个"复数话语"，人不再能将语言驯化并以语言为工具生产意义，而是将在"中性声音"的牵引下，通过写作赋予这个"复数话语"以具体形式，并与这个"复数话语"一起，等待另一个更本质的意义、另一个更原初的"存在"以及另一个更加"真实"的世界的到来。最终，通过对"复数话语"以及蕴藏于该话语中的"沉默空间"的揭示，布朗肖让我们看到的不仅是语言源头的不可能本质，而且还让我们看到了人所使用之语言的终极界限：语言的不在场或沉默。相较人们从"我思"主体出发对语言的驯化，这个区域意味着人与语言之间的全新关系，而以这个区域为隐秘中心的写作行动则将成为超越主体界限继续思考的方式。在某种意义上，布朗肖在最大程度上扩展了我们所使用的语言的界限，他所考察的写作行动将语言带到了其充满神秘的最深处。

事实上，通过对文学语言源头的探讨，布朗肖揭示的不仅是人所使用的语言的界限，而且也是人本身的界限：前者体现为蕴藏在文学语言中的绝对"沉默"，后者体现为主体性消解后人所陷入的"中性"状态。在某种意义上，布朗肖的整个思想都集中在论证如何言说才能让语言的沉默或让人的"中性"显现。在布朗肖看来，这是人所使用之语言以及人本身的最终界限。我们看到，无论是对语言还是对人的思考，布朗肖都没有开始于某个预先的假设。他只是从对写作经验的分析中，看到了人所使用的语言及其"存在"的最后界限，并论证了写作让这个界限得以显现的可能性。这就是为何，在对比布朗肖与拉康思想的文章中，安德烈·拉科（André Lacaux）指出："在对语言的思考方面，布朗肖并没有多于让·保兰等语言学家的企图。"[①] 的确，布朗肖始终避免从能指/所指的结构出发对语言进行分析，他始终关注的是隐藏在语言中的这个"神秘区域"。这样的思考路径让布朗肖的思想与同时代的结构主义思想

---

① André Lacaux，«Blanchot et Lacan»，*Essaim*，2005/1（n°14）p. 49.

家的思想大相径庭，因为他思考的是语言中隐藏在所谓的结构后面的拥有"解构"力量的区域。

不过，这并不是说布朗肖完全不关注语言的结构本身，他在思考中也始终关注着其他语言学家的思想，尤其是维特根斯坦晚期的思想。尽管布朗肖并未提出自己明确的观点，但在《维特根斯坦问题》（«Le Problème de Wittgenstein»）一文中，通过阐释话语的"他者"问题，[①] 布朗肖似乎倾向于认同由雷蒙·胡塞尔（Raymond Roussel）改写的维特根斯坦所论述的语言结构。在他们看来，"每个语言都有一个结构，有关这个结构，在这个语言内部，我们什么都不能说。但应该有另一个语言处理着第一个语言的结构，而且它自己同时又有一个新的结构，要言说这个新的结构，又需要第三个语言，以此类推"[②]。这一有关语言结构的假设不仅将语言而且也将人放在多维度的视角下进行审视，不仅体现出了人所掌握的语言的界限，而且也揭示了人本身的界限。从此，不再有任何至高无上的有关语言或"存在"的真理，对人而言，有的只是能够抵达的语言的最后界限——语言的不在场区域，以及存在最后的"剩余"——"中性"。在布朗肖看来，这也是人文科学及人思想本身最后的界限。

---

① 在《维特根斯坦问题》（Maurice Blanchot, *L'Entretien infini*, Paris：Gallimard, 1969, pp. 487–489）中，布朗肖对福楼拜、胡塞尔等人的语言思想进行了分析，着重考察了他们共同关注的语言中的"空无"或"缺失"部分。福楼拜发现"总是有太多物，但没有足够的形式"，从而提出语言的缺失，以及存在于语言中的大写的他者（Autre）的概念。不过，通过结合马拉美的语言思想，布朗肖对这个大写的"他者"展开了进一步的分析。在布朗肖看来："自马拉美以来，人们似乎可以预感到，语言的'他者'总是被这个语言本身视作它尝试找到的让自身消失的出口，或者让这个语言可以自身映照的'外面'。这不仅意味着这个'他者'已经是这个语言的一部分，而且还意味着，一旦这个语言回到自身并回应这个'他者'，它转向的其实是另一个语言。有关这个语言，我们无法否认它是相较之前语言的另一个语言，而且它也会有它自身的'他者'。"这样一个结构就与我们将解释的维特根斯坦对语言的多维度构思非常接近了。

② Cité dans Maurice Blanchot, *L'Entretien infini*, Paris：Gallimard, 1969, p. 495.

第 2 节　中性的语言

将文学语言视作承载着双重作品空间的"复数话语"，而不仅仅将之视作表达作者意图或产生审美效应的语言，这应该是布朗肖文学语言思想的独特之处。承载作品空间的"复数话语"的最大特征在于，它以让语言源头消失的"神秘区域"或"中性"为中心，因此，我们也可称之为"中性的语言"。不过，这是一个空无的中心，从这个中心出发所产生的叙事声音只会"倾斜地、间接地吸引着语言"（*LEI*：565），将语言引入无限的中性循环中。从此，语言在被书写的同时，将像是被一个巨大的旋涡吞噬，始终处在即将消失的边缘。此处涉及布朗肖所说的写作行动为语言带去的最为本质的改变。

1. 词与虚构

首先，文学语言必定不同于我们在现实生活中所使用的作为工具的语言，其首要的不同之处在于：文学语言更多是想象的虚构语言，是对现实世界从整体上的否定。那么，语言进入文学的想象空间时会发生何种改变？让我们跟随布朗肖在《虚构的语言》①一文中的论述，试想以下两个不同的场景：在第一个场景中，你作为生活在现实世界中的人，有一天回到工作的办公室，看到办公桌上留着一个便条，上面写着"老板打电话给你了"；在第二个场景中，你作为一个读者，在一部小说的开头读到："一天，我回到办公室，发现桌上留了一张便条，上面写着：'老板打电话给你了。'"试想，在这样两种场景下，相同的一句话"老板

---

①　相关观点，可参见 Maurice Blanchot, «Le Langage de la Fiction», dans: *La Part du Feu*, Paris: Gallimard, 1949, pp. 79 – 89。

打电话给你了"会产生怎样不同的效果？

事实上，在第一个场景中，当读到这样一张便条时，便条上的字会立马转换为信息传递给我，让我立即能够完全理解当下的情景，并立马采取行动：去办公室见老板。作为一名职员，我当然知道我的老板是谁，也知道自己与他的上下级关系，能猜到他给我打电话的意图，甚至知道可能是谁留下的便条，留下便条的意图为何，等等。这张字条在我身上激发的知识是无限的，所有相关的联系也都随之展开。此外，通常情况下，我并不会注意到这些知识和关系，因为所有这些都潜在地存在于每一个生活在现实世界中的个体身上。

那么，在第二个场景中，当读者在小说的开头读到这句话时，他会有怎样的感受？可以说，读者一开始必定处于完全"无知"的状态。他既不知道这个人是谁，也不知道这个人的老板是谁，不知道这里的上下级关系为何，更不知道这张纸条意味着什么……现实生活中的人对现实似乎有着无限的知识，读者在这里却处于绝对无知的状态。在阅读过程中，读者会等待叙事的继续，以便在后面进一步确认这个主人公是谁，他的老板又是谁，这个便条意味着什么，等等。读者就像站在这个世界外面的旁观者，只能被动地等待这个世界在他面前展开。此外，布朗肖进一步指出，这个在读者面前展开的世界，永远只会是一个贫瘠的世界：无论小说中的描述多么的详尽，无论细节多么的深入，省去的细节，简化的情节，跳跃的时间，都会导致这始终是一个有缺失的世界。不过，在布朗肖看来，"无知"和"缺失"都是虚构小说的本质。对这样一个世界的无知，以及这个世界本身的贫瘠，只不过暗示着同一个问题：这是一个虚构的世界。也就是说，虚构小说的本质在于"不真实"，而且这种不真实感贯穿于整个阅读过程。

让我们进一步思考在以上两种情况下产生不同效果的原因。事实上，在这两种情况下，并不是读者的理解能力发生了变化，而是读者的态度发生了改变。在现实生活中，面对语言，我们会立即让这个语言与我们的现实性相遇，语言更多起到的是符号的作用。于是，语言沦为符号，在完成信息传递后会立即消失。比如前面例子中的这句"老板打电话给你了"，这样一句话只会引致"去找老板或者回电话给老板"的事件和行动。然而，在第二种情况下，当某人作为读者面对这样的语言时，他将被虚构空间或我们在前面讲到的作品空间吸引，从自己的现实性中脱离出来，沉浸到这样一个非真实的空间中。面对这样一个空间，他什么都不知道，他需要沉浸到这个空间中，等待这个空间的展开，从而逐渐对其进行理解。这就会导致，叙事中的语言尽管依旧具有符号特征，但读者并不会立即使这个语言与其现实性相遇，将这个语言转换成价值和意义。由此导致的结果是什么呢？结果就是，词被保留了下来，变成一个拥有现实性的"词实体"（entité verbale）（*LPDF*：81），留在叙事空间中。比如在开篇的例子中，当我们在小说的开头读到"老板打电话给你了"这句话，"老板"一词不会被立即删除，因为我们并不知道这个老板是谁，这个作为实存的词留在那里，等待叙事空间进一步展开，在其他词那里找到印证和对应。

于是，我们看到，作品空间的首要特征是它的虚构性，而在虚构空间中，语言作为能指符号不再像在现实生活中那样，在日常交流的意义中被删除，而是作为"词实体"被保留下来。这便是语言承载作品空间后的第一重改变。

2. 意象

我们看到，在作品空间中，词作为"词实体"被保留下来，不再转化为意义进入理想世界的意义空间。不过，在作品空间中，词的抽象摧毁功能并未消失，物依旧被词删除，变得不在场，只不过这一不在场本身将作为"意象"（image）被保留下来。正如布朗肖所说，"当什么都没有的时候，意象获得其条件"（*LEL*：345），"意象在每个物的后面，是这个物消散的在场"（*LEL*：346）。因此，在作品的虚构空间中，同"词实体"一起被保留下来的，还有作为物之不在场的"意象"。那么，这个"意象"具有什么特征？

事实上，对意象的考察离不开对另外两个相关术语即想象物（imagi-naire）和想象（imagination）的思考，这三个同词根的主题同时也正是萨特重点关注的对象。萨特曾先后发表两部相关专著，分别命名为《想象》（*L'Imagination*）（1936 年）和《想象物》（*L'Imaginaire*）（1940 年）。在这两部作品中，他不仅分析了笛卡尔以来的西方传统思想对意象的论述以及胡塞尔在此基础上的超越，而且还试图在胡塞尔现象学的基础上重新定义"想象"一词，从而进一步阐释"意象"得以显现的不同模式。

萨特首先分析的是自笛卡尔以来的西方传统哲学对想象的理解，这个解释建立在这样的假设基础之上："意象产生于客体之后。"（*LEL*：354）即先有对客体的确立，再有人们根据这个客体建构的意象。根据这个观念，既然意象总是某客体的意象，那么通过重新抓住这个意象，我们将得以对这个客体进行表征或者再现。这就是为何，在 19 世纪的法国，人们将表征世界视作文学的本质任务。在这样一种观念中，意象尽管不直接是客体的意义，却为客体产生意义创造了条件。我们不再处在此世界中被动接收意义，而是通过意象的间隔主动思考意义。在整个过程中，意象不过是过渡物，让主体得以暂时远离他所熟悉的生活世界，并从外面审视这个世界。如果我们按照萨特的说法，将"想象物"定义为"想象"所转向的"对象"，那么在这种传统观念中，想象物几乎等同于客体，被视作与客体相对应的"相似物"（analogon），只会作为一种间隔来改变人们对客体的认知方式。

不过，到了 20 世纪，这种表征文学观在法国受到了普遍的质疑，作为表征途径的想象/虚构也再次引起人们的深思，尤其是萨特。通过借鉴胡塞尔对想象的现象学考察并在胡塞尔思想的基础上对其进行超越，萨特进一步提出了对想象和想象物的不同阐释。萨特并不满足于胡塞尔以探讨"知觉"的方式来探讨"想象"。在他看来，二者应该被区分开来："知觉"行动以客体的存在为前提条件，而"想象"的对象则可以是某个不具现实性的存在，比如胡塞尔和萨特都经常提到的"半人马"（centaure）意象。于是，"想象物"的概念在萨特这里将发生本质的改变，它不再直接对应任何客观存在之物，而是将首先意味着一个虚无化（néantisation）的进程，即从整体上对现实世界的否定。正如萨特在《想象物》一书中所说："让想象行动成为可能的，正是意识特有的虚无化功能。"① 这就是说，"想象"首先意味着在现实世界之外敞开一个虚构空间，然后才会有具体意象的诞生。在这个过程中，"想象"转向的不再是与某个客体相对应的"相似物"，而是这个虚构空间本身。这就是为何，"想象物"（虚构空间）被萨特视作某种"非—存在"或虚无，而想象转向"想象物"的过程则被他视作通过意识将"非—存在"（non-être）或虚无引入"存在"的过程。于是，我们看到，萨特已经不再仅关注意象的表征功能，而是将注意力转移到让意象得以产生的想象进程本身，并将这个过程上升到哲学的层面。

然而，布朗肖所考察的写作行动是一种独特的想象进程，通过对这一行动的考察，布朗肖得以在萨特思想的基础上进一步思考。在《虚构的语言》一文中，当谈及叙事语言的象征功能以及象征与想象之间的关系时，布朗肖对萨特有关"想象"方面的论述进行了回应。一方面，布朗肖同意萨特的观点，认为想象并非针对个别具体的客体，而是与整体的现实性相关，而且想象也不是为了将整体的现实性抓住，而是与之保持间隔，正是在这个间隔中，萨特所说的"意象""想象物"和"想象"才得以实现。（LPDF：84）另一方面，布朗肖在此基础上继续思考，并指出：

> 想象并不满足于通过个别客体的不在场来产生有关这个客体的意象，而是尝试追寻普遍意义上的这一不在场本身：不是不在场的某物，而是作为让所有想象形式得以发生之领域的"空无"，即"非存在的存在"（existence de L'inexistence），或作为整体真实世界之否定和颠覆的虚构世界。（LPDF：84）

---

① Jean-Paul Sartre, *L'Imaginaire*, Paris: Gallimard, 1940, p. 358.

这就是说，在布朗肖看来，通过与现实世界产生间隔，想象不仅意味着在现实世界之外敞开一个让具体意象得以形成的虚构空间，而且还意味着这个空间具有从整体上自我实现的张力。

在此基础上，布朗肖提出了另一种有关意象的概念，即由整体之不在场所形成的意象，我们也可将之视作意象的"存在"或超验。同具体意象不同，这个意象的产生不依赖于任何具体的客体，它不是某个客体之不在场所形成的意象，而就是意象本身，或者用萨特的话说，是"非存在"或"虚无"本身。在虚构空间中，超验意象总是隐藏在具体意象后面，并牵引这些意象向它敞开，变成"绝对的不在场"。在此基础上，布朗肖将虚构空间中所产生的"意象"与现实世界中的"思想"进行了对比：在现实世界中，任何"思想"都是在"存在"界限内进行的，因而都让我们与"存在"的总体性相关；同样地，"意象"也仿佛沉浸在虚构世界的总体性中，因而总是与某个"绝对的不在场"（*LPDF*：84）相关。同时，正如思想无法通过自身抵达"存在"，意象也始终无法通过想象抵达这个"绝对的不在场"。不过，这样的张力却始终存在。正是在这个无尽的张力中，也只有在这个张力中，作为"绝对不在场"的超验意象才得以显现。

在布朗肖的思想中，这个超验意象的显现具有重要的哲学意义。如果说萨特只是将"想象物"构思成作为现实世界之否定的"非—存在"或"虚无"，那么布朗肖则通过对超验意象的无限追寻，揭示出了一个更为极致与纯粹的"虚无"。布朗肖称这个纯粹的"虚无"为"中性"，与这个"虚无"相关的意象则可被我们称作"中性意象"。我们看到，萨特对"想象物"的构思依旧与现实世界相关，也就是与作为存在者之整体的"存在"相关，是对这个世界及现实存在的否定。然而，布朗肖所揭示的"中性"却不再与这个世界及现实存在有任何关联，而是将牵引着人们远离这个世界与现实存在，并同时指向另一个更为原初的"存在"。从某种角度出发，布朗肖所说的"中性"可被视作这个原初存在的意象本身，不过与此同时，这个原初存在也只能以这个意象的形式显现。可以说，布朗肖的整个思想都集中在论证"中性"或这个超验意象得以显现的可能性上。

为进一步探讨这个"中性意象"与"存在"和主体之间的关系，布朗肖分别用遗骸（dépouille）和那耳喀索斯（Narcisse）在水中的影子进行了阐释。

对于"遗骸"的独特性，布朗肖是这样描述的："遗骸既不是某个活着的人，也不是任何具有现实性的东西，甚至也不是曾经活着的那个人，更不是另一个人或另一种东西。"（LEL：348）既不是活着的人，也不是曾经活着的人，"在此处"，却无法被视作具有现实性的物。因此，可以说，尽管"遗骸"在此处，但它却并不完全在此处："不在此处，但也不在他处，不在任何地方，但同时这个无处就是此处。"（LEL：348）这就是说，"遗骸的在场在'此处'与'无处'之间建立起了联系"（LEL：348）。于是，我们看到，在遗骸在场的地方仿佛形成了一个无底的深渊，而使这个深渊形成的就是死亡本身。正是死亡将曾经活着的人变成已故之人（défunt），"已故之人不再属于这个世界，唯独留下这具尸体在人间，但这具尸体也不完全属于人间"（LEL：349）。它就像是在此处凿开了一个裂口，指示着世界以及活着的人遗留在其后面的空间。布朗肖说："遗骸开始与它自己相像。"（LEL：350）不过，与遗骸相像的不再是那个活着的有自我意识的"存在"，而是当这个"存在"消失后剩余的部分。因此，"遗骸就是它自身的意象"（LEL：351），这个意象就像是"影子"一样，躲藏在生者的存在形式后面。当死亡来临，"这个影子不是立即与这个形式分开，而是将'存在'形式整个地变成影子"（LEL：351）。因此，我们看到，遗骸最大的独特性在于，它并不是"生者"本身的意象，不是对生者的"反射"（reflet），而是某个被"生者"遮蔽的部分的影子，指示着"生者"背后的区域，指向另一个更加源头的"存在"。当然，这个"影子"同样也指示着"已故之人"后面的区域，指向另一个更加深刻的死亡。

事实上，遗骸的意象与那耳喀索斯在水中看到的自己的意象非常类

似。那耳喀索斯在水中看到了自己的影子，却没能认出自己。布朗肖指
出："那耳喀索斯之所以没有认出自己，是因为他看到的只是一个意象，
而且这个意象的相似性不指向任何人，其特征是不与任何东西相似。"
（*LEDD*：192）于是，那耳喀索斯深深地爱上了这个仿佛来自空无的意
象。按照布朗肖的分析，那耳喀索斯之所以会被这个意象吸引，"并不是
因为他相对于自己太过在场，而是因为他从此缺乏对自我的反射式在场，
正是后者让他得以与现实世界产生联系"（*LEDD*：193）。这就是说，那
耳喀索斯在水中看到的自己不是生活在现实世界中的"自我"，而是始终
隐藏在这个"自我"后面的影子。那耳喀索斯并不知道这个意象其实就是他
自己的一部分，而是"在这个意象中看到了某种神性的部分"（*LEL*：196）。
于是，他为这个意象深深着迷，从此爱上了自己。

我们看到，无论是遗骸的意象，还是那耳喀索斯在水中看到的意象，
它们都是在主体自我意识消失后才得以显现出来，像影子一样，隐藏在
人的"存在"深处。与这个意象相关的是我们在前面多次提及的"空无
深渊"，是"死亡空间"和"外在"空间，或者就是布朗肖所说的"中
性"本身。当写作者在文学的吸引下开始写作并进入虚构的作品空间时，
始终牵引着写作者的其实就是这个中性的意象，而写作者通过写作不断
将自身祭献的过程，其实就是让自身主体性消解并让隐藏在主体身后的
"中性"显现的过程。从此，在布朗肖所说的写作行动中，也就是在对文
学的不断追寻中，"想象""想象物"与"意象"三者间的关系将发生本
质改变：想象（写作）因所转向之想象物（文学）永远无法抵达而变成
无限的进程；正是在这个无限的进程中，也只有在这个无限的运作中，
中性意象（文学）才能（得以）显现；于是，整个写作过程就是中性意
象在不断吸引具体意象靠近的同时不断逃离，从而在由此形成的张力中
得以显现的过程。这正好与我们在前面所提出的作品在不断吸引写作者
前行的同时将写作者打发，从而让自身显现的进程相似。

总之，通过对写作经验的考察，布朗肖在叙事的虚构中揭示了意象
除表征以外的另一种显现模式。如果说让表征成为可能的意象只与个别

客体之不在场相关，被视作一种间隔，意识的介入才能让人们从整体视角出发审视世界，那么写作过程中所显现的"中性意象"则与整体的不在场相关，即与虚构空间本身相关，超越了意识的范畴，因而无法被意识抓住，并将吸引意识不断突破自身界限。事实上，正是通过对"中性意象"的揭示，以及对让这个意象显现的"想象"进程的考察，布朗肖得以让思想摆脱主体的界限，并让"存在"最后的界限即"中性"得以显现。此外，尽管布朗肖和萨特都不再关注具体的意象，而是转而考察让意象得以产生的想象进程，但二者的思想路径不尽相同。萨特的考察依旧处在主体与"存在"的界限内，即便由此构思的想象物摆脱了客观现实性的束缚，似乎让想象获得了自由，但它依旧处在主体性界限范围内，是从主体出发的想象物；布朗肖则通过对写作经验的考察，看到了超越"存在"或主体性之意象的可能性，这个意象将牵引人们摆脱自身的主体性，并陷入"空无深渊"。如果说二者都通过对想象物的构思探讨着某种虚无，那么可以说，萨特考察的"虚无"依旧处在他所关注的"存在"的维度下，以"存在"为前提条件；而布朗肖考察的"虚无"则会让任何"存在"消解，并让作为存在之"剩余"的"中性"显现出来。

可以说，对"中性意象"的揭示构成了布朗肖思想的核心，而写作则是布朗肖找到的让这个意象显现的途径。从某种角度出发，"中性意象"对应的正是将一切清除的"文学空间"，它将与作品空间一起被蕴藏于作为"复数话语"的文学语言中。这样一来，隐藏在文学语言"词实体"背后的就将是一个双重的意象：除单个语言符号所对应的"具体意象"，还有隐藏在这个意象背后且总是牵引这个意象朝着"绝对不在场"敞开的超验意象，后者可在这个双重意象内部的无限张力中显现。我们将看到，正是这两种意象的共存为文学语言带来了最本质的改变，而与这个改变直接相关的则是文学语言的象征功能。

3. 象征

在"中性意象"的基础上，布朗肖还着重对文学语言的象征功能进行了讨论。如果说在传统的西方哲学观念中，人们认为可以通过意象重新抓住世界，从而对世界进行表征，那么象征就是意象中永远无法表征的部分，是所有表征意义消失后，意象的"剩余"。黑格尔和洪堡都曾对象征有所关注，在他们看来，象征是"让无法表征之物变得可言说——呈现的方式"（*LEDD*：167），它"可以促进和迫使精神停留在无法表征之物的表征旁，即纯粹的超验的表征旁"（*LEDD*：167）。这就是说，象征只与无法表征之物相关，是对表征意义之外的另一种意义的追寻。在这个意义上，布朗肖大致也是这样使用"象征"一词的。在布朗肖那里，象征指的就是我们在前面所说的"中性意象"对任何具体意象不断逃离的进程，可以说，正是这样一个进程造就了象征所有的独特性。

首先，布朗肖强调的是，象征只与读者相关，改变的只是读者的态度。（*LLAV*：132）象征只与读者相关，这就意味着，它只是文学语言在被读者理解时所产生的一种效应，而不构成写作者的意图，并不是写作者通过写作来表达不可表达之物的方式。这就是说，布朗肖并不认为有任何固定的无法表征之物，需要我们通过一定的技巧（象征的手法）与之建立联系，从而得以用某种符号对这个无法表征之物进行表达。显然，这里所说的"象征"与法国 19 世纪以波德莱尔的理论为代表的象征主义创作理论中对"象征"一词的使用并不相同。

其次，象征并不指向任何固定的意义，而是意味着任何确切意义的消失，正是这一点造就了文学语言最为本质的改变。正如笔者在前面所说的，象征与"中性意象"不断逃离的进程相关，正是这个趋向于"绝对不在场"的无尽张力"使（象征）永远无法获得确切的意义，甚至无法拥有任何意义"（*LPDF*：84）。这就是为何，布朗肖指出：

> 象征什么都不意指，它甚至也不是某个真理在意象上的意义（若不以意象方式显现，这个真理就无法抵达）；它总是超越任何真理和任何意义，它向我们呈现的正是这个超越本身。在一个独特的虚构中，象征抓住这个超越，让这个超越变得可感知，该虚构的主

题正是虚构作品作为虚构自我实现之不可能的努力。（*LPDF*：85）

不过，正因为象征不断逃离与超越的特性，黑格尔对象征艺术始终持怀疑态度。他批判这个艺术的"不确切性"，因为在他看来，在象征不断逃离的过程中，"意象的外在性与其精神内容无法完全吻合"（*LPDF*：86）。这就是说，在象征的作用下，意象与表征意义并不完全对应，而是在表征意义之外始终拥有某种"剩余"。正是这一始终无法被抓住的"剩余"让黑格尔对象征艺术产生疑虑。不过，在布朗肖看来，这却正是象征的本质：象征的功能就在于"不断将我们引至这个'剩余'，这是它让我们经历普遍的、整体上的'空无'的方式"（*LPDF*：86）。这里所说的"普遍的、整体上的'空无'"指的就是"绝对的不在场"，即不在场的完成，或我们在前面所说的写作者所遭遇的"空无深渊"，抑或是隐藏在语言中的"神秘区域"。在这个区域，任何的语言形式和意义都将消失，整体趋向于另一个更为本质的意义。事实上，正是在由这个"绝对的不在场"所产生的"中性意象"的不断逃离的进程中，象征力量得以产生。因此，可以说，这个由"绝对的不在场"所形成的"神秘区域"正是象征力量得以产生的源头，同时，这个区域亦将在象征力量的不断作用下得以显现。

值得注意的是，这个区域的显现同时意味着隐藏在具体意象后面的"中性意象"的显现，以及隐藏在主体身后的"中性"的显现，这正是布朗肖向写作提出的任务。因此，为让文学语言完成这项任务，除了让字词作为"词实体"保留下来，同时让物的不在场作为意象保留下来之外，作用于意象背后的象征力量似乎变成了关键。

那么，具体而言，在文学语言中，象征力量是如何发挥作用的呢？在这里，我们需要回到前面讲到的双重的意象以及与双重意象相关的两种不同的虚构。在虚构空间中，与"词实体"一起被保留下来的是双重的意象，这个意象既包含了由个别物之不在场所形成的意象，也包含了这个意象的超验，即不断趋向于"绝对不在场"的"中性意象"。从这个双重的意象出发，将产生两种不同的虚构类型：一种虚构指向现实世界，倾向于从意象出发对世界进行表征；另一种虚构则指向中性的"空无深渊"，倾向于对作为"中性意象"的文学进行无限追寻。这是两个不同维度的虚构，往往共存于叙事进程中，会对文学意象产生两股完全相反的牵引力：一个牵引文学意象形成对世界的表征意义，另一个则倾向于让文学意象摆脱任何确切的表征意义，将这个意象牵引至中性的"空无深渊"。其中，第二种牵引力指的正是象征的力量。我们看到，尽管象征力量意味着对任何确切意义的删除，但它同时也需要以这个意义为前提，是在这个意义基础上的不断逃离。由此形成的是位于文学意象背后的两股相互拉扯的力量。正是从这两股相辅相成但又完全相反的力量出发，布朗肖讨论着存在于文学语言中的"模糊性"（ambiguïté）。有关这个源自两种不同虚构的"模糊性"，布朗肖是这样描述的：

> 在这里，以意象之名言说的东西，"一会儿"将我们引向令人着迷的不确定空间，"一会儿"又赋予我们在物的不在场处通过虚构掌握物的权力，从而让我们停留在富有意义的维度；"一会儿"又让我们滑向物可能在场的区域，不过是作为意象在场，在那里，意象是被动性的时刻，没有任何意指或情感上的价值，是对冷漠的激情。（*LEL*：357）

事实上，两种不同虚构层面的模糊性更多是两个不同维度的模糊性，这不同于世界层面的模糊性。在布朗肖看来，世界层面的模糊性"为理解提供了可能性，让意义转向另一个意义"（*LEL*：357）。在这里，我们完全可以将布朗肖所说的"模糊性"理解为语言学中的"差异"。这与拉康所说的能指链的滑动产生意义的机制非常类似：能指本身并不产生意义，它拥有的只有差异（模糊性），但正是这一差异（模糊性）激起了理解的欲望，促进了能指链的滑动，从而让意义得以诞生。尽管这样的模糊性易让人产生误解，但布朗肖指出，"误解让理解成为可能，它指出理解的真理在于我们永远无法一次性理解清楚"（*LEL*：357）。不过，在此处所说的两个不同虚构层面的模糊性中，意义不再转向另一个意义，而是在中性意象的牵引下，转向"绝对不在场"本身，也就是转向将任何意义删除的"纯粹能指"本身。于是，在这个模糊性中，"什么都不再有意义，但同时一切似乎又拥有无限的意义"（LEL：339）。然而，这个"似乎拥有的无限意义"是即刻的，不需要被展开说明（développé），或者无法像第一个层面的模糊性那样，通过对意义的展开来获得某种真理。从这个角度出发，这个拥有"无限意义"的能指本质上是空无的，不过是意义的缺失，而象征则始终趋向于将文学语言引至这个让意义缺失的区域。

此外，尤其值得注意的是，表征意义的生成与象征对表征意义的超越是同步且无限的进程，并不分任何先后顺序，也不是一次性完成的。这就是说，当人们通过阅读与文学语言产生联系时，意象背后的表征意义在生成的同时被抹去。于是，整个过程仿佛被置于"黑夜"的大背景下：意义产生所形成的光亮不再能呈现任何真理，而只会消失在"黑夜"中。"黑夜"于是在这个"冷漠的差异性游戏"中得以显现。与此同时，既然象征意味着无限的摧毁力量，那么它在将所有意义摧毁的同时，还将倾向于将任何语言形式删除，从而实现语言从形式到另一维度意义的过渡。这就是说，在象征力量不断超越的过程中，不仅作为象征力量源泉的"绝对不在场"将作为"黑夜"显现，而且超越我们的另一维度的意义也会以"将到"的形式被宣告。之所以是以"将到"的形式被宣告，是因为，在象征力量的作用下，语言的形式与意义（另一维度的意义）之间间隔着无限：在这个无限的空间中，象征不断将确切的意义删除，并指向另一个更为本质的意义。回到前面讲到的保兰有关语言—硬币的比喻，在象征力量的作用下，语言的硬币仿佛处在无限翻转中，正如笔者在前面所说的，这是让语言"自我实现"的唯一方式。

总之，通过对文学语言的字词、意象及象征进行分析，我们看到了这种语言的极其神秘之处：一方面，它在叙事层面让阅读成为可能，让意义得以产生，让自己呈现出可读的状态；但另一方面，它又在"中性意象"的牵引下逃离任何固定的意义，仿佛指向另一个更加本质的意义，从而产生象征的效应。正是在这两股力量的相互作用下，我们在前面所说的人所使用之语言的最后界限得以显现。这个界限不是任何意义的源头，而意味着任何意义的缺失。我们也可称之为尚且没有意义的意义，或者按照能指/所指的结构，是"没有所指的能指"，或者更确切地说，是将所有"所指"擦除的能指。这也就是马拉美和布朗肖所说的当语言的所有意义被悬置后所显现出来的语言的剩余物"c'est"（LEL：44）。在布朗肖看来，这个词是语言中所有神秘之所在。布朗肖指出："这个词支撑了所有的词，而且在支撑这些词的同时让自身被掩盖。被掩盖的 c'est 是这些词的在场，是它们的'保留'（réserve）。当这些词停止时，它便会显现出来。"（LEL：44）象征就是让这些词停止，从而让 c'est 显现出来的动力。

事实上，这个语言的剩余物正是我们在前面所说的语言的界限，是"在我们语言内部无法被言说的语言结构"（LEI：495）。于是，我们看到，诚然，我们始终无法在语言内部超越这个界限，但在文学语言中，两种不同虚构的模糊性却通过相互拉扯的两股力量让这个界限本身得以显现。可以说，布朗肖视域下的中性语言克服了马拉美早期文学观和超现实主义在语言上所遭遇的困境，即词与思想永远无法同时出现。诚然，在布朗肖这里，文学也并没有让词和思想同时出现，不仅如此，它还在二者之间加上了间隔，并赋予这个间隔以无限性：在中性意象的牵引下，象征无限地进行着超越。然而，正是这一无限的间隔给予词与意义同时出现的最后机会：词依旧作为"词实体"存在于作品空间中，意义在"象征"无限的超越过程中得以被宣告，语言始终无法逾越的结构"c'est"则作为意义的缺失本身显现出来。

本章的标题是"文学语言的奥秘"，这既是马拉美原有的说法，也是布朗肖研究保兰语言思想时所使用的题目。这里的"奥秘"指的就是马拉美所说的隐藏在语言中的"不在场",以及保兰所说的让语言"回归自身、自我完成"的区域。这是人所使用之语言的最后界限。通过对这个界限的考察,布朗肖不仅看到了在对日常语言的使用中思想的主体性界限,而且还通过对写作经验及文学语言的考察,看到了思想超越主体性界限的可能性,以及人始终无法超越的最后界限——"中性"。

写作或叙事所产生的文学语言正是以这个"神秘区域"为中心,承载着双重的作品空间。这将为文学语言将带来一系列本质的改变。一方面,词不再因意义的产生而被删除,而是作为"词实体"保留下来;另一方面,与词一起保留下来的还有意象。不过,双重的作品空间使得充斥在其中的意象也变成了双重的意象,并由此产生了两股相反的对意象的牵扯力量:一个是让意象具化的表征力量,另一个是让意象分散的象征力量。这两股力量一方面让叙事可被理解,另一方面又牵引这个叙事向着无限远处敞开,最终让文学语言充满象征的力量。

事实上,语言的"神秘区域"对应的正是让文学消失的"文学空间"、让作品不再可能的"无作空间"以及让主体消解的"中性空间",它们分别意味着语言意义的源头、作品的源头及"存在"的源头的缺失。整个写作过程就是在作品中追寻作品的源头、在语言中追寻语言意义的源头以及在思想中追寻思想的源头的过程。在文学语言中,当象征的摧毁性力量与表征力量相互作用而让语言的"神秘区域"显现,并宣告另一维度意义的到来时,同时显现的还有"文学空间"及人的"中性"本身,同时被宣告的则是作品的诞生及另一个更为原初之"存在"的显现。

第6章　读者的介入

第1节　读者的异化

　　"读者"也是布朗肖文学思想的重要主题。布朗肖始终思考的是，面对作为"复数话语"的文学语言，怎样的阅读才能激发隐藏在这个语言中的象征力量，从而让蕴藏其中的"文学空间"得以敞开。在他的文学思想中，读者甚至被置于与写作者同等甚至更为重要的地位。如果说写作者是通过写作自我祭献从而敞开作品双重空间的人，那么读者则与文学语言相关，是通过阅读承载文学语言，从而让这个语言完成其超越行动的人。可以说，只有当读者通过阅读闯入作品空间时，文学语言那至关重要的象征力量才会被激活。因此，与马拉美不同，布朗肖并不将作品视作"脱离作者和读者，自立于世"[①] 的独立客体，而是将读者视作打开隐藏在文学语言背后之"文学空间"的钥匙。可以说，布朗肖所谈论的读者并不是通常意义上我们所理解的读者，而是处在某种原初状态下的理想读者。在具体探讨布朗肖的读者思想之前，我们将先从作品、作者与读者三者之间的关系出发，确定布朗肖对读者之思考的起点，并

---

　　① ［法］安托万·孔帕尼翁：《理论的幽灵——文学与常识》，吴泓缈、汪捷宇译，南京大学出版社 2000 年版，第 132 页。

从该起点出发，阐明布朗肖所说的读者与通常意义上的读者之间的关系。

1. 作品、写作者与读者

在某种意义上，可以说，长久以来，文学理论的争论始终都围绕作品的"真理"展开。人们思考的核心问题是：谁掌握着作品的真理？有的人认为作者掌握着作品的真理，因而想要从作者出发追寻文本的原义（实证主义）；有的认为作品是一个"自足的有机单位"①，"自来自立"②，因此其真理既不在作者，也不在读者（马拉美和美国"新批评"流派）；有的则认为读者才是作品意义的源头，因此尝试从接受美学和读者反应论的角度出发，探寻文本所产生的意义［康斯坦学派沃尔夫刚·伊瑟尔（Wolfgang Iser）、汉斯·罗伯特·尧斯（Hans Robert Jauss）］和美国人斯坦利·费什（Stanley Fish）、安伯托·艾柯（Umberto Eco）等）。我们会发现，所有这些理论无不建立在作品拥有真理或意义的前提假设之上。正是从这一基本的假设出发，我们将看到，在文学理论的发展史中，作者、文本与读者相继站到了这个真理或意义的源头位置：当罗兰·巴特宣称"作者之死"，作品文本于是摆脱作者意图的束缚，获得空前的自由；文本在经历了短暂的自我封闭之后，又不可避免地向读者敞开；然而，读者的到来却似乎始终带着作者的影子，伊瑟尔的隐性读者不过是韦恩·布斯（Wayne Booth）的隐性作者的"另一个自我"③。以上便是孔帕尼翁在《理论的幽灵》（*Le Démon de la théorie*：*littérature et sens commun*）"读者"章节中所展现出的理论的对立情况。我们看到，在这些不同的文学理论中，读者要么是被忽略的对象，要么变成作品意义的

---

① ［法］安托万·孔帕尼翁：《理论的幽灵——文学与常识》，吴泓缈、汪捷宇译，南京大学出版社 2000 年版，第 133 页。
② ［法］安托万·孔帕尼翁：《理论的幽灵——文学与常识》，吴泓缈、汪捷宇译，南京大学出版社 2000 年版，第 132 页。
③ ［法］安托万·孔帕尼翁：《理论的幽灵——文学与常识》，吴泓缈、汪捷宇译，南京大学出版社 2000 年版，第 144 页。

掌握者。

　　毫无疑问，在对作品的真理或意义的追寻中，读者理论的加入极大地丰富了文学理论，让人们得以从读者的视角来审视文学作品本身。然而，这并不意味着读者从此掌握了作品的真理和意义，而只是说，读者从此也与作者及文本一样，加入对作品意义源头的角逐中。无论是以作者、文本还是读者为中心的文学理论，都是以作品真理的持有者为立论依据发展各自的理论的。然而，这场角逐并没有最终的胜利者，无论是作者、文本还是读者，它们都无法在排除另外两项的同时成为作品真理真正的源头。当理论遇到此类困境时，人们往往会提出折中的办法，然而中庸之道似乎更加无法回答何为作品真理的源头的问题。于是，我们看到，理论走进了死胡同，仿佛作品的真理源头始终无法被触及，与此同时，作为各理论出发点的"作品的真理"这一提法本身似乎也开始变得可疑。我们不禁发问：作品真的拥有真理和意义吗？如果有，它指的是何种真理？在某种意义上，布朗肖正是从以上问题出发来发展他的文学理论的。

　　布朗肖对以上问题的思考开始于他对作品本身的考察。正如本书第三章所分析的，布朗肖所说的作品不同于罗兰·巴特所强调的文本，而是隐藏在这个文本后面的某种独特的"存在"。有关这个作品，我们可以说：①作品指的是写作者在写作经验中所体验到的一种独特"存在"，它要求让作品成为可能的写作者将自身祭献；②作品以文学为中心，但文学隐藏在让作品不再可能的"无作"空间中，那是一个"空无深渊"，因此，可以说，作品以外在于作品的"无作"空间为中心；③让写作成为可能的作品空间是一个双重的空间，由作品的可能性空间和不可能性空间组成，正是这两股力量的相互拉扯让写作成为可能，同时让作品得以言说"它在"的事实。总结起来，在布朗肖看来，如果一定要说作品存在任何真理的话，那么这个真理只能是作品源头的缺失，以及它只能自行言说其"存在"的事实。

　　不过，对应这个言说自身"存在"的作品，布朗肖还指出了它所拥有的现实性"存在"，这个"存在"被布朗肖称作"书籍"。事实上，从某种角度出发，正因为作品拥有书籍这个现实性的"存在"，人们才会倾向于将作品与作者、文本或读者联系起来，为作品寻找真理源头。布朗肖对作品的考察则开始于同书籍这个现实性层面的分离。正是这一分离让布朗肖得以摆脱人们就作品真理源头展开的无尽争论，并由此形成了他独特的文学思想。

根据布朗肖的思想，首先可以肯定的是，作者不是作品真理的源头。需要尤其指出的是，在分析文学经验的过程中，布朗肖始终倾向于使用"写作者"（écrivain）一词来指代写作的主体，而避免使用"作者"（auteur）一词。在布朗肖那里，写作者指的是因追寻文学而进入作品空间，通过不断自我祭献而让写作成为可能的主体。写作者与现实世界无关，而只与作品空间相关：写作的福楼拜不过是生活着的福楼拜的影子，是他的内在性。作者则是一个更加人文主义的称谓，指的是已经完成某部作品或书籍的人，这个人被视作书的拥有者，会因为这本书在文化领域的沉浮而受到赞誉或诋毁等。布朗肖曾在《文学空间》中明确指出："作品一旦完成，就会将作者驱逐。"（LEL：10）作品一旦完成，就意味着写作停止，写作者于是不复存在，剩下的只有作者本身。随着写作者的退场，作品似乎在作者之外自我封闭起来，让作者不再能够靠近。由此我们至少可以得出两个结论：①作品不是作者的产品，它独立于作者而在；②写作是进入作品空间，让作品"是其所是"的方式，在写作过程中，作者变成写作者，进入其内在性中，不断将自身祭献。

我们看到，布朗肖谈论的是作品而不是书籍，关注的是写作者而不是作者，而且无论是作者还是写作者，都不掌握作品的真理：作者完全位于作品之外；写作者则是在文学的吸引下通过写作进入作品空间，在不断追寻作品源头的过程中，让作品言说"它在"的事实。不过，布朗肖并未像罗兰·巴特那样宣称"作者之死"。在布朗肖看来，这样的宣言同尼采的"上帝已死"或福柯的"人已死"的宣言类似，都始终附带有作为可能性之死亡的影子。事实上，巴特是为反对"作者至上"的理论而提出"作者已死"的，他打倒的是作者，而不是作品拥有某种真理或意义的预设。于是，当作者已死，在作者原来所在的地方将留下一个空无。这将是一个充满吸引力的空无，因为当作者不再掌握作品的真理时，必将有其他成分来占据作者曾经的位置。就这样，我们看到了文本和读者的相继登场。然而，布朗肖则是直接从他所说的作品出发，通过对作品本身的考察，得出作品的真理在于其源头的缺失的结论。这样一来，不仅作者不是作品真理的源头，而且文本和读者也不可能占据这个源头位置，因为作品源头的本质在于其缺失。

于是，我们看到，即便我们依旧可以说布朗肖的文学思想以作品为中心，但这里的作品指的不再是似乎拥有某种真理或意义的东西，它不再被视作作者的产物，也不再被视作可以产生意义的文本，而是一个源头缺失的独特"存在"。从这一视角出发，人们曾经有关作品真理源头的争论将不复存在，无论作者、文本还是读者，都不再能成为作品这个特殊"存在"的源头。可以说，布朗肖关注的并不是作为意义或真理的作品，而是同马拉美一样，始终关注着作品那"自来自立"的独特"存在"。只不过，马拉美始终思考的是，如何通过写作来抵达这个"存在"，因而始终未将读者纳入考虑范围。然而，布朗肖对这个特殊"存在"的关注则让他意识到了其本质的不可能性。因此，他并未将作品与写作者、文学语言以及读者分离开来，而是将后三者视作敞开"文学空间"、让作品言说其"存在"的不可或缺的因素，从而将这些不同的元素统一在了他的文学思想中。

事实上，布朗肖对读者的考察正是以这个独特的以作品为中心的思想体系为出发点。他着重考察的是读者通过文学语言重新敞开作品空间、让作品言说其"存在"的可能性。相应地，这一可能性则与文学语言的象征功能密切相关。正如前文所言，文学语言最大的特征在于它的象征功能，而且其象征功能并不意味着在文学语言中存在某个固定的象征等待着我们去发现，而是意味着一个不断超越的过程：它一方面为读者宣告了某种东西，但另一方面又阻止读者停留在任何固定的表征意义面前。

于是，通过不断地超越，象征将把读者引至蕴藏于作品空间中的"空无深渊"面前。在布朗肖看来，真正的读者就应该任由自身在象征力量的牵引下来到这一"空无深渊"面前，直面"深渊"，承载这个"空无"，从而让作品言说自身的"存在"。

2. 从读者到评论者

不过，值得注意的是，布朗肖对读者的这一要求——读者应该直面"空无"——以重新敞开作品空间为基本出发点，是对读者的一种理想化构思。事实上，就连布朗肖自己也指出了读者想要直面"空无深渊"并非易事的事实，其中最主要的困难在于：作品中的"空无深渊"会让读者面临失去自身主体性的风险。大多数情况下，读者更多会做出另一个选择：从读者转向评论者，从而通过评论产生意义，将这个"空无"填满。可以说，前面提及的所有与读者相关的理论，即从各个层面论证读者是作品意义源泉的理论，其实都已经为读者做出了这个相同的选择。在这个选择下，读者当然可以成为阅读过程中所产生之意义的源泉，而且这个意义也的确是由读者与作品的碰撞激发出来的。不过，这个选择同时也意味着对布朗肖所主张的那个"真正读者"的掩盖，以及对作品背后的那个本质声音的吞噬。因此，在布朗肖那里，评论者被视作一种特殊的读者，这个读者由于拒绝了作品原初的阅读召唤，转而尝试通过理解靠近书，从而失去了让作品显现的可能性。

对于变成评论者的读者，布朗肖更多地持拒斥和惋惜的态度。在他看来，评论者不过是"通过想象，焦虑地延续着写作的激情"（*LEI*：466），是一个"奇怪的、不合法的、讨人厌的、多余的而且总是心怀恶意的存在"。这个"存在"不仅让读者不再处于直面"空无深渊"的天真状态，而且还通过将自身置于广大读者与书之间而影响人们阅读的对象和方式，让那个"天真"的读者更加深刻地遗失了。正如布朗肖所说："（评论者）言说着人们应该阅读之物以及应该阅读的方式，最终让阅读变得无用。"（*LEI*：466）正是在这个意义上，布朗肖将读者变成评论者的过程视作读者发生异化的过程：读者的异化意味着对原初阅读的遗忘，而遗忘的方式尤其体现为对"读者之所是"的一系列理论建构，甚至可以说，评论者不断发展的历史就是读者被异化的历史，以及读者身份被不断建构的历史。在布朗肖看来，这是一段人们"严重地、痛苦地失去阅读"（*LEI*：466）的历史。在《广阔如黑夜》（«Vaste comme la nuit»）等文章中，布朗肖对这段历史进行了类似谱系学的分析。

从作品本身出发，布朗肖指出了读者与作品之间关系的深刻改变。他为这个改变找到的象征式源头便是苏格拉底。布朗肖指出，当苏格拉底提出"这个文本究竟想说什么"（*LEI*：466）的疑问时，作品与读者之间的原初关系就立即被打破了，取而代之的是人们对作品之"隐含意义"（le sens caché）的不懈追寻。事实上，这个问题的提出将意味着两方面本质的假设或改变：一方面涉及作品的本质，作品不再是自在显现的光亮，而是变成隐藏着某个真理的载体；另一方面涉及读者，从此，面对作品，读者也不再天真无知地沐浴在作品的光亮中，而是将与作品保持间隔，变成意义的追寻者。事实上，可以说，正是"作品中隐藏着某种真理，读者的任务就是寻找这个真理"的基本逻辑主宰着整个评论者的发展史，即读者的异化史。

在此基础上，布朗肖还进一步分析了读者在追寻作品"隐含意义"时通常采用的两类阅读方式：譬喻式阅读和象征式阅读。其中，他着重分析了在这两类阅读活动中，读者将遭遇的两种不同的无限性（infinité）。首先是由譬喻（allégorie）引发的作品意义的无限性。在布朗肖看来，譬喻是一种"形象化的表达模式，它会将意义扩展为无限的对应网络"（*LLAV*：129）。这就是说，通过譬喻的表达方式，词与意义之间原本固定的对应关系将会被打破并产生滑动，最终产生一个"无限的对应网络"。其次是由象征（symbole）所产生的作品意义的无限性。如果说通过譬喻产生的意义只涉及意义之间的"横向"（horizontal）滑动，因而尚且处在我们的理解范围内的话，那么由象征所引发的无限性则意味着"纵向"的"跳跃"（saut），是对任何具体意义的逃离。这里涉及语言层级的问题，正如布朗肖自己所说，譬喻的无限性不会引起语言层级的改变，象征的无限性则正是来源于这个层级的改变本身，因为在他看来，象征意味着将语言引向"任何形式之外"，"不是从一个意义向另一个更为广阔意义的过渡"，而是将语言带入一个"没有任何入口的区域"（*LLAV*：130）。

我们看到，布朗肖所分析的"譬喻"和"象征"代表了文学文本内部两个不同层级的意义滑动。不过，无论是文本意义"横向的扩张"还是"纵向的逃离"，这两类无限性都将使读者寻找文本"隐含意义"的行动本身变得无限。这就意味着，对于苏格拉底所提出的"这个文本究竟想说什么"这一问题，人们永远无法给出确切的答案。这便是长久以来人们所讨论的文学语言的"模糊性"（ambiguïté）（*LPDF*：328）问题。文学语言的"模糊性"曾被人们称作"语言的疾病"（la maladie du langage），布朗肖更是根据其无限扩张性而形象地称之为"语言的癌症"（le cancer）（*LEDD*：137）。在布朗肖看来，这是文学语言的本质。事实上，正是文学语言的"模糊性"特征使一心打造着"理想国"的柏拉图将诗人驱逐，让一生致力于实现绝对精神的黑格尔将文学与艺术视作"属于过去的事情"（*LLAV*：285）。最终，任何以追寻作品"隐含意义"为目的的评论者也将因为文学语言的"模糊性"而陷入虚妄的循环：语言内部的双重无限性使评论者永远无法获得确切的"隐含意义"；越是无法获得这个确切的意义，评论者就越是感觉文本后面隐藏着更深的意义，于是便越要继续追寻。于是，在布朗肖所勾勒的评论者历史中，无论是注重对譬喻之解读的譬喻式阅读，还是注重对象征之探讨的象征式阅读，抑或是后来更加新颖的精神分析式阅读，无论它们声称处理着多么深层次的文本"隐含意义"，只要它们依旧以文本拥有某个"隐藏含义"为基本前提，它们的追寻就永无止境。

从布朗肖的论证出发，我们看到，当读者开始发问"这个作品究竟想说什么"时，他便陷入了寻找作品"隐含意义"的旋涡中，而且他根本无法在作品中找到答案。通过进一步考察西方文学批评发展史，我们发现，为走出困境，人们总是倾向于到作品外部去寻找答案，通过为这个"隐含意义"寻找源头，获得语言"模糊性"疾病的"药方"。然而，我们同时还会发现，这个"药方"永远无法根治疾病，而只能暂缓症状，它只能通过为文学语言找到外部的源头，以掩饰文学语言无限扩张的事实。在文学批评的发展历史中，人们对这个外在源头的认识也发生了多次改变。正如笔者在前面所说的，一开始，作者被认为应该为文学作品负责，被视作作品意义的源头，于是，人们开始通过借助对作者生平、所处历史时代及阶级等方面的分析来赋予作品意义；然后，随着罗兰·巴特宣称"作者之死"，尽管作品得以回归自身，却是在语言学的保驾护航之下，作品文本从此变成自立自足、生产意义的"大句子"；最后，就连读者本身也加入到这场对文学作品之意义的角逐中，想要成为这个意义的主宰，因为只有在阅读中，也就是在与读者的碰撞中，文本意义才能真实地产生。于是，几经辗转，读者总算重返舞台。然而，归来的读者却早已不是布朗肖所说的天真读者，而是沦为让作品产生意义的条件。

于是，我们看到，在文学作品外部去寻找文本"隐含意义"源头的过程，其实不过是不断让其他理论思想侵蚀文学文本的过程：从实证主义到历史主义，再到马克思主义；从语言学到阐释学，再到精神分析学；等等。正如美国解构主义批评理论家保罗·德·曼（Paul de Man）所说，文学研究已经变成将心理学、政治学、历史学、文献学及其他学科应用于文学文本，从而尝试让这个文本"意味"些什么的艺术。就这样，我们看到，在读者的异化史中，由于与这些不同的学科联盟，变成评论者的读者表现出了不断专业化的趋势。他们不仅在文本周围生产出越来越多的知识，而且还趋向于让这些知识变得专业化、体系化，最终构建了以文学作品为中心的知识大厦。

然而，正如布朗肖所说："人们从未像现在般如此多地写作，但人们却严重地、痛苦地失去了阅读。"（*LEI*：466）人们不断运用新的理论来探究"文学文本说了什么"，然而，他们却不知道，当他们提出这个问题时，那最原初的阅读便已失去。我们看到，由此发展起来的文学评论的历史，其实不过是先假设了文本拥有某个"隐含意义"，然后从文本内部或文本外部出发来寻找这个意义的过程，由此形成的是一个闭合的循环。然而，在提出这个假设之初，就有东西被遗忘了，被遗忘的便是那原初的阅读及承载这一阅读的读者。从此，布朗肖赋予自己的任务便是在文学批评领域之外，构思这个原初的读者以及阅读行动。

总之，我们看到，通过将作品与书籍区分开，并指出作品的本质在于其源头的缺失，布朗肖不仅打破了作品存在某种固定真理或意义的基础立论，从而让作者中心论、文本中心论以及读者中心论等文学理论失去根基，而且还让以寻求文本"隐含意义"为主线的整个读者异化史浮出水面。在这段历史之外，布朗肖将继而从作品的缺失本质出发，重新构思有关读者与阅读的理论。在这个理论中，面对作品的"空无深渊"，读者将做出不同的选择：不再是变成评论者从而产生意义并将"空无"填满，而是直面"空无"，让自身沐浴在作品原初的光亮中。

第 2 节　中性的读者

通过前面的分析，我们看到，布朗肖对读者的考察与他对文学、写作者及作品等方面的思考紧密相连。作品是布朗肖文学理论的核心，无论是作者、文本，还是读者，都始终无法凌驾于作品之上。布朗肖用"写作者"替代"作者"，从而将作者彻底隔绝在了作品空间之外，仅将书籍留给了作者。至于读者，布朗肖并没有立即将其从作品空间中打发出去，而是对它委以重任，将它变成重新开启作品空间的钥匙。布朗肖始终思考的问题是，什么样的读者或者阅读行动才能让作品保留自身的"缺失"本质并言说自身的"存在"？事实上，正是在这一问题的指引下，布朗肖得以在读者的异化史之外刻画出另一个原初的读者形象。那么，具体地，布朗肖刻画了一个怎样的读者形象？这个读者形象具有怎样的特征？以及最后，这样的读者如何得以实现对作品空间的敞开？

正如前文所言，写作者承载着完成作品的使命，这是一项永远无法完成的任务，只会使写作者陷入无尽的写作循环中，最终呈现出彻底绝望的形象。不过，如果说不断逃逸的作品变成了写作者的命运，将写作者引入无尽的"广阔黑夜"中，那么布朗肖所构思的读者由于并不肩负完成作品的使命，因而并不会被困于追寻作品的黑夜迷宫中，而是将沐浴在由"作品的黑夜"所散发出的光亮中。在某种意义上，尽管布朗肖的思想极具摧毁性，总是与"黑夜""否定""绝望"等字眼相关，但是，如果一定要说布朗肖思想中存在着一抹亮色的话，那么这丝光亮就是读者：不是由读者产生的光亮，而是照耀在读者身上、由读者迎接的光亮。事实上，在布朗肖那里，读者的任务就是敞开怀抱，迎接作品光亮的到来与显现。于是，以作品为中心，相对"绝望的写作者"形象，布朗肖塑造的是一个"幸福的读者"的形象。

关于这个"幸福读者"的形象，需要指出的有以下几点。首先，布朗肖对读者的讨论始终处在让作品显现的语境下，"幸福的读者"之所以"幸福"，是因为作品显现的光芒照耀在他身上。其次，"幸福读者"的形象是相对"绝望的写作者"的形象而言的，读者因满足于作品的光亮而"幸福"，写作者却因想要追寻这个光亮的源头即文学而在无尽的写作循环中变得绝望。最后，尽管写作者追寻作品源头的尝试注定失败，但"幸福的读者"却是以"绝望的写作者"为前提的，因为如果没有写作者在绝望进程中留下的字词，"读者"便无从说起。我们看到，在整个论述过程中，作品作为不在场而显现的光亮构成了布朗肖文学思想的隐含中心：写作者是这个光亮的追寻者，但同时也是陷入这个光亮的"着迷"的"受害者"；读者则是这个光亮的迎接者，是让这个光亮得以显现的"场所"。于是，在《广阔如黑夜》一文中，布朗肖如是说道："书是让自己变成白昼的黑夜，一颗黑暗的星体，它自身无法发光，却可以散发出平静的光亮——阅读就是这个平静的光亮。"（*LEI*：465）与此同时，要产生阅读这个"平静的光亮"，还须有写作者的祭献，正如布朗肖所引用的卡夫卡的一句话："写作者就像是人类的替罪羔羊。正因为写作者的存在，人类才可以天真地，或几乎是天真地享受原罪。"（LEI：465）而这个几乎天真的狂喜（jouissance），就是阅读。

我们看到，在布朗肖那里，阅读产生于由作品之不在场所形成的"黑暗星体"散发的"平静的光亮"，而读者则是承载阅读、迎接这个光亮的人。因此，在刻画"幸福读者"形象时，布朗肖主要论证的是为迎接作品的光亮并让这个光亮显现，读者应该拥有的特征。至于这个读者的具体特征，在布朗肖对读者的论述中，我们主要可以把握以下三个关键词："轻盈"（léger）、"自由"（libre）与"无知"（ignorant）。

首先，"幸福的读者"拥有无与伦比的"轻盈性"（légèreté），在阅读过程中，这个读者只会轻盈地言说"是"（oui）。正如布朗肖所说："读者将像是一个幽灵，穿过一页又一页的纸张，他的步履如此轻盈，以至于仿佛从未出现过，不会为书籍带来任何改变。"（LEL：256）此外，在阅读过程中，这个读者不仅不会为书籍添加任何东西，而且还会尝试清除写作者由于无法承受写作行动之绝望而加入其中的与现实世界间的所有关联。就这样，在"轻盈地"言说"是"的过程中，读者将展开与作者之间的隐秘斗争。在这场斗争中，读者并没有露出狰狞的面孔，他也没有展开任何与作者的赤身肉搏战，更没有打倒作者、取而代之的野心，他只是轻盈地言说"是"，并最终让自己与写作者一起消解在这个绝对的肯定中。最后，正是在这个不断消解的过程中，书籍得以重获它自身的轻盈性，变成"没有作者、没有严肃、没有劳作、没有焦虑的书籍"（LEL：256），读者也得以迎接作品光亮的到来。布朗肖用一个形象的比喻对这个过程进行了描述："阅读之于书籍，就像是大海和风之于人类创作的作品：（正是大海和风让这个作品变成）一块更加光滑的石头，变成从天而降的碎片，没有过去，也没有未来。"（LEL：257）同理，正是通过读者，书籍让自己"作为既没有作者也没有读者之物显现"（LEL：257），即作为隐藏在书籍背后的作品显现。

其次，读者轻盈地言说"是"还意味着一种自由。不过，布朗肖也指出，这是一种"奇特的自由"，这一自由表达了"想要阅读尚未被写之物"（*LEL*：258）的欲望。这个欲望无法通过现实生活中的实际劳作得到满足，而只能通过读者轻盈地言说"是"来实现。当然，从另一个角度出发，读者轻盈地言说"是"的自由同时也意味着一种绝对的服从，只不过不是对任何至高真理甚至也不是对自我的服从，而是对阅读力量的服从，是对作品之光亮的服从。我们看到，如果说这个光亮激发的是写作者追寻文学的激情，那么在读者那里，它激发的则是一种绝对的服从，以及由这个绝对服从所产生的"轻盈地"言说"是"的自由。

最后，读者要想获得轻盈地言说"是"的自由，也就是服从于作品的光亮，他需要处于"无知"的状态。显然，这里的"无知"指的不是知识的"匮乏"导致的平庸状态，而是强调对所有知识的清空。这就是说，为了能够轻盈地言说"是"，即为了能够迎接作品那"平静的光亮"，读者需要的不是"足够多"的知识，而是对任何知识的拒绝，是对"向作品提出类似'你到底想说什么''你给我带来了何种真理'的问题"（*LEL*：258）的拒斥。读者不讨论，也不提问，关于书，他什么都不知道，而且也没有任何想要知道的欲望。正是这份"无知"让他得以轻盈地言说"是"，并在由这个言说所敞开的独特空间中，让作品自在地显现。

综上所述，我们看到，布朗肖笔下的读者是幸福的：他笑脸迎人，步履轻盈，不去追问光亮的源头，也不去窥探文本的深意，只是在作品光亮的照耀下，沉浸在言说"是"的自由与天真中。同时，值得注意的是，当读者对作品轻盈地言说"是"并迎接作品光亮的到来时，这意味着读者的主体状态发生了深刻改变。从此，读者将不再从主体出发去理解某部作品，而是在作品的吸引下，被动地迎接作品光亮的到来，并与蕴藏于作品中的"空无深渊"，即我们前面所说的"中性"面对面。正因如此，我们也可将这个"幸福的读者"称作"中性的读者"。那么，具体地，在阅读行动中，这个"中性的读者"会发生怎样本质的改变？

首先，读者之所以来到作品面前，沐浴在作品的光亮之下，是因为他感受到了来自作品的"沉默的召唤"。这个召唤意味着一种力量，即对作品的沉默召唤轻盈地言说"是"的力量。正是在这样一股仿佛来自"地底深处"之召唤力量的牵引下，"读者在习惯的关系面前转身"，远离现实世界，甚至远离自身，从而转向"中性"空间，并在这个空间旁停留。

其次，这个来自作品的沉默召唤是一种极具摧毁性的力量。该力量不仅意味着对读者所有知识的清空，而且意味着对读者主体性幻觉的清空，从而计读者变成一个"无知的读者"（lecteur ignorant）。正如布朗肖所说："他是任意一个读者，独一无二，却是透明的。"（*LEL*：356）这就是说，"中性的读者"不仅与此世界无关，而且与个人在此世界的情感、经验等无关，即不是一个个人化的经验。他在将对此世界的知识清空后，同时还清空了这一知识的认知主体，从而得以向另一种"知识"敞开。这个全新的知识蕴含在"无限的无知和未提前给予的天赋中"（*LEL*：254），是"读者每次在对自身的遗忘中必须接受、获取和丢失的知识"（*LEL*：254）。结合我们前面的分析，可以说，这个全新的"知识"就是关于作品的知识。然而，"中性的读者"不再能够如同主体掌握知识那样去抓住作品，而只能向着作品敞开，在由它与作品之间的无限距离所形成的作品空间中，迎接作品的到来。我们看到，在"中性的读者"身上，主体性已经消失，世界也已经后退。从此，他将处在中性的作品空间中。

最后，尽管读者和写作者都处在作品空间中，且都与蕴藏在作品中的"空无深渊"相关，但二者在面对这个"深渊"时所遭遇的处境各不相同。在极限的写作经验中，写作者"触及到了不在场、无限的折磨，以及那既不开始也不结束的空无深渊"（*LEL*：262），这样一个经验将会"使写作者面临本质的孤独，让他置身于永远无法停止之物中"（*LEL*：262）。然而，对于读者而言，他不再需要通过不断的写作来保持中性空间，以让作品在其中言说它的"存在"。读者不再身负写作的义务，不再有写作的迫求，因此，这个"空无深渊"不再意味着"作品永远无法完成"，而是言说着作品"在"，并间隔在读者与作品之间。想要让作品言说自身的"存在"，读者只需要在作品沉默召唤的牵引下，轻盈地言说"是"，从而来到这个空间面前，并在此停留，让"阅读变成一种'靠近'，变成对作品慷慨的愉悦迎接。这个迎接会让书籍上升为'存在'的作品，并通过相同的运作将作品上升为'存在'，最终将迎接变成让作品自我宣称的狂喜"（*LEL*：261）。于是，通过在作品沉默召唤的牵引下轻盈地言说"是"，读者在让自身"存在"发生深刻改变的同时，让作品作为一种本质的"存在"得以自我宣称。

　　总之，从某种角度出发，布朗肖所塑造的"幸福的读者"或者"中性的读者"作为一种"无知的读者"，可被视作布朗肖为论证作品之显现所提出的一个理想读者的模型。布朗肖对这个理想读者的假设与结构主义文学观所假设的"全知的读者"有相似之处。不过，如果后者以作品由不同知识组成为前提，因而意味着对一个"无所不知"的读者的假设的话，那么布朗肖的读者则以作品的本质是缺失的这一论断为前提，不要求读者知道任何东西，"什么都不知道"正是它对读者的要求。因此，"无知的读者"并不是为我们指示了某种至高的阅读的能力，而是道出了在可能性范畴之外清除任何"能力"的可能性。这种将任何"能力"清除的"无知"状态可被视作读者与作品之间的某种原初关系，它并不意味着某个独特的阅读方式，而是作为阅读的某种前置状态或原初状态，根植于每一个读者的内在性中。在这个关系中，读者尚未被异化，并不执着于追寻作品的"隐含意义"，而是被动的接受者，会在轻盈地言说"是"的自由中，迎接作品光亮的到来。

第 3 节　读者与作品的"交流"

　　在有关读者的理论中，经常有类似的观点：阅读是一个交流的过程，要么是读者与文本之间的交流，要么是读者透过文本与作者之间的交流。布朗肖在他的读者理论中也提到了"交流"一词。不过，布朗肖所说的"交流"不再是读者与文本或作者在观念、情感等方面的互动，而是作品自身的"交流"。事实上，正是当"中性的读者"对作品的"空无深渊"轻盈地言说"是"时，这个作品的交流将被激活，作品得以言说自身的"存在"。那么，具体地，布朗肖所说的作品的"交流"指的是什么？读者与作品的"交流"之间有何关联？作品的"交流"将意味着人与人之间何种独特关系的诞生？

为讨论布朗肖所说的作品的"交流"，让我们回到前面有关双重作品空间的论述。正如笔者在前面所说的（见图6-1），这个双重的空间由作品的可能性空间和作品的不可能性空间构成，两个空间相互依存。可以说，这个双重的空间不再是任何线性的包含关系或因果关系，而是一个循环的关系，在这个循环关系中起决定性作用的是写作者通过遗忘在不可能空间面前的"转身"。于是，在不断的追寻与转身中，在无尽的等待与遗忘中，作品空间中始终存在着两股相反的力量，相互影响与渗透。最终，作品空间中这两股相反力量的持续对抗被布朗肖称作作品的"交流"。有关这个"交流"，布朗肖如是说道：

> 作品自身就是交流……它是让自身变成力量的作品的界限与趋向于不可能性的作品的超越之间的斗争；是让它得以抓住自己的形式与让它自我拒斥的无限之间的斗争；是开始"存在"的决定与重新开始"存在"的犹豫不决之间的斗争。（*LEL*：262）

通过分析以上段落，我们看到，在布朗肖那里，作品的"交流"首先是"可能性"与"不可能性"之间的交流。正如笔者在前面所说的，这里涉及的是一种"不可能性的可能性"（la possibilité de L'impossibilité）。其中，"可能性"以"不可能性"为前提，最终注定再次被"不可能性"吞噬；对"不可能性"的掩盖会再次产生"可能性"。于是，从"可能性"到"不可能性"，再从"不可能性"到"可能性"，以此循环，作品的内部交流得以产生。布朗肖将这个"交流"形象地比作"电流",而这里所说的"可能性"和"不可能性"就可被视作让这个电流得以产生的正负两极。正是这两极"通过相互的吸引和排斥,喷射出了交流的光亮"(*LEL*:266)。当然,布朗肖也指出,这是一个不恰当的比喻,因为"这两极必定不是固定的两端,并不符合简单的权力对抗框架,不是被一次性决定的"(*LEL*:266)。这就是说,"可能性"与"不可能性"并不是两个相对独立的"存在",而是相互包含,互为前提:"可能性"以"不可能性"为本质,"不可能性"以"可能性"为表象,二者始终处在不断的相互转换中。当激活其中一极时,"电流"随之接通,另一极也将随之运转;反之亦然。

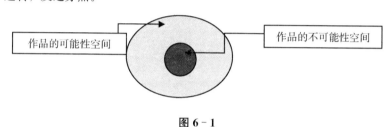

图 6 - 1

从作品"交流"的正负两极出发,我们将继而识别出由这个"交流"所产生的"电流"的两个不同方向:一个是从"可能性"到"不可能性"的方向,意味着超越作品、追寻作品源头的企图,对应我们在前面所说的"写作追求",会牵引作品走向自身的"不可能性";另一个是从"不可能性"到"可能性"的方向,意味着让作品拥有具体形式的企图,对应布朗肖所说的某个"阅读追求",会牵引作品变成绝对的"可能性",自我完成并变成某个无法被超越的界限。总之,从"可能性"到"不可能性"的"写作追求"意味着"超越"以及向无限敞开,而意味着从"不可能性"到"可能性"的"阅读追求"则意味着"停留"(demeure)以及界限的形成。正因如此,我们也完全可以将作品的"交流"视作"超越"与"停留"、"无限"与"有限"、"写作追求"与"阅读追求"之间的交流。

通过以上分析，我们看到，作为电流一极的"阅读追求"早已蕴藏于作品本身的"交流"之中，与"写作追求"一起构成了作品"交流"的两极。不过，需要注意的是，我们并不能简单地将"阅读追求"等同于具体的阅读行动（lire），正如我们也不能把"写作追求"等同于具体的写作行动（écrire）。事实上，"阅读追求"和"写作追求"不过是同时蕴藏于作品这个"交流"之中的两股相反力量，这两股力量不仅共存于具体的阅读行动中，而且也共存于具体的写作行动中。只不过，它们会在不同的力量对比中，让行动呈现出不同的形式——阅读或写作——并让这两个行动以不同的方式完成对作品"交流"本身的激活。那么，具体的写作行动和阅读行动分别如何完成对作品"交流"的激活呢？

首先，在具体的写作行动中，写作者一方面会感受到写作的迫求，想要在作品空间中不断追寻，从而抵达作品的源头即文学，实现对作品的超越。这意味着作品"交流"从"可能性"转向"不可能性"，并转向无限敞开的一面。不过，随着作品"交流"的激活，作品空间本身还会产生从"不可能性"转向"可能性"的相反力量，这个力量具体体现为对有限形式的要求，即我们在前面所说的"阅读追求"。事实上，正是这个有限形式的要求让写作者并不满足于精神的超越冒险，而是在遭遇"不可能性"后能够在"空无深渊"面前转身，并开始真正意义上的写作。总之，正如布朗肖所说："当写作是从不可能性中离开，从而让写作成为可能时，写作本身就已经承载了阅读之追求的特征，写作者则变成了依旧处在未来的读者之诞生的内在性。"（LEL：267）这就是说，阅读的迫求从一开始便隐藏在写作行动中，正是"读者的部分，或者作品一旦完成将成为阅读的力量和可能性的部分"（LEL：267），让写作者不断从不可能空间面前转身，使写作得以继续。

其次，在阅读行动中，当读者与作品的"空无深渊"（"不可能性空间"）相遇并产生"阅读追求"，对作品轻盈地言说"是"时，读者完成的其实是作品"交流"中从"不可能性"转向"可能性"的一面。不过，同样地，随着作品"交流"的激活，作品空间本身也会产生从"可能性"

转向"不可能性"的相反力量，在阅读行动中，这个力量具体体现为作品返回自身、自我封闭与完成，并将写作者以及读者一并驱逐。事实上，这也可被视作一种"写作追求"，只不过，在阅读行动中，出现的是作品"自我写作"与"自我完成"的追求。作品"自我写作"与"自我完成"则意味着，它将"摆脱让它得以形成之人（写作者）"（*LEL*：268），与写作者之间产生"间隔"，这个"间隔"在让作品自我完成的同时会让作品无限地自我逃离（*LEL*：268）。一旦写作者被作品驱逐，他所承载的力量就会从"写作追求"变成"阅读追求"，写作者于是变成了读者。这就是为何，布朗肖指出："阅读开始于作品将作者删除的时刻，这同时也是作品向自身敞开的时刻。"（*LEL*：268）正是在作品的这一自我敞开中，阅读获得其源头。

因此，我们看到，写作行动和阅读行动都涉及了作品交流中的"写作追求"和"阅读追求"，意味着对这个"交流"的激活。只不过，写作行动是对"写作追求"的具化，因而意味着写作者的诞生，而阅读行动是对"阅读追求"的具化，因而意味着读者的诞生。承载着"写作追求"的写作者在"阅读追求"的牵引下，不断写下字词，从而赋予作品空间以形式；承载"阅读追求"的读者则在作品"自我写作"追求的牵引下，趋向于擦除写作者留下的所有痕迹，让字词消解，从而让作品言说自身的存在。在某种意义上，写作行动和阅读行动就像是对作品"交流"的分阶段呈现：一个让这个"交流"拥有具体形式；另一个让具体形式消解，从而让作品显现。文学语言则正是这两个阶段之间的"间隔"本身。因此，为让作品自我完成，不仅写作者至关重要，读者更是不可或缺。

更进一步，具体地，阅读的开始，即读者在"阅读追求"的牵引下对作品轻盈地言说"是"，这将意味着什么呢？结合前面的分析，这将意味着：①作者被驱逐，写作行动停止，写作者被隐藏在读者中；②曾经在作品的诞生过程中标志着其不可完成性的"空无"，如今"不再指示作品的不可完成性，而是作品的完成；不再意味着作品尚未被创作，而是意味着它从未被创作过"（*LEL*：269）；③读者的态度将发生改变，他不

再像写作者那样，认为自己是在创作作品，而"总是天真地感到自己是
多余的"（*LEL*：269），始终感觉作品"处在其最内在的入口之外：他始
终无法将作品穿透，作品相对读者是自由的，这份自由造就了读者与作
品之间的深沉关系，造就了读者'是'（Oui）的内在性"（*LEL*：269）。
这个轻盈的"是"将让读者得以与作品保持无限的距离。最终，正是这
一距离让读者对作品的迎接成为可能。

　　最后，在论证了何为作品的"交流"以及阅读行动如何激活这个交
流之后，我们再来探讨这样一个问题：为何布朗肖在讨论作品的"交流"
时，会同时塑造"绝望的写作者"以及"幸福的读者"这两个截然相反
的形象？对这两个形象的共同塑造意味着对作品这种"交流"的哪些本质
特征的揭示？事实上，布朗肖对两个截然相反形象的塑造说明以下四点。

　　第一，作品作为一种"交流"，是无法由一个人一次性完成的——这
一点毋庸置疑，任何交流都意味着至少两方的参与——作品的"交流"
同时需要"绝望的写作者"与"幸福的读者"的承载。

　　第二，"绝望的写作者"与"幸福的读者"也并不简单地意味着两个
不同的个人，而是意味着两种不同的存在状态，这两种不同的存在状态
都与蕴藏于作品中的"空无深渊"相关，即都与人的"中性"相关，一
个想要跨越人最后的界限，另一个则站在这个界限的边缘。

　　第三，更进一步地，写作行动和阅读行动都意味着这两个不同"存
在"状态的同时诞生。首先，在写作行动方面，正如勒内·夏尔的一句
名言："写作既是一个喷发（projeter）之'存在'的诞生，也是一个保
留之'存在'的诞生。"（*LEL*：268）其中，"喷发的存在"指的就是写
作者的一面，"保留的存在"指的则是读者的一面。其次，在阅读行动方
面，正如前文所说的，读者与"空无深渊"的靠近意味着两个"存在"
的产生，一个是站在"空无深渊"边缘的读者本身的"存在"，意味着保
留；另一个则是作品本身的"存在"，意味着自我形成的超越。事实上，
写作和阅读的进程就是这两个不同"存在"之间隐秘斗争的结果：在写
作行动中，"喷发的存在"不断尝试着超越"保留的存在"的界限；而在

阅读行动中，"保留的存在"得以将"喷发的存在"彻底删除，从而让作品真正意义上获得自身的"存在"。甚至可以说，正是写作者和读者之间的隐秘的斗争使得写作和阅读的行动得以诞生，使作品的交流得以产生。

第四，写作者与读者之间的隐秘斗争，其实就是"我"与绝对"他者"进行"交流"的过程。同作品的"交流"一样，这里的交流指的不是"我"与另一个拥有相同限度之"他人"在我们共同的限度内对观念或信息的交换，即不是我们在日常生活中所说的基于理解的交流，而是"我"与列维纳斯意义上的绝对"他者"之间的交流。在这个"交流"中，"我"与"他者"无法被削减为"同一"（Même），二者之间间隔着无限的距离。同任何普通交流一样，这个"交流"也同时需要"言说"与"倾听"的双方：当一方言说时，另一方倾听；反之亦然。因此，当"我"写作（言说）时，"他者"退场，并作为不可能呈现；当"我"阅读（倾听）时，"他者"作为至高无上的存在而在，通过作品言说。最终，这样的交流不仅不会"拉近"双方的距离，将"我"与"他者"之间的无限距离削减，而且还会在将这个无限距离保留的同时，让这段距离变成"交流"本身。正是在这个意义上，我们可以说，作品的"交流"是"我"与作为超验的"他者"进行交流的方式，而让作品"交流"得以完成的写作和阅读行动也因此拥有本质的哲学意义。

总之，作品的"交流"同时包含了"写作追求"和"阅读追求"两极，写作者是"写作追求"的化身，读者是"阅读追求"的化身，前者通过写作行动让作品从"可能性"转到"不可能性"，后者通过阅读行动让作品从"不可能性"转到"可能性"，并获得自身的"存在"。在作品的"交流"中，"写作追求"与"阅读追求"之间的较量其实就是"绝望的写作者"和"幸福的读者"所代表的两个不同维度之"存在"的较量，意味着"我"与作为超验的绝对"他者"之间的"交流"。"绝望的写作者"自认为肩负创作作品的使命，因此始终想要通过写作，穿透作品，跨越这个距离，从而来到作品的源头；"幸福的读者"则没有类似的野心，而是对拥有这一野心的写作者的清除，从而赋予横亘在作品与读者之间的距离以形式（阅读本身）。考虑到正是这个距离"让作品得以完成，让它得以远离任何作者和'曾被创作过'的痕迹，让作品'是其所是'"（LEL：269），我们似乎可以说，"阅读的擦除（effacement），这个让阅读面对作品变得天真和不负责任的擦除，似乎比自认为做了一切、创造了一切的作者离完成之作品以及其创作的本质更加接近"（LEL：269）。

在布朗肖的文学理论中，面对作品，作者相较读者并没有任何的优越性。但这并不是说读者的意图大过作者，而只是说在保持与作品之间的无限距离从而迎接作品之到来方面，读者似乎比作者拥有更大的优势。可以说，在布朗肖那里，读者与写作者位于同一个层面，它们都不再是生活在现实生活中的"存在"，而是这一"存在"的影子，是与某个"空无深渊"相关的"存在"的内在性。它们都从这个"空无深渊"处汲取力量：写作者通过在这个不可能空间面前的转身，让写作成为可能；读者通过在作品的可能性空间中不断将语言的意义擦除，让不可能的空间得以显现。可以说，正是写作者与读者，或者写作与阅读行动，构成了来自"空无深渊"的力量的两面性，同时也正是这两股力量的不断较量构成了"空无深渊"的原始力量，从而让作品得以产生"交流"，并在这个交流中自我显现、"是其所是"。

此外，如果说从动荡的"空无深渊"出发会同时产生两种不同的迫求——"写作迫求"与"阅读迫求"，那么文学语言正是间隔在这两个迫求之间，让阅读得以相对写作产生延迟的关键。正是这个延迟让相互依存的写作和阅读行动相继产生，由不同的人承担，从而让作品得以在将写作者驱逐、自我封闭之后能够继续保持无限的距离、言说自身的"存在"，而不是沦为作为作者之产物的书籍。正因如此，当布朗肖将作品的内在交流比作电流时，他同时将文学语言比作"最令人震惊的短路"

（*LPDF*：55），因为正是文学语言的间隔所造成的"短路"为作品的显现和在场提供了最后的机会。

于是，我们看到，读者的闯入不仅意味着对写作者以及写作者在作品空间中留下之印记的清除，而且还意味着对字词背后的意象所形成的表征意义的清除。总之，在读者轻盈的"是"中，一切消失，唯独留下作品在这个轻盈的肯定中言说自身的"存在"。从此，作品的"空无深渊"不再化作文学的意象，吸引人们在这个"空无深渊"中找寻，而是在阅读轻盈的"是"中显现。自此，随着读者的闯入，文学写作的任务得以完成，一切被消解，最终仅留下作为"不在场"显现的作品，以及作为沉默言说的"文学空间"。

第 2 部分结论

在这个部分，我们以"作品空间"为中心，从不同层面探讨了让布朗肖所说的本质写作行动得以发生的思想场域。

首先，作品空间形成于作品不断返回自身、追寻自身源头的无限进程中，意味着由某个"不可能性的可能性"关系所形成的双重空间，会牵引写作者进入思想的"黑夜"中不断追寻，并在"第一夜"中不断敞开深邃的"另一夜"。"不可能性的可能性"关系是作品空间的核心关系，"可能性"与"不可能性"分别构成了作品的两极，正是这两极之间的相互关系让作品的"交流"得以产生，让作品得以言说并宣称自身的"存在"。

其次，作品空间中所蕴藏的这个作品不断追寻自身源头的进程被布朗肖称作 *récit*。这是先于具体、有限的故事叙事而言的某个"无限叙事"，是蕴藏于所有艺术作品中的"独一无二的节奏"，会将叙事带向让叙事不再可能的空间。对这样一个无限叙事的揭示让布朗肖得以进一步考察作品空间中的时间和声音源头问题。最终，布朗肖得出的结论是，一方面，写作意味着让时间发生断裂，产生某个"现时的深渊"，叙事则变成以这个"现时的深渊"为中心的"等待与遗忘"的时间，作品空间则变成对时间空间化的进程；另一方面，写作意味着对某个源头缺失之声音的回应，写作产生的字词作为这个源头声音的"回音"，注定会被源头处的"空无深渊"所吞噬，由此写就的文学语言将是一种"复数的话语"。

最后，作为"复数话语"的文学语言不仅会让词作为"词实体"保留，而且还会保留隐藏在"词实体"后面的意象，并通过"象征"的超越功能，让这些意象消解在文学语言所蕴藏的"沉默空间"中。在布朗肖看来，面对"象征"的超越力量，读者不应该产生"理解"的欲望，而应该在作品"沉默召唤"的牵引下，轻盈地言说"是"，从而将作品的"交流"重新激活，让其言说自身的"存在"。

整个分析以让作品言说自身"存在"的"不可能性的可能性"关系为中心，不仅分析了写作者承载这样一个空间将进入的双重"黑夜"思想场域，而且也分析了在具体写作行动中（在布朗肖所说的无限叙事中）写作者将进入的时空界限，以及在这个时空界限内，写作者与语言之间拥有的独特关系。不过，如果说具体的写作行动意味着写作者对具体语言形式的生产，从而赋予作品空间以形式并留下自己的痕迹的话，那么具体的阅读行动则意味着读者在轻盈的"是"中让写作者留下的所有痕迹彻底清除，从而让作品自身的"交流"完成，让其言说自身的"存在"。

最终，我们看到，正是在"绝望的写作者"与"幸福的读者"的相互作用之下，作品得以实现自我完成。事实上，"绝望的写作者"和"幸福的读者"都是与"中性"相关的"存在"模式。二者的相互作用在让作品言说自身"存在"的同时，其实也是让人言说自身的"存在"，而作品作为"不在场"显现，其实也意味着人作为"中性"显现。于是，在不断的写作与阅读行动中，在一部又一部本质的小说或者艺术作品面前，人们或是"绝望的写作者"，或是"幸福的读者"，他们共同实现了人作为"中性"的显现，并让人得以言说自身的"存在"。

第 3 部分

文学与世界

在第 1 部分和第 2 部分，我们论述了布朗肖对作品的源头即文学的思考，并指出了他在思考过程中所敞开的不同空间：让文学不再可能的"文学空间"、让死亡不再可能的"死亡空间"、让主体性消解的"外在"空间、蕴藏于作品中且让作品和叙事变得不再可能的"无作"空间、让时间停滞且不再能向前继续流动的"现时的深渊"、让语言源头消失的"沉默空间"，等等。我们会发现，所有这些空间的敞开都源自布朗肖对作品的源头之思。他对源头的探讨并不意味着在时间上的横向追溯，而是意味着对时间的纵向挖掘。诚然，源头的绝对不可抵达性使得这样的追寻只能抵达某个"现时的深渊"以及敞开众多以"不可能性"为本质的空间。不过，正如本书前面两部分所论述的，这些空间的敞开不仅意味着对诸多哲学思想界限的超越，而且还意味着让一个独特的"存在"，即文学或者作品的"存在"，作为"不在场"显现。

可以说，让这个"存在"显现的并非让理念得以产生的精神光亮，也并非让现象得以产生的自然光亮，甚至也不是海德格尔从其存在哲学出发所构思的"全景式"光亮，而是某个产生自"黑夜"的光亮。如果说包括海德格尔在内的西方哲学传统对"存在"的设想都以"可能性"为前提，意味着某种"来自天上的光亮"① 的话，那么布朗肖所揭示的这个文学"存在"则以"不可能性"为本质，意味着列维纳斯所说的来自"地底深处的光亮"②，会在吸引人不断追寻的同时，敞开某个"不可能的空间"。事实上，布朗肖有关写作者、作品、叙事、文学语言、读者的论述都是以让这个"存在"显现为中心展开的。在此基础上，在本书第 3 部分，我们将继续思考的是，布朗肖对这个文学"存在"的揭示或

① Levinas Emmanuel, *Sur Maurice Blanchot*, Montpellier: Fata Morgana, 1975, p. 24.

② Levinas Emmanuel, *Sur Maurice Blanchot*, Montpellier: Fata Morgana, 1975, p. 24.

宣称对思想而言意味着什么。

　　根据前面几部分的分析，我们首先可以肯定的是，布朗肖所揭示或宣称的这个文学"存在"并不是早期浪漫派所设想的那个作为"绝对"的文学：如果说浪漫派所说的文学"绝对"依旧是在传统哲学框架下对文学的设想与靠近，是用文学的"绝对"代替哲学之"真理"的幻想的话，那么布朗肖所揭示的文学"存在"则彻底逃离了传统哲学框架的束缚，更多是以文学本身为路径对文学的靠近与呈现。具体地，在这里，"以文学本身为路径对文学的靠近"指的便是布朗肖思想中作为本质哲学行动的"写作"。让我们对这部分内容进行简单回顾：首先，在布朗肖那里，承担本质哲学任务（让文学"存在"显现）的"写作"不再是任何静态的思辨，不再意味着先假设文学的存在，然后再通过精神思辨对这个存在进行论证的形而上循环，而是首先意味着一个进程，即以文学为追寻对象的进程；其次，与文学"存在"相关的"写作"之所以是一个进程，那是因为，这个文学"存在"以"不可能"为内在本质，"写作"进程以之为追寻对象，却永远无法抵达，导致了写作进程的无限性；最后，加入无限的写作进程，其实就是加入追寻文学"存在"的真理进程，而且该进程无法由一个人独立完成，而是需要"绝望的写作者"与"幸福的读者"的共同承载。

　　根据以上分析与回顾，我们是否可以说，布朗肖提出了某种类似"文学本体论"的思想，该思想以文学"存在"为中心，写作是思想的方式，作品空间则是思想的行动场域？或许可以，但我们倾向于不这样做。诚然，如此命名有利于熟悉哲学术语的人靠近布朗肖的文学思想，不过，这样的命名极易让人们将布朗肖所说的本质为"消失"的文学与早期浪漫派所主张的作为"绝对"的文学相混淆，而且趋向于将让文学不断消失并敞开"文学空间"的那个不断重复的写作进程掩盖，最终削弱甚至删除作为本质哲学行动的"写作"的行动本质。当一个术语的诞生必须伴随大量的解释性话语以避免误解时，那就说明这个术语本身是无效的。当然，我们拒绝如此命名并不意味着我们拒绝从这个思想出发去进一步思考更为普遍的哲学问题。事实上，同大多数哲学家一样，布朗肖在思考文学"存在"的同时，亦思考着这个存在与世界之间的关系。因此，在本部分，我们也将从布朗肖的文学思想出发，去思考文学"存在"与世界之间的关系。具体地，我们将探讨的问题是，伴随着对文学"存在"的揭示与宣称，布朗肖将揭示出怎样一个对"世界"的全新理解？这个世界对人而言意味着什么？

"世界"（monde）是哲学领域无法绕过的重要概念之一，在不同的哲学体系下，人们会对此概念给出不同的理解与阐释。首先，"世界"可能被理解为一个客观存在，一个有待认知或探索的对象。我们会发现，在这样的基本预设下，无论是理性主义或科学主义对世界恒定规律的把握，还是经验主义从感性经验出发对这个世界的探索，都提前认可了世界的存在，并通过对这个世界的性质进行假定，提出认识世界的不同方式。不过，自康德之后，人们对"世界"概念的认识发生了本质的转变，"世界"开始被理解为某个与人的意识相关，但超越人认知范畴的"总体性"。① 在此基础上，黑格尔将康德意义上的"世界"与他所说的"绝对概念"关联起来，并论证了通过无限的否定辩证进程，让人们在时间尽头抵达"世界"之"总体性"的可能性。胡塞尔感兴趣的则并不是对世界之总体性的完成，而是世界在意识中的还原，并由此发展了他的现象学思想。

然而，与布朗肖所揭示的文学"存在"相关的世界既不是唯物主义者所理解的客观世界，也不是以康德为代表的唯心主义者们所理解的与意识相关的"总体性"。诚然，布朗肖所关注的那个世界似乎依旧与人的"内在性"相关（写作就是人返回自身内在性的过程），但它既不再是黑格尔所说的概念世界，也不再是胡塞尔所说的现象世界，而是在概念化过程中被删除的，或在现象产生过程中被削减的那个"真实世界"（monde

---

① 相关观点，可参见 Marion Bernard，«Le monde comme problème philosophique»，dans *Les études philosophiques*，2011/3（n°98）。

réel），即同时加上了时空界限的位于"此刻此地"（ici et maintenant）的世界，这个世界因为加上了时间界限而具有转瞬即逝的特征。

布朗肖所关注的这个"真实世界"与海德格尔对世界的阐释也不尽相同。海德格尔依旧是在现象学及存在哲学的框架下讨论世界，他依旧认为世界是一个现象，只不过他并不满足于胡塞尔通过意识还原建构的现象世界，而是想要在此基础上进行超越。于是，他提出了"此在"的概念，并将"此在"理解为"在世界中的存在"（être-dans-le-monde），"世界"于是被理解为一种"敞开"（ouverture）。对于这个作为"敞开"的世界，海德格尔的理解也经历了不同的阶段。首先在《存在与时间》时期，这个世界被理解为沉浸在世界中的存在者的共同界限（horizon），会让存在者产生一种先于本体论的、自然的、即刻的、普遍的理解。然后是自《艺术作品的本源》之后，海德格尔从对"存在之意义"的关注转向对"存在之真理"的探讨，于是将世界理解为光亮，将之阐释为让世界和"存在"自我呈现的"林中空地"（clairière）。最后，当海德格尔转而关注"存在"与存在者之间的本体论差异后，他又转而将世界理解为"天地人神"四位一体（quadriparti）① 的有机体。可以说，海德格尔对

---

① 海德格尔从对"物"的追问出发，在《何为物》（Qu'est-ce qu'une chose?）一文中指出，物不是简单的毫无生气的客体，它可以作为"物"本身并从"此在"的角度出发，在这个新的形而上秩序中占据一席之地。比如，在希腊世界里，一个水壶不仅是工匠用泥土捏成的简单器具，它还将在里面的水被倒出时展开其"存在"。因此，这个壶的普通功用并非其"存在"的全部。在被倒出的水中，水的源头延迟在场；在水的源头处，岩石在场；在岩石中隐藏的则是大地深沉的睡眠；最后，正是大地获得来自天上的雨水和露珠。于是，天与地的结合在水的源头处在场。奉给人的水，正如呈给上帝的祭品。在这个作为祭品之液体的流动中，大地与天空、神与人一起在场。于是，"存在"的敞开超越了人，重构了"存在"的总体性。以上便是海德格尔对作为"天地人神"四位一体之世界的构思。让-弗朗索瓦·马特伊（Jean-François Mattéi）将"四位一体"（Quatriparti）视作海德格尔思想的核心主题。在《海德格尔与荷尔德林：四位一体》（Heidegger et Hölderlin：Quadriparti）一书中，马特伊在就这个主题进行分析的同时指出，这个"四位一体"主要指示了海德格尔思想中人与上帝及人与自然之间的关系，不过却消弭了人与人之间的关系。这就使得在"四位一体"的思想中，无论是人还是神，都失去了主导的位置。至于这个作为"四位一体"的世界与文学或者布朗肖所追寻的"真实世界"（monde réel）之间的关系，可以说，我 （转下页）

世界的阐释始终与他对"存在"本身的理解息息相关，是"存在"与布朗肖所说的"真实世界"之间先于主体意识或理性的某种原初关系。相反，布朗肖对世界的考察则逃离了现象学和存在哲学的框架，他所关注的"真实世界"不再处于人"存在"的视野范围内，而是人以某种方式"存在"之前或之后都将"自在"（être en soi）的世界。在这个世界中，无论是"物"，还是"人"，都"自在"，尚且没有主客体之分，当然也没有人从主体出发对世界各个不同维度的设想。布朗肖将这样的"存在"统称为"存在物"（ce qui est）或者列维纳斯所说的"存有物"（il y a）。事实上，当写作者在追寻文学的极限写作经验的过程中将自身主体性消解、让"中性"显现时，其实就是向着"存在物"敞开。也正因如此，布朗肖曾在《未来之书》中指出，文学就是"通过'意象无限的重复'，从而通往'存在物'的危险力量"（LLAV：142）。于是，我们看到，在布朗肖那里，文学"存在"被视作通往"存在物"即某个"真实世界"的危险力量。事实上，对这样一个世界的关注也正是 20 世纪文学领域的共同倾向：继 19 世纪的现实主义及后期的自然主义之后，法国文学界不再满足于对世界的表征，而是想要对真实世界进行即刻呈现。在某种意义上，布朗肖对文学的思考正是遵循了这样一个大的方向。

总之，我们看到，布朗肖的文学思想是在超越了现象学之后的继续

（接上页）们在后面将提及的作为"真实世界"之不在场所显现的"现实"就可被视作某种"四位一体"之世界的显现。一方面，"真实世界"只能作为不在场得以显现；另一方面，想要让这个"不在场"显现，人需要在超出自身的超验（神）的牵引下，不断突破自身的主体性界限，这时，"物"（大地）也不再处在主体（通过技术等）的统治下，而是倾向于在另一股力量的牵引下（来自天上），回归自身，并在这个回归过程中作为不在场的意象本身显现。在这个不断牵引与抵抗的过程中，天、地、人、神同时在场。于是，从某种角度出发，文学追寻"真实世界"的过程就是让海德格尔所说的作为"天地人神"四位一体之世界显现的过程。当然，这个方面的联系还有待进一步考察。通过后面的论证，我们将看到，布朗肖除了致力于论证如何通过写作让这个显现成为可能，还考察了"共同体"的主题。不过，他所考察的"共同体"关注的已经不再是人与人之间的具体关系，而是当所有这些关系消失后，人与人之间关系的"剩余"，是"没有关系的关系"。布朗肖用"绝对的孤独"来形容这个关系，从某种角度出发，处在"绝对孤独"中的人便是处在海德格尔"四位一体"世界中的人，也就是我们在后面将提到的处在"与世界之原初关系"中的人。

思考。他不仅不满足于现象学中主体意识对世界的还原，甚至也不满足于将世界视作一个现象的基本假设。他想要做的是，在通过写作揭示文学"存在"的同时，将人带回他们与"真实世界"最原初的关系中，由此实现对"真实世界"的呈现。于是，我们看到，布朗肖揭示文学"存在"的终极目标与另一个更为普遍的哲学主题联结在一起：对"真实世界"的呈现。这就是说，在布朗肖揭示文学"存在"的同时，他还将揭示出某个独特的世界，以及处在这个世界之中的人与人之间的独特关系。那么，文学如何得以呈现这个世界？这个世界与我们所熟悉的"现实世界"有何关联？处在这个世界之中的人将形成怎样一个独特的"共同体"？

第 7 章 文学与现实

第 1 节 文学写作与现实:表征/呈现

为探讨布朗肖所揭示的文学"存在"与世界之间的关系,让我们首先分析这个文学"存在"与"现实"之间的关系,因为自 19 世纪的现实主义流派以来,以小说为体裁的文学尤其与"现实"一词紧密相关。不过,在具体讨论之前,我们有必要厘清与"现实"相关的两个不同术语"réel"与"réalité"之间的关系,以及"现实"与"世界"之间的关系。

事实上,在实际使用中,无论是在西方语境下还是国内语境下,人们都趋向于视"réel"与"réalité"这两个术语为等同的,共同指称"实在之物"(ce qui existe réellement)。布朗肖自身也并未对这两个术语进行明确区分,他倾向于将"réalité"一词用作名词,指称"实在、真实",而将"réel"一词用作形容词,表示"实在的、真实的"。不过,在本章,我们要讨论的是文学与"现实"之间的关系,目的是论证布朗肖所揭示的文学"存在"对另一重"现实"的呈现,这个"现实"显然不同于 19 世纪现实主义流派所说的"现实"。鉴于此,为将这两种不同的"现实"进行区分,我们将同以拉康为代表的精神分析学派一样,对"réel"与"réalité"进行区分,用前者指称与布朗肖所揭示的文学"存在"相关的"现实",为做区分,我们可将之译作"实在"(réel);用后者指称现实主义者们所说的"现实"，我们可将之译作"现实性"（réalité）。从这两重不同的"现实"出发，我们将同时区分出两个不同的世界：一个与"实在"（réel）相关，对应布朗肖所说的那个不断逃离我们的"此地此刻"的"真实世界"，我们也可称之为"真实世界"（le monde réel）；另一个与"现实性"（réalité）相关，对应让我们生活其中的、由人与人之间的不同社会关系组成的世界，我们也可称之为"现实世界"。有关"实在"（réel）与"现实性"（réalité）之间的区别，以及它们与两个不同世界之间的关系，我们可做出以下分析。

第一，"实在"（réel）是从世界的"存在"出发给出的定义，指的是"自在之物"①（ce qui existe en soi），而"现实性"（réalité）则是从人的"存在"出发给出的定义，指的是"由人与'实在'的各个层面产生互动所产生的经验集合"②。

第二，"实在"（réel）对应作为"整体"（tout）的世界，即对应我们在前面所说的"此地此刻"的"真实世界"，而"现实性"（réalité）则对应作为"总体性"（totalité）的世界，即我们通常所说的"现实世界"。

第三，人同时处在"真实世界"与"现实世界"之中，并且在通过行动不断生成"现实世界"的同时，与"真实世界"进行着沉默的对抗。正如帕特里克·于涅（Patrick Juignet）所分析："产生现实性的是我们，但又不完全是我们，因为还有不断逃离和对抗着的世界。"③这就是说，"现实性产生于我们同存在于我们之外的实在部分的交流"④。

第四，通常情况下，人们更常自在地生活在由各类经验组成的现实

---

① 参见 réel（définition），© 2015 Philosophie，Science et Société，Mis à jour：12 avril 2018. URL：https：//philosciences. com/vocabulaire/85-reel。

② réel（définition），© 2015 Philosophie，Science et Société，Mis à jour：12 avril 2018. URL：https：//philosciences. com/vocabulaire/85-reel.

③ 参见 Patrick Juignet，«Deux conceptions philosophiques du monde»，In：Philosophie，science et société [en ligne]，2015。

④ Patrick Juignet，«Deux conceptions philosophiques du monde»，In：Philosophie，science et société [en ligne]，2015.

性中，即生活在"现实世界"中。但在某些特殊的情况下，比如在写作的极限经验中，人们将在内心深处听到某个"空无的声音"或产生某种本质的"凝视"，从而突破自身现实的束缚，发现那个外在于自身的不断后退的"真实世界"。这个"真实世界"既无法被理解，也无法被"看见"，将吸引人们不断追寻，由此便产生了类似布朗肖所说的写作的极限经验或巴塔耶所说的内在经验，这也构成了布朗肖文学思想的起点。

因此，我们看到，与布朗肖所揭示的文学"存在"相关的是"实在"（réel），而不是"现实性"（réalité）。在某种意义上，我们可将"实在"视作世界的一种"给予"（donné），与"即刻"（immédiat）或"现时"（présent）密切相关，而"现实性"则是这个被"给予的""即刻"的"实在"在人身上所产生的效应：一个在人之外"自在"，另一个则依赖于人的"存在"。事实上，通过布朗肖对文学"存在"的揭示，结合 19世纪现实主义流派的观点，我们不难发现，以小说为题材的文学写作似乎可同时与"实在"与"现实性"相关：一方面，它可以通过对虚构故事的讲述来实现对"现实世界"的表征；另一方面，它也可以通过对自身源头的追寻而实现对"真实世界"的呈现。事实上，从对"现实世界"的表征到对"真实世界"的呈现，正体现了 20 世纪文学领域相对于 19世纪现实主义小说的反思与转变。布朗肖的文学思想正是处在这一思想转变的大背景之下，他始终思考的正是通过文学让"真实世界"得以呈现的可能性。

1. 文学与表征（représenter）

从写作者的角度出发，当写作者开始写作，便意味着他进入了一个不同于"现实世界"的虚构空间，仿佛进入"黑夜"之中。不过，位于虚构空间的写作者面临两个不同的选择：要么将目光投向作品的源头亦即文学，其实也就是投向"真实世界"，在"黑夜"中不断敞开让"黑夜"变得更加深邃的"另一夜"，由此使一种独特的产生自"黑夜"的光亮得以显现，并让"真实世界"得以呈现；要么将目光转向他所习惯的现实世界，从某个总体视角出发，对这个世界进行审视与表征。不过，这并不是非此即彼的选择，而是两股同时作用于写作者身上的不同力量，意味着两个不同维度的进程：来自"真实世界"即文学的吸引力量将牵引写作者加入追寻作品源头的无限进程，该进程对应热奈特所说的叙述空间，在这个空间中，叙述者（写作者）面临与"空无深渊"相遇的风险（机会）；相反，来自现实世界的吸引力量则将牵引写作者加入讲述故事的进程，该进程对应的则是热奈特所说的的故事空间，在这个空间中，叙述者将通过时间、剧情等元素对这个世界进行再现。

通常情况下，文学叙事同时包含了这两个不同维度的进程，以及由此产生的不同力量。这就是为何，在论述文学语言的章节，我们指出在文学意象后面同时存在两个不同方向的力量。不过，当涉及文学创作理论时，则将产生两种不同的倾向：有的认为文学的功能应该是表征世界，这一倾向建立在认为世界只能表征（représenter）的哲学态度之上；有的则认为文学的功能在于对世界进行呈现，这一倾向建立在认为世界应该被呈现（présenter）的哲学态度之上。前者以 19 世纪的现实主义文学流派为代表，后者则是法国 20 世纪文学理论的整体走向。

在 19 世纪，受康德以来哲学思想的影响，文学写作更多被视作表征世界的方式。这样一种文学观是建立在"世界是可表征的"假设基础之上的。"世界是可表征的"，或者换句话说，对他们而言，"表征的世界"就是世界的真理。"表征"的首要条件是与表征对象保持一定的距离，无论是时间距离还是空间距离，从而得以将这个对象抓住。当这个需要表征的对象是世界时，就意味着需要与这个世界保持一定的距离，即从现实空间来到想象的虚构空间。于是，文学变成表征世界的绝佳方式。通过文学作品，我们得以与我们日常所生活的世界间隔一定的距离，从而得以总体审视这个世界，对这个世界以及我们的生活本身进行理解。从这个意义出发，文学的虚构特征实现了某种超越，它让我们不再是生活在此世界的"存在者"，而是得以站在世界之外思考这个世界。或许正是从这个角度出发，我们得以理解诸多文学家所宣称的"艺术源于生活，但高于生活"的说法。

在那个时期，正是从文学的表征与虚构功能出发，以福楼拜为代表的现实主义者开始思考与人们生活之世界息息相关的、被他们称作"现实"的问题，并由此发展了他们的"无人称"写作观和阅读观。本质上，这一创作理论正是对文学之表征功能的具体实现。他们要求写作者和读者均与所讲述或所阅读的故事保持一定的距离，以保证写作和阅读过程的客观性。不过，类似的创作理论越是注重客观性，现实主义小说越是给人以现实感，它们就越是会激发人们思考这样的问题：何为"现实"？事实上，正是对"现实"的深入思考促使发展到后期的自然主义者尝试以对现实生活的实时观察与记录为依托，为"现实"找到依据。诚然，这一激进的尝试遭遇了失败，由此写就的小说只会变成冗长、繁复的"流水账"，但他们对"现实"本身的思考却得以延续。人们开始思考：如果小说并不能以现实生活为依托来呈现"现实"，那么福楼拜等现实主义者所宣称的"现实"指的究竟是什么？这个意味着对世界之表征的"现实"有何特征？

在此基础上，布朗肖在《虚构的语言》[①] 中对小说的虚构表征功能以及由此形成的表征世界之性质进行了分析。在他看来，文学之所以能够通过虚构表征世界，并不是因为文学虚构可以构建出一个更加真实的世界。恰恰相反，正如布朗肖所说，一个虚构的故事，无论它多么给人以真实感，故事中的时间、空间、情节始终都是断裂的、贫瘠的，所有这些特征无不提醒着读者故事的虚构性。事实上，正是文学的虚构性特征让表征成为可能。只不过，表征的力量并不来自文学本身，而是来自读者：正因为虚构故事依旧拥有现实世界的时间与逻辑，会以情节推进的形式吸引读者进入虚构空间，于是，在阅读过程中，读者会通过自身的理解活动对故事情节以及时间、空间方面的缺失进行修复，从而让世

---

① 相关观点，可参见 Maurice Blanchot, *La Part du Feu*, Paris：Gallimard, 1949，pp. 79 - 89。

界获得表征。因此，我们看到，由此被表征的世界依旧始终以某个理解着的或思考着的主体为中心，因而始终只是一个唯心的理想世界。这就使得现实主义者们追求的"现实"不过是与人们日常经验相关的"现实"，只会涉及对不同"现实层面"的理解，是一种结构化或客观化的"现实"，而不是构成我们的生活的"现实"本身，即并不是作为"实在"的"现实"。

于是，我们看到，通过将虚构与"现实"联系起来，现实主义者们本想通过文学呈现客观的世界，然而却让"客观世界"这个说法变得可疑：如果要通过文学的虚构功能对世界进行表征，那么必定涉及写作者对真实生活的删减过程以及读者对虚构故事的修复过程，人的主体性必定牵扯其中，"客观"便无从谈起。正是这样的矛盾让人们看到了表征世界的界限，即人的主体性界限本身。不过，与此同时，这个有关"客观世界"的说法却让人们在表征世界之外，预感到了另一个真实的世界，即那个为让对世界的表征成为可能而被删除的世界。从某种角度出发，自然主义者曾尝试呈现的正是那个作为生活本身的真实世界，而这一尝试的失败则宣告了对这个真实世界进行直接呈现的不可能性：当真实世界变成真真切切的生活，它将变得不再能够被讲述；而讲述开始，则必定意味着对这个世界的删减与虚构。从此，自然主义者留待后人解决的问题是，如何写作才能让真实世界得以呈现。

事实上，对表征世界的质疑以及对真实世界的追寻是贯穿法国 20 世纪文学及艺术领域的总体倾向。被归为"新小说"流派的大批小说家都意识到了小说表征世界的界限，他们大多会通过对传统叙事的颠覆，透过碎片化的时间、模糊不定的空间、贫瘠的剧情等，来凸显这个表征世界的虚构性。我们在前面多次提及的超现实主义也对这一追求做出了明确的表达，他们所追求的不再是被表征的现实，而是超越这一现实的"超现实"。布朗肖的文学思想亦表达了相同的企图，在论及文学语言的部分，我们已经指出，在布朗肖看来，"文学想要切实存在的猫，位于其物理层面的卵石，不是人类，而是这个人"（*LPDF*：316）。我们会发现，从此，以文学之名所追寻的既不是唯物主义所说的客观的物质世界，也不是唯心主义所说的人对世界的意识，而是加上了时间维度的现时世界，是"此地此刻"的某物。以家门口的枣树为例，文学想要言说的既不是作为"客观概念"的枣树，也不是对这棵枣树的意识或回忆，而是某月某日某刻被风轻轻吹动而随风飘扬的那棵枣树本身。

在这里，我们看到了文学思想领域的一次重要转变，即对"现实"之理解的转变，布朗肖正是通过将这一转变与他的哲学思想结合起来，从而发展了他独特的文学与哲学思想。我们看到，人们追寻的依旧是"现实"，不过不再是被表征的"现实"，而是"自在"（être en soi）的"现实"，即我们在前面所说的"实在"（réel）。"实在"始终逃离我们，无法被我们抓住，我们与"实在"相互作用所产生的经验则构成了我们的"现实性"（réalité）。对世界的表征只是对这个"现实性"的总体审视，而与"实在"本身无关。文学此后的任务则将变成对"实在"本身的呈现。那么，文学如何得以实现对"实在"的呈现？

2. 文学与呈现（présenter）

事实上，当文学的任务变成呈现"实在"，这意味着其关注对象从以往的"现实世界"变成如今的"真实世界"。然而，"真实世界"无法像"现实世界"那样被表征，因为"表征"意味着对主体的确立以及对思考对象的客体化进程，该进程并不意味着人对"真实世界"的超越，而意味着对"真实世界"的"最初遗失"。一方面，一旦开始言说"我"，人属于"真实世界"的那个"原初存在"就会立即消失；另一方面，正如本书前面所说的，主体的客体化进程还离不开语言的命名（nommer）功能，一旦人开始使用语言对世界进行命名，"真实世界"将被立即删除并变成抽象、普遍的概念。因此，当文学声称与"真实世界"相关，以呈现"实在"为本质任务时，它一方面需要让人从言说"我"的固有模式中解放出来，另一方面要对语言本身进行挖掘与改造，从而让其摆脱自身的抽象摧毁功能。于是，正如前文所言，挖掘并改造语言，让诗歌语言拥有呈现"真实世界"的力量成为了 20 世纪诸多小说家与诗人所选择的共同道路。

关于人们在挖掘与改造语言方面所做出的努力，我们在前面已经有所论及，故在此不再赘述。不过，值得注意的是，在这条道路上，布朗肖进一步识别出了两条不同的路径：一个是"连续性"（continuité）的路径，另一个是"非连续性"（discontinuité）或"断裂"（rupture）的路径。"连续性"路径指的是以肯定的方式，通过对新语言形式的开发，尝试抓住转瞬即逝之"真实世界"的尝试。如果说"连续性"路径的尝试依旧充满人们通过语言抵达"此地此刻"之"真实世界"的美好愿望与希冀，那么，"非连续性"或"断裂"的思想路径则以这个"真实世界"永远不可抵达为思想前提：既然"真实世界"的"连续性"永远不可抵达，那么就让"真实世界"产生断裂，并让"断裂"变得彻底，从而让其作为"不在场"本身显现吧！布朗肖所说的"非连续性"或"断裂"路径的代表人物正是马拉美。正如笔者在前面所分析的，与连续性思想路径不同，在马拉美看来，文学的任务并非让语言摆脱其抽象摧毁功能，而是要让摧毁更加彻底。从此，词不仅要凭借其抽象力量将物摧毁，同时还要凭借其"感性召唤"力量（LPDF：70），将词所拥有的抽象价值摧毁，最后还要将自己本身的符号摧毁，以让"摧毁"变得"足够"，让语言抵达某个绝对的"沉默"，最终让"真实世界"作为完全被摧毁或否定后的"不在场之物"显现。

事实上，通过对马拉美的重要参考，布朗肖的文学思想亦是一种"断裂"的思想。不过，根据前面章节的分析，我们看到，与前期马拉美有所不同，布朗肖的"断裂"思想并不直接从语言出发，去考察让语言抵达绝对沉默的可能性，而是将目光投向整个写作经验，通过考察写作进程中人、语言与世界之间关系的变化，来思考让语言抵达沉默、让"真实世界"自我呈现的可能性。这就是说，为呈现"真实世界"，布朗肖不仅注重对语言本身的挖掘与改造，从而让"真实世界"免于被语言的抽象命名功能变成普遍概念，而且同时注重对人的改造，从而让属于

"真实世界"的人的"存在"本身不再被主体所掩盖。最终，得以完成这个双重改造的正是布朗肖始终思考的以文学为追寻对象的写作行动。结合前面的分析，正是在写作进程中"文学空间"的敞开处，人失去自身主体性而陷入"中性"，语言抵达真正意义上的绝对沉默，从此，"真实世界"不再被主体及语言所遮蔽，而是在自身的某种"断裂"或"不在场"处，作为一种"给予"（donné）被宣称或呈现。

于是，我们看到，如果说传统现实主义小说理论在关注小说虚构特征及其故事空间的同时，看到了小说表征世界的能力的话，那么布朗肖则通过对以文学为追寻对象的写作进程的考察，揭示了小说呈现"真实世界"的能力。前者与组成"现实世界"的各类现实性相关，后者则与"真实世界"的"断裂"或"不在场"本身相关。那么，具体地，在布朗肖所描绘的写作进程中，"真实世界"如何得以作为"不在场"被呈现？

首先，需要指出的是，"真实世界"的"断裂"发生在写作行动开始之初。这就是说，从一开始，与写作进程相关的就不是"真实世界"本身，而是"真实世界"在总体上的"不在场"，即我们通常所说的"非现实"（irréel）。这是布朗肖与萨特的共同观点。在他们看来，作为一种虚构的想象活动（imagination），写作首先意味着对"真实世界"的总体删除与否定。这一切仿佛，写作的开始就是在不断流动与变化的"真实世界"的连续性中凿开了一个口子，让这个"连续性"发生"断裂"，在"断裂"处，"真实世界"作为整体被清除，由此形成一个"空无深渊"。

其次，在"真实世界"的"断裂"处，在那个"空无深渊"上方，将形成一个本质的意象，这个意象被萨特称作"想象物"（imaginaire），它正是布朗肖所谓的隐藏在文学意象背后的中性意象。不过，正如笔者在前面所分析的，如果说萨特满足于将这个以"虚无"为基底的"想象物"视作照亮小说空间的持久光亮的话，那么布朗肖则认为写作行动的本质在于在这个"想象物"的牵引下不断追寻。只不过，作为"真实世界"总体上的不在场，"想象物"并不具备任何作为客体被观看或命名的可能性,而只会不断吸引写作者的"目光"(regard)前行,并在某个极限的时刻让写作者产生"出神"(fascination)。事实上,让写作者产生"出神"的时刻正是"真实世界"作为"真实世界"的"不在场"本身完全呈现在写作者面前的时刻,同时亦是"真实世界"将写作者的目光"吞噬"的时刻。

最后,在"出神"时刻,"目光"被吞噬的写作者将不再具有知觉与命名的能力,也不再具有任何言说的能力,而是将与"真实世界"本身面对面,处在与"真实世界"的某种全新的关系中。从此,写作者与"真实世界"之间的距离将既近又远:"无限近"是因为写作者不再经由任何中间介质(思想与语言)靠近"真实世界",而是让"真实世界"作为总体的"不在场"直接呈现在面前;"无限远"是因为写作者与"真实世界"的这段距离无法削减为任何有限的"间隔"(écart),以让观看或言说成为可能。在某种意义上,甚至可以说,陷入"中性"和绝对"沉默"的写作者正是将自己变成了这段距离本身,从而让"真实世界"的"断裂"或"不在场"在自己身上呈现。

总之,布朗肖所描绘的写作行动本就与"真实世界"的"断裂"或"不在场"相关。在某种意义上,写作者在文学的吸引下不断写作,其实就是在由"真实世界"之不在场所形成的本质意象的吸引下不断前行。同时,写作行动所蕴藏的"文学空间"则意味着"真实世界"的不在场本身,当该空间敞开时,写作者将失去自身主体性,并任由"真实世界"作为某种"给予"(donné)呈现在思想中。这就是为何,我们也可以说,让"文学空间"得以敞开的写作行动同时意味着在人的思想深处敞开一个让"此地此刻"的"真实世界"产生"断裂"的空间。最终,正是在该空间被敞开处,"真实世界"作为"不在场"本身被宣称与呈现。这一切仿佛,当有关"世界"的一切概念或意象被清除后,在那个"空无深渊"中,另一个更加原初的世界作为"将到之物"被宣称。从此,文学仿佛在说:"我不表征,我只呈现。"(LLAV:70)

因此,同19世纪的现实主义小说观不同,布朗肖认为小说的本质任务不是对"现实世界"的表征，而是对"真实世界"的呈现，他始终思考的以文学为追寻对象的写作进程正是让"真实世界"呈现的方式。随着"真实世界"的呈现，加入写作进程的写作者将在逃离各个层面之"现实性"包围的同时，与"真实世界""面对面"，从此处在与"真实世界"之间的某种原初关系之中。

　　事实上，对"实在"及"现实性"的思考亦是拉康尤其关注的主题。拉康从语言学的角度出发，分析了"实在"与"现实性"得以产生的过程。一方面，他从能指系统出发，认为"现实性（客体）是从词或声音出发的创造，正是通过词或声音，它们在能指链上占据一席之地，从而与其他客体区分开来"①，而想象或虚构则"通过表征、阐释和意象让我们能够赋予现实性以具体形象"②。这就是说，在拉康看来，现实性始终与从能指系统出发所产生的意义或形象相关。相反地，在拉康那里，"实在"则被视作某种不可言说且不可想象、无处不在又始终逃离我们的东西。③ 我们看到，"实在"不仅不是从能指系统出发所产生的任何意义，而且还要求这个能系统本身发生某种扭曲或者断裂。正是在这个断裂处，"实在"得以显现。不过，与此同时，这个断裂同样是想象的条件，而且在拉康看来，想象的表征功能将会阻止"实在"的显现。由此便形成了拉康所说的由想象、象征（能指）及实在三界组成的著名的"博罗米结"（nœud borroméen）。

　　诚然，布朗肖不曾像拉康这样就"实在"与"现实性"进行系统性的论述，他始终关注的是通过写作"呈现"（présenter）而不是"表征"

① 　参见 Marguerite Angrand，«Le réel selon Lacan»，in *Philopsis*：Revue numérique，Mis à jour：28 novembre 2014. USL：http：//www. philopsis. fr/IMG/pdf/reel-lacan-angrand-. pdf. Consulté：le 5 décembre 2017。

② 　参见 Marguerite Angrand，«Le réel selon Lacan»，in *Philopsis*：Revue numérique，Mis à jour：28 novembre 2014. USL：http：//www. philopsis. fr/IMG/pdf/reel-lacan-angrand-. pdf. Consulté：le 5 décembre 2017。

③ 　参见 Marguerite Angrand，«Le réel selon Lacan»，in *Philopsis*：Revue numérique，Mis à jour：28 novembre 2014. USL：http：//www. philopsis. fr/IMG/pdf/reel-lacan-angrand-. pdf. Consulté：le 5 décembre 2017。

(représenter）世界的可能性。不过，从他的论述中我们可以看到，写作者通过写作敞开"文学空间"的过程，就是让拉康所说的能指系统产生"断裂"的过程，即让语言归于绝对沉默的过程。随着这个空间的敞开，"实在"得以在逃离任何主体性以及任何意义的前提下自我显现。同时显现的还有人与"真实世界"之间的某种原初关系。有关这个关系，需要进一步指出的是，这并不是建立在视觉或理解基础上的关系，而是"不可能"的关系，在这个关系中，"真实世界"永远处在将到的状态。相应地，让"实在"得以显现的"文学空间"则正是这个关系本身。布朗肖称这个处在与"真实世界"原初关系中的"存在"为"中性"。在"中性"状态下，无论是让理解成为可能的理性之光，还是让现象得以产生的自然之光，均已熄灭。可以说，"文学空间"的敞开并不意味着海德格尔所预感的"光亮"的到来，而是将让人们陷入最为纯粹的"黑夜"。然而，正是在这个纯粹的"黑夜"中，"真实世界"不再化作任何与人相关的"现实性"，而是变成被黑夜掩盖之物，作为"实在"自在地显现。

第 2 节　布朗肖的极限写作

通过前面的分析，我们看到，对布朗肖而言，文学写作是呈现"真实世界"的途径，而呈现这个世界的方式就是敞开"文学空间"，以在将一切清空后，让"真实世界"作为"不在场"被宣称与呈现。事实上，如果说在本书的前两个部分，我们更多是从布朗肖对文学、写作、写作者、作品、文学语言、读者等方面的思考出发，从理论上论证了通过写作敞开这个独特空间的可能性，由此勾勒出了布朗肖以"文学空间"为隐秘中心的独特文学思想，那么在"文学与世界"这个部分，我们则把前面所论证的"文学空间"与"真实世界"联系在了一起，并将前者的敞开视作对后者的宣称与呈现。于是，从此，在布朗肖那里，写作变成这样一个无限的真理进程，该进程让对"真实世界"的呈现成为可能。在此基础上，尚且还有一个问题值得我们深思：这个无限的写作进程始终需要具体写作的承载，那么，究竟怎样具体的写作才能承载无限的写作进程，在敞开"文学空间"的同时，实现对"真实世界"的呈现与宣称？

事实上，这也正是布朗肖始终思考的问题。除了抽象的理论分析，布朗肖还始终思考着用具体的叙事实践来承载这个无限的写作行动并实现对"真实世界"之呈现的可能性。除众多理论著作外，布朗肖还书写了多部小说或叙事作品。他的小说或叙事作品总是表现出不可读的特征，残破、断裂甚至完全缺失的故事情节，模糊、扁平化甚至彻底缺席的人物形象，飘忽不定的场景或者没有任何场景的情况，等等，所有这些特征仿佛都向传统小说发起了最为激进的挑战。那么，布朗肖的小说或叙事作品有何特征？它们与布朗肖的文学写作思想有何关联？这些作品在何种程度上完成了对"文学空间"的敞开以及对"真实世界"的呈现？

1. 从小说到叙事：一种"纯叙事"的可能性

布朗肖的小说或叙事作品从整体上表现出了难以分类的特质，对于这些作品究竟应被归为小说还是（热奈特意义上的）"叙事"这一问题，学界至今存在争议。根据安托万·菲利普（Antoine Philippe）在《小说就是叙事》（*Le roman est le récit*）中所说的，学界普遍倾向于将《黑暗托马》第一版、《亚米拿达》及《至高者》三部作品归为小说，而将布朗肖的其他作品归为叙事。不过，在菲利普看来，如此分类更多是从作品的篇幅出发，因为通常情况下，小说的篇幅相较叙事更长。与通常的分类方式不同，菲利普在文中提出了一个非常值得借鉴的观点。在他看来，布朗肖的所有作品都应被视作"叙事"，只不过并不是通常意义上的"叙事"，而是布朗肖特有的一种创作方式。我们倾向于同意他的这一观点，在此基础上，有待我们继续思考的问题是，布朗肖独特的"叙事"具有怎样的特征？

在某种意义上，布朗肖的叙事作品可被归到英美批评家所提出的

"récit"一类。作为法国小说的一个独特种类，"récit"最显著的特征在于罗杰·沙塔克（Roger Shattuck）所说的"叙事者与叙事进程本身相遇时所产生的焦虑"①。这就是说，叙事者在叙事过程中对叙事进程本身产生了意识与焦虑。这就使得"récit"不仅仅是对某个故事的讲述，而且还有对讲述这个动作本身的意识，例如纪德（André Gide）的《背德者》（*L'Immoraliste*）就被归为这一体裁。不过，布朗肖的独特"叙事"并不能简单等同于沙塔克所说的"récit"。事实上，正如本书"叙事的秘密"章节所说的，布朗肖自己也经常使用 récit 一词并赋予了该词独特的含义。在布朗肖那里，récit 一词特指小说作品返回自身、追寻自身源头的无限进程，即我们在前面所说的以文学为追寻目标的无限写作进程。我们看到，在布朗肖那里，récit 一词不再包含任何故事元素，而只是与对小说作品的源头即文学的无限追寻进程相关。尽管布朗肖自己也意识到了这样的无限 récit 通常无法获得具体形式，总是"试图让自身隐匿于小说的厚度中"（*LLAV*：19）的事实，但他并不满足于让其隐匿于小说的厚度中，而是始终思考着写作某个只与 récit 相关之"纯叙事"（récit pur）的可能性。可以说，最终，正是对这样一个"纯叙事"的创作构成了布朗肖独特叙事的本质特征。

有关这个"纯叙事"，需要指出的有以下三点。第一，这个"纯叙事"完全不同于传统小说，正如菲利普所说，"对布朗肖而言，小说是紧扣现实的虚构，是一种'属于白昼的文学'，而布朗肖想要完成的这个'纯叙事'则是某个'黑夜的写作'"②；第二，这个"纯叙事"也不完全等同于沙塔克所说的"récit"，因为"纯叙事"对叙述进程的意识并不简单体现为讲述故事时对不同叙事层级的转换，而是更为本质地体现为对小说作品源头即文学的焦虑与追寻；第三，布朗肖对"纯叙事"的创

---

① Roger Shattuck, "The Doubting of Fiction", *Yale French Studies*, 1950, n° 6, p. 102.

② Roger Shattuck, "The Doubting of Fiction", *Yale French Studies*, 1950, n° 6, p. 44.

作还意味着他对文学、写作及小说最为深沉的思考。在 1941 年《黑暗托马》正式出版的前夜，布朗肖这样说道："愿一个象征着'纯粹'和'骄傲'的作家将从此诞生，这个作家之于小说正如马拉美之于诗歌。"（LFP：212）这就是说，正如马拉美通过写作始终思考着诗歌的本质，布朗肖同样通过写作始终思考着文学、写作及小说的本质，他想要写作的并不是"与过去相关的现实主义小说"①，而是"马拉美式的将到的小说"②。

可以说，从小说转到叙事并尝试创作某个"纯叙事"，这正是布朗肖在叙事实践中始终保持的本质倾向。为进一步考察布朗肖叙事实践中这一本质倾向的特征，我们可对《黑暗托马》第一版和第二版进行对比考察。布朗肖曾先后于 1941 年和 1950 年出版两个不同版本的《黑暗托马》，其中，第二个版本相较第一个版本删除了大量具体的内容。在第二版前言处，为对比两个版本的区别，布朗肖如是写道：

> ……任何作品都有无限多种可能的变化形式。相较 1932 年开始书写、1940 年 5 月交付出版社、1941 年正式出版的名叫《黑暗托马》的篇章，新版本什么都没有添加。不过，由于该版删除了许多内容，因此它也可算作另一个甚至全新的作品。但是，如果每当完整的形象（figure）本身只表达着对某个想象中心的追寻时，我们并不会区分形象与作为或自认为作为这个形象之中心的东西。在这种情况下，这个版本就与之前的版本相同。（TLO：7）

我们会发现，在布朗肖看来，尽管新版本相较之前的版本删除了许多内容，但从某种角度出发，它依旧可视作与之前的版本相同。那么，两个版本在何种层面上可被视作等同？对第二版《黑暗托马》的创作意味着

---

① Antoine Philippe，«Le roman est le récit»，*Maurice Blanchot*，*entre roman et récit*，dir. Alain Milon，Paris：Presses universitaires de Paris Nanterre，2014，p. 44.

② Antoine Philippe，«Le roman est le récit»，*Maurice Blanchot*，*entre roman et récit*，dir. Alain Milon，Paris：Presses universitaires de Paris Nanterre，2014，p. 44.

布朗肖叙事写作的何种倾向？

通过回顾布朗肖对写作经验的论述，我们会发现，这里的"完美形象"指的应该是布朗肖所说的作品，而"想象中心"（centre imaginaire）指的应该就是作品的源头即文学。这就是说，当写作行动让作品不断朝着作品的源头走去时，即便具体的内容和细节发生改变，这样的写作也始终意味着对 récit（作品追寻自身源头之进程）的承载。正是从这一点出发，两个版本是相同的。这就是说，两个版本的《黑暗托马》都始终以 récit 为隐秘中心，都隐藏着荷尔德林所说的"独一无二的节奏"。正是在这个意义上，二者可被视作等同的。由此我们可得出布朗肖叙事实践的第一个特征——始终以意味着追寻文学之无限进程的 récit 为隐秘中心。

不过，既然布朗肖将两个版本视作"相同"的，那么为何还要在第一版基础上创作第二版或更多其他版本呢？我们看到，从第一版到第二版的过程，其实可被视作一个不断削减的过程，即对第一版本小说属性的削减。由此我们可看出布朗肖叙事实践的第二个特征：尽可能地将小说作品的故事空间削减，从而让隐藏其中的 récit 显现出来。

值得注意的是，当布朗肖的叙事实践以削减故事空间为目的时，他与新小说家的企图非常类似。不过，二者亦有着本质的区别：新小说强调在故事空间的基础上对故事空间的逃离，因而故事空间依旧是最初的出发点，而布朗肖的"纯叙事"则彻底转向 récit 并以 récit 为隐秘中心。那么，小说叙事以 récit 为中心，这样的事实意味着什么呢？事实上，正如笔者在前面所说的，如果说小说对故事的讲述因为有明确的开头与结尾而可被视作"有限叙事"的话，那么布朗肖所说的这个 récit 由于仅意味着对"追寻文学"这个"独一无二情节"的无限重复而可被视作某种"无限叙事"。通常情况下，无限的 récit 进程与有限的故事讲述共同构成小说叙事的两个不同维度。不过，当布朗肖的叙事实践以 récit 为中心时，其实意味着小说有限的故事维度也将转向 récit 一边并变得无限。从此，在这类"纯叙事"作品中，对小说故事的讲述将不再能够拥有某个真正意义上的"开始"或"结束"，无论这些作品表面的小说元素或细节是多是少，对故事的讲述都已变得不再可能。正是在这个意义上，《黑暗托马》的两个版本可被视作等同的。

总之，通过对《黑暗托马》两个不同版本的对比，我们发现，布朗肖的"纯叙事"写作尝试以 *récit* 进程为隐秘中心，意味着在让对故事的讲述变得不可能的同时，对故事空间的删减。不过，当对故事的讲述变得不可能，就意味着将有限的故事空间变成无限，并变成对无限 *récit* 进程的某种内部"重复"（répétition）。于是，我们将发现，如果我们依旧将叙事分为讲述的行动和被讲述的对象，那么布朗肖所讲述的对象就是"讲述"这个进程本身。正是在这个意义上，我们亦可称布朗肖创作的"纯叙事"为某种"叙事的叙事"。这便是我们所发现的布朗肖叙事实践的第三个特征：在让对故事的讲述变得不可能的同时，将叙事变成对 *récit* 本身的内在重复。

2. 双重的叙事

在分析了布朗肖叙事实践的三个特征后，接下来有待我们思考的是，布朗肖的叙事实践如何得以实现以 *récit* 为中心，并在让故事空间变得不可能的同时，将叙事变成"叙事的叙事"？以及这样的写作实践如何得以实现对"真实世界"的呈现？

正如笔者在前面所分析的，如果我们将叙述的进程本身，也就是写作经验本身视作一个独特的叙事，即布朗肖所谓的 *récit*，那么这个叙事只同"与文学相遇"这个永远无法发生之事件相关。从某种角度出发，无论年代，无论体裁，所有以文学为目标的叙事都只是对这个独特"情节"的不断重复。这也是为何卡夫卡声称自己的《城堡》不过是对荷马《奥德赛》的重复。（DKAK：190）那么，试想一下，当在叙事的双重空间中，故事空间也以这个独特的"情节"为内容时，类似的重复岂不是会立即在叙事的内部产生？这便是我们所说的"叙事的叙事"。不过，故事空间以"追寻文学"这个独一无二的"情节"为内容，这具体意味着什么呢？

　　事实上，正如笔者在前面所论证的，在"追寻文学"这个独一无二的"情节"（布朗肖所说的 *récit* 进程或者他所说的本质的写作行动）中，重要的并非"何为文学"这个问题（这个问题永远不会有确切的答案），而是以文学为对象的这个追寻进程本身。对于该进程，我们在前面已经进行过充分的论证：该进程在让文学作为"不在场"显现的同时，意味着对某个独特关系的揭示，在这个关系中，被追寻的目标（比如文学）以"不可能"为本质，它不是外在于追寻进程的某个固定目标，而是在构成追寻动力的同时只在追寻进程中存在，这样一个目标在吸引人们追寻的同时，会在追寻过程中敞开一个让追寻不再可能的独特空间。事实上，写作进程所揭示的这个"不可能"关系不仅仅是写作者与文学之间的关系，而且是人与"真实世界"之间的关系——处在这一关系中的人不再满足于生活在现实世界中，经验着各式各样的"现实性"，而是体验到了超越现实、与"真实世界"本身"面对面"的经验，并在追寻超验的过程中产生了超越自身的极限经验。事实上，我们在上面所说的"叙事的叙事"以"追寻文学"这个独一无二的"情节"为讲述对象，指的其实就是以这类超越现实的极限经验为讲述对象。除了写作经验，布朗肖还广泛谈论着"死亡""爱情""友谊""阅读"等极限经验。最终，正是这些以"不可能"为本质的极限经验构成了布朗肖叙事作品的讲述对象，也正是通过对这些极限经验的讲述而不是对有限故事的创造，布朗肖的叙事作品得以实现对 *récit* 的内部重复，并形成独特的"叙事的叙事"。

　　那么，具体地，布朗肖如何得以实现对以不可能关系为本质的极限经验进行讲述？这样的叙事体现出了哪些特征？

　　我们将看到，如果说新小说是通过叙事技巧让表征世界的故事空间动摇或摧毁，那么布朗肖的小说或叙事作品就是对这个表征世界的彻底放弃。从此，布朗肖叙事作品中的"人物"不再活在表征世界的逻辑之中，也就是不再活在我们现实生活的逻辑中，而是由于某种特殊的原因，进入到无限的流浪空间，从此只与"外在"空间相关。这个人物可能依旧生活在现实生活中，但由于某些极限的经验，比如《我的死亡时刻》中差点被枪毙的经验，而从此与某个"更加深刻的死亡"相关。在《至高者》《伊利亚特》等叙事作品中，人物就总是无法安心地生活在此世界中，总是会被某个外在于这个世界的东西所牵引。我们看到，新小说即便是对表征世界的逃离，也依旧是以这个世界为中心的逃离，是一种否定式的摧毁和反叛。然而，"叙事的叙事"则已经变成以"外在"空间为中心，并在这个中心的吸引下不断地靠近与重复。事实上，正是这个中心的本质转移，使得在布朗肖的"叙事的叙事"中，即便依旧存在人物、对话、动作等故事基本元素，但任何情节的形成已经不再可能，我们从此只与唯一的情节——对某个超越我们界限之物（可能是文学，也可能是死亡、友谊、爱情等）的无限追寻——相关。

不过，在对"唯一情节"进行讲述的过程中，布朗肖采用了不同的方式。大体上，我们可总结出三种不同的方式：隐喻式、插入式和重复式。

首先是隐喻式的讲述方式。事实上，除布朗肖外，诸多其他小说家也曾有过类似的写作。我们在前面多次提及的卡夫卡的《城堡》就是采用这类讲述方式的"叙事的叙事"，里面的主人公（如果可以称为主人公的话）土地丈量员 K 不断追寻心中"城堡"的过程其实就是对写作者不断追寻文学之进程的隐喻。类似的叙事方式还出现在贝克特的《等待多戈》（*En attendant Godot*）中，里面无尽的等待正是写作经验中的"等待遗忘"的无限循环。可以说，卡夫卡和贝克特都将故事的主人公置于"文学空间"之中，然后通过一定的隐喻方式对写作经验进行了"讲述"。在布朗肖的诸多叙事作品中，《亚米拿达》也采用了这一叙述方式。在该叙事中，主人公"托马"在没有任何故事、人物、背景介绍的情况下，来到一幢房屋前，并在一个年轻女孩的召唤下，进入到这幢被黑夜笼罩的房屋。随后，托马在房屋中不断追寻着属于房屋的"秘密"，并期望与发出召唤的那个年轻女孩"相遇"。然而，如迷宫般的房屋、仿若没有尽头的走廊、紧闭的没有门锁的大门等迅速让托马迷失，让他始终无法真正与年轻女孩"相遇"。叙事的最后，唯独剩下"您是谁"（*Ami*-

nadab：290）这个绝望的呐喊回荡在整个叙事循环中。事实上，在这个叙事中，被黑暗笼罩的"房屋"正是对写作者开始叙述时所进入的思想"内在性"的暗喻，正如前文所言，正是这个让写作得以发生的场域被布朗肖形象地称作"黑夜"；年轻女孩的"召唤"则是对文学本身的暗喻；而没有尽头的走廊、没有门锁的大门、悬空的楼梯等则是对"文学空间"或者"外在"空间的暗喻：该空间没有任何"入口"，只能在以它为目标的追寻进程中才能显现，它的显现并不意味着与文学或年轻女孩的真正相遇，却是通往文学的"通道"（passage）本身。

其次是插入式的讲述方式。在这一类讲述方式中，布朗肖保留了线性的故事叙事，但强调叙述者的在场，让叙述者在其内在性中自由地游荡，然后通过叙事时间的断裂、记忆的缺失等方式，让对极限经验——也就是叙述者进入"外在"空间的经验——的讲述成为可能。通常情况下，在布朗肖的这类叙事中，叙述者的视角局限在主体性范围内，是对所发生之事的见证，但对于主体无法进入因而无法见证的"外在"空间，叙事在时间或空间上会产生一个空洞，主人公在记忆上也会产生缺失。这正是《我的死亡时刻》《至高者》《伊利亚特》等叙事作品的情况。在本书第 1 部分"不可能的死亡"章节，我们曾对《我的死亡时刻》这部叙事作品进行过细致的分析，因此我们不再赘述。如果说这类叙事在形式上依旧保留了大量传统小说的元素，只不过极限经验的发生会不断改变原本叙事的秩序与方向的话，那么布朗肖的第三类叙事则是更加彻底的反叛。

最后就是重复式的讲述。在这一类讲述方式中，叙述者的视角不再局限在主体性视角内，而是跨越主体性，不断在"我""无人称"与"他者"之间转换，也就是不断在主体、中性与他者之间转换。这就是说，在这类叙事中，写作的极限经验不再是作为某种缺失和遗忘呈现在叙事中，而是变成叙事的对象本身，并得到不断地重复。此类叙事以《等待遗忘》《最后之人》和《黑暗托马》第二版等最为典型。在上述叙事中，核心"人物"往往都由三个人组成：无论是《等待遗忘》中用简单的

"我""他""她"所指代的人物，还是《最后之人》中的"我""女人"和"老人"，抑或是《黑暗托马》中的托马、年轻女孩安娜（Anne）和"黑暗的托马"。根据我们在"写作者的祭献"的相关章节的分析，主体、"中性"与"他者"之间的基本关系是：①主体是在"他者"的吸引下不断写作；②不断写作的过程是主体性不断消解的过程；③主体性消解的时刻，便是迎接"他者"的时刻，此时"他者"得以言说，同时这也是中性空间得以敞开的时刻；④中性空间的本质在于其不可能性，它是一个不可能的黑暗空间；⑤因此，无论是"他者"还是"我"都无法真正进入中性空间。事实上，正是这些关系组成了布朗肖上述叙事的所有情节。我们将看到，在这些叙事中，场景总是贫瘠甚至缺失的，但同《亚米拿达》一样，在这些叙事中，我们也经常能够读到"房间""走廊"（LALO：8）的意象。正如前文所言，"房间"或者"房屋"隐喻的是写作者的内在性。因此，在以上叙事中，房间中通常只有主体的"我"独自一人。但某些时候，他者会突然闯入，出现在房间中，"在某个角落"（LALO：17），开始与主体对话。经常出现在这些叙事中的"走廊"意象则总是呈现为一个狭长的"通道"（passage），是人跨越自身维度的过程，总是会让人联想到物理上所说的"跨越时间的隧道"。以上叙事还有一个共同的特点，就是与"我"对话的总是"他者"，"中性"则始终保持沉默，无法被"我"或他者企及，因为"中性"是绝对的不可视与沉默。

我们看到，通过三种不同的叙述方式，布朗肖得以完成对极限经验的"讲述"。其中，前面两种叙述方式或多或少依旧保留着传统故事的元素，会让人产生进入故事空间的错觉，最后一种方式则只是对敞开"外在"空间这个"独一无二"情节的单调重复，意味着对小说元素最为彻底的删除。不过，无论对小说元素的保留程度如何，这些叙事中的"人物"都不再是生活在"现实世界"中拥有明确身份与地位的人，而是将进入布朗肖所说的"文学空间"或"死亡空间"中，感受到"实在"的存在，从而处在与"真实世界"之不可能性关系中。最终，正是在这些

"人物"不断追寻的过程中，位于主体之外的"外在"空间得以敞开。

让我们再次将目光转回布朗肖所创作的这类"叙事的叙事"本身。首先，正如前文所分析的，这些叙事以极限经验为叙述对象，因而无法完成对任何具体故事的讲述，而只能将"故事"引向一个又一个"空无深渊"。其次，值得注意的是，这些极限经验本身是通过具体的叙述行动被讲述出来的，而这个叙述行动本身同样意味着对"不可能"的文学的无限追寻，以及对"文学空间"的敞开。于是，我们看到，布朗肖所谓的"叙事的叙事"这类双重叙事其实由两个相互叠加的无限进程组成，且这两个进程都会敞开某个以"不可能"为本质的独特空间。最后，正如笔者在前面所说的，正是这个以"不可能"为本质的空间本身构成了这类双重叙事的隐秘中心。其一，该空间是让两个追寻进程变得不再可能并发生某个本质"转弯"（détour）的关键区域，这是一个始终无法"跨越"的区域，正是该区域的存在造就了两个进程的无限性；其二，该空间就像德勒兹所说的"褶子"（pli），是让两个看似平行且无限的进程得以重叠在一起，共同构成"叙事的叙事"的神秘区域；其三，我们将发现，该空间还是相互"重叠"且不断重复的两个无限进程不断返回与敞开的独特区域。这就是说，以"不可能"为本质的"文学空间"或"外在"空间不仅是让"叙事的叙事"成为可能、让双重的叙事得以开始的"起点"，也是这个双重叙事不断返回的"终点"。甚至可以说，布朗肖所创作的"叙事的叙事"就是不断生成或敞开着本质为"不可能"之空间的独特叙事。最终，正是在对这个"不可能"空间的不断敞开与生成过程中，产生自叙事"黑夜"的属于作品的独特光亮得以自在显现，"真实世界"作为"不在场"的"将到之物"被宣称与呈现。

因此，通过以上论述，可以说，布朗肖的"叙事的叙事"是以"不可能"空间为隐秘中心的双重叙事，该叙事通过对"不可能"空间的不断敞开与生成，在让"真实世界"产生某种绝对"断裂"的同时，让"真实世界"作为绝对的"不在场"被宣称与呈现。可以说，这类叙事正是布朗肖"断裂"思想的最佳实践：从此，"断裂"的产生不再停留在理论层面，而是真实地发生在此类叙事的上空，成为人们超越各类现实性及主体性束缚并向"自我"及"真实世界"敞开的一个隐形"通道"（passage）。

3. "不可读"的叙事

事实上，如果说布朗肖所揭示的无限写作行动由于可以呈现"真实世界"而可被视作一种独特思想的话，那么布朗肖的"叙事的叙事"就是让这个独特思想得以实现的具体写作方式。通过前面的分析，我们看到，布朗肖的"叙事的叙事"其实就是不断敞开以"不可能"为本质的"文学空间"从而让叙事"黑夜"的光亮显现、让"真实世界"作为"不在场"呈现的叙事。不过，为让光亮显现以及对"真实世界"的呈现真实发生，布朗肖的"纯叙事"还需要一个可以"见证"或承载这一显现的现实场域（lieu），这个现实场域指的正是读者。在某种意义上，甚至可以说，只有读者的介入才能让布朗肖的"叙事的叙事"得以真正意义上完成对"真实世界"的呈现。只不过，布朗肖的叙事作品等待的并非普通的读者，而是我们在"读者"章节所提到的某种"无知"的读者，并将意味着对与其相遇的读者的某种深刻改变。那么，具体地，布朗肖的叙事作品如何得以改造读者并将之变成"见证"作品之显现的场域？

通过分析，我们将发现，布朗肖叙事作品的基本特征是不可读且不可评论。诚然，正如本书"读者"章节所分析的，对于读者而言，布朗肖的叙事作品不断生成与敞开的"不可能"空间意味着一个"空无"，而且面对这个"空无"，读者总是倾向于变成"通过想象焦虑地延续写作激情"（LEI，466）的评论者，从而通过各个不同层面的评论将这个"空无"填满——这正是布朗肖所刻画的异化的读者形象。不过，面对布朗肖的"纯叙事"，异化的读者则将遭遇某种本质的"不可能性"：他们既无法讲出这些叙事讲了怎样的故事，也无法描述故事的情节，更无法说出故事可能的引申含义。如果一定要对这些叙事进行评论，那么也只能对蕴藏于所有这些叙事中的"唯一情节"进行复述，也就是围绕文学的

"空无"进行言说。这样一来，新的叙事就诞生了。这就是为何，布朗肖指出，"任何文本都是对另一个文本的评论"（DKAK：186）。同时，"这种评论不是要将文学的空无填满，而是感受到了这个空无的追求，从而开始重复，开始不断地围绕着这个空无进行言说"（DKAK：186）。换句话说布朗肖的"叙事的叙事"无法被评论，只能被重复，而且它们自身本就是对其他文本的重复。然而，当读者开始对这个叙事进行重复，从而让新叙事诞生时，这同时意味着读者向写作者的转变，读者于是变得不再可能。

事实上，创作某个"不可评论"且"不可读"的"纯叙事"正是布朗肖始终追寻的目标。在《后来——"永恒重复"之后》（Après coup, précédé par Le Ressassement éternel）类似后记的部分，布朗肖称自己曾被要求对其早期写就但未发表的作品《伊利亚特》和《最后的话》①（Le dernier mot）进行自述或评论。然而，他给出的答案却是类似的评论是不可能的。在布朗肖看来，他并不能因为作者的身份而成为"更具权威"的读者，因为作品一旦写成，它便将写作者打发走，并将自我封闭起来、不断逃离。布朗肖进一步指出，作品的本质其实就在于始终发出这样的指令："不要读我！"（Noli me legere）（AC：88）同时，在他看来，正是在这个阅读和评论的"不可能性"中蕴藏着某种"美学的、伦理学的以及本体论的价值"（AC：88）。被布朗肖视作完美的"不可读且不可评论"之叙事的是巴塔耶在1937年前后书写的《艾德沃妲夫人》（Madame Edwarda）。布朗肖是这样评价这篇叙事的："这样一部仅由几页纸构成的作品却超越了所有的文学，它独一无二，始终拒绝着任何评价性的话语。"（AC：90）布朗肖将之视作某种"绝对"，他曾激动地向巴塔耶表示，与这个叙事的相遇让他从此"一生无憾"（AC：90）。正是在这部拒绝任何评价的叙事中，布朗肖看到"叙事中只剩下裸露的'写作'一词，就像是裸露的'黑夜'在狂热地展示"（AC：91）。从布朗肖对《艾德沃

---

① 根据布朗肖自己的说法，他是在创作《最后的话》期间写作了《黑暗托马》。

姐夫人》的推崇与评论中，我们似乎可以看到他自己的叙事理想：叙事
自身言说着"不要读我"，最终唯独剩下"写作"的动作，以及由此显现
的"黑夜"。在某种程度上，布朗肖所创作的让故事空间瓦解、通过对
récit 的内部重复不断敞开着"不可能空间"的"叙事的叙事"正是对这
一叙事理想的具体实践。

　　那么，具体地，布朗肖"不可评论"且"不可读"的叙事作品如何
实现对读者的本质改变，并让其成为"不可能"空间的承载者？一方面，
我们将发现，布朗肖的这类叙事作品将要求与之相遇的读者做出一个本
质的选择：读或不读。这将是一个问题。正如笔者在前面所说的，如果
读者依旧选择站在"可能性"界限范围内、选择作为评论者去"读"这
些叙事的话，那么这些叙事会立马将自身封闭起来，拒绝读者的进入，
并让读者产生"无聊""什么都没讲"的印象。相反，如果读者选择"不
读"，即选择放弃这个异化的阅读习惯，而只是在蕴藏于叙事中的"空无
深渊"的召唤下，轻盈地言说"是"，那么在这些叙事中所显现的"裸露
的黑夜"则将表现出另一番模样，并对读者发出某种"沉默的召唤"。总
之，布朗肖的叙事作品拒斥所有以传统阅读为目的的读者，但对于这个
只会轻盈地言说"是"的"幸福天真"的读者，它总是笑脸相迎。另一
方面，布朗肖的叙事作品对"不可能"读者的要求将让对世界的表征不
再可能。回到前面所说的"写作与世界"的关系，正如我们所说，传统
的小说叙事总是倾向于通过对故事的讲述来表征世界，而且这一表征功
能有赖于读者积极地用自身的感受与理解力去"读"一部作品，从而将
故事中原本缺失的时间或地点进行修复和还原。这就是说，传统小说需
要的是生活在此世界的读者，该读者依旧沉浸在表征世界的逻辑与真理
中。然而，当布朗肖的叙事作品不再有任何情节，也不再关涉任何此世
界的逻辑，读者就不再能利用自己在现实世界的确定性来理解并表征这
个世界。相反，要想靠近这些叙事作品，读者只能在叙事"沉默召唤"
的牵引下轻盈地言说"是"，并让自身变成"空无深渊"得以敞开的场
所。最终，正是在该空间敞开处，"此地此刻"的世界作为"不在场"显

现。于是，我们看到，诚然，布朗肖叙事作品对"不可能"读者的塑造让任何表征变得不再可能。然而，与此同时，正是在这个表征的不可能性中，被表征所删除的那个"真实世界"才获得了被迎接的可能性。

总之，面对布朗肖"不可读"且"不可评论"的"叙事的叙事"，读者要么转身离去，要么只能在该叙事的"沉默召唤"下轻盈地言说"是"，并在穿透一页又一页纸张的同时，不仅什么都不留下，而且还将写作者可能留下的所有印记删除，从而让自身沐浴在作品的纯粹光亮之中。最终，正是在这个读者的"见证"下，作品、文学或者"真实世界"将得以返回自身并作为"不在场"显现，布朗肖的"叙事的叙事"将得以完成其呈现"真实世界"的任务。从本质上讲，在这个过程中，"真实世界"之所以得以显现，是因为通过将叙事变得"不可读"与"不可评论"，布朗肖让读者从异化的阅读中解放了出来。从此，读者的思想模式与"存在"将发生本质的改变，他将不再以表征的方式"理解"世界，而是将与世界"面对面"，回到与世界的原初关系中。

可以说，布朗肖的叙事实践是其"断裂"思想的重要思考方式。正是通过"叙事的叙事"这种独特的叙事方式，布朗肖在让两个无限进程产生重叠的同时，不断地生成并敞开着将一切清除的"不可能"空间。该空间不仅无法被读者"阅读"和"评论"的欲望填满，而且还将向读者发出"沉默的召唤"，让其在轻盈的"是"中，迎接作品光亮的到来。于是，在读者的见证下，在"不可能"空间敞开处，"真实世界"作为绝对的"不在场"被宣称与呈现。事实上，如果我们将布朗肖的思想称作一种"断裂思想"，那么其叙事作品就是让这个绝对的"断裂"本身得以真实发生的场域；如果我们将布朗肖的思想称作一种"否定思想"，那么其叙事作品就是让绝对"否定性"彻底释放的空间；如果我们将布朗肖的思想称作一种"死亡思想"，那么其叙事作品就是让死亡无限延续的地方。然而，最终，正是在"断裂"真实发生处，在一切被绝对否定处，在死亡变得无限处，有东西将作为"将到之物"被宣称，"将到"的既是具有即刻性的"真实世界"，也是对这个世界天真轻盈的"肯定"，更是处在这个世界之中的人的"自我存在"(être en soi)。

第 3 节　文学的两面性

　　在揭示了文学如何得以让"真实世界"作为"不在场"呈现后,布朗肖进一步思考的是,由此呈现的"真实世界"与我们所熟悉的"现实世界"之间有何关系。换句话说,布朗肖继而思考的是人如何既生活在由各式各样的"现实性"(réalité)所构成的"现实世界"中,又同时生活在由不断逃离我们的"实在"(réel)所构成的"真实世界"中。

　　事实上,为讨论这两个不同层面的世界之间的关系,"文学"依旧是一个可靠的突破口。一方面,文学与"真实世界"相关,写作者在文学的吸引下加入无限的写作进程,其实就是在由"真实世界"的绝对"不在场"所形成的本质意象的吸引下的不断追寻,最终,文学"存在"的自我显现亦意味着"真实世界"的自我呈现;另一方面,文学也与"现实世界"相关,文学作品所具化为的"书籍",作为评论者的读者围绕文学作品所做出的评论,文学理论家有关文学缔造的各个层面的知识,等等,所有这些都让文学变成文化的一部分,并拥有一个文化意义上的"存在"。我们会发现,文学就像游离于"现实世界"与"真实世界"之间的一个鬼魅,或者就像"现实世界"这幅画作中的一个逃逸点,正是在文学最终"逃逸"之处,"真实世界"作为"不在场"得以显现。其中,在文学于两重世界之间不断游移与逃逸的过程中,我们将识别出两个不同层面的文学"存在":一个是在"文学空间"中显现的、与"真实世界"相关的文学"存在"(对该存在的呈现正是布朗肖思想的核心);另一个则是充斥在"现实世界"中的、转变为文化元素的文学"存在"。最终,在本节,通过对这两个不同层面之文学"存在"进行考察,并尤其关注作为"逃逸力量"的文学"存在"如何转变为作为"文化"的文学"存在"，我们将有望呈现出"真实世界"与"现实世界"之间的关系，并揭示出前者被后者所"遗忘"或"掩盖"的进程。

不难发现，此处的论证将与我们在本书一开始的论证形成奇妙的闭环：如果说从本书一开始，我们竭力论证的是布朗肖如何在诸多迷乱双眼的文学定义中将文学解放出来，让文学返回自身，并通过对无限写作进程的描绘，呈现了言说自身之"存在"的文学的话，那么在此处，我们则将跟随布朗肖的步伐，去论证这个言说自身"存在"的文学如何一步步被削减为文化元素。最终，通过考察两个不同维度的文学"存在"之间的关系，我们将得以说明布朗肖所呈现的言说自身"存在"的文学，或者更进一步地，作为"不在场"呈现的"真实世界"，对我们或者我们所处的"现实世界"而言意味着什么。

1. 文学与"文学空间"

首先是始终吸引写作者前行但又不断逃离的文学"存在"。事实上，通过对文学的不断追寻以及对写作经验的考察，布朗肖向我们揭示的正是这样一种独特的"存在"：它并不具有任何实存，却可吸引写作者前行，并在写作者不断追寻的无限进程中作为"不在场"显现。这样一个"存在"与隐藏在作品空间中的"文学空间"相关，甚至可以说，"文学空间"就是这个文学"存在"的内在性。因此，为进一步了解这个文学"存在"，我们有必要对"文学空间"做进一步的分析与总结。

通过前面章节的分析，我们看到，无论是布朗肖对文学源头的追寻，还是他对写作行动的分析，抑或是他对作品空间的考察，最终都让我们汇集到了同一个主题——"文学空间"。在不同的分析中，我们对这个空间有不同的称谓："死亡的空间"、"不可能的空间"、"外在"空间、"中性的空间"、"非—源头"区域，等等。所有这些称谓都指涉了这样一个空间："死"这一动作本身无法抵达真正的死亡；"写作"这一动作本身无法抵达最终的作品；"听见"这一动作本身无法转为言说。这是让文学消失的空间，是让写作者丧失主体性的空间，是产生作品"无作"力量的空间，也是将读者与作品彻底隔离的空间。可以说，布朗肖所有的文学思想都是从这一空间出发或者最终都回归到了这个空间，布朗肖文学思想的所有独特性由此造就。最终，"文学空间"的敞开将为文学"存在"指示出一种独特的关系。结合前面的分析，关于这个独特关系，我们可做出以下总结。

第一，"文学空间"首先意味着一种断裂（interruption）或分离（séparation）关系，甚至就是断裂或分离本身。与之产生断裂或分离的则是作品的源头即文学。因此，以"文学空间"为内在性的文学"存在"，其基本关系就是断裂，即与文学本身的分离，意味着文学的绝对不在场。在这个关系中，无限远离文学的力量让任何对文学的追寻都不再可能。

第二，"文学空间"因此也将指示出一种不可能的无限关系。源头与"开始"相关，既然在"文学空间"中，作品的源头处于缺失状态，那么写作就始终无法真正地"开始"，而只能在这个空间不断地重新开始，成为"无法停止之物"（incessant），由此造就了这个空间的无限性。这是一个深刻的无限，造成其无限性的是蕴藏于这一空间的绝对不可能关系。这就是说，源头永远无法抵达，"断裂"永远无法修复，写作只能永远不断地重新开始与重复。

第三，"文学空间"也将意味着差异性关系的诞生。这个空间是纯粹的外在性空间，相异性（altérité）是它的本质特征。这就导致这个空间永远无法臣服于"统一性"法则，它外在于任何"统一性"，是无尽的分散（dispersion）与不断的逃离。正是在这个无尽的分散与逃离中，源头变成"空无崎岖的缺口，在这个缺口处，一切显现又消失，甚至就是'显现'与'消失'之间冷漠的差异性游戏"（LEI：593）。于是，正是这个差异性将代替源头成为所有关系的中心，或更确切地说，成为"所有中心的不在场"（LEI：593），让任何"统一性"不再可能。

第四，"文学空间"于是将变成深沉的"黑夜"。根据前面的分析，"文学空间"是一个断裂的空间，其本质在于源头的缺失，由此产生了一个充斥着无限分散的差异性空间，任何"统一性"在那里都不再可能。

这就是说，在这个空间中，将不再有任何固定的制高点为"统一性"提供保障，充当光亮的源头。无论是曾经被认为掌握着世界真理的上帝，还是后来被赋予至高力量的人，都已经在这个空间中被清除。于是，当曾经站在光亮源头的上帝以及后来的人被杀死，光亮随之熄灭，只留下无尽的黑夜。这并不是依旧期待着黎明的"第一夜"，而是绝对本质的"另一夜"，在这个黑夜中，任何光亮都不再可能，以光亮为前提的"看"或"理解"的动作尚未发生。

第五，这个作为所有关系之"中心"的"文学空间"同时还意味着绝对的"空无"，正如诸多写作者在其写作经验中所提及的，它是一个"空无深渊"。巴塔耶曾说："至高者是无（Rien）。"（*LEDD*：142）布朗肖的所有思想正是从这个"空无"出发的。这是一个纯粹的"空无"，它不同于通常的虚无主义，并不是对"存在"的简单否定，而就是这一否定本身。在这个"空无深渊"中，写作者与读者都已被驱逐，作品变得不在场，唯独留下匿名的写作，继续追寻着文学。然而，这个文学的本质在于消失，在于其不可能性，因而也会被这个空间驱逐。于是，"空无"变得纯粹，让写作冷漠地重新开始与重复，将自身变成"写作的疯癫"。

第六，"文学空间"还可被理解为一个能指系统。这是一个"无限意指"却"什么都不意指"的能指，布朗肖形象地称之为位于源头的"窃窃私语"，这是蕴藏在语言深处的"秘密"。用维特根斯坦的理论解释，这是超越我们界限的语言结构，需要另一个语言才能言说，布朗肖称之为"真正的话语"，言说这个话语的是绝对的他者。写作者正是通过对这个源头声音进行回应才开始写作，从而让源头声音得以产生回响。

通过以上对文学"存在"之内在性即"文学空间"的总结，我们会发现以下几点。

首先，这个文学"存在"既不可视，也无法言说，是绝对的不可视与沉默，因而无法在我们日常的视觉或言说中自在地显现。这里的"不可视"不是对"可视"的简单否定，指的不是此刻"不可视"，但下一刻可能"可视"，而是仿佛在"可视"与"不可视"之间凿出了一个深渊，指示出了另一维度的"不可视"。同样地，这里的"沉默"也不是与"言说"的简单对立，指的不是在将来"言说"的可能性，而是另一维度的沉默，在这个沉默中充斥着无尽的"窃窃私语"。通常情况下，这个"不可视"和"沉默"始终处在被隐藏的状态，人们只有通过言说等待"凝视"时刻的来临，才能让它显现。在布朗肖的思考中，让写作者产生"凝视"的正是写作行动。因此，写作是让文学"存在"得以显现的方式。

其次，作为绝对的不可视和沉默的文学"存在"无法被概念化，即无法被我们的语言抓住，而只能被实现（réaliser）。诚然，黑格尔也认为作为"绝对精神"的"存在"只能被实现，即通过遵循否定辩证规律的实际劳作来实现。不过，在布朗肖的思想中，"实现"文学"存在"的途径却是"在虚无中追寻虚无"的写作进程。如果说黑格尔要求实际劳作的无限积累以抵达"总体性"，那么布朗肖则要求无尽的摧毁以带来纯粹的"虚无"，正是在这个由纯粹虚无形成的"文学空间"中，文学"存在"才能得以显现。显然，黑格尔所说的"存在"与布朗肖想要敞明的"存在"并不相同：前者依旧位于形而上框架下，是从存在者出发构思的一种"总体性"；后者则是存在者在将自身清空后"存在"的"剩余"，是"存在"与世界之间最原初的状态。于是，让文学"存在"得以显现的写作将变成一种非比寻常的行动，正是这一行动将把人类思想引向不可能的最深处。

最后，根据以上分析，我们看到，显然，这个文学"存在"超出了主体的界限，当写作者在这个文学意象的牵引下踏上写作旅程，他便注定会产生超越自身主体性界限的欲望，并在将自身祭献的同时加入无尽的写作循环。从此，写作者将像是迷路了般，被困在作品空间的迷宫中。这是一个虚构的空间，这个空间以让一切消失的"文学空间"为中心。"文学空间"是书或作品的不在场空间，也就是作品的"无作"空间。从这个空间出发将产生两种不同的迫求：一个是通过文学的意象吸引写作者追寻，从而产生的写作的迫求；另一个则是通过象征的力量牵引读者与"空无深渊"相遇，从而产生的阅读的迫求。这两种迫求相互关联，相辅相成，是让作品得以"言说其存在"的内在动力。在布朗肖的文学理论中，写作和阅读是两个不可或缺的本质行动：写作总是将作品牵引至作品的消失和不在场，而阅读却阻止作品真正消失，通过"转身"将这个"消失"和"不在场"本身保留下来，让其作为"空无深渊"隐藏在作品的最深处。最终，在由写作和阅读行动共同承载的双重虚构空间中，言说着自身存在的作品同时亦是言说着文学的"存在"：文学将作为被黑夜掩盖之物显现。

以上便是笔者对布朗肖有关文学"存在"之论述的总结。那么，更进一步，让我们继续思考：这样一个文学"存在"与"真实世界"之间有何关系？换句话说，我们如何能够从"文学空间"所指示的独特关系出发，去思考"真实世界"与"文学"以及"写作"之间的关系？有关文学"存在"与"真实世界"之间的关系，需要指出的有下列四点。

第一，写作者在文学的吸引下通过写作不断追寻，其实就是在由"真实世界"之绝对"不在场"所形成的意象的吸引下前行。在某种意义上，我们甚至可以将这种意味着总体"不在场"的本质意象理解为本雅明所说的"光晕"（aura）：写作者不仅有对"真实世界"之"光晕"的"凝视"，而且还产生了追逐这个"光晕"的欲望。从此，写作者不再是在有限的距离范围内把握局部世界（这正是理解与知觉行动对我们的要求），而是企图从总体上把握这个世界，即便与写作者相关的只是某个总体的"不在场"。

第二，至于始终吸引写作者前行的这个"文学"或"真实世界"的"光晕"，正如前文所言，它既不是现象学所说的让知觉行动得以产生的自然光亮，也不是黑格尔所说的让概念化以及理解得以产生的精神光亮，而是某种产生自"黑夜"的光亮，或者换句话说，是产生自人内在性深处的光亮，这个光亮在吸引写作者前行的同时，注定再次消失在夜空之中。在这个光亮的牵引下，写作者不再能够与"观看对象"产生有限的间隔，并在此基础上将这个对象还原为现象，而只能将"观看"变成一个不及物动词，即变成我们在前面所说的"凝视"（regard）。最终，正是在这个黑暗的"凝视"下，"文学"或者"真实世界"作为"尚未被观看之物"或者"即将被观看之物"得以自我呈现，而此时的写作者也不再是进行观看的某个"主体"或"意识"，而是变成这个观看的视角本身，变成与"真实世界"之间的无限距离本身。

第三，"文学空间"正是产生于写作者与"真实世界"之间的这个无限距离。不难发现，与这个空间相关的并非"实在"（réel）本身，而是"非实在"（irréel）或者"想象物"（imaginaire），即对"实在"的彻底清空。正如前文所说，这一切仿佛具有连续性的"此地此刻"的"实在"被凿开了一个口子，产生了某个"现时的深渊"：从此，写作者不再是从自我意识出发，在这个"实在"的连续性之外，创造出某个由因果论形成的另一种"连续性"，而是将在这个"深渊"的吸引下前行，并在某个特殊的时刻，让"文学空间"或前面所说的"外在"空间在自己身上敞开，最终让自己变成这个让"实在"产生"断裂"的"深渊"本身。正因如此，从"真实世界"出发，我们也可称与"文学"相关的"文学空间"为"断裂空间""空无空间""想象或非实在空间"等，而布朗肖所构思的作为本质哲学行动的"写作"则正是不断敞开这些空间的途径。

第四，"写作"在不断敞开"真实世界"之"断裂空间"的同时，亦将敞开一个以沉默为本质的语言空间。从此，人、语言与物之间的关系将发生本质的转变：首先，人不再从自身主体性出发，以语言为媒介，通过知觉或理解抓住物，而是返回自身内在性，敞开"外在"空间，并让自身成为"文学空间"得以敞开的场域；其次，语言也不再是人表达自身思想的工具，而是返回自身、追寻自身的源头，并在这个追寻过程中敞开一个沉默的语言空间；最后，随着人将自身主体性消解，语言归于沉默，物①将得以摆脱人与语言的双重宰制，不再是任何概念，也不再是任何现象，而是将作为由自身之"不在场"所形成的"光晕"而自在显现。这就是说，在这个以断裂、分离、分散、差异等为本质关系的

———————

① 这里的"物"指的既不是作为主体认知对象的客体，也不是唯物论意义上的客观物体，而是"此地此刻"的"物"，是构成"真实世界"的"物"。

独特空间中，物变成绝对的"差异"或"分散"，不再被任何"统一"（unifier）的力量或欲望所掌控：曾经作为"统一性"源头的主体性已经被消解，曾经被用来生产"统一性"的作为概念的语言已经将自身删除，曾经将语言与物统一在以人为中心之认知框架下的机制已经不复存在。从此，不仅"物"不再是人观看或理解的对象，就连人本身也仿佛将自身变成了沉默不语的"物"。

总之，我们看到，当布朗肖所说的本质为"消失"的文学言说自身的"存在"，这同时意味着蕴藏着断裂、分离、分散、差异等本质关系的"文学空间"的产生，以及处在这些关系中的"真实世界"的自我呈现。事实上，这些关系指示的不仅是写作者与文学之间的关系，而且是人与世界之间的某种原初关系。这个关系的核心在于某个"最初的失去"（privation initiale）。我们将看到，在这个原初的关系中，物无尽地散开、词在眼底消失、主体性无尽地消散……总之，一切化作虚无。从此，任何让现象得以产生的"看见"或"理解"的运作都将变得不再可能，人们从此只能"凝视"，以及为让"凝视"得以产生而无尽地言说。最终，正是在写作那无尽的言说中，文学以及世界得以作为沉默的"存在"显现，同时显现的当然还有作为该"存在"之内在性的"文学空间"。

2. 文学与文化

通过以上分析，我们看到，只有敞开"文学空间"、保持这个空间的无限距离，作为绝对不可视与沉默的文学才能作为"不在场"显现，"真实世界"才能作为某种"光晕"自在呈现。正因如此，我们可以说，布朗肖的思想不是以文学为中心，而是以让文学消失的"文学空间"为中心，而布朗肖的所有思想都集中在论证如何让这个空间敞开，从而让文学以及"真实世界"得以自我呈现。然而，文学本身不仅与让它作为沉默显现的"文学空间"相关，而且还将不可避免地与现实世界产生联系，并作为某种独特的文化知识汇入历史长河中。那么，具体地，文学如何与"现实世界"相遇并变成文化知识？

通过前面章节的分析，我们看到，以小说为题材的文学写作本就不仅与"真实世界"相关，意味着对"真实世界"的呈现，而且还更为普遍地与"现实世界"相关，意味着对"现实世界"的表征。文学之所以同时有这两个不同的功能，这与通常情况下，加入写作进程的写作者的主体状态相关。一方面，在布朗肖描绘的极限写作经验中，即在他所说的无限 *récit* 进程中，写作者将在文学的吸引下不断追寻，并在追寻过程中失去自身主体性。事实上，这样的极限写作经验并不专属于布朗肖或特定写作者，而是与所有文学写作者相关。正如布朗肖所说："所有写作者，无论他意识到与否，在写作过程中都与这个'空无深渊'相关。"（*LEL*：345）然而，另一方面，通常情况下，"空无"带来的恐惧总是会促使人们在写作的荒漠中寻找依靠，于是，他们会再次求助于自身的主体性，并将目光转向我们所熟悉的"现实世界"，从而开始讲述故事。于是，在具体写作行动中，写作者将受到两股不同力量的牵引：一个力量源自"文学空间"，趋向于吸引写作者踏上追寻文学的无限进程；另一个力量源自"现实生活"，趋向于让写作者从主体性出发对"现实世界"进行表征。一个要求写作者将自身主体性祭献，一个要求写作者以主体性为稳固中心，二者并不是非此即彼的选择，而是相互重叠在一起的不同维度的力量。最终，正是这两股不同维度的力量让文学同时具有"表征"世界与"呈现"世界的能力，由此产生的文学作品也自然同时与"文学空间"以及"现实世界"相关。有关这一点，前文已经论及，因此不再赘述。

此外，蕴藏于文学作品中的这个"空无深渊"不仅与写作者相关，而且与读者相关，除了会产生某个"写作追求"，还会产生某个"阅读追求"。诚然，为让"文学空间"敞开，让文学言说自身的"存在"，布朗肖曾构思出某个"无知的阅读"，让读者在面对既与"文学空间"相关又与"现实世界"相关的文学作品时，能够轻盈地言说"是"，从而将写作者在作品中留下的其与"现实世界"之间的所有关系痕迹清除，以此实现与蕴藏在作品中的"空无深渊"面对面。然而，布朗肖所说的这个

"无知的阅读"与我们在前面所分析的写作过程非常类似：如果说"叙事的叙事"是叙事的超验，那么"无知的阅读"就是阅读过程中"阅读的超验"，或者"纯粹的阅读"。这样一种阅读的核心在于要将读者与作品之间的无限距离保留。不过，在布朗肖看来，"无知的阅读"并不是一项简单的任务，"无知"似乎比"知道"更加困难，其中最大的困难便来自承担着阅读任务的读者的现实性。这一现实性意味着读者与此世界之间的联系，正是这一联系将使读者不再能够面对"空无深渊"，而是趋向于将这个距离削减，将这个"空无"填满，由此形成某种布朗肖所谓的"象征式阅读"。最终，我们将看到，正是这样一种阅读方式将让"那动荡的'空无'在来到作品之外后，被铺陈在时间和历史中，并在此世界重新找到其位置"（LEL：275），"空无"于是将被属于文化范畴的知识所填满。

通过以上分析，我们看到，在面对与文学相关的那个"空无深渊"时，无论是写作者还是读者都将面临本质的选择：是任由自身在"空无深渊"的沉默吸引下，加入追寻文学的无限进程以及轻盈地言说"是"，还是赋予写作以"表征"世界的意义并通过阅读进一步丰富这个意义的内涵？这样的选择堪比莎士比亚笔下哈姆雷特面临的两难困境，"在或不在"在这里变成了在"继续作为此世界的'存在'而'在'，还是任由这个'存在'随着主体性的消失而变得'不在'"之间的选择。这的确是一个艰难的选择，但选择的力量不再来自主体，而是取决于让主体陷入"绝对被动性"的"空无深渊"。这就是说，并不是写作者或读者作为主体主动地选择"在或不在"（事实上，写作者无法作为主体主动地选择"不在"）。"在或不在"，这更多取决于他们面对来自"空无深渊"的摧毁性力量时所采取的态度：写作者既可以任由自己被这股力量吸引，在绝望中不断追寻文学，也可以捍卫自身的主体性，在这股力量面前转身，转而讲述故事；读者既可以选择轻盈地言说"是"并任由自己被这股力量吞噬，也可以选择捍卫自己的"存在"与主体性，通过象征式阅读来将这个"空无深渊"填满，从而阻断那股仿佛来自地底深处的黑暗力量。

事实上，我们将发现，这个"在或不在"的艰难抉择同时意味着在"文学空间"与"现实世界"之间的选择。正如笔者在本部分一开始所分析的，如果写作者和读者选择接受来自"空无深渊"的召唤，那么他们就将深刻改变自身的主体状态并让"文学空间"在自己身上敞开。相反，一旦写作者及读者在面对这个"空无深渊"时选择了保持自己的主体性，进行表征式写作以及象征式阅读，那么这个"文学空间"则将立刻被现实世界的意义吞噬，从此，无论写作者还是读者，都将掉入某个追寻意义的旋涡中，并在某个有关文学以及世界之确定性的保障下，共同追寻属于文学以及世界的意义。

然而，正如笔者在本书一开始所说，有关文学的确定性本身并不能成为人们所追寻之文学意义的源头保障，因为这份确定性本就是在人们对文学意义的追寻过程中才逐渐形成的：人们越是不断从事对文学的表征式写作或象征式阅读，并在这个过程中获得更多有关文学的意义，就越是对文学充满确定性。然而，无论人们赋予文学多少意义，对于"何为文学"这个根基性问题以及由此必将引出的与"文学空间"相关的文学"存在"，人们始终无法触及。甚至可以说，表征式写作以及象征式阅读不断发展的过程，其实就是不断掩盖与"文学空间"相关的文学"存在"，并在这个"存在"之外不断生成另一个有关文学之"文化"存在的过程。那么，具体地，这个有关文学的"文化"存在是如何形成的呢？

事实上，在某种程度上，我们可以认为，布朗肖所说的有关文学的"文化"存在指的就是从"文学"的外部出发，围绕"文学"所产生的各式各样的知识，这些知识不仅包含了有关"写作"和"阅读"的各种理论与流派，也包含了人们围绕文学作品这一中心做出的各式各样、各个层面的评论。

不过，当布朗肖对文学的"文化"存在进行考察时，他始终关心的是写作行动所敞开的那个"文学空间"及与之相关的"真实世界"与充满价值的"现实世界"之间的关系。他想要呈现的是，作为文学"存在"之内在性的"文学空间"如何一步步被"现实世界"吞噬，最终变成这样或那样的文学知识的过程，即蕴藏于作品空间中的那个"空无"如何"在来到作品之外后，被铺陈在时间和历史中，并在此世界重新找到其位置"（LEL：275）的过程。在整个考察过程中，布朗肖还尤其继承了尼采的思想，不仅认为现实世界由各式各样的"价值"构成，而且始终以"价值"为参考轴线，不断尝试梳理这些文学知识的价值谱系。

首先，在布朗肖看来，面对作品所蕴藏的"空无深渊"，读者会产生某种恐惧，为克服这份恐惧，读者将不可避免地产生根据不同原则对作品进行评价的需求，以此赋予作品以这样或那样的价值。在布朗肖看来，这样的评价体系分为三个不同的层次：第一，作品将根据道德、法律或其他多种价值体系而被判断为好或不好；第二，作品将依据一些非常临时的规则或美学原则而被视作成功或失败；第三，这些已经被贴上各种标签的作品还将与其他作品相对比，在文化的范畴内，被认为是丰富的或贫瘠的，被认为是否增加国家或人类的财富知识，或者是否能让人从中找到借口进行说教。（LEL：270）我们会发现，文学被现实世界吞噬的过程，其实就是作品不断地被置于不同的框架下从而被贴上不同标签，同时在这些框架下与其他作品产生各类关系的过程。随着这些评价的诞生，作品将在这个世界获得其现实性，其价值则将随着时代的变迁而浮沉。

其次，在对作品的价值性评判中，同时产生了一个对作品而言非常独特的概念：代表作（chef-d'oeuvre）。布朗肖指出："只有文化才喜欢代表作，正是文化发明了它，因为只有这样才能简单、方便地描绘出一个世纪的贡献。"（LEI：588）可以说，代表作是对书籍整体的削减，它是一个概念化的过程，"用于归纳和总结它所代表的众多作品的现实性"（LEI：588）。这个概念只可能属于文化的范畴，因为"只有从文化的角度出发，一些书籍才会被置于另一些书籍之上，从而在这一高度上，变成一个整体的可视特征"（LEI：588）。可以说，正是"代表作"这一概念让文学知识的历史化成为可能，让人们得以在一本或若干本或薄或厚的书内言尽有关文学的历史。总之，相较作品本身，文化感兴趣的是代表作。于是，在代表作这个作品整体的可视部分，那个作为作品外在中心且让作品得以自我交流的"空无深渊"，仿佛"在作品周围形成了作品之不在场的光环"（*LEL*：273），那光环就是代表作的"荣光"，最终使作品"静止在没有生命的距离中"（*LEL*：273）。这就是说，在"代表作"的概念中，将"空无深渊"填满的正是专属于代表作的荣光。这一"荣光"让这个"空无深渊"不再是"相反力量的相互撕扯"，而是一个静止的"间隔"。从此，作品不再是通过其自身的交流言说自己的"存在"，而是变成一个"具有确定性的沉寂"（*LEL*：273）。作品于是失去其生命，被交付给历史。

最后，通过使用不同的价值体系进行评判，通过不同作品之间的比较，以及通过代表作的概念，作品空间被外化到历史中，变成了历史化的知识。从此，"作品不再是开始的力量，而是变成已经开始的东西"（*LEL*：273）。"作品的诞生"，即作品自我封闭，让"空无深渊"来到作品外面从而间隔在读者与作品之间的过程，不再意味着让作品得以言说自身"存在"之"文学空间"的敞开，而是从此在历史中拥有一个确切的日期。正如布朗肖所说："阅读将这个意味着作品完结之信号的距离变成了新的开始的原则，即其历史性实现的开始。"（*LEL*：274 - 275）从此，作品以外在事物为模型，在它自身之外自我实现着，汇入到历史长河中，这便是布朗肖所描绘的文学变成文化并获得其在此世界之价值的过程。

我们看到，对布朗肖而言，文学变成文化的过程其实就是作品在此世界获得其"身份"的过程，决定这一"身份"的则是关于作品的一系列价值体系和评判标准。这些价值体系和评判标准会随着时代的变迁不断改变，它们相互之间也有着错综复杂的关系。对作品进行价值评判的出发点在于判断作品的"好"与"坏"，然而，区分作品好坏的标准却似乎与作品本身并无关联，而只与道德、法律、宗教、政治、文化等外在因素密切相关。作品的命运往往与个人的命运一样，充满了不确定性，它们都不过是此世界价值评判网络的奴隶。于是，在这一错综复杂的评价体系中，有的作家成为大师，他们的代表作会作为文化的延续，世代流传；还有的作家可能生前名不见经传，死后却扬名立万，类似的例子在文学史上不胜枚举。接着，这样一个复杂的关系网还将作为历史的"给予"（donné）对作为"历史之人"的读者产生不可磨灭的影响。作为"新批评"派奠基人之一的理查德（I. A. Richard）曾在数年间一直给剑桥大学学生布置同样的作业，让他们对没有署名的诗歌进行"自由评论"①。然而，结果总是令人失望，甚至可以说一塌糊涂，仿佛诗歌没有了自己的"身份"，失夫了它在文学史中的坐标，人们就再也无法"正确地"评论了。布朗肖也曾提及过类似的实验，实验邀请人们对隐去作者的诗歌或作品进行评论，结果是，有的大师的作品被评价为不值一读，有的毫无"名气"的作品却获得了至高的评价。如果说理查德从这个实验中得出的结论是对经验阅读的拒斥以及对另一种客观阅读的追求的话，那么布朗肖从这一实验中得出的却是所有对作品的价值评判，甚至所有围绕作品之知识的虚妄。在布朗肖看来，所有这些评价和知识都与作品本身无关，在类似的阅读中，"不再是作品被读，而是属于所有人的思想在被重复思考；这个过程不过是变得更加习惯的日常习惯，是日常的来来往往，不断地编织着日常生活的列车"（LEL：275）。在这样一种阅读中，"无论是艺术作品，还是阅读本身，都不在场"（LEL：275）。

　　总之，我们看到，布朗肖在他的文学思想中为我们呈现出了两个不同维度的文学"存在"：一个只与"文学空间"相关，是绝对的不可视和沉默，只有当"文学空间"敞开时才能显现；另一个则在现实世界中拥有现实性，是文学"存在"进入现实世界后产生的所有与文学相关的知识。文学"存在"变成文化"存在"的过程，其实就是"文学空间"的"空无深渊"被铺陈到历史中，变成可被抓住与理解之对象的进程。事实上，从某种角度出发，在"文学空间"中显现的文学与在文化中被掌握

---

　　① ［法］安托万·孔帕尼翁：《理论的幽灵——文学与常识》，吴泓缈、汪捷宇译，南京大学出版社 2000 年版，第 133 页。

的文学更多是在两个不同维度下对文学"存在"的靠近：在"不可能"的维度下，文学化身为本质为沉默的文学"存在"，变成不可能的空间本身；在"可能性"的世界中，文学则变成由一系列知识组成的现实性"存在"，这些知识可被人掌握并会随着历史的发展不断变迁。

至于文学与文化之间的关联，布朗肖做出了以下几点说明①。其一，文化可以向文学事实求助，它将文学事实吸引并引至属于文化的更加统一化的空间中，在那里，作品作为精神的、可传播的、持久的、可比较的东西，总是与其他文化产品相关。从这个角度出发，文学可以融入文化；其二，正因为文学的文化属性，其在文化中找到的慰藉，"让所有写作者和艺术家在日常生活中依旧感到有用"，有所依靠；其三，不过，通过文学显现的东西，也就是在"文学空间"中得以显现的文学"存在"，不仅反对文学的文化价值，而且不断逃离并消磨这个价值，永远无法被抓住，而文化得以从文学中提取出来并进行研究的东西则会立即固化，并被驱逐到文学之外。简单说来，文化可以向文学求助，但文学经验却始终外在于文化领域的范畴。这是因为文化属于此世界的维度，总是趋向于"从统一性关系出发，去构思和建立文学中的各类关系"（*LEI*：587）。然而，"文学的这些关系原本会因为文学而变得无限且无法削减为任何统一化进程"（*LEI*：587）。因此，文化为整体而劳作，它以整体为界限，会保留所有有助于整体运作之物。正是在文化不断的劳作中，整体在时间的尽头即将到来。在这个意义上，"文化是一个不断积累的进程"（*LEI*：587）。只不过，这个在时间尽头将要抵达的整体与"文学空间"本身无关；"文学空间"是外在于整体的空间，是永远无法被统一到某个整体的空间。

文学作品所具备的作品/书籍双重性则是对文学两面性的具体体现。文学作品的本质在于其创造性，但并不是对作品的创造，而是让"文学

---

① 相关观点，可参考 Maurice Blanchot，*L'Entretien infini*，Paris：Gallimard，1969，pp. 585 - 586。

空间"得以敞开；文化的本质则在于迎接已经被创造之物，但文学所创造的具有现实性之物只是书籍。文学作品"给予"（donne），但"给予"的是作品的"显现"；文化则与某个"被给予之物"（un déjà donné）相关，这个"被给予之物"不过是已经进入世界空间因而变成"静止沉默"的书籍。于是，我们看到，"文化的劳作不过是将让艺术得以产生的'源头'与'开始'变成一种新的自然现实性的过程"（LEI：588），而得以承载文学作品之双重性的文学语言以及这一语言与读者的相遇则为文化的这一进程提供了便利。

　　总之，在布朗肖的文学思想中，他不仅呈现了作为绝对不可视及沉默的文学"存在"，而且揭示了这个"存在"如何在"现实世界"中被转化为确切知识并获得某个文化"存在"的进程。对文学两个不同层面之"存在"的区分让我们得以明白，布朗肖所呈现的那个在写作行动中显现的文学"存在"不属于充斥着各类知识与价值的"现实世界"，他所敞开的那个以"不可能性"为本质的"文学空间"也不再以"现实世界"为限度。相反，"文学空间"绝对外在于"现实世界"，是在这个世界之外所敞开的一个独特空间。从该空间出发或以该空间为通道，人们将得以超越"现实世界"的各类关系，并将目光转向始终超越我们的"真实世界"。正因如此，我们也可以说，"文学空间"的敞开为我们带来的是一个全新的视角。从这个视角出发，曾经构成"现实世界"的各类关系将会被逐一瓦解，一种以"不可能性"为本质的全新关系将取而代之，并使文学和"真实世界"作为"不在场"被宣称。最终，我们将看到，正是以这个不可能关系为中心，在布朗肖的文学思想中，诸多曾经附加在文学身上的标签逐一脱落：

　　　　"代表作"已经消失，让位于被视作对其自身之提高的作品；作品又让位于这样一种作品概念：这个作品不再是被产出的，不再是被完成的，而是"无作"的经验……文学创造和毁灭的理念将我们引至源头的概念，但后者在自身基础上自我删除，只为我们留下差异的、歧见的概念，并从此成为其思想的首要中心。（LEI：594）

可以说，布朗肖思想的过程，就是让所有那些曾经附加在文学身上的概念被消解的过程，最终甚至连"文学"这一概念本身也变成某种"消失的本质"，变成没有任何所指的能指。最终，唯独留下这个驱逐一切的"空无深渊"。正是在这个意义上，布朗肖的思想极具摧毁力，是一股来自"地底深处"的黑色力量。

　　本章旨在通过探讨文学与"现实"之间的关系来说明布朗肖所敞开的"文学空间"与世界之间的关联。其中，"现实"一词有两重含义，既指充斥在"现实世界"中的、与我们日常生活相关的各类"现实性"（réalité），又指与"真实世界"相关的、不断逃离我们的"实在"（réel）。因此，文学与"现实"之间的关系本质上就是文学与"现实世界"以及"真实世界"之间的关系。通过对布朗肖思想的阐释，我们发现，文学写作不仅能够通过其虚构功能被视作表征世界的方式，而且能够因为其对"文学空间"的敞开而成为呈现世界的途径。当然，表征的是充满各类"现实性"的"现实世界"，呈现的则是始终逃离我们的"真实世界"，而后者正是布朗肖赋予写作的本质哲学任务。要想完成这项任务，写作必须不断敞开让文学消失的"文学空间"，布朗肖那作为"叙事的叙事"的写作实践则正是敞开"文学空间"、让"真实世界"作为不在场而显现的最佳途径。

　　不过，正如人同时生活在由"现实性"和"实在"组成的复杂"现实"中，"文学"亦同时与这两个层面的"现实"相关：与"文学空间"相关的文学"存在"同"实在"相对应，意味着对"真实世界"的呈现，而与文化相关的文学"存在"则在"现实世界"中获得"现实性"，变成文化的一部分。通常情况下，与"文学空间"相关的文学"存在"都被作为文化的文学"存在"掩盖，正如"真实世界"始终被"现实世界"掩盖。布朗肖的重要贡献则在于通过对写作经验的考察以及对写作行动的构思，在敞开"文学空间"的同时，让"文学"摆脱它在"现实世界"获得的所有"现实性"并返回自身的"存在"。事实上，这样的文学"存在"可被视作文学在去除了所有文化因素后的剩余，是文化永远无法抓住或固定的部分，由此敞开的"文学空间"则是在让文化得以展开的拥有"统一性"的世界之外敞开的一个独特空间，意味着对这个"统一性"世界的逃离。

通过对文学与"现实"之间关系的考察，我们将得以进一步窥见布朗肖所构思之写作行动的重要意义。以文学为追寻对象的写作行动意味着对"现实世界"的不断逃离，会在不断逃离这个被"统一性"统治的世界的同时，在这个世界之外敞开一个独特的差异性空间，即他所说的"文学空间"。这个空间不具有任何先验性或先在性，而只能在写作的进程中获得"存在"。随着该空间的敞开，文学、作品以及"真实世界"将作为"不在场之物"显现。于是，"文学空间"成为从"现实世界"到"真实世界"的过渡空间，变成人重新转向并通往"真实世界"的"通道"（passage）本身。在这个"通道"处，一切属于"现实世界"的文化元素以及概念被消解与清空，文学、作品以及"真实世界"不再被彻底删除，而是作为"不在场之物"宣称它们的"将到"。

第8章　文学共同体

第1节　"不可言明"的共同体

1. 从"文学"到"共同体"

事实上，当我们在讨论文学与现实之间的关系时，我们讨论的亦是人与现实之间的关系。人既生活在各式各样的"现实性"中，又生活在不断逃离我们的"实在"中。通常情况下，我们更多沉浸在"现实性"的关系网络中，与"他人"一起组成"现实世界"。然而，在某些极限情况下，比如在布朗肖所描绘的写作或阅读经验中，人将感受到那个不断逃离我们的"实在"，并在其吸引下不断追寻，最终在敞开作为"空无深渊"的"文学空间"时，得以与这个"实在"面对面。从此，人本身将发生深刻的改变：人不再从主体出发与"现实"接触，要么将"现实"变成作为客观知识的"现实性"，要么将其变成作为主观情感的"现实性"，而是将在自己的内在性中不断挖掘，并在主体之外敞开一个"外在"空间。正如笔者在前面所说的，"外在"空间或"文学空间"的敞开意味着某种断裂，这里指的不仅是相对"真实世界"的断裂，而且尤其是与人的"存在"本身所发生的断裂。这个"断裂"或"分离"发生在人开始言说"我"之初，即发生在主体诞生的时刻。通常情况下，人们都习惯于从这个主体出发，去认知或感受这个世界，由此产生各类"现实性"。然而，类似写作的行动却将意味着一个截然相反的运作：主体不再以自我为中心，而是尝试返回自身的源头，回归自身的"存在"；正是在这个返回自身的过程中，主体将自身主体性清空，在敞开意味着绝对"不可能性"与"断裂"本身的"外在"空间的同时，陷入"中性"状态；最终，正是在这个"中性"状态下，"现实"本身得以作为"真实世界"的"给予"（donné），在人的思想中自在地"显现"。

正如前文所说，在布朗肖的思想中，"中性"是人最后的界限，是当一切"存在"被摧毁后依旧存留的"剩余"，同时也是人这个"存在"最原初的状态。在这个状态下，"存在"尚未被命名，主体尚未产生自身的幻象，而是处在与"自我"以及"真实世界"的原初分离（séparation）中。事实上，我们可将这种原初分离视作一种独特的关系，而"中性"就是这个以无限分离为内容的关系本身。这不仅是人与"真实世界"之间的某种原初关系，而且是人与人之间的某种原初关系。在布朗肖看来，这个关系作为某种"给予"（donné）根植于每个人的内在性中。在某种意义上，如果说"现实世界"是由人与人之间及人与世界之间各种复杂的关系组成，那么"文学空间"所呈现的这个中性关系就是一种"没有关系的关系"，即当所有这些关系被清除后，人与人之间及人与世界之间关系的"剩余"。正是从这个共同的作为"剩余"的原初关系出发，布朗肖继而开始思考一个与整个人类相关的重要主题：共同体（communauté）。

"共同体"是布朗肖在其文学思想基础上进一步探讨的主题，在某种意义上，他对该主题的关注可被视作其文学思想的一个伦理转向。布朗肖对共同体的正式讨论源自让-吕克·南希于 1983 年发表在法国期刊《阿莱亚》（*Aléa*）上面的一篇重要文章《"无作"的共同体》①（«La Communauté désœuvrée»）。为回应这篇文章，布朗肖以此为契机出版了

---

① 该文章最早于 1963 年发表于《阿莱亚》（*Aléa*）杂志。本书参考自 Jean-Luc Nancy，*La Communauté Désœuvrée*，Paris：Christian Bourgois éditeur，1986。

《不可言明的共同体》（*La Communauté inavouable*）一书，并在其中着重讨论了巴塔耶有关共同体的思想以及这一思想与他本人所思考的文学之间的关系。可以说，正是对不同于"现实世界"的"另一个空间"或者另一种关系的共同关注，使得包括布朗肖、巴塔耶、南希在内的哲学家都开始以相似的路径讨论"共同体"主题，并由此展开对"存在"之界限的深刻讨论。

为进一步阐释何为共同体，或者至少何为这三位哲学家共同关注的"共同体"，我们将从对"共同体"一词本身的分析开始。"共同体"一开始更多是一个政治术语，20 世纪 80 年代，在政治哲学领域就曾出现过围绕"共同体"一词内涵而展开的激烈争论。在这里，我们并不是要列举人们曾对"共同体"下的不同定义，并从此出发开始我们的分析。我们更多是要识别出通常对"共同体"下定义的普遍逻辑，从而重新审视"共同体"一词本身。通常意义上，"共同体"可以指某个"团体"（groupe），作为这个团体的"成员"意味着具有"一个满足的统一性"（*LCI*：23），他们"根据某个契约，或出于需求的必要性，或出于对血统、种族、民族的认同，而被统一在一起"（*LCI*：23）。然而，正如巴塔耶在经历了多个"共同体计划"后所说："一个团体不意味着一些人对另一些人组成之整体的对抗，又能意味什么呢？"① 在这里，巴塔耶指出了所有共同体范式的排他性质。我们看到，这些具有排他性质的"团体"不过是"社会的缩小形式"，总是"趋向于一致性的融合"，它们就像是"社会的细胞"，"以生产价值为目的"。（*LCI*：24）很显然，三位哲学家共同探讨的并不是作为"团体"的共同体。

2. 南希与"无作"的共同体

南希是从政治本体论角度出发来重新审视共同体的。在《"无作"的共同体》一文中，南希首先指出了这样一个所谓的人类共同体："这个共

---

① Georges Bataille, *La Religion surréaliste*, Œ. C., t. V, p. 394.

同体由这样的'存在'组成，这些'存在'从本质上会像生产他们自己的作品一样生产他们的本质，由此形成'共同体'。"① 可以看出，这是一个不断运动变化的共同体，会随着人类的活动而不断更新。在这个过程中，人占主导地位，是"绝对的人"②，是"绝佳的将到之存在"③。在某种意义上，这样一个共同体遵循的是黑格尔的绝对精神思想，只不过在这里，"绝对"不再掌握在上帝手中，而是掌握在人自己手中。于是，我们看到，"当形而上的绝对—主体（上帝）逻辑"④ 失效后，这个"共同体"概念企图用相同的逻辑来"发动这个主体本身"，也就是让人占据上帝曾经的位置，以实现其自身的绝对。

南希正是通过分析"绝对"与这个共同体的不相兼容性来否定对共同体的这一理解的。他首先分析了"绝对"的基本逻辑："绝对"作为对对象进行限制的制高点，首先应该是与被限制对象相分离的，而且这个分离应该是绝对的。这就是说，"绝对"并不是简单的被分离之物——这是任何"团体"纲领都可以做到的。在"绝对"中，这个分离本身也应该受到限制。正如南希所说："为做到绝对孤独，仅仅我孤独是不够的，还得我是唯一孤独的人。"⑤ 这就是说，"绝对"是自我封闭的，不会与外界产生任何关系。然而，在这个被假定为"人类共同体"的共同体中，作为主体的人担负着"实现人类本质"的任务，也就是要抵达绝对。这就是说，在这个共同体中，人既是主体，也是"绝对"，人要抵达绝对，就得让主体与"绝对"之间产生关系。然而，正如南希所说，这个"关

---

① Jean-Luc Nancy, *La Communauté Désœuvré*, Paris: Christian Bourgois éditeur, 1986, p. 14.

② Jean-Luc Nancy, *La Communauté Désœuvré*, Paris: Christian Bourgois éditeur, 1986, p. 15.

③ Jean-Luc Nancy, *La Communauté Désœuvré*, Paris: Christian Bourgois éditeur, 1986, p. 15.

④ Jean-Luc Nancy, *La Communauté Désœuvré*, Paris: Christian Bourgois éditeur, 1986, p. 15.

⑤ Jean-Luc Nancy, *La Communauté Désœuvré*, Paris: Christian Bourgois éditeur, 1986, p. 18.

系"即使存在，也不过是"在其原则中——在其封闭与界限中——击垮绝对之将到的自给自足性"[1]，不过是对"绝对之绝对性"的腐蚀。于是，南希让我们看到了"人类共同体"的矛盾之处：它以抵达"绝对"为目标，但这个"绝对"永远无法抵达。

这一共同体假设所产生的矛盾曾一度让人们放弃这个术语本身，从此对其闭口不谈。然而，南希对这一共同体假设的否定只是为了以全新的视角重新开启讨论。南希对共同体的重新探讨开始于对该词词根"共同"（commun）的考察。面对曾经的"人类共同体"的失败，南希并未像大多数同时代人那样，转向共同体的反面，去强调"孤立的存在"（être isolé）。他依旧相信人类由某个"共同"组成，并由此组成了"共同体"。但这个"共同"不再是作用于共同体成员的某种绝对本质，而是一种"给予"（donné）。因此，可以说，"存在以'相同'的方式降临我们，但不是作为'共同的存在'，而是作为'共同的眩晕'（espacement）"[2]。由此形成的共同体无法归于任何"统一性"，而是保留着一种剩余（reste），一个"无法固化"的间隔（巴塔耶）。正如布朗肖所说："这个共同体承载着它自身之将到的不可能性，以及某个作为主体的共同体'存在'的不可能性。"（*LCI*：24）在这个共同体中，充斥着的是无作的力量。这就是为何南希称之为"'无作'的共同体"。

3. 巴塔耶与"否定共同体"

巴塔耶始终追寻的就是这样一个共同体。在 1936—1939 年期间，"共同体"主题一直困扰着巴塔耶，他先后加入了"反抗同盟"（Contre-

---

①　Jean-Luc Nancy, *La Communauté Désœuvré*, Paris: Christian Bourgois éditeur, 1986, p. 18.

②　Fausto De Petra, «Georges Bataille et Jean-Luc Nancy. Le "retracement" du politique. Communauté, communication, commun», *Lignes*, 2005/2 （n° 17）, p. 169.

Attaque）和"无首领团体"（Acéphale）①，并始终追寻着某个理想的共同体。直到最后，他才发现共同体的本质在于其不可能性。巴塔耶从此将这个共同体称作"没有共同体之人的共同体"（*LCI*：9），布朗肖则称之为"否定的共同体"（*LCI*：24）。

为阐释这个共同体，布朗肖着重分析了巴塔耶有关"他人的死亡"（*LCI*：21）的论述。"他人的死亡"指的不再是"我作为有限的'存在'与自我的关系"，也不是"对向死而生的意识"，而是"当他人在垂死中消失时，我在他人面前的在场"。（*LCI*：21）事实上，对于这样的死亡经验，布朗肖曾在《黑暗托马》等叙事作品中有过描述。面对他人的死亡，"我"其实并不会立即得出"人都是会死的"这一结论，从而将这个死亡反射到自身，将它变成概念的死亡。相反，在他人垂死之际，"我"的感受是这样的：

> 我让自己在与他人的亲近性中在场，他人却将在垂死中彻底远去。于是，在我身上，从此只有他人的死亡与我相关。正是这个死亡让我"来到自身之外"，它是唯一能够在其不可能性中让我向着"一个共同体"自我敞开的分离。（*LCI*：21）

我们看到，巴塔耶所说的"他人的死亡"其实就是布朗肖在死亡的极限经验中所分析的"不可能的死亡"。这个"不可能的死亡"正是人类的"共同"，是共同体的基础。

布朗肖进一步指出，在"他人的死亡"作为"共同"的基础上，巴塔耶还提出了"不自足"（insuffisance）或"不满足"（incomplétude）原则。在巴塔耶看来，"在每个存在底部，都存在着'不自足'或'不满足'的原则，正是这个原则决定了存在的可能性"（*LCI*：15）。这里的

---

① "Acéphale"一词的本义是"无头的动物"。巴塔耶以此为名创办了一个期刊（1936—1939 年），还组建了一个秘密团体。这是一个特殊的团体，其成员必须对这个团体本身保持沉默。他们被要求遵守一些特定的习俗，聚会的地点也往往在郊外或树林里。他们偶尔一起讨论尼采、弗洛伊德、萨德等人的文章，还会讨论有关人的祭献的问题。

"不自足"可以理解为布朗肖经常提及的"存在"的"缺失"。值得注意的是，"'不自足'并不是从'满足'的模型出发所得出的结论"（*LCI*：20)，即不是对"满足"的简单否定，而是一种原初的存在模式。在这一模式下，"存在"并不追求"满足"，也不追求"结束"，而是追寻着"某种缺失的过剩"（*LCI*：20)，这个缺失"在被填满的同时会不断加深"（*LCI*：20)。它不仅不追求"结束"，而且就是"无法结束"本身，无限的运作是它的本质特征。这样一个状态就是我在"他人的死亡"面前在场时的状态。然而，在由不可能的死亡所敞开的空间中，"我"只会"出神"，而不会对"不自足"的状态产生意识，这样一种状态处在自我意识之外。"存在"本身要想对这一状态产生意识，就必须让"'存在'对自身产生怀疑，而这一怀疑则需要他者或他人才能完成"（*LCI*：15)。这就是说，"存在"要想对自我意识之外的东西产生意识，必须要他人的协助才能完成。由此将引出布朗肖对巴塔耶"交流"思想的重要阐释。

"交流"首先指的是与"他人"的交流，语言就是交流的媒介。不过，正如前文所说，语言分为日常语言和真正的话语两个不同的级别，相应地，它们也将对应两个不同维度的"交流"与"他人"。首先是我们日常所使用的语言，我们掌握着这个语言的结构。事实上，这个语言结构就是主体性结构本身，它让人们得以自我表征"存在"。甚至可以认为，正是这个语言结构造就了"自我意识"。于是，"词和语言关系的复数整体让人类'相互关联'，甚至让个人的个体化成为可能"[1]。这就是说，当我们使用日常语言与"他人"交流时，这个"他人"与我拥有着相同的语言结构，不过是"另一个我"。因此，在整个交流过程中，不过是我们背后的各种关系在交流，也就是词和语言所形成的各种关系在交流。

显然，在布朗肖看来，这并不是巴塔耶所说的"交流"，巴塔耶所说

---

[1]　Fausto De Petra，«Georges Bataille et Jean-Luc Nancy. Le "retracement" du politique. Communauté, communication, commun»，*Lignes*，2005/2（n° 17)，p. 165.

的对"存在"本身产生怀疑的"他者"也并不是作为"另一个我"的"他人"。在巴塔耶那里，"交流意味着让主体去体验一个极限的经验，将主体暴露在其外面，暴露在一个既分隔又联系的个体非连续性的流动中"①，"暴露在撕裂的状态下，暴露在伤口之中，正是这个伤口组成了存在"②。显然，这里的"伤口"指的就是前面所说的"不自足"状态。我们看到，在这个过程中，"'交流'通过撕碎主体所假设的坚固性，将主体暴露在了'未完成'中"③。于是，主体来到他自身之外（hors de soi），从此失去其主体性，因此也同时丢失了作为主体性之结构的日常语言。此后，交流的对象变成"他者"。这个"他者"与"我"不在同一个维度，我们之间的关系并不对称。我们用来交流的语言是"真正的话语"或"他者的语言"，"我"与"他者"之间的无限距离就是这个语言的结构，"'无法完成'则是交流的条件"④。从此，交流意味着"一同暴露在他者的冒险中，而不去填满这个断层。这个断层是'存在'的组成部分，它要求'存在'加入一个无限的交流中"⑤。

布朗肖认为，在巴塔耶的思想体系中，"交流"占据着至关重要的位置。正如巴塔耶自己所说："至高无上是交流，交流是至高无上的。"⑥"'无作'的共同体"则是这个交流中显现出来的"我"与他者之间的关系。这个关系具有无限性，将让"存在"投入到无尽的冒险中。最终，正是"我"与"他者"之间的这个无限关系让"存在"对"不自足"状态产生意识。那么，"交流"是如何产生的呢？换句话说，"存在"是如

---

① Fausto De Petra，«Georges Bataille et Jean-Luc Nancy. Le "retracement" du politique. Communauté，communication，commun»，*Lignes*，2005/2（n° 17），p. 164.

② Fausto De Petra，«Georges Bataille et Jean-Luc Nancy. Le "retracement" du politique. Communauté，communication，commun»，*Lignes*，2005/2（n° 17），p. 164.

③ Fausto De Petra，«Georges Bataille et Jean-Luc Nancy. Le "retracement" du politique. Communauté，communication，commun»，*Lignes*，2005/2（n° 17），p. 164.

④ Georges Bataille，*Le Coupable*，Œ. C.，t. V，(note) p. 513.

⑤ Fausto De Petra，«Georges Bataille et Jean-Luc Nancy. Le "retracement" du politique. Communauté，communication，commun»，*Lignes*，2005/2（n° 17），p. 164.

⑥ Georges Bataille，*La Littérature et le mal*，Œ. C.，t. IX，p. 312.

何对自我意识之外的东西产生意识的呢？在这里，布朗肖继而提及了巴塔耶的"内在经验"。

在布朗肖的阐释中，我们看到，巴塔耶所说的内在经验与布朗肖所说的"极限经验"非常类似。在这个经验中，"他人的死亡同友谊和爱情一样，释放出内心空间或内在性空间，这个内在性空间永远不属于某个主体，而总是滑向界限之外"（*LCI*：33）。因此，我们看到，巴塔耶所谓的"内在空间"其实向着"外在"空间滑动，是与"外在"空间相关的经验。这是一个"抗议的运作，这个运作来自主体，却会将主体蹂躏"（*LCI*：33）。这一运作更深层的源头是与"他者"之间的关系，这个关系就是共同体本身。在使暴露在其中的人向着无限的他异性敞开的同时，共同体还将决定着这个人不可避免的限度，即人永远无法逾越的"中性"，否则，"共同体将什么都不是"（*LCI*：33）。这就是说，一方面，"共同体"的敞开将这个人引向"他者"，但另一方面，这又是"存在"的最后限度，因此"他者"永远无法真正抵达。于是，"共同体"便作为一种通往"他者"的"通道"（passage）显现。在这个"通道"中同时蕴藏了两股相反的力量，正是这两股力量的相互作用构成了"我"与"他者"的原初交流。这样的交流会让人"出神"，但在巴塔耶看来，"'出神'本身就是交流，是对'孤立存在'的否定"（*LCI*：35）。

于是，我们看到，在巴塔耶所说的内在经验中，"共同体"形成于两股相反力量的不断交流，因此永远无法归于平静，无法获得任何实存。"存在"要么任由自己暴露其中，产生"出神"；要么任由"共同体"自我完成，成为它自身的界限，变成"至高无上"之物。只不过，在这个"出神"中，"共同体面临着消失的危险"（*LCI*：38），而它的至高无上性则会"让它变成不在场或空无"（*LCI*：38）。这就是为何，布朗肖指出："这个共同体承载了它自身的不可能性。"（*LCI*：24）正是共同体的这一否定性特征使得任何有关团体的幻想都破灭了，其中也包括巴塔耶坚持了数年的"无首领团体"（Acéphale）。

4. 布朗肖与"文学共同体"

我们看到,在对巴塔耶"否定共同体"的阐释中,布朗肖广泛提及了"死亡""交流""内在经验"等主题。事实上,这些主题也曾是布朗肖文学思想的重要内容。不过,很明显,在对巴塔耶共同体思想的阐释中,布朗肖的视角发生了重要改变:他不再从"文学"以及"文学特有的沉默"出发来审视这些主题,而是将这些主题放在"共同体"的框架下,即放在人与人之间的关系框架下进行审视。从这样的改变出发,我们不难发现布朗肖文学思想的伦理转向。

首先,在有关"死亡"的主题方面,在曾经的文学思想中,布朗肖更多将"不可能"的死亡经验视作从主体出发所产生的某种与死亡"面对面"的极限经验,并将该经验与极限写作经验进行对比,由此得出写作与死亡之间的关系;但在这里,他开始明确地将这个"不可能"的死亡称作"他人的死亡",也就是属于绝对"他者"的死亡。这样的转变意味着,在后期的思想中,布朗肖进一步明确了"不可能"的死亡无法被一个人经历的事实:要想这个"不可能"的死亡呈现,必须同时有两个人在场,一个(他人)经历这个死亡本身,另一个(我)作为这个死亡的见证者。正是在这个意义上,"我"与"他人"组成了某个共同体,而且这个共同体与"不可能"的死亡或者巴塔耶所说的"他人的死亡"息息相关。

其次,在有关"交流"的主题方面,如果说在其文学思想中,布朗肖讨论更多的是作品的"交流",以及从这个"交流"出发所产生的"写作追求"和"阅读追求",那么在这里,布朗肖则直接讨论了巴塔耶所说的"我"与"他者"之间的交流,在这个"交流"中,"我"在"他者"怀疑的"目光"下,来到"我"之外,暴露在撕裂状态下,暴露在"伤口"之中,产生某种"眩晕"的无意识状态。诚然,布朗肖也曾在有关写作经验的描述中提到过这种让主体产生"眩晕"的"绝对被动性"状态。然而,在这里,布朗肖进一步强调了这种主体状态产生时,"他者"

的重要作用。

不过，值得注意的是，尽管在对巴塔耶共同体思想的阐释中，布朗肖的思想体现出了明显的伦理转向，但我们会发现，他从未放弃对文学的思考。在此基础上，他继而思考着"文学"与"共同体"之间的可能关系。正如我们在前面所说，在巴塔耶的思想中，"我"是因为在"他人的死亡"中在场，或者在"他人"怀疑的"目光"下向外敞开，而与"他人"形成一个共同体。由于类似的经验充满了对死亡之绝对否定性的强调，因此，布朗肖将这个共同体称作"否定共同体"。不过，我们可以轻易地发现，巴塔耶所说的这类内在经验与布朗肖曾经所描绘的极限写作经验非常类似，因此，当写作者在某个特殊的时刻失去主体性，产生"眩晕"，他也将实现对某个共同体的呈现，布朗肖将由此呈现的共同体称作"文学共同体"。

从"否定共同体"到"文学共同体"，我们将发现，名称的改变体现出了布朗肖对"文学"与"共同体"主题之间关系的进一步思考。如果说"否定共同体"更加强调共同体形成之时的否定性特征（死亡的绝对消散、对主体的否定等），那么"文学共同体"则强调共同体形成时会产生的独特形象：一个强调无限的否定性力量，另一个强调在这个无限否定力量中将升起的轻盈的肯定力量。其中，那个共同体形成之时所产生的独特形象正是布朗肖所说的"文学"。诚然，在不同的极限经验中，共同体形成时所产生的独特形象可能有文学之外的其他命名。不过，布朗肖对这个独特形象的强调说明，他并不满足于描绘出该共同体的"无作"或"否定"特征，而是想要进一步探讨人们像呈现文学"存在"那样呈现这个共同体的可能性。

那么，"文学共同体"如何得以被呈现？事实上，我们完全可将该共同体与前面所说的文学"存在"或作品"存在"进行类比。与作品"存在"一样，这个共同体并没有任何实存，只有当主体在他者的牵引下，向"外在"空间敞开并产生"眩晕"时才会呈现出来。布朗肖和巴塔耶都将这个让共同体显现的进程称作"我"与"他者"的交流。不过，这里的"交流"指的并不是相同维度下不同个体之间意见的交换，而是意味着我与绝对"他者"之间的交流。其中，这个绝对"他者"指的是人身上绝对外在于"我"的"剩余部分"，被列维纳斯视作人的超验。因此，我们也可认为，这个共同体显现于人与自身超验之间的交流。在这个交流中，将同时产生两股绝对相反的力量：一股力量趋向于让这个共同体消失并变得不在场，另一股力量则趋向于让这个共同体作为至高无上的"不在场"而在场。按照布朗肖所阐释的巴塔耶的死亡思想，一股力量意味着正在死去的他者的无限远离，另一股力量意味着"我"在他者死亡面前的在场，即对他者之"不在场"的见证。按照布朗肖的文学哲思，一股力量意味着不断吸引写作者前进的"写作追求"，另一股力量意味着让作品作为"不在场"显现的"阅读追求"。无论如何，这个共同体正是形成或者呈现于这两股相反力量的交流，且这个交流本身永远无法由一个人独自承担。通常情况下，这个"共同体"不可言说，绝对沉默，只有当人与超验的交流被激活时，才会显现出来。我们会发现，我们在前面所说的以文学为中心的写作和阅读行动正是激活这个交流的绝佳方式。于是，我们得以在"文学"与"共同体"之间找到本质的关联：文学写作与阅读是让这个共同体得以呈现的重要途径。

不难发现，布朗肖所说的通过文学写作与阅读呈现的这个"文学共同体"同时具有南希和巴塔耶所说的"无作"和"否定"的特征，因为当"交流"被激活、"文学共同体"被呈现时，其具体表现形式为对我们在前面所说的"文学空间"的敞开。结合前面的分析，该空间意味着文学与作品的无尽分散与未完成，因而蕴藏的是一股阻止作品完成的"无作"力量，意味着对任何具体作品的否定与拒斥。此外，同时具有"无作"和"否定"特征的"文学共同体"并不是某个静止的存在，而是意味着让属于该共同体的人都与文学相关，或是文学的追寻者，或是文学光亮的迎接者。最终，正是在追寻文学的具体写作行动以及在迎接文学光亮的具体阅读行动中，当写作者和读者在"文学"的牵引下向"外在"空间敞开并激活与绝对"他者"的交流之时，"文学共同体"得以自我呈现。

　　因此，从某种角度出发，受到作品"空无深渊"的召唤，并在这个召唤的牵引下加入写作行动或阅读行动的写作者和读者，似乎都在他们不知情的情况下，对他们共同属于的"文学共同体"进行了呈现。只不过，写作者和读者所呈现的这个"文学共同体"既不是任何团体（布朗肖认为文学上的流派划分只是一个文化行为），也不以对某个绝对真理的追寻为目标。这个共同体没有任何"实存"，它相对写作者和读者而言并不拥有任何先在性。这个共同体永远无法被言明，而只能在写作和阅读的行动中显现。它与文学一样，属于绝对的"不可视"和"沉默"范畴。因此，没有任何人可以明确表明属于这个共同体。然而，当人们在文学的吸引下开始写作或阅读时，他们便已经在不自知的状态下让自己属于这个共同体了。

　　总之，我们看到，无论是南希、巴塔耶，还是布朗肖，他们对"共同体"的讨论都与"存在"的这个模式相关：这个模式可能被称作"中性""剩余""间隔""不自足状态"等。正是在类似的状态下，"存在"得以与"他者"产生"交流"，从而形成独特的共同体。巴塔耶所描述的各类"内在经验"以及布朗肖所描绘的各类极限经验，包括二者都关注的死亡经验，所有这些让主体走向极端的经验之所以会发生，"只是因为'存在'是可交流的；而'存在'之所以可交流，那只是因为它从本质上是向着外面敞开的，向着'他人'敞开的"（*LCI*：41）。正是这一"敞开"的运作，"将在'我'与'他者'之间激起一个猛烈的不对称关系：撕裂与交流"（*LCI*：41），由此便形成了动荡的空间，即布朗肖所说的"文学空间"或中性空间。可以说，布朗肖的文学思想与南希及巴塔耶的"共同体"思想最终都汇聚到了这个空间。当从这个空间出发进行思考与言说时，人们便已经让自己属于这个独特的共同体了。布朗肖所阐述的文学写作与阅读行动则正是从"文学空间"出发，让这个共同体得以呈现的重要途径。

第 2 节　中性的共同体

按照现代哲学的说法，世界本就是一个多孔的结构，处处充斥着往外逃离的力量，文学只是其中一个逃逸点。除了写作经验，人们还可能在其他诸多经验中向着"外在"空间敞开，并由此形成诸多其他不同的共同体，比如"爱情""政治"等。不过，通过对"文学共同体"的思考，布朗肖为我们提供了一个分析类似的共同体的基本框架：总是有一个逃逸点（这个逃逸点可能被称作"文学"，也可能被称作"爱情"或"政治"等），在这个逃逸点的吸引下，人们总是会陷入某种"眩晕"的极限状态，以及最终，人们都无法"言明"属于这个共同体，等等。此外，无论我们如何进行命名，所有类似的共同体的显现都将伴随着人的一种独特存在模式的呈现，这个存在模式就是我们在前面不断强调的"中性"。正因如此，我们在上面所讨论的"不可言明的共同体"也可被称作"中性的共同体"。"中性"是人"存在"的原初状态，是人与人之间所有关系消失后的"剩余"。人与人之间的关系消失，就意味着具有社会属性的"个人"（particulier）概念的失效，从此，"中性的共同体"将不再意味着具有社会属性的个人的集合，而是将指示出在具有社会属性的"个人"形成之前，隐藏于所有个体（individu）内在性中的某种共同的绝对孤独的状态。

事实上，除了《不可言明的共同体》，布朗肖并未就"共同体"主题进行更加深入的探讨，这一主题在当时也未引起学界广泛的讨论。时隔近30 年后，南希才发表了同名作品《不可言明的共同体》①（*La communauté désavouée*），再次谈论"共同体"主题，并对布朗肖的这部作品进行回

①　Jean-Luc Nancy, *La communauté désavouée*, Paris：Galilée, 2014.

应。南希的再次谈及足以说明，在未来，无论是在文学领域、哲学领域、政治领域还是其他领域，"共同体"都是非常值得探讨的主题。不过，由于布朗肖本人并未就该主题做过多延伸，因此，在这里，我们也仅限于从布朗肖的文学思想出发，去考察在"中性共同体"中，即当一切从主体和存在出发所产生的思想被消解后，思想如何依旧可能。不难发现，对布朗肖而言，在"中性共同体"中继续思考的途径便是写作。因此，在本部分，笔者将把布朗肖所说的"写作"视作一种思想方式进行重新审视，从而回答以下问题：当人处在共同的缺失与界限内，即处在"中性的共同体"中时，思想如何成为可能？

1. 以"中性"为中心的思想

根据前面部分的分析，在布朗肖那里，"写作"指的是以文学为追寻对象的无限进程，该进程必将不同于人们在充满意义、概念和任务的此世界中的行动，因为写作行动的目标即文学永远无法抵达，只会牵引加入写作行动的人消解自身主体性、朝着"外在"空间敞开。由此敞开的独特空间意味着对人类思想中某个共同的隐秘区域的揭示。该区域无法成为思想的直接思考对象，却可通过"写作"敞开。最终，正是该空间的敞开让人始终隐藏在主体背后的"中性"得以显现。因此，我们看到，写作首先是让"中性"得以显现的思想模式。不过，值得注意的是，写作者之所以能够听到文学的召唤并在这个召唤的吸引下加入无限的写作进程，只是因为他本就属于这个"中性的共同体"：写作者因为属于"中性的共同体"而得以写作，而写作却只是对他属于这个共同体之事实的揭示，这便是属于写作的真理。于是，我们看到，写作不再追求对具体知识或理念的生产，而是致力于对写作者属于"中性的共同体"这一事实的揭示，即对人的"中性"存在的揭示。正是在这个意义上，我们可将写作视作本质的哲学任务。那么，具体地，布朗肖所说的"写作"思想模式有何具体特征？它与其他思想之间有何本质区别？接下来，让我们从思想的角度出发，对前面已经多次提及的写作行动进行重新审视。

有关布朗肖所说的写作行动，我们可以做出以下几点分析与总结。

写作行动的第一个关键特征是，作为一种思想，它并不开始于对某个固定视点的确立（通常情况下，这个视点可能是"主体"，也可能是"理性"等），即并不开始于某个基本的前提假设，而是开始于对某个原初召唤的回应，意味着在这个召唤吸引下的不断追寻。当然，吸引写作者的可能是布朗肖所说的来自语言"沉默空间"的"中性声音"，或者来自由物在总体上的"不在场"所形成的本质意象，抑或是来自作为人去除主体性后之"剩余"的"中性"本身。无论如何，吸引写作者前行的东西超越了写作者的主体性界限，会牵引写作者向着自己的"外在"空间敞开。

写作的第二个特征是，牵引写作者前行的对象永远不可抵达，但始终对写作者充满吸引力，由此导致写作注定是无限的循环进程。正如本书前面部分所分析，写作者是在"中性空间"的吸引下开始写作的，但当写作者发生"跳跃"或"彻底翻转"而进入"中性空间"后，写作将变得不再可能，写作者只能被驱逐出去。然而，当写作者通过遗忘离开"中性空间"后，他将再次听到来自这个空间的"窃窃私语"，并在这个声音的吸引下继续通过写作进行回应。布朗肖将写作者发生"跳跃"或"彻底翻转"称作"灵感时刻"。有关写作的循环，布朗肖这样描述："只有抵达灵感时刻才能写作，但为抵达灵感时刻必须已经写作。"（LEL：234）不过，值得注意的是，尽管从写作者个人出发，无限的写作进程意味着无尽的绝望，但正是在这个充满绝望的写作行动中，某个以"不可能性"为本质的空间得以不断被敞开。于是，作为无限循环进程的写作亦可被视作一种不断生产着"否定性""不可能性"或者"死亡"的本质思想，该思想通过思考不断地生产着思想本身的不可能性。

写作的第三个特征是，作为无限循环的写作注定无法由某个个人单独完成，而只能是一个匿名的共同行动，在这个共同的无限行动中，参与该行动的人们因让他们共同的基底"中性"显现出来而共同属于"中性的共同体"。我们会发现，这些加入写作行动的人们不是因为任何事先的规定或约定而同属于某个"团体",而是在具体的写作行动中,让自己成为这个共同体的一部分,或者更为准确地说,揭示出自己属于该共同体的事实。因此,我们看到,写作行动不仅不断生产着思想的"不可能性",而且还不断呈现着所有人类共同属于的这个"中性共同体"。这一切仿佛,"中性共同体"与"不可能性"相关,或者就是我们思想的"不可能性"本身,是躲在"可能性"思想光亮下的影子,而当写作者通过写作加入该进程,就意味着他不再满足于在光亮下观看或思考,而是转向自身,开始凝视自己的"影子"。

写作的第四个特征是,当写作者通过写作转向自身并开始凝视自己的"影子"时,人、思想、语言与写作之间的关系将会发生本质改变。前文曾多次提及,在"现实世界"中,语言是人们用以交流的工具,它以主体为中心,为主体服务,表达主体的思想,思想的基本结构是"主体—思想—语言—写作"。然而,在文学写作中,人不再从主体出发以语言为工具表达思想,而是将在文学的吸引下,向着"外在"空间敞开;文学语言也不再是对思想或意义的简单传递,而是将在"中性声音"的倾斜牵引下,不断自我删除并敞开沉默的语言空间。于是,在整个写作行动中,人和语言似乎都朝着某个将一切清除的"空无深渊"走去,并任由自身不断被消解。随着主体的不断消解,思想不再有任何固定的中心,或者如果一定要说写作有某个行动中心的话,那么也只能是那个让一切固定中心都不再可能的"空无深渊",或者我们也可称之为"中性"。由此便诞生了另一种思想结构:"中性—写作—语言—思想",我们也可称之为布朗肖的中性思想。

因此,通过以上总结与分析,我们看到,布朗肖所揭示的写作行动最终意味着一种新的思想模式的诞生:写作者通过对"中性空间"进行回应,从而经由写作加入到作品空间的无限循环中,开始匿名行动,从此,不再是写作者作为主体在思考,而是中性让他思考,思考的方式则是匿名地加入到无限的写作行动中。

可以说,自笛卡尔以来,现代哲学思想几乎都遵循着"主体—思想—

语言—写作"的模式，主体是一切思想的中心。这里的主体指的便是自笛卡尔以来的"我思"主体，也是承载着胡塞尔所说的意识和还原功能的现象学主体。正如前文所分析的，这个主体其实并不是"存在"本身，而是拉康所说的"存在"对自身所产生的镜像幻影。这样一种思想模式的基本原则是主客二分原则，主体通过与所有外在于它之物保持距离，将它们转化为客体，从而对它们进行认知与掌握。因此，可以说，这个主体既是意识的主体，也是认知的主体，正是这个主体将世界转化为知识，并对这些知识进行掌握，从而不断构建理想化的世界。于是，在某种意义上，主体成了有关这个世界的所有知识的源头。在这样一种思想模式中，思想属于主体，是主体的精神层面；语言因其抽象摧毁功能而成为表达思想的工具；至于写作，它不过等同于"誊写"，是对主体已有思想的誊写。在这个思想模式中，如果说主体、思想与语言三个方面相互关联、缺一不可的话，那么写作是最不重要的环节。

然而，在布朗肖的中性思想中，即"中性—写作—语言—思想"的模式下，一切似乎遭到了颠覆。首先，思想的中心不再是主体，而是"中性"。对于这个"中性"，笔者在前面也曾有过深入的分析。"中性"是此前一直被哲学忽略的存在模式，可以说，它不再是"存在"对自身的镜像幻想，而就是"存在"本身，或者更确切地说，是"存在"的不在场本身。不过，中性是"存在"最后的界限，其本质为不可能。因此，以中性为中心的思想必将与以主体为中心的思想有所不同。首先，我们可以看到，在这个思想模式下，写作占据至关重要的位置：它不再是对思想的誊写，而就是思想本身。不过，"写作"这个思想并不隶属于"中性"，不是"中性"固有的属性。写作与"中性"之间不是隶属关系，而是"回应"的关系，写作是"回应"来自中性空间之真正话语的过程。在这个思想模式中，语言依旧占据重要的位置。不过，语言不再是表达思想的工具，而是变成承载作品空间的载体，语言的重心不再是主体，而是隐藏在作品空间中的"沉默空间"。

通过对比两种不同的思想模式，我们发现，前者是从主体出发的思想，而后者则是在突破了主体性界限后的继续思考。于是，正如福柯所说，布朗肖的思想超越了"从笛卡尔一直延伸到胡塞尔的主体思想"①，使我们得以摆脱主体的束缚，从"无限远处"出发进行思考。这便是福柯所说的"界外思想"②。我们看到，当思想从"中性"出发时，曾经站在光亮源头的主体便已经被打倒，从这个主体出发的对"存在"本身的预设，以及人与世界的所有关系（概念化思考、作为现象的"看见"）也随之结束。从此，不仅不再有对"存在"本身的预设，而且也不再有任何对世界的预设，人开始转向自身，凝视自己的"影子"，人类共同属于的那个"中性的共同体"随之呈现。

2. 逃离"总体"的思想

当布朗肖所说的写作行动从"中性"而不是从主体出发进行言说与思考时，这不仅意味着对主体思想的超越，而且还更为深刻地意味着对黑格尔总体思想的逃离。布朗肖始终为逃离黑格尔的总体思想而不懈努力。可以说，他始终思考的就是在黑格尔总体思想之外继续思考的可能性，也就是逃离建立在黑格尔思想基础之上的理想世界的可能性。

事实上，如果说包括布朗肖、列维纳斯、巴塔耶等人在内的思想家都认为人类的共同部分是这个永远无法超越的中性界限的话，那么黑格尔则认为人类所共有的是绝对精神，而且这个绝对精神可以在时间的尽头抵达，由此形成的便是黑格尔的总体思想。这个思想与本书前面所说的"充满价值、荣光、意义和任务"之理想世界相关，描绘了这个世界的普遍发展规律，并为这个世界指明了将要抵达的终点。在这个世界中，

---

① 相关观点，可参见 Michel Foucault, *The Order of Things*：*An Archeology of the Humain Sciences*, n. trans.（London：Tavistock Publications, 1970），pp. 383 - 384；Cité dans Kevin Hart, Geoffrey Hartman, *The Power of Contestation-Perspectives on Maurice Blanchot*, Baltimore and London：The Johns Hopkins University Press, 2004, p. 7。

② Michel Foucault, «La pensée du dehors», *Dits et écrits*, Paris：Gallimard, 2001，p. 546.

"我"与"他人"处在"同一"关系中,具有互逆性,将在时间的尽头抵达"统一性"(unité)。"统一性"的抵达意味着黑格尔所预设的为人类共有的绝对精神的实现。从某种角度出发,生活在这个世界的人也可算作处在一个共同体中,这个共同体用"绝对精神"的共同目标将"我"与"他人"削减为"同一"。我们看到,如果说在"中性的共同体"中,人们需要通过写作加入一个无限的匿名行动中,那么在由绝对精神构成的共同体中,人们只需要在无限的时间中投入真实的否定劳作中,从而不断产生价值、意义,不断完成新的任务,从而在改造世界的同时改变自身的"存在",最终抵达绝对精神。

不过,正如前文所分析,黑格尔的总体思想是建立在对死亡的概念化基础之上的。在他那里,死亡被视作"绝对的可能性",是让人的精神生活得以开始的地方。在此基础上,黑格尔构思出了"绝对精神"或"绝对知识"的概念,同时提出了普遍适用于人类认知过程的否定辩证规律。然而,对死亡的概念化意味着对死亡否定性的否定,也就是说,在黑格尔的总体思想中,死亡的否定性本身是被驱逐的。由此,我们看到了黑格尔总体思想的界限。尽管如此,但这个思想本身却极具吞噬力,因为就连否定本身也已被包含在其否定辩证思想中。从某种角度出发,只要我们开始借助于语言进行认知活动,也就是开始通过语言的概念化功能打造理想世界,即使是以否定的方式,我们也已经处在黑格尔所说的否定辩证的框架下了,因而也就处在了黑格尔总体思想的预设之中。这就使得,否定这个理想世界并在这个世界之外假想出另一个物质的或超验的世界并不能让我们真正地逃离黑格尔的总体思想。要想真正意义上逃离这个世界,我们必须让自己在总体思想框架之外进行思考,即让总体思想本身发生断裂。这样的思考将存在两条可能的路径:①对总体思想本身进行考察,指出这个思想中存在的断裂;②直接关注断裂本身,不再从总体思想本身出发,而是直接从这个思想的预设之外进行思考。

布朗肖的思想正是属于后者。如果说黑格尔的总体思想建立在对死亡之否定性进行否定的基础之上,那么布朗肖的中性思想则正是围绕死

亡的否定性本身展开的。在他那里，由作为经验的深刻死亡所敞开的
"不可能性"空间正是布朗肖所谓的"中性"，整个写作行动都是围绕这
个"中性"进行的。这就使得，由写作行动敞开的"文学空间"不再处
在理想世界的框架内，而是位于这个框架之外的另一个空间。如果说理
想世界意味着"真实世界"的不在场以及对这一不在场本身的遗忘，那
么动荡的"文学空间"就是"真实世界"的不在场本身。这个空间的敞
开将意味着人与人之间一种全新关系的诞生。从此，"我"与"他人"之
间将不再因被置于总体思想的"统一性"框架下而具有"同一"关系，
而是将拥有无限的差异性关系。"文学空间"或"中性"就是这个差异性
关系本身，是"存在"共同的缺失与界限。最终，在面对由这个空间形
成的"空无深渊"时，人们之所以产生写作或言说的追求，那只是因为
这个缺失为人类所共有，围绕这个缺失言说，就是言说"存在"本身。
这也是为何，写作行动被视作本质的哲学行动。

因此，可以说，布朗肖的写作思想是在逃离了黑格尔的总体思想之
后的另一种思想模式。对比黑格尔与布朗肖的思想，我们可以得出以下
结论。

首先，从某种意义上讲来，二者都是一种循环思想。在黑格尔的思
想中，人类精神生活的起点和终点都是"绝对精神"，因而构成了一个简
单的循环；布朗肖的写作思想也是以"中性"为中心的无限循环。只不
过，黑格尔的循环思想被铺陈到了时间上，绝对精神是被提前给予的，
而且将在时间的尽头抵达。布朗肖的循环思想则是围绕着永远无法抵达
的"中性"进行。

其次，两个思想都具有无限性。人类追求"绝对精神"的进程具有
无限性，不过这个无限性与写作的无限性不同：前者体现为时间上的无
限性，而后者则体现为循环本身的无限性；前者将在时间的尽头停止，
后者永不停息。

再次，正因为黑格尔的"绝对精神"可在时间的尽头抵达，所以它
是一个总体性的思想，从总体上为个体假设了一个相同的维度，让人们

精神的交流与发展成为可能。然而，作为布朗肖思想中心的"中性"却并不是任何的总体概念，而是对所有总体思想的逃离，是一个分散的差异性空间。在这个空间中，"我"与"他人"之间不具有"互逆性"和"对等性"。

最后，两个思想的方向性有所不同。人类精神抵达"绝对精神"的进程是线性的，是在时间的维度下不断积累的过程，而写作进程则更多是"离散的"，写作者每次写作都是重新开始，并不会因为有前面的积累而离文学更近。因此，我们看到，追求"绝对精神"的进程是一个充满希望与光亮的旅程，人类通过自己的劳作与智慧不断完成各类任务，让这个世界及自身充满意义。然而，写作却是一个充满绝望与黑暗的危险旅程，令写作者感到绝望的不是"作品"无法完成的事实，而是即便如此他依旧感受到继续写作的追求。

通过以上分析，我们会发现，黑格尔的总体思想与布朗肖的中性思想最本质的区别在于对"死亡"的不同理解。在黑格尔那里，死亡是绝对的可能性，这使得思想构成一个总体成为可能；在布朗肖那里，死亡是绝对的不可能性，这个不可能性则体现为无限的分散与差异。因此，布朗肖的中性思想逃离了黑格尔的总体思想，是在总体思想之外的继续思考。在总体思想之外的思考则意味着在时间之外的思考，也就是说，时间不再是思想的基本限度。从这个角度出发，我们可以说，黑格尔思想中的否定辩证规律就像是欧几里得（Euclid）的平面几何，只在一定的公理假设下生效。正如胡塞尔所分析，黑格尔思想的公理就是"时间性"，而布朗肖的中性思想则更像是黎曼（Bernhard Riemann）几何，是在多维空间下对人思想界限的审视：人有自身的维度，这一维度永远无法被超越，正是在这个意义上，人是有限的，"中性"便是人最后的限度。只不过，长久以来，这个界限始终处在被掩盖的状态，这一掩盖与以主体为中心的哲学思想息息相关。写作则是将站在现实世界光亮源头的"我"杀死，从而让"存在"最后的维度即"中性"得以显现的进程。

3. 一种"断裂"的思想

事实上，通过对以主体为中心的思想以及黑格尔的总体思想进行超越，布朗肖同时打破的还有建立在二者基础之上的思想的连续性假设。思想的连续性假设与人们对思想源头的预设相关，布朗肖则通过揭示超越主体界限进行思考的可能性，让一切对思想源头的假设变得可疑，从而让连续性思想产生某种"断裂"。从这个意义讲来，我们也可称其思想为"断裂"的思想。

正如本书前面所论证的①，通过对马拉美及超现实主义者激进尝试之失败的分析，布朗肖意识到他们所提出的"纯语言"或"纯思想"之设想其实是超越主体界限的部分，因此永远无法被主体抓住或掌握。不过，写作行动本身却正是在这个超越主体之部分的吸引下进行的。由此，布朗肖在写作行动中看到了超越主体而继续行动的可能性，同时这个行动也被他视作主体在自身基础上对思想源头的不断追寻。然而，思想的源头却永远无法通过写作抵达，因为文学始终会将写作者引致让文学消失的空间，即不可能的"文学空间"。这个空间所对应的"中性"就像"存在"的某种"剩余"，是人始终无法超越的最后界限。这将导致写作者在自身基础上追寻思想源头时，总会与某个"空无深渊"相遇，这个深渊永远无法被超越，写作于是只能变成围绕这个"深渊"的无限循环。正是在写作的循环中，"存在"最后的界限，即曾经始终被主体隐藏的"存在"模式——"中性"，得以显现出来。

然而，"中性"并不是思想的源头，而是意味着所有思想源头的缺失。在这里，我们看到了布朗肖思想与以黑格尔为代表的形而上学思想及从笛卡尔一直延续到胡塞尔之主体思想之间的本质区别：从某种角度出发，后二者都开始于对思想源头的直接预设（要么被预设为形而上的绝对精神，要么是主体本身），而在布朗肖那里，写作行动所敞开的中性

---

① 参见本书第 2 章第 1 节 "'偶然'与'相遇'"部分。

空间却意味着对所有思想源头之假设的删除。事实上，正是对主体或者对某个至高无上之精神的假设保障了思想的源头，使思想得以从某个固定的点出发，从而保障了思想的连续性——黑格尔的总体思想以及以主体为中心的思想都可被视作一种连续性思想。然而，当为思想源头提供保障的东西（以前是上帝后来是人）被消解——尼采提出上帝已死，福柯随即宣布人已死，而布朗肖描述的写作经验中进入"绝对被动性"的状态正是主体的消解——那么，那个曾经具有连续性的思想就会产生某种断裂。布朗肖的写作思想正是"断裂"思想的一种形式，甚至可以说，写作行动所敞开的"文学空间"就是这个断裂本身。

因此，当我们说在布朗肖那里，思想从"文学空间"出发时，其实就意味着思想从"断裂"处出发。在这一思想模式下，"人是有界限的"这句话将在布朗肖的思想中获得其最完全的意义：人是有界限的，并不是无所不能；但人的界限性不再体现为在人的超验层面存在掌握着人思想的上帝，而是表现为其思想源头的缺失。这个缺失会在人的思想源头处产生某种"空无"（vide），这正是人们在写作的极限经验中所体验到的"空无深渊"。然而，由于人自身思想结构的界限，或者更确切地说，由于人所使用之语言的界限，人无法对这个"空无"本身进行思考，而只能不断通过思考将这个"空无"填满。于是，人相继构思了至高无上的上帝和人自身，让他们相继占据思想源头的位置。正是这个固定的源头为人思想的连续性提供了保障，让它在我们的脑海中变得根深蒂固。然而，在写作的极限经验中，人们却打破了连续性思想的预设，让思想产生"断裂"，再次与这个"空无深渊"相遇。这个"空无"转而会以文学之名吸引写作者不断追寻。从本质讲来，写作者对文学的无限追寻其实就是对这个作为"断裂"的"空无深渊"的追寻。因此，写作行动必须将人们曾经填充在这个"空无"中的东西清空，其中包括写作者自身的主体性，从而让连续性思想产生断裂。这就是为何，布朗肖所阐释的写作行动总是充满摧毁性力量。

总之，我们看到，通过对写作经验的考察，布朗肖不断探寻着人思想的源头，最终他停留在了中性的"空无深渊"处。这里并不是本义上的思想的源头，而是所有源头消失的地方。然而，正是从这个"空无深渊"出发，诞生了截然不同的思想模式。面对这个"空无"，人大致有两个选择：要么将这个"空无"填满，并将填满的"空无"视作至高的真理；要么让这个"空无"保持原样，并让它以"空无"的形式显现。前者是西方传统哲学到后来的主体哲学一直秉承的信念，这个至高真理一开始掌握在上帝手中，后来掌握在主体手中。海德格尔前期的思想介于二者之间，他否定了至高真理的假设，拒绝将"空无"填满，但并没有与这个"空无"面对面，而是将目光转向人类个体，从而发展了他的存在哲学。布朗肖则属于后者，他所考察的写作行动其实就是让这个"空无"得以作为沉默显现的方式。如果说将"空无"填满的选择是利用语言的抽象摧毁功能，不断地产生意义，缔造属于人类的意义世界；那么布朗肖则仿佛在这个意义世界之外重新敞开了一个空间，在这个空间中，所有意义消失，人作为"中性"显现，由作为"中性"之人所构成的"中性共同体"亦随之呈现。

事实上，正是面对"空无"的不同选择将让我们产生不同的有关"世界"的概念。我们会发现，充满意义的世界并不是固而有之，而是源自人的一个共同选择，这样一个选择同我们所拥有的理性和语言息息相关。不过，除这个选择外，人们还可以有其他的选择。这就是为何布朗肖对极限经验的考察，巴塔耶对内在经验的关注，都将他们引向了位于意义世界之外的另一个空间，在这个空间中，几乎所有在意义世界中成立的方面都将发生改变甚至彻底翻转。正是在这个作为"存在"最后界限的空间处，布朗肖和巴塔耶等人看到了人所共有的界限。同时，也正是从这个共同的界限出发，他们提出了笔者在前面所说的属于人类的"不可言明的共同体"，或本部分所说的"中性的共同体"。

从某种角度出发，所有人都属于这个"中性的共同体"，但没有任何人确信自己属于它，因为这个共同体无法被言明。它不是对人们身份的标识，而是对任何身份的摧毁；它不拥有任何具体形式，而是对所有形式的消除；它不是人类精神开始的地方，而是让任何"开始"都不再可能的空间。在这个共同体中，总体思想的选择尚未做出，主体的幻象也尚未形成，"我"与"他人"的关系是差异而不是"同一"。这是人的某种"原初"状态，是人、语言与物尚未相互纠缠且依旧"自在"的状态。如果说我们所熟悉的大部分思想都意味着通过对主体的确立或对某个总体的假设而对该状态产生遗忘的话，那么布朗肖所揭示的写作作为一种"中性"思想，则意味着对该状态的某种回归，因而可被视作"中性的共同体"中一种本质的思想方式。从此，哲学家的任务似乎不再是言说或论证"何为存在"，而是通过对该共同体的呈现来言说并揭示"存在不在"的事实。

第3节　孤独的共同体

通过以上分析，我们看到，"中性的共同体"意味着一种独特的关系（断裂、差异、分散、缺失）以及建立在这个关系基础上的独特"存在"（前面所说的文学或作品"存在"，或者布朗肖所说的"中性"）。这是一个超越了人的主体性界限却为人类所共有的"存在"。正因如此，写作者才会在这个"存在"（文学）的吸引下，通过写作从主体出发，向着"外在"空间敞开。如果说在上一个章节，笔者论证了当思想从这个空无的"外在"空间出发，也就是从"中性"出发，而不再从任何固定源头（主体）出发时，将意味着本质思想的转变，那么在本节，笔者将进一步分析布朗肖视域下的"中性的共同体"会显现出的两种基本关系："孤独"（solitude）与"友谊"（amitié）。

1. 本质的孤独

"孤独"是布朗肖在谈论文学时经常论及的主题，他自己就曾有过十年的孤独写作经验。不过，在对写作经验的考察中，作品那独特的"存在"让布朗肖看到的是另一种更为本质的孤独，他将之称作"作品的孤独"。正如布朗肖所说，作品就像那"从天而降的碎片，没有过去，也没有未来"（*LEL*：257），它孤独地言说着自身的"存在"。那是一种匿名的、无人称的孤独，是绝对的沉默。写作者之所以会在这个孤独或沉默的吸引下开始言说，是因为这份孤独与沉默是为人所共有的，它对应了隐藏在主体身后、为人们所共有的"存在"模式，即"中性"。正是在这个意义上，笔者在前文所论证的"中性的共同体"也可被称作"孤独的共同体"。如果说在前期，布朗肖对作品孤独的探讨更多聚焦在对"文学空间"的呈现与敞开的话，那么在后期，他则始终思考着从作品的孤独以及由这个孤独所形成的共同体出发，人应该如何行动，才能在不驱逐本质孤独的情况下承载这份孤独。最终，布朗肖找到的方式正是"友谊"。那么，布朗肖所说的"中性的共同体"下的"孤独"与"友谊"分别指的是什么？"友谊"如何得以在不驱散"孤独"的情况下承载"孤独"？

在《文学空间》开篇处，布朗肖谈论的便是作为作品存在的"本质孤独"。结合前面对"中性共同体"的论述，我们似乎可在此处窥见布朗肖将作品存在称作"本质孤独"的深意。正如笔者在前面所说的，作品存在的显现意味着人"中性"的呈现，而"中性"则意味着人与人之间一种全新关系的诞生，我们可称之为差异性关系。在这个关系中，"我"与"他人"之间间隔着无限的距离，不再有任何外在的至高无上的点将"我"与"他人"统一在相同的体系中，将我们之间的距离缩减为"同一"，使人作为分散的、差异的个体"自在"。正因如此，我们称"中性"状态下的人处在某种"本质的孤独"中。不过，与此同时，人正是因为作为差异化的个体共同处在"本质的孤独"中，从而构成了"中性的共同体"或者"孤独的共同体"。换句话说，人在本质上就是孤独的，但正是这份共同的、无法言说的、绝对的孤独让他们形成了一个共同体。

　　为更好地阐释这个本质的孤独，结合布朗肖对不同孤独类型的探讨，我们将在这里对三个不同层面的孤独进行分析：日常生活中的孤独，世界层面的孤独，以及本质的孤独。通过对这些不同类型孤独的分析，我们将有望了解人与人或人与世界之间不同层面的关系，以及这些关系的不同界限，从而进一步明确布朗肖所说的本质孤独对我们而言意味着什么，以及让本质孤独得以显现的写作行动的深远意义。

　　其一，日常生活中的孤独指的是与他人的远离所导致的孤独感。这里的"他人"指的是与"我"一样生活在这个世界的个体，我们之间具有"对等性"和"互逆性"。"我"与"他人"之间往往具有"亲近性"（proximité），也就是说，我们之间的距离原本"很近"，无论是空间距离还是心理距离。但是，当这个距离变远，也就是产生"间隔"时，便会产生孤独感。承受这个"孤独感"的是生活在此世界中的主体。孤独感往往会促使人们去寻求新的"陪伴"，从而克服这种"被疏远"的感觉。因此，现实生活中的孤独更多是某个时间点或时间段的状态，可能随着时间的流逝而发生改变。

　　其二，世界层面的孤独则与世界本身相关，是对世界的远离所导致的孤独感。这里指的更多是黑格尔意义上的理想世界。根据黑格尔的思想，"世界永远是对世界的实现过程本身"（LEL：341），而实现的方式就是通过劳作和时间的不断否定。只要人通过实际劳作加入这个否定进程，那么他就始终处在这个世界中。只不过，在某个时刻，这个人可能对自己的"自我存在"本身产生某种意识，因而会产生某种远离世界的感觉。那么，人对"自我存在"产生意识究竟意味着什么呢？

　　事实上，这里所说的"自我存在"不再属于黑格尔在死亡概念化基础上所构思的绝对精神的范畴，而是与这个绝对精神所否定的死亡的不可能性相关。在布朗肖看来，这才是人的"存在"本身，而黑格尔的理想世界不过是"对这个'存在'进行隐藏，然后将这种隐藏变成一种否定和劳作"（LEL：341）的过程。表面看来，在参与否定与劳作的过程中，"存在者得以自我完成，人们则沉浸在'我是'的自由中"（LEL：

341）。然而，布朗肖指出，由此形成的"存在者"不过是"没有'存在'的'存在'"（*LEL*：341），这个表面看来"自由"的存在者，其决定只有当"从所有人出发被做出时，才具有真理性"（*LEL*：341）。因此，我们看到，存在者在这个世界中的自由是有限的自由，黑格尔所构造的理想世界本身就是它的限度。然而，在某些情况下，当存在者对自身的"自我存在"产生意识时，他可能在更大的自由的吸引下离开所有"存在者"，离开世界本身，从而跨越这个世界的界限。

　　然而，当"我"与世界分离时，便会产生布朗肖所说的世界层面的孤独。承载这份孤独的依旧是"我思"的主体。面对这份孤独感，"我"将产生两种不同的倾向。一方面，"我"可能想要通过自身的主体性来实现世界，以抵达绝对。这与我们在前面所说的基里洛夫的自杀计划非常相似，"我"依旧想要实现世界，只不过不再是通过在世界中构成世界之自我实现的某个环节，而是要依靠自己的主体性单独完成这个任务。这里体现出的正是人想要拥有曾经属于上帝的至高无上力量的欲望。另一方面，"我"可能不再将目光投向世界，而是"我在"的孤独"使'我'发现了让'我'得以形成的'虚无'"（*LEL*：342）。在这种情况下，"孤独的'我'知道自己被什么东西分离了，但无法在这个分离中识别出产生其力量的条件，因而不再能够将这个条件变成活动和劳作的方式"（*LEL*：342）。这便是萨特所说的"存在与虚无"的处境："我"对作为"非—存在"（non-être）的"虚无"产生了意识，也就是对"存在"的不在场产生了意识。

　　我们看到，无论是现实生活中的孤独，还是世界层面的孤独，承载这个孤独的都是作为主体的"我"：一个是"我"在此世界中感受到的孤独，另一个是"我"在远离此世界时感受到的孤独。不过，在这两种孤独之外，布朗肖还提出了第三种孤独，即本部分所讨论的"本质的孤独"。如果说现实生活中的孤独是与一起生活在世界中的他人的分离，世界层面的孤独是与世界本身的分离，那么本质孤独就是与某种本质之物，其实也就是与布朗肖所说的人的"自我存在"的分离。

回到上面讲到的对"非—存在"的意识，布朗肖指出，尽管这样的意识会让人产生焦虑，但同时它也有可能变成一种力量："'虚无'是我的力量，我'能够'不存在，由此便产生了人的自由。"（LEL：343）然而，在作为力量的"虚无"中，也就是在被意识到的"非—存在"中，"存在"依旧处在被否定与掩盖的状态。相反，在某些情况下，主体可能在"空无"的吸引下靠近这个存在的"缺失"本身，正如写作者在文学的吸引下投入写作一样。此时，将会发生某种"跳跃"或"彻底的翻转"，因为当作为"空无"的"外在"空间敞开时，主体将失去主体性，陷入"绝对的被动性"中，从此处在"外在"空间也就是"存在"的缺失之中。此时，与人们相遇的将不再是"被掩盖的'存在'"（LEL：343）（être dissimulé），而是"'存在之不在场'让其变得在场的'存在'"（LEL：343），也就是"作为'被掩盖之物'本身显现的'存在'"（LEL：343），或者说就是"掩盖"本身。这就是说，在由"掩盖"本身组成的"缺失空间"或"外在"空间中，"存在"作为"被掩盖之物"得以显现。此时的"掩盖"不再是主体对"掩盖"的意识，而是变成由"掩盖"组成的无限空间本身。然而，主体在这个空间中已经失去主体性，因此也就失去了对这个"掩盖"产生意识的可能。正是在这个意义上，当这个缺失的空间被敞开时，"我"与本质的"存在"之间间隔了无限的距离，被敞开的空间就是这个距离本身。正是这个无限的距离造就了布朗肖所说的本质的孤独。

我们看到，本质的孤独与世界层面的孤独不同，前者是与人的"自我存在"本身的远离，而后者依旧是与此世界的远离。"我"尚且能够承受世界层面的孤独，对这个孤独产生意识。但对于本质的孤独，"我"却无力承受，而只会被这个孤独吞噬。前文所说的"中性的共同体"或者"不可言明的共同体"在本质上就是本质孤独的空间。在这个本质的孤独中，世界已经远离，就连主体性也已经消解，孤独变得无限，正是在这个无限的孤独中，人的"自我存在"作为"被分离之物"或者"被掩盖之物"得以显现。甚至可以说，本质的孤独就是与人的"自我存在"的分离本身，这不是一种有限的分离或距离，而是一种"断裂"（interruption）。在这个"断裂"中，分离和距离都变得无限。

于是，我们看到，正是人与其"自我存在"的原初"分离"与"断裂"本身让人产生了"本质的孤独"。这是一种本质、深沉的孤独，只有承载这个孤独，人才能让其"自我存在"得以显现。对该孤独的承载意味着人将切断其与他人之间的一切现实关系，并进入与他人之间的某种"没有关系的关系"中。这种以"不可能性"为本质的关系正是布朗肖所说的中性关系，而处在该关系中的人正是布朗肖所说的"中性"。最终，正是在将一切现实关系清除的"中性"状态下，人与"自我存在"之间的"分离"本身得以作为"文学空间"或者"外在"空间呈现，并将自身变成通往人"自我存在"的"通道"：在这个"通道"的无限远处，人的"自我存在"将作为"不在场"显现。从此，哲学将不再意味着对人与人之间所有可能性关系的统摄，而是需要将所有这些关系清除，并在清除过程中敞开一个以"无"为内在性的空间。

2. 友谊

当对本质孤独的承载成为一项哲学任务后，我们将进一步发现，这份孤独永远无法由一个人承载。要想承载这份孤独，我们需要友谊，不是来自任何人的友谊，而是来自绝对"他者"的友谊。如果说孤独意味着"我"对"自我存在"的"遗失"，那么友谊则意味着这个"自我存在"在"他者"身上的显现。因此，正是这份友谊将赋予"孤独"以形式，并让"孤独的共同体"得以显现。不过，这依旧是一种"不可言明"的友谊，人们只有在"友谊的对话"中才能让它作为沉默显现。从某种角度出发，写作行动就可算作写作者与读者之间友谊的对话。为具体分析友谊与孤独之间的关系，以及得以承载本质孤独之友谊的性质，在这里，我们也将对几种不同的友谊进行分析。

友谊首先是对抗孤独的良方。谈到友谊，我们首先想到的或许是与作为朋友的他人之间的"亲近性"（proximité）。相较前面讲到的因分离而导致的孤独，友谊因其"亲近性"特征，似乎是消除孤独的最佳方式。当我们有朋友时，我们不会感到孤独；当我们孤独时，我们会感受到对朋友的渴求。于是，孤独和友谊似乎变成了存在者的不同状态，这两个状态在时间的推进中不断地交替。

不过，能够被友谊消除的孤独只能是现实生活中的孤独。在现实生活中，无论是与"他人"的远离或靠近，这里的"他人"指的始终是与"我"共同生活在世界中且拥有相同维度的"他人"。我们始终可以削减为"同一"，因此这个"他人"不过是另一个"我"。"我"之所以需要友谊，向"他人"靠近，只不过因为"我"需要通过"他人"对自身产生确信，从而生活在此世界关系的确定性中。人们常说，通过朋友，我们了解的其实是自己。不过在这里，这个"自己"指的不过是生活在世界中的"我"，一个对"存在"的掩盖本身进行掩盖的"我"。正是通过这个"掩盖"，"我"与朋友一起，获得生活在此世界中的宁静。

世界层面的孤独则并不需要友谊来消除。这个孤独产生于"我"在不需要"他人"的情况下，对自我主体性的意识。正如笔者在前面所说的，这样的意识将有可能导致"我"对主体性绝对的追求，或对"存在"之缺失即虚无的意识。感受到世界层面之孤独的"我"将不再需要靠生活中朋友的陪伴来获得慰藉。本质上，世界层面的孤独是人的力量被无限放大，主体性变成"绝对"的必然结果。在这样一种孤独状态下，人处于"自足"状态，不再需要"他人"来对自己的力量进行确认。

然而，正如前文所分析，这个对"自我"产生意识、处在"自足"状态下的主体是"没有'存在'的'存在'"，是对"自我存在"本身的掩盖。在某些极限经验中，"我"将不再处在自身主体的完备性之中，而是陷入由"存在的缺失"所产生的虚无中。这时，"我"的主体性将消解，从此陷入本质的孤独中。这是一个无人称的孤独，即孤独本身，或者与人的"自我存在"的分离本身。"我"无法独自承载这份孤独，需要"他者"的牵引才能朝着这个本质的孤独敞开。

因此，我们看到，在本质的孤独中，本就包含着对友谊，或者更明确地说，对"我"与绝对"他者"之间友谊的追求。不过，本质的孤独所追求的这份友谊并不会凭借其"亲近性"来消弭本质孤独所意味的"我"与"自我存在"之间的无限距离，而是会保留这份距离，并在这份保留中，让人的"自我存在"作为"被掩盖之物"显现。由此将导致作为友谊双方的"我"与"他者"之间关系的复杂性：在保持无限远的同时，又无限靠近。甚至可以说，"我"与"他者"之间的友谊就是某种"无限远的亲近性"。那么，这样一种友谊具有怎样的特征呢？

这个友谊依旧意味着某种"亲近性"，但这一"亲近性"与现实生活中向"他人"的靠近完全不同。它指的不再是个人与个人之间，或者主体与主体之间的靠近，而是与"自我存在"本身的靠近。在这种情况下，"他者"显然比"我"离人的"自我存在"更近，因为正是在"他者"的牵引下，"我"才得以突破主体性界限，向着本质的孤独敞开，从而让"自我存在"得以显现。这就是说，在"他者"身上有超出"我"自身限度的东西，这个东西离"自我存在"本身更近。于是，友谊意味着向"他者"的敞开，"他者"的介入则意味着与"自我存在"变得更近，是比任何主体的"亲近性"更近的距离。

然而，这个拥有无限"亲近性"的友谊却并不意味着任何融合或身份认同的运作。在这里，我们可以借鉴尼采有关"爱情"和"友谊"的区分。通常情况下，友谊被认为是一种横向的关系，是一种建立在共同快乐基础之上的满足状态；爱情则被认为是一种纵向关系，在爱情中，重要的不是拥有，而是对不断逃离之物的无限追寻。① 然而，尼采却指出了爱情的"亲近性"中所隐藏的"所属和融合"的要求，它要求与自己的爱人融为一体，抵达高度的统一。相较爱情，尼采更加推崇友谊，因为在他看来，友谊不会在"亲近性"面前屈服，也就是不会在"我"与"你"之间的统一、融合和交换面前屈服，而是会保留二者之间的无

---

① Dominique Weber, « La discrétion de l'amitié », *études*，2002/12（Tome 397），p. 629.

限距离。①

友谊会保留双方之间的距离，而不是趋向于融合，这便是人们所说的友谊中的"审慎"（discrétion）。布朗肖指出："有的时候，审慎并不是简单的对吐露秘密的拒绝，而是一种间隔（intervalle），一个纯粹的间隔，这个间隔是我与作为朋友的'他人'之间所有东西的界限。"（*LA*：328）人们之所以在友谊中表现出审慎，并不总是出于不信任，或因为"我们"之间的关系还不够亲密。还可能因为，这本就是无法"吐露"的秘密，它无法被"我"自身触及，是无法预料之物（imprévisible）。这个无法预料之物就是前文所说的"中性"，是"我"永远无法触及的"空无深渊"。正是这个"深渊"或者"断裂"，使得"我"必须保持最终的"审慎"，让"我"永远无法向"他者"完全坦诚，因而无法与其抵达"同一"。

然而，正是这最后的"审慎"造就了友谊最为本质的特征："我"与"他者"之间的友谊正是"我"与绝对的"陌生者"（Inconnu）之间的关系。这个"陌生者"或布朗肖所说的"陌异者"（étranger）永远无法被"我"认识，而只会让"我"在靠近他的过程中迷失自我。正是在这一靠近中，"我"与"陌生人"之间的绝对关系得以产生。在这个关系中，我不再能够作为主体通过辩证形式或其他中间形式，将一切归为"同一"。于是，按照巴塔耶的说法，这个"同一"最终"无耻地变为'他者'"（*LEI*：70）。最后导致"存在于'我'与'他人'之间的距离不会在这个关系中被缩短，而是会在这里产生并绝对地保留"（*LEI*：73）。这个绝对的关系被布朗肖称作"陌异性"（étrangeté）。可以说，"我"与"他者"的友谊中蕴藏着这个绝对的"陌异性"。

于是，我们看到，"我"与"他者"的友谊比与其他任何个人的友谊都更加密切，因为在这个友谊中，我们离自己的"自我存在"更近。但

---

① Dominique Weber，«La discrétion de l'amitié»，*études*，2002/12（Tome 397），p. 630.

与此同时，"我"与这个"他者"比与其他任何个人都更加陌生，因为在这个友谊中蕴藏着最大的"陌异性"。这便是友谊的本质：遥远的"亲近性"。这是在孤独中产生的友谊，但目的不是将孤独驱逐，而是得以将其承载。由此形成孤独的共同体，友谊就是这个共同体的形式本身。

正如这个"共同体"不可言明，这份友谊也只能是沉默的友谊。正如尼采所说："人们必须学会闭嘴，才能成为你的朋友。"① 在尼采看来，"并不是友谊让人保持沉默，而是友谊诞生于沉默"②。人们之所以不能讨论其朋友，那是因为，这样可能通过话语失去"友谊的感觉"③。在尼采那里，他非常看重"识别"（reconnaître）这一动作。正是在这个友谊中，"我"得以在作为朋友的"他人"身上"识别"出超出自身界限的部分。这里强调的是"识别"，而不是"认识"。于是，在这个过程中，"他人"成为"一个未来的永久保障"④。正如尼采借查拉图斯特拉之口所说："朋友永远是介于'我'与'自我'之间的第三人，正是朋友促使'我'自我克服。"⑤ 因此，我们看到，在尼采那里，"他人"在友谊中的在场更多是为让"我"在他身上识别出超出自身界限的部分，从而实现"自我克服"。这个过程需要的是沉默而不是话语，"我"将在一种"友谊的感觉"中，即尼采经常提及的在陌生小镇看到陌生人喜极而泣的经验中，实现对自身的克服。

我们看到，尼采始终强调主体的自我克服，他的超人哲学正是建立在这一基础之上的。然而，尽管布朗肖也是从断裂的角度出发来理

---

① Friedrich Nietzsche, *Humain, trop humain*, I, VI. 376, Œuvres, t. I, pp. 615 - 616.

② Dominique Weber, «La discrétion de l'amitié», *études*, 2002/12（Tome 397）, p. 634.

③ Friedrich Nietzsche, *Humain, trop humain*, I, VI. 376, Œuvres, t. I, p. 790.

④ Dominique Weber, «La discrétion de l'amitié», *études*, 2002/12（Tome 397）, p. 634.

⑤ Friedrich Nietzsche, «De L'ami», *Ainsi parlait Zarathoustra*, I, Oeuvres, t. II, p. 326.

解友谊，但在布朗肖所理解的友谊中，主体不再有自我克服的希望，而是将陷入绝对的"被动性"中。尼采所说的"友谊的感觉"不过是主体失去主体性的经验。这样的经验是"没有回忆的回忆"，是"无法回忆之物"。布朗肖与尼采一样，都认为维持这样的友谊需要的是沉默，但如果说尼采认为"我们只需要用我们的沉默去理解默默地属于他人的东西"①，那么布朗肖也认为沉默是友谊的源泉，但布朗肖所说的沉默指的不再是"不说话"，而是通过言说保持沉默，言说的则是友谊的话语。

友谊的话语是充满"陌异性"的话语，这个"陌异性"使我们"无法讨论我们的朋友，而只能跟他们对话，不是将他们变成对话的主题，而是将他们变成'倾听'（entente）的运作"（*LA*：328）。"倾听"的不是话语本身，而是隐藏在话语中的沉默。由此造就了对共同的"陌异性"的识别。在友谊的对话中，对话总是被这一沉默所"中断"，但正是这一"中断"让"倾听"成为可能。沉默的"中断"将在两个对话者之间形成一个关系的深渊，"在这个深渊中，友谊的肯定（affirmation amicale）始终保持着'倾听'的简单性"（*LA*：329）。

我们看到，友谊的沉默是一种中性的沉默，只有通过言说才能显现，而在言说的双方中，一方必定充当他者的角色。从某种角度出发，布朗肖与巴塔耶之间的友谊便是通过这样的对话方式显现出来的。布朗肖在《无尽的谈话》中多次与巴塔耶对话；《不可言明的共同体》讨论的就是巴塔耶的"共同体"思想；在后者离世之际，布朗肖更是直接以"友谊"之名对他进行回应。可以说，《友谊》这篇文章不是对巴塔耶的缅怀，而是与他的对话，对他思想的回应。在文中，布朗肖并没有感人肺腑的发言，也没有对死者生前缩影的回顾，所有这些标志着友谊之"亲近性"的元素在这篇名为"友谊"的文章中都不在场。在场的只有那作为沉默

---

① Dominique Weber，«La discrétion de l'amitié»，*études*，2002/12（Tome 397），p. 634.

显现的友谊，在这份友谊中，蕴藏着他们思想共有的"陌异性"。总之，那篇文章不是对巴塔耶的回忆，而是遗忘，因为正如布朗肖所说，"思想必须在遗忘中陪伴友谊"（*LA*：330）。

于是，我们看到，无论是南希的"无作的共同体"，还是巴塔耶的"否定共同体"，抑或是布朗肖所说的"文学共同体"，它们都开始于对人思想共同部分的思考。这个共同的部分不是某个至高无上的绝对，而是一种"缺失"或"空无"。如果说南希和巴塔耶更多是指出了这个共同体的"无作"与"否定性"特征的话，那么布朗肖则在此基础上进一步思考着呈现该共同体的可能性。最终，布朗肖找到的方式便是写作。在布朗肖那里，写作是一种独特的思想模式，我们可称之为中性的思想。该思想以"中性"而不是"主体"为中心，意味着对任何固定中心的消解，都会在不断消解的过程中生成某个"空无深渊"。该思想不仅超越了自笛卡尔以来的主体哲学，而且也逃离了黑格尔的总体思想，是一种断裂的思想。最终，正是在思想发生"断裂"处，即"空无深渊"得以敞开的地方，"文学共同体"得以自我呈现。由此呈现的共同体将意味着人与人之间一种全新关系——无限的差异性关系——的诞生。从这个无限的关系出发，将产生某种本质的孤独。本质为孤独的共同体需要友谊来承载，但不是为了将孤独驱散，而是为了将其保留并让其获得形式。不可言明的共同体需要的是沉默的友谊，但沉默不是闭口不言，而是"无尽的对话"。正是在这个友谊的话语中，共同体作为沉默显现。

事实上，布朗肖无论是对"无作共同体""否定共同体"的揭示，还是对"文学共同体"的揭示，都具有重要的现实意义。通过不断地书写与言说，他让我们看到的是，在人类这个群体中，当以主体为中心所形成的所有意义与价值被摧毁时，那始终无法被摧毁并因此作为"剩余之物"显现的东西。好友昂戴尔姆（Robert Antelme）在小说《人类物种》

（*L'Espèce humaine*）中所描绘的集中营"不断摧毁、重复工作"的无意义经验，让布朗肖进一步看到了人类"存在"的这一共同"剩余"。这个"剩余"就像是人类精神的基底，或海德格尔所说的"大地"。这个共同的"基底"并不意味着人与人之间拥有某种"同一性"关系而可让人形成一个"总体"，而是意味着一种无限的差异性关系，我们也可称之为"没有关系的关系"，即所有关系消失后人与人之间依旧存在的关系。通常情况下，这个关系隐藏在人与人之间的各类关系中。只不过，在诸如写作的极限经验中，当人失去所有这些关系并陷入本质的孤独时，这个关系便会显现。可以说，通过考察"共同体"主题并揭示这个原初的差异性关系，布朗肖将我们带入了人类思想的最深处，以及最原初的存在境况。从这个原初的关系出发，我们将得以对文学、政治和其他领域的各类关系进行重新审视。

结　　论

　　我们看到，通过不断追问文学并考察写作经验，布朗肖在论证文学之不可抵达性的同时，还在文学消失的地方发现了本质的"文学空间"。从此，写作行动的终极任务变成对这个空间的敞开，由此形成了布朗肖独特的文学思想。在写作行动中，敞开"文学空间"意味着让作品言说自身的"存在"，而作品的"存在"则与人最后的界限即"中性"相关。因此，通过敞开"文学空间"，写作行动同时揭示的是作为"存在"的特殊模式的"中性"，因而可被视作本质的哲学行动。这个行动与死亡的不可能性本身相关，意味着不同的思想模式，将为哲学领域带去全新的视角。于是，通过从"文学空间"出发进行思考，布朗肖为文学领域和哲学领域都带去了黑色的摧毁性力量。

* * *

　　以写作这项本质的哲学任务为中心，从该行动所蕴藏的"文学空间"出发，布朗肖首先进一步对写作者、作品、叙事、文学语言以及读者等方面进行了考察。布朗肖思考的核心问题是，如何才能承载写作行动并由此让文学作为"不在场"显现。这个问题就像是阿丽亚娜之线，贯穿布朗肖文学思想始终，并让各文学元素呈现出独特的面貌。我们看到，在布朗肖的视域下，写作者不再是作为某部或某几部作品的作者而在此世界享有这样或那样声誉的人，而是始终追寻着文学并在这个追寻过程中注定与"文学空间"相遇、让自身陷入"中性"的"流浪者"；作品也不再是某个拥有确切作者、被置于各大图书馆、可像任何文化产品那样不断流通的"书籍"，而是不断返回自身源头并在双重的作品空间中宣称自己"将到"的独特"存在"；"叙事"不再仅仅意味着对或离奇或现实之故事的讲述，而是更为本质地意味着对以文学为追寻对象的无限写作进程即布朗肖所说的 *récit* 的不断重复；文学语言不再仅仅意味着某种独特的文学修辞或风格，而是更为本质地意味着对某个让作品消失的"无作"空间的承载；最后，读者也不再是不断探寻文本"隐藏含义"的变成评论者的异化读者，而是在"文学空间"的"沉默召唤"下轻盈地言说"是"并与该空间"面对面"的"幸福轻盈"的读者。不难发现，在整个过程中，"文学空间"在构成写作行动隐秘中心的同时，也构成了布朗肖整个文学思想的隐秘中心。这是一个充满摧毁力的中心，是"没有中心的中心"。正是在这个"空无"中心的牵引下，曾经常被论及的几乎所有与文学相关的主题，都逐一在布朗肖的笔下消解。我们依次看到，在"文学空间"敞开处，文学消失、写作者将自身祭献、作品变得不在场、叙事变得不可能、语言将自身删除、读者变得"无知"。在清空一切之后，布朗肖唯独为我们留下了这个空间本身。最终，正是从该空间出发并以该空间为隐秘中心，布朗肖得以在摧毁一切的同时去重构写作、写作者、作品、文学语言、读者等元素之间的关系，并由此发展其独特的文学思想。

首先，"文学空间"是布朗肖文学思想的核心，该空间在本质上意味着一种孤独，不过不是属于任何人的孤独，而是无人称的本质孤独。在《文学空间》开篇处，布朗肖便写道："当我们能体验到'孤独'一词真正的所指时，我们或许就能获知一些有关艺术的东西。"（*LEL*：9）这个孤独被布朗肖称作"作品的孤独"，因为在这个空间中，作品永远不在场，它是作品的不在场本身。作为作品之不在场的"文学空间"并不是一个具有现实性的稳定空间，它将同时激发两个不同方向的迫求：要么在这个"空无"的吸引下去追求作品的在场，要么在这个"空无"面前转身，让其作为至高之物显现。它们分别对应写作的追求和阅读的追求，而且只有当这两个追求共存并产生交流时，"文学空间"才能获得其在场。

　　其次，写作就是可以同时承载这两个追求的运作。在布朗肖看来，正是对作品的在场即文学的追求让写作者开始写作，但写作者总是被引至作为作品之不在场空间的"空无深渊"。此时，正是潜在的"阅读追求"要求写作者从这个空间面前转身，并在转身的同时让文学作为"不在场"再次显现，从而吸引写作者继续前行。在这个意义上，写作行动永远无法由一个人承担，写作者在写作时已经假设了未来的读者，而当"未来的读者"变成"真正的读者"时，阅读行动不过意味着对作品交流的再次激活。因此，可以说，在写作行动中，既不是写作者在写作，也不是读者在写作，而是写作者与读者一起让作品自我写作。在这个过程中，一方面，写作者通过对文学的不断追寻而总是趋向于将作品变得不在场；另一方面，读者通过阅读又总是能让这个不在场不至于真正消失，而是作为不在场保留下来。就这样，"文学空间"将获得它的在场。

　　最后，读者之所以能够重新激活作品的内部交流，与文学语言的独特性相关。文学语言并非我们日常用来交流的工具语言，而是布朗肖所说的"复数的话语"。这个话语承载着作品的双重空间："作品的可能性空间"和"作品的不可能性空间"。从这个双重的空间出发，会产生两股完全相反的力量，即让作品成为可能的写作力量以及让作品不再可能的"无作"力量。正是这两股力量的相互作用构成了作品本身，让作品得以言说自身的"存在"。其中，产生"无作"力量的正是隐藏在作品空间中的"文学空间"。从这个空间出发将产生一个"空无"的叙事声音，不断吸引写作者前行。当写作者在这个声音的吸引下不断通过写作进行回应时，不仅他自身将被困在"等待遗忘"的时间循环中，从此只能不断将自身祭献，而且由此写就的文学语言也将在这个中性声音的吸引下，始终趋向于被这个"空无"吞噬。于是，这个"空无"将作为删除任何形式与意义的"神秘区域"蕴藏在文学语言中，将这个语言变成"复数的话语"。当这个复数的话语转而与读者相遇时，蕴藏在这个话语中的"空无"则将通过产生逃离一切表征意义的象征力量，进一步趋向于将读者吞噬。这时，只要读者任由象征力量牵引，轻盈地言说"是"，他就能够与"空无深渊"面对面，让"文学空间"再次被敞开。于是，我们看到，文学语言就像是置于"写作追求"与"阅读追求"之间的无限间隔，它在赋予这两个追求以现实性的同时将它们分离，把它们分别转化为具体的写作行动和阅读行动，从而让写作者与读者得以共同承载这个超越自身的"文学空间"。

可以说，从"文学空间"以及形成该空间的两个相反追求——"写作追求"和"阅读追求"——之间的交流出发，考察由此产生的由写作者和读者共同承担的写作行动，应该可被视作布朗肖文学思想中最独特的部分。尽管马拉美、里尔克等诗人都曾在他们那深邃的文学思想中将目光投向这个"书的不在场"空间，但他们依旧更多从诗人或写作者的角度出发，思考的是人通过诗歌超越这个"空无"的可能性。布朗肖在"文学空间"那里看到的却是文学的不可能性和人的界限本身。当抵达文学的幻想消失，写作将不再隶属于诗人或写作者，而是变成一个本质的行动。这个行动将不再能够由写作者独自承担，而是需要写作者与读者共同介入。最终，通过将写作者和读者统一在写作行动中，布朗肖将写作行动变成了一种独特的思想，为法国20世纪思想界带去了一股黑色的力量。

* * *

事实上，布朗肖对文学与写作的思考，也是对"存在"本身的思考。作为消失的文学或不在场的作品而在场的"文学空间"首先对应了"存在"的一种特殊模式："中性"。如果说"文学空间"在布朗肖的文学思想中占据中心位置，那么"中性"就是布朗肖哲学思想的中心，我们也可称之为中性的思想。有关这个"中性"，需要指出的有以下几点。

首先，"中性"对应人的死亡否定性本身。黑格尔正是通过对这个否定性本身进行否定，对死亡进行概念化，从而为他的总体思想奠定了基础；海德格尔正是因为意识到了这个否定性本身的不可能性，才在它面前转身，将之视作让生命成为可能的不可能界限。因此，我们看到，无论是形而上的"存在"，还是存在主义的"存在"，它们都建立在对这一否定性的否定或转身的基础上。相反地，布朗肖所说的"中性"关注的却正是这一否定性本身，因而先于所有那些对"存在"的命名。

　　其次，"中性"不是任何形式的"存在"，而是"存在"的不在场本身，因而可被视作"存在"的本质意象。布朗肖用"遗体"和那耳喀索斯在水中看到的身影来对这个本质的意象进行了解释。这个意象不是有关"生者"的形象，而是当死亡来临、"生者"的形象消失时，"遗体"所显现出来的意象。"生者"形象的消失指的就是主体性消失。因此，可以说，这个本质的意象先于任何主体意识，先于人对自我的任何主体幻象。它始终隐藏在主体身后，是主体的"影子"，只有当主体消解时才能显现。布朗肖所考察的写作行动正是让主体消解、让"中性"显现的进程：当人们在本质意象（文学）的吸引下不断追寻时，他们将不可避免地需要突破自身的主体性界限，陷入对这个意象的"着迷"中。

　　再次，作为"存在"之不在场的"中性"意味着与"存在"本身的无尽分离，这就使得，它蕴含的是一种无限的差异性关系，甚至就是这一差异性关系本身。因此，"中性"无法被任何"同一"或"总体性"关系吞噬。正是在这个意义上，布朗肖的中性思想超越了任何形式的总体思想。此外，这个差异性的关系还将吸引主体对外在于自身的他者（文学）产生欲望，并尝试突破主体性界限，向着"外在"空间敞开。正因如此，布朗肖的中性思想同样是对所有主体哲学的超越。我们将看到，在"中性"状态下，"存在"的主体性消解，随之消失的还有一切建立在主体能力基础上的对客体和自身的认知活动。可以说，"中性"正是外在于自足主体的"存在"的"剩余"，它不仅不是赋予主体建构功能的形而上中心，而且根本就是让任何建构不再可能的摧毁性力量的源泉，宣告了任何形式的形而上中心的不可能。这样一来，"中性"的显现不仅意味着对西方传统形而上学之上帝的颠覆，而且意味着对后来想要占据上帝中心位置的人的驱逐，最后唯独在上帝和人消失的地方留下"空无深渊"。

　　最后，"中性"就是这个"空无深渊"本身，意味着人思想的一种"断裂"。事实上，它就是德里达在《人文科学话语的结构、符号和游戏》一文中所提及的从尼采到海德格尔再到弗洛伊德所开启的解构运动的摧毁性力量的源泉。尼采将这个深渊命名为"虚无"，海德格尔将之命名为"非—存在"（non-être），弗洛伊德将之命名为"无意识"。正是对这个"空无深渊"的意识让他们的思想充满摧毁性力量，让延续了两千多年的形而上哲学传统产生断裂。在此基础上，尼采始终思考的是人如何克服虚无，海德格尔转身去思考作为个体的"存在"，弗洛伊德则沉浸在对无意识的解读中。在他们的思考中，作为其思想摧毁性力量源泉的"空无深渊"并未作为一种存在模式被探讨，而是分别变成需要被克服、被转身或被解读的对象。布朗肖始终思考的则正是这个"空无深渊"本身。如果说尼采的任务是将世界的所有价值与意义清空，并以他自身的在场为名，开启人类的一个新纪元①，那么在布朗肖看来，尼采最后需要清空的就是他自身的在场本身，而布朗肖始终思考着的作为"空无深渊"的"中性"正是将一切清空的"存在"模式。在"中性"模式下，不仅所有存在于此世界的价值、意义、目的被删除，而且可能产生所有这些价值的主体也已经被驱逐，最后只剩下这个"空无深渊"本身。布朗肖始终思考的是，当一切被清空后，也就是在奥斯维辛②之后，写作和生活如何成为可能。换句话说，当人们意识到人不是某种上帝式的无所不知的骄傲主体，而是一个有限的、有缺失的"存在"后，一切将如何成为可能。于是，当思想从"中性"出发，而不再从主体出发，这将不仅意味着对人的全新理解，而且也将意味着对所有现存价值和意义的重估。从这个角度出发，布朗肖通过对"中性"的思考，似乎在某种程度上完成了尼采所说的对"人类新纪元"的开启。

---

　　①　相关观点，可参见 Alain Badiou, *Nietzsche, L'antiphilosophie I 1992 - 1993*, Paris：Fayard，2015，pp. 41 - 43。

　　②　布朗肖在思想形成过程中，曾受到好友罗伯特·昂戴尔姆（Robert Antelme）的影响。后者是法国 20 世纪诗人、小说家、抵抗运动者，曾经受集中营体验，并在幸存后发表一部描述集中营生活的小说《人类物种》（*L'Espèce humaine*）。在书中，昂戴尔姆讲述了超越主体界限的苦难经验。布朗肖思考的就是，在集中营这种超越人类承受界限的苦难经历过后，也就是在意识到人类之终极界限之后，写作与生活如何继续的问题。

* * *

当一切被清空，唯独留下"文学空间"或中性的"空无深渊"，这将首先意味着"我"与"他人"之间全新关系的诞生。在某种意义上，"我"是为他人而写作——试想在写作经验中，如果写作者是"最后之人"，或者是"最后的写作者"，也就是不再有未来的读者，他似乎就没有必要在中性的"空无深渊"面前转身，从而让写作继续了。因此，"我"之所以在陷入深渊后转身继续写作，是因为"我"与"他人"都是有界限的人，"我们"因这个共同的界限而组成了共同体，我们需要一起承担让这个共同体显现的责任。在这个共同体中，中性的"空无深渊"就是"我"与"他人"之间的关系本身。

这个共同体正是南希所说的"'无作'的共同体"，或巴塔耶所说的"否定共同体"。形成这一共同体的基础是人类共同的界限或缺失本身。不过，这将是一个不可言明的共同体，因为人类所使用的语言本身也是有界限的。如果我们像结构主义者那样，将各人文科学视作不同的结构，那么语言结构就是所有结构的结构，是人的主体性结构本身。然而，作为共同体基本关系的"中性"绝对外在于主体，是"存在"在主体之外的"剩余"。因此，共同体也就外在于语言结构，无法被言明。这就是为何，长久以来，在喧嚣热闹的哲学、人文科学话语中，这个共同体始终处在被掩盖的状态。

可以说，这个共同体是绝对的沉默，是始终无法显现的东西。然而，正如利奥塔在《何为崇高》一文中所说："无法显现的东西是唯一值得为其奋斗的，也是下个世纪全世界为之思索的问题。"[①] 从此，哲学追求的目标似乎将不再是任何绝对的真理，而是让"无法显现之物"作为沉默得以显现的途径。这里的沉默指的并不是简单的不说话。相反地，为让这个共同体作为沉默显现，我们必须言说。利奥塔也表达了类似的观点：

---

① ［法］利奥塔等：《后现代主义》，赵一凡译，社会科学文献出版社 1999 年版，第 25 页。

"由于我们言说、行动与生活在随时可能发生的'失去'之威胁中,我们将无法走出这样的循环:不在场不断变得在场,在场不断深化为不在场……因此,哲学思考将只剩下唯一的主题:我们永远无法逃离的通过话语见证缺失的在场。"① 这个话语正是"我"与"他人"之间通过交流所产生的话语,在与"他人"的交流过程中,共同体将作为"我"与"他人"之间的无限陌异性关系被保存。写作便是作为写作者的"我"与作为未来读者的"他人"不断交流的过程。正是在这个无限的交流过程中,人类所属的共同体得以作为沉默显现。

从此,哲学话语将与某个本质的重复相关:不是对任何具体内容的重复,而是围绕"无法言说之物"的不断重复。正是在这个无尽的重复中,"无法言说之物"得以作为沉默显现。如果说布朗肖所创作的"叙事的叙事"是通过叙事内部的重复让"中性"得以显现,那么他与其他思想家之间"无尽的对话"则是让"中性"得以显现的另一种重复。正是在他与巴塔耶、列维纳斯等思想家之间的友谊对话中,他们得以一起承载属于共同体的本质孤独,并在不断的相互回应与言说中,一起为法国20世纪思想带去了全新的起点和最为本质的思考。正是从这个新的哲学起点(不是起点的起点)出发,也就是从这个作为"存在"之缺失和界限的中性共同体出发,几乎所有与人相关的概念、理论、看法、偏见、行动等都将被重新审视。

* * *

很显然,从这个将一切清除的"空无深渊"出发,首先被布朗肖重新审视的便是文学领域,由此便形成了本书所探讨的布朗肖的独特文学思想。我们看到,通过从让文学消失的"文学空间"出发去考察文学进入文化领域后所产生的各种概念,布朗肖将几乎所有这些概念进行了重估:文学本身不再是任何至高无上的概念,文学写作既不是上帝的旨意,

---

① Jean-François Lyotard, *Pourquoi philosopher*, Paris: Presses universitaires de France, 2012, p. 8.

也不再是人的天赋，或者至少"天赋"一词用来形容写作活动已经显得不合时宜；作者因其书籍在此世界享有的所有名声与地位也不再与文学相关，属于雨果、巴尔扎克等伟大作家的时代已经过去；传统意义上对作品的称谓似乎也将让位于叙事，因为传统意义上的作品更多被视作已完成之物，与让它完成的作者依旧联系紧密；最后，代表作这一属于文化范畴的概念也将不再适用。我们看到，无论是天赋、伟大作家、作品还是代表作，所有这些概念都曾是19世纪文学领域经常出现的词汇，正是这些词汇构成了那个年代的人文主义幻想，在当时言说着对人的无限信仰。然而，当布朗肖揭示出文学的本质在于消失、人的本质在于其界限与缺失后，这个幻想自然随之破灭。这就是说，随着布朗肖对文学消失本质的揭示以及对"文学空间"的敞开，曾经围绕在文学周围的神秘光环以及在19世纪曾作为这一光环源头的人被消解，让位于文学源头的"缺失"以及由该"缺失"所形成的黑暗深渊。于是，一旦人文主义的幻想破灭，我们将依次发现以下事实。

首先，在写作的源头方面，一个人之所以开始写作，并不是因为他提前拥有某种至高无上的天赋，而是因为他感受到了自身"存在"的界限，并将对来自主体"外面"的"中性声音"进行回应。

其次，感受到自身"存在"的界限，其实就是感受到自身的"死亡"界限，这样的感受会让写作者产生某种焦虑。面对这种焦虑，大部分写作者可能倾向于到文化层面去寻求慰藉，期望在此世界的荣光中以及由该荣光所保障的某种不朽中获得安慰。我们看到，为抵抗写作之不确定性带来的恐惧，这些人即使进入了"文学空间"，却依旧渴望着"死后复活"，想要作为一个名字汇入历史长河中。不过，人文主义幻想的破灭不免会使这些为"死后复活"而写作的作家陷入虚妄与尴尬的境地。同"死后复活"这个依旧充满人文主义幻想的创作理念相反，布朗肖则认为应该"为了死亡而写作"。从此，人不再是为了此间的荣耀与虚名而写作，而是为了抵达"死亡"而写作，写作也不再仅仅意味着一段又一段短暂的人生，而是更为本质地意味着一个跨越时空的无限匿名的进程。

最后，当布朗肖提出"为了死亡而写作"时，这同时意味着，对布朗肖而言，写作不再与过去和未来相关，而只与现时（présent）相关。从此，写作既不再意味着对已发生之事的回忆与讲述，也不再意味着对未来的预测与警示，而是意味着对"现时"本身，即对"此地此刻"本身的不断追寻。于是，随着这个匿名写作行动的不断展开，历史仿佛被划开一道口子并产生某种"断裂"，不再不断线性地从"过去"走向"未来"，而是陷入某个"现时的深渊"。这就是说，从此，对布朗肖而言，写作者的命运既不在过去，也不在未来，而是在现在。如果说波德莱尔和兰波正是从抵达现时、让现时在场的角度出发，提出"必须绝对地现代"的话，那么布朗肖所提出的"为了死亡而写作"则正是抵达这个"绝对现代"的尝试。诚然，正如当代哲学家拉图尔（Bruno Latour）所说，"我们从未现代过"，但这只是因为，"成为现代"（être moderne）或者"成为现时"（être présent）这个动作本身本就没有过去时或将来时，它既不是"已经发生"，也不是"将要发生"，而只是在某个"现时的深渊"中无限地"即将发生"，而布朗肖所说的写作正是让历史转向这个"现时深渊"并将之敞开的本质行动。

总之，当人文主义的幻想破灭，人的神话不复存在，且人意识到自身的界限与缺失后，写作者的形象将不再是拥有天赋的创造者，他们也不再能以作品、代表作等为保障，或者从死后可能的荣光中获得慰藉。从此，他们想要的是"绝对地现代"。一心追求"绝对地现代"的写作者将远离现实世界，从此与另一个位于"此地此刻"的世界相关，并生活在不同于现实世界的另一重"现实"（或者"非现实"）之中。法国20世纪包括超现实主义、新小说、原样派等诸多文学流派都体现出了对这个世界以及现实进行呈现的整体倾向。不过，通过对"文学空间"的阐释，布朗肖不仅指明了人的界限和缺失，而且还揭示了这个世界以及现实的不可抵达性。可以说，这个世界与现实超出了我们的界限，这个界限主要体现在我们的时间性方面：我们永远无法抵达现时，被我们言说的"此刻"已经永远成为"过去"。于是，"此地此刻"的物永远无法被我们抓住，正如利奥塔所说，"我们始终言说、行动、生活在失去的威胁中"①。我们生活在这个世界与现实中，但我们时刻面临着失去它的可能，永远无法抓住它，这就是整个人类共同体的境况。然而，布朗肖所说的写作却是这样一个本质的哲学行动，在这个行动中，写作者不再生活在时间不断往前流动的现实世界中，而是来到意味着对一切现实之否定的想象世界中，不再将目光投向由各类社会关系所构成的现实世界，而是在想象的世界中继续追寻被"黑夜"所掩盖的"现时"。于是，在"此地此刻"的世界与现实消散之前，写作者将它变成了追寻或欲望的对象，并在它们始终不在场的地方，等待着它们的"将到"。

　　于是，我们看到，通过从将一切消解的"文学空间"以及"空无深渊"出发对文学进行重新审视，布朗肖在让文学摆脱所有人文主义幻想的同时，将文学写作变成了以抵达死亡以及变得"绝对现代"为目标的本质行动。随着"文学空间"在该行动中敞开，写作和死亡变得不再可能，在没有主体的情况下，无限延续；时间仿佛发生转弯，不再从过去流向未来，而是产生某个"现时的深渊"；人任由自身主体性被消解，变成不再有任何形象与身份的"中性"；与人相关的所有现实性亦被删除，最终仅留下由这个删除所产生的"空无"本身。这一切仿佛从布朗肖所敞开的"文学空间"中释放出一股黑色的摧毁性力量，这股力量所及之处，曾经围绕人这一中心的所有形象、概念与价值都被消解与吞噬。正是在这个意义上，我们始终强调布朗肖的思想极具摧毁力，布朗肖的写作思想亦可被称作死亡哲学、否定哲学、沉默哲学、断裂哲学等。不过，始终需要注意的是，与"文学空间"相关的"死亡""沉默""否定""断裂"等并不是布朗肖思想的最终归宿：对无限死亡与否定的生产，不过是为了等待某个轻盈肯定的到来；对"沉默"的不断声称，不过是为了让来自无限远的"外面"的声音响起；对"黑夜"的挖掘以及对"不在

---

① Jean-François Lyotard, *Pourquoi philosopher*, Paris: Presses universitaires de France, 2012, p. 8.

场"与"断裂"的深化，不过是为了迎接另一束光亮的降临。因此，我们看到，"文学空间"的敞开不仅意味着对主体性的消解以及对与主体性相关之现实性的删除，而且还意味着在消解主体性与删除现实性的同时，在现实世界之外敞开一个通往"此地此刻"之"真实世界"的"通道"（passage）。最终，正是在这条"通道"的无限远处，"真实世界"将作为"不在场"呈现。

＊　＊　＊

从那个将一切清除的"空无深渊"出发，布朗肖不仅对文学领域进行了重新审视，而且还在文学与哲学，或者更为广泛的艺术与哲学的关系框架下，对哲学领域进行了重新审视。

事实上，艺术与哲学之间的关系史是一段极其复杂的历史。在哲学占据主导地位的年代里，大多数情况下，艺术只是哲学视角下众多对象中的一个，或被归为一种审美，或被归为一种情感教化的工具，抑或一种娱乐方式，等等。总之，在这些年代，对艺术的种种构想与认识都建立在某个哲学视角基础之上，我们可称之为艺术被哲学统治的年代。哲学对艺术的统治或许从苏格拉底追问"这个文本究竟想说什么"开始，又或者还可追溯到更早——从欧里庇得斯将古希腊悲剧中的伟大艺术归为思想开始①，并在黑格尔的思想中抵达巅峰，随后被终结。不过，正如巴迪欧在《尼采：反哲学》（*Nietzsche，L'antiphilosophie*）一书中所说，当我们说艺术在黑格尔思想中被终结时，这里指的并不是艺术本身的终结，而是艺术的哲学意义的终结，或者更为具体地，是艺术的审美形象的终结。这就是说，黑格尔之后，人们不再能就艺术的哲学意义说更多的话，又或者当时的艺术"无法再为哲学提供精神问题的现实性"②。事实上，这也是为何，艺术被黑格尔"归为过去的事情"。

---

① 相关观点，可参见 Alain Badiou，*Nietzsche，L'antiphilosophie I 1992 -1993*，Paris：Fayard，2015，pp. 218 - 220。

② Alain Badiou，*Nietzsche，L'antiphilosophie I 1992 - 1993*，Paris：Fayard，2015，p. 15.

　　诚然，艺术曾在很长一段时间内处在哲学的统治下。不过，在艺术与哲学的关系史中，同样曾出现过另一种倾向，即艺术统治哲学的尝试。以诺瓦里斯为代表的德国早期浪漫派就曾在发现文学的绝对力量后，尝试通过文学而不是哲学的路径抵达绝对；尼采自称是艺术家类型的哲学家，并认为"在哲学家—国王曾经占据的位置处应该且可以出现艺术家—国王"①；海德格尔更是将诗视作通达存在的本质路径，认为人们应该"诗意地栖居在大地之上"；等等。我们会发现，西方形而上学危机之后（或之前），哲学在前进的同时不断向艺术靠拢，并从后者那里汲取养分。尽管大多数情况下，人们并未像早期浪漫派那样，声称用艺术代替哲学以抵达绝对，但无论如何，艺术趋向于不再只是哲学视角下的某个对象，而是可为哲学提供不同力量的源泉。

　　显然，我们完全可将布朗肖的文学思想置于艺术与哲学的这段关系史中进行考察。正如我们在绪论部分所说，布朗肖的文学思想并不是从哲学角度出发对文学的外部把握，而是以文学为方式的哲思。不过，这里所说的以文学为方式的哲思指的既不是早期浪漫派所说的让文学占据哲学曾经的位置，成为抵达绝对与真理的方式，也不是海德格尔所说的，以文学为方式，让文学成为让"存在""敞明"的场所。事实上，布朗肖的文学哲思有更高的企图，它想要通过诸如写作的行动，在哲学有关"绝对"与"存在"的基础假设之外，敞开一个让一切消解的"中性空间"。因此，我们看到，布朗肖的文学思想不仅意味着文学或者艺术对哲学统治的反抗，而且意味着文学对哲学基本假设与根基的质疑，当然，同时也意味着为哲学指出一条继续前进的可能的道路。从此，在这条道路上，文学与哲学之间的界限将被消弭，不再有文学统治哲学还是哲学统治文学之争，有的只是共同围绕"不可言说之物"的不断言说与重复，以及在这个言说与重复中对某个"不可能空间"的不断敞开。

---

　　①　Alain Badiou，*Nietzsche，L'antiphilosophie I 1992 - 1993*，Paris：Fayard，2015，p. 295.

布朗肖所说的"写作"正是这条道路上的绝佳思考方式，而其对写作所揭示之"中性"的命名则充分体现了他消解西方传统哲学基本假设的愿望。对"中性"命名，其实就是对"无"命名，也就是什么都没有命名："中性"既不是西方形而上传统中至高无上的"存在"，也不是海德格尔所说的"向死而生"的存在，而是任何"存在"被命名前人的某种"无以言状"的状态。之所以"无以言状"，是因为"中性"指的是主体被确立之时，人与"自我"的原初分离，是可能性形成之前的"不可能性"本身，是肯定产生之前的"否定性"本身，这个部分由于意味着"分离""不可能性"以及"否定性"而无法进入主体意识的范畴内，是主体永远无法产生意识的部分。不过，这个部分却像是某种"给予"，根植于每个个体的思想深处，并因此让所有人处在某个"中性共同体"中。再一次，"中性的共同体"其实就是"无"的共同体，该共同体并不意味着所有人被某个绝对或真理统治，而是意味着每个人的心底都有一个"空无深渊"：人们因为共同的"无"而不是因为任何共同拥有的东西或可能性而组成共同体，事实上，这本就是对"共同体"这一说法本身的消解。从此，哲学需要呈现的正是属于所有人的这个"无"。然而，当哲学需要处理的对象变成"无"，这便意味着哲学从此不再有对象，或者至少意味着曾经的主客二分的哲学思考模式将不再有效。

于是，我们看到，对"中性"的命名不仅消解了西方哲学传统对存在的各类假设，而且还消弭了哲学对某个绝对或真理的假设，最后还使得贯穿传统哲学的主客二分法变得不再有效。最终，随着哲学这个古老的机器在"中性"的视域下被消解，作为"中性"思想的写作随即闪亮登台。

作为"中性"思想的写作更多是一个有关"交流"与"对话"的思想，因为这个思想永远无法由一个人独立承担。主体不可能依靠自身意识到位于主体之外的东西。只有当"他者"逼近且让主体感受到"他者"身上超越主体的部分的时候，主体才能产生自我超越的欲望。这就是为何，布朗肖在他的文学思想中同时强调写作者与读者的作用，并将其重要的哲学文集命名为"无尽的谈话"。不过，需要指出的是，作为"中性"思想的"交流"与"对话"只能以"中性"为中心，即以"无"为中心。这就是说，它们只能是不包含任何实质性内容的"交流"与"对话"。在"交流"与"对话"中，当一个人是"我"时，另一个人就是"他者"，正是在"我"与"他者"交替的缝隙处，即在写作者与读者转换的那个瞬间，"中性"得以作为"没有内容的内容"或者"没有话语的声音"呈现。

显然，正是在对"中性"或者"无"的呈现方面，文学做到了传统哲学做不到的事情。当然，这里指的并非任意的文学形式，而是布朗肖所揭示的能够不断生产"文学空间"的写作。此外，文学也并非呈现"中性"的唯一方式。但至少，通过对文学写作的不断追问，布朗肖在敞开"文学空间"的同时，指出了超越传统哲学而继续思考的可能的途径。

＊　＊　＊

当我们说布朗肖所构思的写作行动打破了有关文学的人文主义幻想，消弭了传统哲学主客二分的基本原则，揭示了让文学消失的"文学空间"以及隐藏在主体背后的"中性"，这一切意味着什么呢？

首先，这意味着对某个文学"存在"的揭示，只不过这个文学的本质在于"消失"，会在牵引人不断追寻的同时，敞开让文学消失的"文学空间"。对这样一个文学"存在"的揭示将有望帮助人们厘清以文学为中心的诸多争论。从此，无论人们对文学的价值是抬高还是贬低，无论人们以何种视角看待文学以及产生何种知识，无论人们赋予文学怎样的责任或意义，等等，严格意义上，所有这一切都与纯粹的"文学"无关，而只是意味着由于没有勇气面对"文学空间"所产生的"空无"，人们将"文学空间"铺陈到历史中，并按照此世界事物的逻辑，对文学形象的人为塑造。这样的文学属于人类文化的一部分，会随着时代的前进而经历兴衰起伏。布朗肖所揭示的则是作为一种存在方式的"文学"，透过这个文学"存在"，布朗肖让我们看到的是隐藏在主体身后的"中性"，以及为整个人类所共有的那个"不可言明"的共同体。这个文学并非某个至高无上的存在，它不仅不具有任何价值，而且意味着对所有价值的拒斥与清空。要想与这个文学产生联系，人们只能加入追寻文学的写作进程，或者变成"无知的读者"，而所有那些企图将文学纳入某个价值体系并对其进行高低评判的争论，其实都与文学本身无关。

其次，布朗肖所揭示的文学"存在"对应着一种特殊的存在模式，即以"无"为本质或内在性的存在模式。这不仅仅是人的一种存在模式，而且也是物和语言的一种存在模式。在这一存在模式下，任何有关"存在"的命名尚未完成，主体尚未形成，语言尚未成为主体奴役物的工具，物也还未被削减为各式各样的概念——总之，人、语言、物都作为自身而在，尚未相互纠缠并处在主体的统治下。布朗肖对这样一个存在模式的揭示让我们看到：其一，笛卡尔所说的"我思"主体并非一个牢不可破的坚固基底，人除了可从主体出发通过语言对自身及世界进行理解与认知外，还时刻面临着失去主体性、向"外面"敞开、回归自身存在的可能性；其二，不过，19世纪以来，随着尼采宣称"上帝已死"，人企图占据上帝曾经占据的位置，于是想要把主体变成某种绝对，并将隐藏在主体背后的"空无"彻底驱逐，由此便开始了以人为中心的人文主义幻想，人"无所不能""无所不知"，作为所有知识掌握者的"救世主"形象逐渐被历史地构建起来；其三，布朗肖对主体背后"中性"的揭示则让人从这场人文主义美梦中惊醒，并让我们看到人所有认知与理解行动的主体界限。由此导致，从此，无论在哪个领域，人们都无法声称抵达某个绝对的真理，因为至高无上的真理已经随着上帝及人至高地位的坍塌而不复存在。从此，有的只是人从自身主体性出发，借助理性与逻辑对真理的局部生产，以及在所有这些局部真理之外，通过言说，对那个以"无"为内在性之原初存在的不断呈现。

最后，如果我们像黑格尔一样，将精神视作一种现象，那么布朗肖对"中性"的呈现则意味着对某个隐秘的精神现象的揭示。事实上，人生活在各个不同层面的现实之中，并会在与不同层面之现实的接触中产生不同的精神现象。不过，如果说黑格尔的精神现象学尝试揭示的是处在各类现实性中的人通过实际劳作不断生产新的现实性这个进程的话，那么布朗肖的"中性"思想揭示的则是人"在虚无中追寻虚无"并任由某个"此地此刻"的且转瞬即逝的"现实"在自身面前显现的进程。这里涉及两个截然不同的进程：一个让人加入世界的历史进程之中，并成为该世界的一部分，另一个则让人逃离世界的历史进程，并在该世界之外呈现另一重不同的"现实"；一个意味着时间的横向前进，另一个则意味着在让时间在纵向上产生某个"现时的深渊"。同时，这里也涉及两种不同的"现实"：一个是与人密切相关，既会对人产生影响，又可被人生产的"现实性"，另一个则是不与人直接相关，会在不断逃离人的同时，牵引人向着自身敞开的"实在"。其中，在与人密切相关的"现实性"中，除了让人沉浸其中并体验百态人生的由各类社会关系组成的"现实性"本身，我们还将识别出另一层面的"现实性"，即隐藏在各类社会关系背后且主宰着这些关系的不同结构。于是，我们得出与人的精神活动相关的三重"现实"。第一，由各类社会关系组成的"现实性"；第二，由支配着各类社会关系之结构（可能具有多个层级的结构）所形成的"现实性"；第三，与"此地此刻"的世界相关，会牵引人逃离社会现实性、向着自身敞开的"现实"本身。

事实上，从某种角度出发，以上三个不同层面的现实分别对应了面对形而上哲学危机，法国 20 世纪思想界众所周知的三个不同方向的选择：一个是曾经统治法国 20 世纪上半叶的以萨特为中心的存在主义（关注个人层面的现实性），另一个是从列维-斯特劳斯开始，后来迅速发展至其他各个领域的结构主义（关注结构层面的现实性），还有一个就是以德里达为中心的后结构主义或解构主义（关注"现实"本身）。表面看来，这三个不同的思想相继发生，似乎具有线性关系，但实际上，在笔者看来，它们不过是对不同层面之现实的关注。其中，德里达的解构主义思想正是以布朗肖所呈现的中性的"空无深渊"为起点的，这个"深渊"在德里达那里被称作差异。因此，解构主义不是对结构的单纯摧毁，而是通过解构性力量，让人类共同体层面的"现实"得以显现的途径。

最终,我们将发现,我们所生活的世界正是由以上三个不同层面的现实共同组成的,它们并不是处在非此即彼的竞争状态,而是位于三个不同的维度。第一个层面的现实由人与人之间的社会关系决定;第二个层面的现实由决定人与人之间社会关系的更高的结构决定,这个更高的结构可能是福柯所说的权力与意志,也可能是语言哲学家所说的作为所有结构之结构的语言。如果说前两个层面的现实都是可通过语言进行分析,从而被当作真理进行言说的"现实性"的话,那么第三个层面的现实则始终无法被言明,也无法被抓住。事实上,第三个层面的现实就像是某种"剩余",只有当前两个层面的"现实性"被清除后才能显现。布朗肖所考察的写作行动正是让这第三个层面的现实得以显现的途径,同时显现的还有建立在这个"现实"基础之上、属于整个人类的不可言明的共同体。该共同体的显现将让我们明白,人不仅因为生活在现实生活中而共同处在各类关系网络下、受到某种规训力量的制约,而且还会因为共同属于那个不可言明的共同体,而始终充满逃离规训社会、向自我或者"真实世界"敞开的逃逸力量。其中,规训的力量趋向于让人在黑格尔所描绘的那个不断生产着现实性的历史进程中逐渐抵达某个封闭完美的总体,涉及的是黑格尔从绝对意志到绝对意志的封闭循环;而逃逸的力量则意味着让人逃离所有固定的价值与意义,以及由这些价值和意义构成的一切总体性,并向着"自我"以及"真实世界"敞开。

总之,从此,人所生活的现实世界不再像它看似的那样密不透风、始终逃不过黑格尔所描述的历史进程,而是将产生无数个缝隙。透过这些缝隙,"外面"的光会照进来,让那些曾深陷以人为中心、打造唯心世界美梦的人们惊醒,让他们敢于直面自身的"存在",并睁眼"看"这个世界本身。布朗肖所说的"文学"正是这若干缝隙中的一个:透过"文学空间",文学的光亮照耀进来,吸引人们踏上追寻文学的无限旅程,并在作为"通道"(passage)的"文学空间"处,等待"自我"以及"真实世界"的显现。

附录1 《相遇》中译文

相　遇 [*]

莫里斯·布朗肖

《新观察家》（*Le Nouvel Observateur*）已经创刊 20 周年了？有时候，我感觉它应该更年轻；有时候，我又感觉它应该更古老，尤其当我想起曾与《法国观察家》（*France Observateur*）合作的时候，那可是更久远的事情了。这就是为何我想通过追溯时间来更好地回应。对我而言，重要的是一次又一次的相遇。正是在"相遇"中，偶然变成必要的条件。与不同的人相遇，在不同的地点相遇。可以说，这就是我一生的传记。

与伊曼纽尔·列维纳斯（Emmanuel Levinas）的相遇（斯特拉斯堡，1925 年）。胡塞尔，海德格尔，与"犹太主义"的靠近。

与乔治·巴塔耶（Georges Bataille）和勒内·夏尔（René Char）的相遇（1940 年）。"不合法行为"（irrégularité）的召唤。极限—经验。对（德国）占领者及维希政府的反对。秘密活动者。

埃兹镇（èze-village）（1947—1957 年）。十年的孤独写作。

---

[*] 法语原文参见 *Le Nouvel Observateur*，n°1045，novembre 1984，p. 84. Le texte de Blanchot paraît dans un dossier intitulé «1964 – 1984/les grands tournants»，Cité danséric Hoppenot，Tabate Dominique [Dirigé]，*Maurice Blanchot*，Paris：éditions de L'Herne，2014，p. 14.

与罗伯特·昂戴尔姆（Robert Antelme）及其朋友的相遇（1958年）。阿尔及利亚战争，"121号宣言"①，一本全球杂志的尝试。

与同类及所有人的相遇

1968年"红五月"

莫里斯·布朗肖

---

① "121号宣言"是由121位知识分子签署的公开信，并于1960年9月6日在 *Vérité-Liberté* 杂志上发表。它呼吁法国政府承认阿尔及利亚战争为独立合法的斗争，谴责法国军队使用酷刑。其中，布朗肖与迪翁尼·马斯科罗（Dionys Mascolo，杜拉斯的丈夫）是联合起草人。

附录 2 《我的死亡时刻》中译文

我的死亡时刻[*]

莫里斯·布朗肖

我记得有一个年轻人——一个尚且年轻的人——被死亡本身阻止去死——或许是出于不公正的失误。

联军早已成功控制法国领地。已然战败的德国人靠无用的凶残徒劳地战斗着。

在一所大房子里（就是人们所说的那个"城堡"），有人轻轻地敲了敲门。我知道，年轻人走了过去，为可能是上门寻求帮助的客人开门。

这一次，却是咆哮声："所有人出来。"

一名纳粹中尉竟操着还算标准的法语，先命令年长者出去，然后是两个年轻女人。

"出来，出来。"这一次，他开始大叫。不过，年轻人并没有想着逃跑，而是以一种近乎神圣的方式，缓慢向前走去。中尉推搡他，给他看弹壳和子弹，显然，这里刚刚经历一场战斗，这儿就是战场。

中尉说着一种仿佛让自己透不过气来的奇怪语言。他将弹壳、子弹和一枚手榴弹放到那个不再那么年轻的人（人们老得很快）面前，然后掷地有声地用法语说道："这就是你的下场。"

---

[*] 法语原文参见 Maurice Blanchot, *L'Instant de ma Mort*, Paris: Gallimard, 1994。

纳粹中尉让他的士兵排成一排，安排他们按照惯例射击人肉靶子。年轻人说道："至少把我家人放回去。"即姑姑（94 岁），他年轻一些的母亲，他的姐姐和嫂子。一个长长的、缓慢的队伍，四周一片寂静，仿佛一切已经结束。

我知道——我知道吗？——那个早已被德国人瞄准、如今只等待最终枪决命令的人，在此刻体会到了某种无与伦比的轻盈感、一种极乐（然而，并没有什么值得高兴的）——至高无上的喜悦？与死亡和死亡的相遇？

我并不打算站在他的角度来分析这种轻盈感。或许这种感觉突然变得不可战胜。死亡—不朽。或许是狂喜。更应该是对苦难人类的同情，对不是不朽或永恒的喜悦。从此，他通过一份隐秘的友谊，与死亡联系在了一起。

在这一刻，他突然回到人间，不远处战场的厮杀声响起。游击队的同志要去支援他们获悉身陷险境的同胞。中尉离开去了解战况。德国士兵原地待命，打算就这样保持静止不动，仿佛想要让时间凝固一般。

这时，其中一个士兵走上前来，以坚定的语气说道："我们是俄罗斯人，不是德国人，"语气中带着笑意，"弗拉索夫军。"① 然后向他示意可以走了。

我想他应该是逃走了，始终带着那种轻盈感，以致后来他发现自己出现在了远处的树林里。这片树林名叫"欧石楠林"，他就躲在那些他很熟悉的树后面。正是在这片茂密的树林里，在不知过去多长时间后，他突然恢复了对现实的感知。四周弥漫着战火，还有一连串持续的枪声，所有农场都被点燃了。过了一会儿，他得知农场主的三个儿子被枪杀了。这三个与战争毫无关系的年轻人，他们唯一的过错只是年轻。

---

①　安德烈·安德烈耶维奇·弗拉索夫（俄文：Андрей Андреевич Власов，1900年 9 月 14 日—1946 年 8 月 1 日），苏联将领，中将。他作为苏军将领曾在苏德战争初期表现优异，却在被俘后选择投降德军并倒戈。这些使他成为俄国历史上一位颇受争议的人物。

就连路边和田野里那些臃肿的马儿也见证着这场持续已久的战争。那么，究竟过了多久呢？当中尉返回发现年轻的城堡主人逃跑后，他为何没有因生气和愤怒而一把火烧了（静止的、庄严的）"城堡"？因为那是"城堡"。它门前刻着"1807"这个年份，就像是永远无法磨灭的记忆。中尉有足够的文化知道这个年份的特殊含义吗？那是著名的"耶拿年"，那一年，拿破仑骑着他的小灰马经过黑格尔窗前，黑格尔在他身上识别出了某种"世界的灵魂"，并在给朋友的信中提到了此事。这既是谎言，也是真理，因为正当黑格尔写信将此事告知另一个朋友时，法国人劫掠了他的住所。但黑格尔知道区分经验和本质。在这一年，即1944年，纳粹中尉对"城堡"表现出了对其他农场没有的尊重和敬意。不过，他们还是四处搜查。他们拿走了一些钱，在城堡最上面的单独的房间里，中尉还找到了一些文件及一沓厚厚的手稿——里面可能有作战计划。最后，中尉终于离开。除"城堡"以外，一切均被烧毁。唯独庄园主们幸免于难。

或许从那时起，年轻人开始体会到不公正的折磨。不仅是恍惚，还有对这样一个事实的感知：他之所以幸存，不过是因为即便在俄国人看来，他也属于贵族阶层。

战争就是这样：有的人生还，有的人遭受残忍暴行。

然而，等待枪决时所产生的那种我无法描述的轻盈感却保留了下来：那是生命的自由吗？是敞开的无限？既不是幸运，也不是不幸。也不是恐惧的消失，或许超越的步伐已经迈出。我知道，我想这种无法明晰的感觉改变了他的余生。仿佛在他之外的死亡从此只能在他身上与死亡相遇。"我还活着。不，你已死去。"

* * *

后来，回到巴黎后，他遇到了马尔罗（Malraux）。马尔罗告诉他，自己被抓进了监狱（没被认出来），而且成功逃了出来，但遗失了一份手稿。"那只是对艺术的一些思考，很容易复原，但手稿本身就没那么容易了。"当时，他和保兰（Paulhan）正在一起让人做一些可能只是虚妄的研究。

＊　＊　＊

这些都不重要。唯有那作为死亡本身的轻盈感,或者更确切地说,那此后始终在场的我死亡的时刻保留了下来。

参考文献

一 布朗肖的著作

Blanchot, Maurice, *Thomas L'obscur*, Paris: Gallimard, 1941.

Blanchot, Maurice, *Faux pas*, Paris: Gallimard, 1943.

Blanchot, Maurice, *L'Arrêt de Mort*, Paris: Gallimard, 1948.

Blanchot, Maurice, *Le Très-Haut*, Paris: Gallimard, 1948.

Blanchot, Maurice, *La Part du Feu*, Paris: Gallimard, 1949.

Blanchot, Maurice, *Thomas L'Obscur*, Paris: Gallimard, 1950, réédition.

Blanchot, Maurice, *Celui qui ne m'accompagne pas*, Paris: Gallimard, 1953.

Blanchot, Maurice, *L'Espace littéraire*, Paris: Gallimard, 1955.

Blanchot, Maurice, *Le Dernier Homme*, Paris: Gallimard, 1957.

Blanchot, Maurice, *Le Livre à venir*, Paris: Gallimard, 1959.

Blanchot, Maurice, *L'Attente L'Oubli*, Paris: Gallimard, 1962.

Blanchot, Maurice, *L'Entretien infini*, Paris: Gallimard, 1969.

Blanchot, Maurice, *L'Amitié*, Paris: Gallimard, 1971.

Blanchot, Maurice, *Le Pas au-delà*, Paris: Gallimard, 1973.

Blanchot, Maurice, *L'écriture du désastre*, Paris: Gallimard, 1980.

Blanchot, Maurice, *De Kafka à Kafka*, Paris: Gallimard, 1981.

Blanchot, Maurice, *La Communauté Inavouable*, Paris: Minuit, 1983.

Blanchot，Maurice，*Après Coup*，*précédé par* Le Ressassement éternel，
　　Paris：Minuit，1983.

Blanchot，Maurice，*L'Instant de ma Mort*，Paris：Gallimard，1994.

Blanchot，Maurice，*Une Voix venue d'ailleurs*，Paris：Gallimard，2002.

［法］莫里斯·布朗肖：《文学空间》，顾佳琛译，商务印书馆 2003 年版。

［法］莫里斯·布朗肖：《黑暗托马》，林长杰译，南京大学出版社 2014
　　年版。

［法］莫里斯·布朗肖：《死刑判决》，汪海译，南京大学出版社 2014 年版。

［法］莫里斯·布朗肖：《最后之人》，林长杰译，南京大学出版社 2014
　　年版。

［法］莫里斯·布朗肖：《从卡夫卡到卡夫卡》，潘怡帆译，南京大学出版
　　社 2014 年版。

［法］莫里斯·布朗肖：《等待，遗忘》，鹜龙译，南京大学出版社 2015
　　年版。

［法］莫里斯·布朗肖：《未来之书》，赵苓岑译，南京大学出版社 2015
　　年版。

［法］莫里斯·布朗肖：《那没有陪伴着我的一个》，胡蝶译，南京大学出
　　版社 2015 年版。

［法］莫里斯·布朗肖：《在适当时刻》，吴博译，南京大学出版社 2015
　　年版。

［法］莫里斯·布朗肖：《无尽的谈话》，尉光吉译，南京大学出版社 2016
　　年版。

［法］莫里斯·布朗肖：《至高者》，李志明译，南京大学出版社 2016 年版。

［法］莫里斯·布朗肖：《不可言明的共同体》，夏可君、尉光吉译，重庆
　　大学出版社 2016 年版。

［法］莫里斯·布朗肖：《亚米拿达》，郁梦非译，南京大学出版社 2016
　　年版。

［法］莫里斯·布朗肖：《灾异的书写》，魏舒译，南京大学出版社 2016

年版。

［法］莫里斯·布朗肖：《来自别处的声音》，方琳琳译，南京大学出版社
2016 年版。

二　关于布朗肖的研究著述

［法］米歇尔·福柯：《福柯/布朗肖》，肖莎等译，河南大学出版社 2014
年版。

［英］乌尔里希·哈泽、威廉·拉奇：《导读布朗肖》，潘梦阳译，重庆大
学出版社 2014 年版。

Bident，Christophe，*Maurice Blanchot*，*Partenaire invisible*，Ceyzérieu：
Champ Vallon，1998.

Collin，Françoise，*Maurice Blanchot et la question de L'écriture*，Paris：
Gallimard，1971.

Cools，Arthur，«Intentionnalité et singularité：Maurice Blanchot et à la
phénoménologie»，*Maurice Blanchot et la philosophie*，*suivi de
trois articles de Maurice Blanchot*，Paris：Presses universitaires de
Paris Ouest，2010.

Foucault，Michel，*Maurice Blanchot：he thought from the outside*，*Mi-
chel Faucault as I imagine him*，New York：Zone Books，1987.

H. Hartman，Geoffrey，«Maurice Blanchot：philosopher-novelist»，*Chi-
cago Review*，Vol. 15，No. 2（Autumn，1961）.

Harlingue，Olivier，*Sans condition：Blanchot*，*la littérature*，*la philos-
ophie*，Paris：L'Harmattan，2009.

Hart，Kevin，Geoffrey H. Hartman［edited］，*The Power of Contesta-
tion-Perspectives on Maurice Blanchot*，Baltimore and London：The
Johns Hopkins University Press，2004.

Hoppenot，éric，Dominique，Tabate［dirigé］，*Maurice Blanchot*，Par-
is：Éditions de L'Herne，2014.

Hoppenot，éric，Alain Millon［dirigé］，*Maurice Blanchot et la philosophie*，*suivi de trois articles de Maurice Blanchot*，Paris：Presses universitaires de Paris Ouest，2010.

Lacaux，André，《Blanchot et Lacan»，*Essaim*，2005/1（n°14）.

Lacoue-Labarthe，Philippe，*Agonie terminée*，*agonie interminable*：*sur Maurice Blanchot*；*suivi de L'émoi*，Paris：Galilée，2011.

Lannoy，Jean-Luc，*Langage*，*perception*，*mouvement*：*Blanchot et Merleau-Ponty*，Grenoble：éditions J. Millon，2008.

Leslie，Hill，Michael，Holland［edited］，*Blanchot's epoch*，Edinburgh：Edinburgh University Press，2007.

Levinas，Emmanuel，*Sur Maurice Blanchot*，Montpellier：Fata Morgana，1975.

Majorel，Jérémie，*Maurice Blanchot*：*herméneutique et déconstruction*，Paris：Éditions Champion，2013.

Martis，John，*Philippe Lacoue-Labarthe*：*representation and the loss of subject*，New York：Fordham University Press，2005.

Marty，éric，《Maurice Blanchot，Roland Barthes，une "ancienne conversation"»，*Les Temps Modernes*，2009/3（n°654）.

Philippe，Antoine，《Le roman est le récit»，*Maurice Blanchot*，*entre roman et récit*，dir. Alain Milon，Paris：Presses universitaires de Paris Nanterre，2014.

Poulet，Georges，《Maurice Blanchot as Novelist»，*Yale French Studies*，No. 8，What's Novel in The Novel（1951）.

Zarader，Marlène，*L'être et le neutre*，*à partir de Maurice Blanchot*，Paris：Éditions Verdier，2001.

三　其他理论著述

［法］安托万·孔帕尼翁：《理论的幽灵——文学与常识》，吴泓缈、汪捷

宇译，南京大学出版社 2000 年版。

［法］丹尼斯·于斯曼编：《法国哲学史》，冯俊等译，商务印书馆 2015
年版。

［法］菲利普·拉库-拉巴特、让-吕克·南希：《文学的绝对：德国浪漫
文学理论》，张小鲁、李伯杰等译，译林出版社 2012 年版。

［法］利奥塔等：《后现代主义》，赵一凡译，社会科学文献出版社 1999
年版。

［德］马丁·海德格尔：《形而上学导论》，王庆节译，商务印书馆 2015
年版。

［德］马丁·海德格尔：《林中路》，孙周兴译，上海译文出版社 2014 年版。

吴琼：《雅克·拉康——阅读你的症状》，中国人民大学出版社 2011 年版。

Angrand, Marguerite, « Le réel selon Lacan », in *Philopsis*（Revue
numérique），Mis à jour：28，novembre，2014，USL：http：//
www. philopsis. fr/IMG/pdf/reel-lacan-angrand-. pdf.

Aristote, *La Poétique*，trad. Dupont-Roc，R.，et Lallot，J.，Paris：
Seuil，1980，1447a 28 – b 9.

Badiou, Alain, *Nietzsche, L'antiphilosophie I 1992 – 1993*，Paris：Fa-
yard，2015.

Bataille, Georges, *La littérature et le mal*，Paris：Gallimard，1957.

Bataille, Georges, *Œuvres complètes*，*Tome Ⅲ*，*Œuvres littéraires*，Paris：
Gallimard，1971.

Bernard，Marion，«Le monde comme problème philosophique»，dans *Les
Etudes philosophiques*，2011/3（n°98）.

Compagnon，Antoine，*Le Démon de la théorie*：*la littérature et sens com-
mun*，Paris：Seuil，2001.

Dastur，Françoise，*La Mort*：*essai sur la finitude*，Paris：Presses uni-
versitaires de France，2007.

Deleuze，Gilles，Félix Guattari，*Mille Plateaux*，Paris：éditions de Minuit，

1980.

Deleuze, Gilles, Félix Guattari, *Le Pli-Leibniz et le Baroque*, Paris: éditions de Minuit, 1988.

De Petra, Fausto, «Georges Bataille et Jean-Luc Nancy. Le "retracement" du politique. Communauté, communication, commun», *Lignes*, 2005/2, n° 17.

Derrida, Jacques, *L'écriture et la Différence*, Paris: édition du Seuil, 1967.

Derrida, Jacques, *Adieu, à Emmanuel Levinas*, Paris: Galilée, 1997.

Derrida, Jacques, *Demeure*, Paris: Galilée, 1998.

De Man, Paul, «Criticism and Crisis», in *Blindness and Insight*, Minneapolis: University of Minnesota Press, 1983.

Dominique, Janicaud, Pettigrew David, *Heidegger in France*, New York: Indiana University Press, 2015.

Dupond, Pascal, «La perception selon La Phénoménologie de la Perception», *Philopsis*, 2007.

Foucault, Michel, *Les mots et les choses*, Paris: Gallimard, 1966.

Foucault, Michel, *Dits et écrits, 1954-1988*, Paris: Gallimard, 2001.

Hegel, G. W. F., *La phénoménologie de L'esprit*, traduit par Jean Hyppolite, Paris: éditions Aubier-Montaigne, 1966.

Huber, Gerhard, «Pour une métaphysique de la présence», *Les études philosophiques*, Paris: Presses Universitaires de France, 2008/4 n°87.

Husserl, Edmund, «Deuxième Méditation», *Méditations cartésiennes*, trad. G. Pfeiffer et E. Levinas, Vrin, 1947.

Juignet, Patrick, «Deux conceptions philosophiques du monde», in *Philosophie, science et société* [en ligne], 2015.

Levinas, Emmanuel, *Totalité et Infini, Essai sur L'extériorité*, New

York: Kluwer Academic, 1971.

Lyotard, Jean-François, *Pourquoi philosopher*, Paris: Presses universitaires de France, 2012.

Mallarmé, Stéphane, *Un coup de dés jamais n'abolira le hasard*, Paris: Bibliothèque nationale de France, 1914.

Mallarmé, Stéphane, *Mallarmé: Œuvres complètes*, t. I, Paris: Gallimard, 1998.

Merleau-Ponty, Maurice, *Le visible et L'invisible, suivi de Notes de travail*, Paris: Gallimard, 1964.

Merleau-Ponty, Maurice, *La Phénoménologie de la perception*, Paris: Gallimard, 1948.

Merleau-Ponty, Maurice, *Le Monde sensible et le monde de L'expression*, Cours au Collège de France, Notes, 1953, E. de Saint Aubert et S. Kristensen (éd.), Genève: Mētis Presses, 2011.

Merleau-Ponty, Maurice, *Recherches sur L'usage littéraire du langage*, Cours au Collège de France. Notes, 1953, Genève: Mētis Presses, 2013.

Merleau-Ponty, Maurice, *La structure du comportement*, Paris: PUF, [1942] 2009.

Merleau-Ponty, Maurice, *Psychologie et pédagogie de L'enfant*, J. Prunaire, Lagrasse (éd.), Lagrasse: Verdier, 2001.

Nancy, Jean-Luc, *La communauté désavouée*, Paris: Galilée, 2014.

Nancy, Jean-Luc, *La Communauté désoeuvrée*, Paris: Christian Bourgois, 1986.

Nietzsche, Friedrich, *Humain, trop humain*, 1, Oeuvres, t. VI, Paris: Société du Mercure de France, 1906.

Nietzsche, Friedrich, *Ainsi parlait Zarathoustra*, I, Oeuvres, t. II, Paris: Société du Mercure de France, 1906.

Proust，Marcel，*Le temps retrouvé*（1927），*A la recherche du temps perdu*，Paris：Gallimard，coll.«Bibl. de la Pléiade»，1989，t. IV；réédition coll. «Folio».

Ricœur，Paul，«Hegel aujourd'hui»，*Esprit*，Paris，n°323，mars-avril，2006.

Rolland，Jacques，«La mort en sa négativité»，*Noesis*［en ligne］，3/2000，mis en ligne le 15 mars 2004，consulté le 30，septembre，2016.

Sartre，Jean-Paul，*L'Imagination*，«Quadrige»，Paris：PUF，1981.

Sartre，Jean-Paul，*L'Imaginaire. Psychologie phénoménologique de L'imag-ination*，Paris：Gallimard，1986.

Shattuck，Roger，«The Doubting of Fiction»，*Yale French Studies*，1950，6：102.

Weber，Dominique，«La discrétion de l'amitié»，*Études*，2002/12（Tome 397）.

Fontaine de Visscher，Luce，«La pensée du langage chez Heidegger»，In：*Revue Philosophique de Louvain*，Troisiéme série，tome 64，n°82，1966.

后　记

　　写一本关于布朗肖的书，对我而言，这是一个既偶然又必然的决定。我接触法国思想较晚，第一次近距离地接触还是在研一车琳老师的法国文学课上。当时，在讲到罗兰·巴特时，车老师让我们课下阅读汪民安老师的《谁是罗兰·巴特》的前言部分。我记得当时手里拿着的是一个十几页的复印文本，作为法语专业的学生，我们更多阅读的是法语资料，很少看中文文本，但那一次是例外。我几乎是一口气将这个部分看完的，甚至在从主楼回寝室的路上也依旧在看。当时激动的心情溢于言表，在那一刻，我内心升起了一种无比轻盈愉悦的感觉。那次独特的阅读经验仿佛为我敞开了一扇大门，让我隐约感知到了理论的魅力：理论不是这样或那样的知识，如果说知识是沉重的，会让人们或者至少会让我感到"自愧不如"与"受到束缚"，那么理论就是轻盈的，会吸引人在无边无际的思想海洋中扬帆起航，并到达比远方更远的地方。

　　当然，我是过了很久才意识到，我当时所产生的对理论的印象并不是一切理论的特点，而是专属于人们所谓的法国理论的独特魅力。对我而言，或许正是法国理论的这种独特魅力，冥冥之中牵引着我一步步走向研究的道路。后来，在车琳老师的引荐下，我有幸见到了《谁是罗兰·巴特》的作者汪民安老师，并且接受了我人生中第一本理论性著作的翻译任务，那本书的名字是《论争：关于当代政治与哲学的对话》。再后来，承蒙汪老师的信任，我还承担了他执导的纪录片《米歇尔·福柯》的翻译任务，初步接触了一些福柯的思想，并被深深吸引。不过，当时的我依旧是作为法国理论的"业余爱好者"参与这些学术活动的,我的学术训练依旧主要集中在文学批评方面。当时,我甚至还从未听过布朗肖等法国思想家的名字,我也并不确定自己是否适合走研究的道路。再后来,在尝试了各类实习和工作的可能性之后,我发现心中那潜藏的对法国理论的热爱依旧存在且有增无减。于是,在经过一番挣扎之后,我做出了硕士毕业后继续攻读博士学位的决定。在做出决定的那一天,我仿佛又回到了让我第一次感受到法国理论魅力的那个下午。就在那天,我在心中暗自决定:我也要用几年的时间走进一位思想家的思想深处,跟着这位思想家一起去思考这个世界,并写出一本像《谁是罗兰·巴特》一样的书。

选择莫里斯·布朗肖为研究对象的确是出于偶然。生性谨慎的我不敢贸然跨越文学学科的范畴,在理论基础几乎为零的情况下去研究诸如福柯、德勒兹、德里达等偏哲学方向的思想家。在北京外国语大学法语系举办的一次关于罗兰·巴特的研讨会上,北京大学的秦海鹰老师在发言中提到了布朗肖,并指出他的"中性"思想至今未得到很好的阐释。这立即引起了我极大的兴趣:布朗肖是一位文学与哲学兼修的作家,文学是我比较熟悉的领域,而且根据秦老师的介绍,对布朗肖的研究将是有意义的。于是,仅用了很短的时间,我便决定了我博士学位论文的研究对象。

不过,对布朗肖的阅读却是极其艰难的,其难度大大地超出了我的预期。几乎他所有的著作,我都必须一遍又一遍地反复阅读。一开始,我会像阅读大多数理论著作一样,一边阅读,一边仔细做笔记。可是,我越是想要弄清楚布朗肖在说什么,布朗肖就越是远离我,在整个过程中,仿佛有一股来自文本深处的力量排斥着我。于是,布朗肖的作品就像一个不断转身的做着鬼脸的脸庞,在牵引我前行的同时,嘲笑着我所有的"正襟危坐"与"愁眉苦脸"。我原以为可以凭借的有关文学的知识并没有带给我任何慰藉,而是成了我阅读布朗肖的障碍,仿佛只有让一切有关文学的知识在我的脑海里消失,阅读布朗肖才会成为可能。最终,对布朗肖的阅读并未让我有关文学的知识有任何增加，相反，那些知识本身在阅读过程中自我否定并从内部发生爆炸。这让我感到眩晕，仿佛不断地旋转着，最终被卷入了无底的黑暗旋涡与混乱之中。那是一种极其独特的阅读经验，在很长一段时间内，我都束手无策，不知该从何处撕开口子，从而走进布朗肖那深邃的思想。直到有一日，在几经痛苦与绝望之后，在一个普通的下午，我像往常一样来到河边散步，突然，那曾经在我看来混乱的、纠缠不清的各种概念仿佛加快了旋转的速度，并最终以一种几乎不可视的方式汇集到了同一个顶点处，那个顶点就是：文学。与此同时，这个位于顶点处的文学也不断地消解着自身。就在那一瞬间，我似乎捕获到了布朗肖思想中某个正在形成但又正在消失的结构。后来，在这个结构的顶点处，除了文学，我还发现了很多其他概念，比如死亡、中性、沉默，等等。我开始思考，在布朗肖的思想中，各类概念如何在某种旋转的运动中趋向于那些顶点，那些顶点如何得以消解自身，以及这样的消解意味着什么。最后，整个研究的重心则落在了让所有那些顶点的消解得以发生的空间，即本书所说的"文学空间"或者"空无深渊"。

回望过去，从一开始在毫不知情的情况下跌落进那个黑暗的深渊并苦苦挣扎，到后来发现那个深渊构成布朗肖思想隐秘中心的事实，在短短几年间，我的思想也在写作论文的过程中发生了本质的改变。可以说，这本有关布朗肖的书并不是对布朗肖思想的介绍，而是对我自身的这一思想变化过程的呈现，是我在阅读过程中无限靠近那个深渊时所留下的痕迹。

那个深渊在我攻读博士学位期间曾一直笼罩着我，并在之后持续数年，很难说现在的我是否已经走出那个深渊。在毕业后参加工作的日子里，我依旧能时常感受到那股来自深渊的黑色力量，仿佛那个深渊不再仅仅与学术或者论文相关，也与现实中的"我"相关。我时常深刻地感觉到，在生命与死亡之间，只隔了一层薄薄的幕布，一般情况下，这个幕布是无法穿透的，上面映射着属于人间的悲欢离合，生命因此充满意义。然而，在我那双被深渊"侵蚀"的眼睛里，那层薄幕却已变得透明，我不再能看到让生命充满意义的各类影像，而只能看到隐藏在这些影像背后的无尽的黑暗深渊。那是一种比痛苦更多一点的痛苦，比绝望更进一步的绝望，让我感到了深深的不安。每当这个时候，我最喜欢做的事情就是找我的导师车琳老师聊天。我们一起吃晚饭，一起促膝长谈，她总是能耐心地倾听我的一切想法和观点，并用她独特的智慧点拨我，时常让我豁然开朗。她为我分享蒙田的名句："当我跳舞时，我便跳舞；当我睡觉时，我便睡觉。"还有伏尔泰《老实人》里的最后一句话："这说得很好，但得耕种我们自己的花园。"在这些古典作家那里，我看到了某种对生命最朴实也最有力量的热爱，我还得以明白，生命是否是"假象"并不重要，它更为本质的是我们活着的每个时刻。无论如何，"活着"是一个事实，是一个有待完成的事件，而无须被证明。

于是，渐渐地，曾经萦绕着我的那个"空无深渊"仿佛收敛起了它那黑色的吞噬力量，并变得平静起来。不过，这并不意味着在论文完成后的几年里，我开始否定布朗肖所呈现的那个深渊。或许更应该称之为"逃离"，而逃离的目的则是让这个深渊以更加稳固的方式存在于我的思想中，并构成其基底。在后来的阅读中，我进一步发现，面对这个黑暗深渊，除了转身离开，投入生活本身之中，并像伏尔泰笔下的老实人一样勤恳地"耕种花园"，人们似乎还有另一种选择，即像尼采和福柯那样，直面那个深渊，并在靠近深渊的同时，产生对生命最原初与最热烈的激情，最终将自己的生命活成蕴藏着那个深渊本身的艺术作品。布朗肖曾说"要用一生去无限地写作"，福柯则会说"要用一生去写作属于自己的艺术作品"。

或者在深渊面前转身，并在这个转身中找到生命的意义；或者勇敢地朝着这个深渊前行，并在抵抗黑色力量的同时，产生对生命的激情，书写那部属于自己的、始终有待完成的艺术作品：或许这正是面对深渊时的两种不同的哲学选择与人生态度。对我而言，这并非两个非此即彼的选择，而是某个张力的两极，我则始终处在这个张力之中：黑色的深渊时而变成发光的幕布，在这个幕布之上，我过着属于自己的平凡人生；时而又变得透明，让我在某种激情的驱使下，通过写作与思考书写属于我自己的"艺术作品"。在某种意义上，对我而言，汪民安老师就是牵引我朝着黑暗深渊继续前行的那个激情的化身。尽管我与汪老师见面并不多，但每当我因为这样或那样的原因与汪老师联系或见面时，我总是能够再次燃起那份激情，就像多年前第一次读到《谁是罗兰·巴特》时那样。那是一份炙热的、轻盈的、上升的激情，会让原本枯燥乏味的生活变得有色彩，让生命本身变成一件"艺术作品"。

邓冰艳

2022 年 1 月于北京